离 岸 人

THE LEAVERS

[美] 丽萨 · 康 著
(Lisa Ko)
梁欣琢 译

中信出版集团 · 北京

图书在版编目（CIP）数据

离岸人 /（美）丽萨 · 康著；梁欣琢译 . – 北京：
中信出版社，2019.1
书名原文：The leavers: a novel
ISBN 978-7-5086-9699-7

Ⅰ . ①离… Ⅱ . ①丽… ②梁… Ⅲ . ①长篇小说 – 美
国 – 现代 Ⅳ . ① I712.45

中国版本图书馆 CIP 数据核字 (2018) 第 244829 号

离岸人

著　　者：[美] 丽萨 · 康
译　　者：梁欣琢
出版发行：中信出版集团股份有限公司
（北京市朝阳区惠新东街甲 4 号富盛大厦 2 座　邮编　100029）
承 印 者：北京盛通印刷股份有限公司

开　　本：880mm × 1240mm　1/32　　印　　张：12.5　　字　　数：280 千字
版　　次：2019 年 1 月第 1 版　　印　　次：2019 年 1 月第 1 次印刷
京权图字：01-2018-6659　　广告经营许可证：京朝工商广字第 8087 号
书　　号：ISBN 978-7-5086-9699-7
定　　价：58.00 元

犹如大海，我受孤儿身份驱使而来。

未被收到的电报喧闹声声，

与化名争吵喋喋不休，

歧路重重，未知的旅程，

我化名除籍，前来爱你。

—— 李立扬《在我爱你的这座城》

李立扬（Li-Young Lee），美国当代华裔诗人。1957年生于印尼雅加达，1964年全家在美国定居。出版过《我的黑夜之书》《玫瑰》《在我爱你的这座城》等诗集。——译者注（下同）

目录

第一部分

另一个男孩，另一个星球

Another Boy, Another Planet

1

郭德明最后一次见到他妈妈的那天，她出现在校园里，让他吃了一惊。一顶海军蓝的帽子低低地压在她的前额上，绕在她脖子上的围巾像一条棕色的蛇。“你在等什么啊，孩子？外面很冷。”

他站在第三十三小学的走廊上，她替他把外套的拉链拉上，因为太过用力，衣领都皱起来了。“你提前下班了？”现在是下午四点半，天色已渐黑，但是她通常要到六点钟才能离开美甲店。

他们像往常一样用福州话交流。“今天是短班。迈克尔说你要参加功课辅导，晚点才能回来。”她的眼睛在镜片后眯了起来，他不知道她是否真信了。老师一般不会因为你被惩罚留校而给你的母亲打电话，只会给你一张需要家长签完字再带回来的通知单回执，但是他伪造了母亲的签名。迈克尔从未被留过校，第八节课后就走了，德明想要跟他一起回家看电视。只有在电视机前，在电视节目的欢声笑语带来的安全感中，他才无须担心让任何人失望。

雪花像湿衣服的滴水一样落下，德明和他的妈妈朝杰罗姆大道走去。在一个水泥院子的后面，三个大男孩正互相递着一支大麻烟卷。他们衣服拉链大敞，没背书包也没戴帽子，淡淡的烟味和缓缓的笑声温暖了稀薄的二月空气。“我可不想你变成那样，”她说，“我也不想你像我这样。我都没念完八年级。”

八年级都没读完，一个多么美好的念头啊。他连读完五年级都够呛。他的老师说他无法集中注意力投入学习。当他在数学课上绊倒特拉维斯·波帕时，特拉维斯十分震惊，他自己也吃了一惊。“明天我去学校，”他的妈妈说，“跟那位老师谈谈。”他挽着她的胳膊，喜欢听他俩的夹克外套摩擦时发出的声音。她不是电视上的那种妈妈——常常拥抱自己的孩子，带着痴痴的微笑看着他们。但是在车水马龙的街上过马路时，她一定要牵着他的手。她藏在手套里的那双手，通红且粗糙，皮肤发炎脱皮。睡前她将护手霜厚厚地涂到手指上，疼得脸颊一缩。有一次他问是不是护手霜能让手不那么疼了，她说只能起一小会儿作用。他真希望世上有一种特别的护手霜可以让新皮肤长出来，或有一双超能力手套。

她穿着宽松的牛仔裤，显得个矮而结实——他从没见过她穿裙子。她的嗓门很大，每次她喊他的名字时，狗都会狂吠，其他孩子也跟着起哄。当她看到他的期末成绩单时，他以为她的嚷嚷声会让四楼底下的汽车警报器都响起来。结果她笑了，笑声也像嚷嚷声那么大。当她拍着膝盖，对着什么傻事咯咯笑个不停时，没有比这更好、更令人满足的声音了。她对并不搞笑的事情也会发笑，比如电视剧和烘托剧情浮夸的背景音乐。还有，当德明说了什么话时，比如他跟他们的邻居汤米碰到时——当他们在楼梯间跟他打照面时，对方还没问出“你们好，你们怎么样”时，她已经自动回复，“不错，不错，不错”。或者在看电视换台时她会问：“《与明星共舞》怎么还没开始？”他随即翻出迈克尔用废纸做的太阳系活动模型，在客厅里轻快地转动，她在一旁拍着手。这种感觉几乎跟获得他朋友们的掌声一样棒。

德明和爷爷一起生活在闽江时，他的妈妈已经独自在探索这个城市。

她身上有种不安分的劲儿，就是静不下来，定不下来。她常会晃晃腿，弹弹膝盖，压压指关节，转转大拇指。她讨厌在阳光明媚的好天气里宅在家，会嘴里叼着根烟在房间里踱来踱去，从一面墙走到另一面墙。“谁想出去走走？”她问。她的男朋友利昂则会告诉她放松放松，坐下来。“还坐？我们都坐了一天了！”德明其实只想跟迈克尔窝在沙发上，但是他无法对她说不，于是他们会出去走走，不是全家都出去，就他们母子俩。这种时候他可以完完全全地拥有她，他们在公园里或沿着河边悠闲地散着步，看着其他公寓里住的人，给这些陌生人编故事——姓史密斯，有五个孩子，父亲已去世，母亲爱吃百吉饼①。他继续胡编乱造着：有一天他们去了上东区。“去买百吉饼？”她问，“什么口味的百吉饼？”“百搭百吉饼。”他说。这让她咯咯笑得更厉害了，直到他俩都在麦迪逊大道笑弯了腰，笑到发不出声来，他笑得胃疼但就是停不下来。白人老人向他们投以厌恶的眼神，因为他们挡在人行道正中了。其实，德明和他妈妈真喜欢百搭百吉饼——不加任何东西的纯面包圈。

一辆公交车轰隆隆地开过，溅起泥水。绿灯亮了。“你知道我今天干了什么？”他妈妈说，“一位女士，她的脚后跟上长了个老茧，有你的鼻子这么大。我得把她所有的死皮都刮掉。越刮越刮不完。她给的小费少得要命。如果你认真学习的话，就一辈子都不用做那种活儿。”

他害怕这种熟悉的老调重弹。他的妈妈会口出脏话，但是有一次他不自觉地在她面前爆粗口骂了句“王八蛋”——他喜欢这个词的音节冲口而出的感觉，她立即一巴掌甩在他的胳膊上，说，他要做个好孩子。他边走边默默地重复着那个脏词，一步一个音节。

---

① 百吉饼，一种硬的面包圈，在美国纽约比较流行，有多种口味。

“难道你认为我小时候，还是像你这么大时，我的梦想就是：‘嘿，有一天，我会一路来到纽约，这样我就能给一个陌生人的脚趾挖膏膏[①]了’吗？那可不是我的计划。”

时刻准备着，她总这么说。能靠自己获得的东西，就永远不要靠别人。她看不起懒惰、软弱，看不起弱者。她虽然朋友寥寥，对自己的朋友却是赤诚相待。但是她又容易记仇——两年前，街角那家杂货店的收银员嘲笑了她蹩脚的英语，她便从此宁可多走三个街区去另一家杂货店购物。她的英语确实不好，德明也这么觉得。

“就拿利昂来说吧，在你看来他的身体很不错是吗？”

“利昂一直很好啊。”

“他的背已经不行了，肩膀也坏了。男人们可不愿在美甲店工作。你要是完不成学业，就得跟利昂一样以剁肉为生，三十五岁就患上关节炎。”

在背后这么谈论利昂伊爸[②]似乎不够厚道。利昂很结实，能在德明、迈克尔和他们的小伙伴们面前做单臂俯卧撑，让他们闹着玩地打他的腹部，尽管德明总是做不到狠狠出拳。“再来一次，”利昂会说，“你那也能叫一拳吗？那顶多是握握手！”尽管利昂并非他的亲生父亲——在这件事上，他的妈妈守口如瓶，他只知道那个男人不在他们的生活里。但德明很为利昂骄傲。如果说他长大后想成为什么样的人，他希望像利昂那样，或者像地铁站里吹萨克斯管的人那样——地铁通道里闪烁着紫色和橙色的霓虹灯，人们围着他，他的手指上下翻飞，胸膛一起一伏。哦！那样受人喜爱！

雪天的福特汉姆路异常安静。一栋废弃的楼前结了冰，冰上粘着一块

① 膏膏，福州话音译，指污垢，从身上清除下来的脏东西。

② 伊爸，福州话的爸爸，下文的伊公是福州话的爷爷。

淡红的口香糖，像冷冻比萨饼上一片孤零零的辣香肠。“这冬天真是没完没了。”德明的妈妈说。他们挽紧胳膊以保持身体平衡，穿过人行道。“你想不想离开这里，去个暖和一点的地方？”

“家里就很暖和。”他们的公寓里暖烘烘的，如果他们可以快点到家的话。有些时候在室内甚至只穿T恤就够了。

他的妈妈皱起了眉头。“我是我们村第一个去省城的小姑娘。然后我一路来到了纽约。我本想环游世界的。”

“但是然后……”

“但是然后我有了你，然后我遇到了利昂。现在你们就是我的家了。”他们踏上大学大道的小坡。“我们要搬家了。”

他一脚踩进一个小水坑里。“什么？去哪里？”

“佛罗里达州。我在一家餐厅找到了新工作。离迪士尼乐园很近。我会带你去玩的。”她对他一笑，好像指望他同样回以笑容。

“利昂伊爸也来吗？”

她将他拉离水坑。“当然。”

“那迈克尔呢？”

“他们之后也会过来。”

“什么时候？”

“我很快就要去上班了。一两周之内吧。”

“一周？我还要上学呢。”

“你什么时候这么喜欢上学啦？”

“可是我还有朋友们啊。”特拉维斯·波帕几个月来一直叫迈克尔和德明“蟑螂”，他们便在他沿着走廊慢吞吞往下走时伸脚绊倒了特拉维斯。这种冲动的、下意识的行为真是太棒了，特拉维斯脸上露出了难以置信的神情！他的身体像一团软泥一样扑通扑通滚了下去！迈克尔和朋友们与德明击掌欢呼。坏小子，德明！被留校看来也是值得的。

他们停在杂货店前。“你会转学去个好学校。新工作开的薪水不错。我们将在一个安静的地方生活。”

她的声音像喇叭一样刺耳，言辞像三角铁一样尖利。德明记起没有她的那些年，他和伊公住在三巷一栋寂静的房子里，透过窗户可见一条安宁寂静的小街，静到他都能听见自己眨眼的声音。

“我不去。”

“我是你妈妈。你必须跟我去。”

杂货店的门砰的一声关上了。跟他们住在同一栋楼的约翰逊太太提着两兜东西走了出来。

“我在中国时你不也不在我身边嘛。”他说。

“那时候伊公陪着你。我在辛辛苦苦工作攒钱，这样才能接你过来。现在不同了。”

他把手从她的手里抽开。

“怎么不同？”

“你会喜欢佛罗里达州的。你会住上一栋大房子，有自己的房间。”

“我不想要自己的房间。我想要迈克尔也在。”

“你以前也搬过家呀，没有那么难的，是不是？”

红灯已经变成了绿灯，但是约翰逊太太仍然站在他们这一侧的街边，盯着他们。大学大道可不像中国城[①]——在搬来布朗克斯区跟利昂一起住之前，他们住在中国城。这个街区没有其他的福州住户了，有时人们盯着他

① 位于纽约市曼哈顿南端下城，又称为唐人街、华埠。

们，好像他们的语言是从阴沟里冒出来的一样。

德明用英语回答她：“我不去。你别管我。”

她抬起了手。在她往前跨一步时他趔趄地往后一缩。然后她抱住了他，她外套的前襟沾了雪擦着他的脸颊，他的鼻子抵着她的胸膛。他隔着几层衣服听见她的心跳，怦怦如鼓，心意已决。不等自己放松下来，他强迫自己挣脱她的怀抱，向前跑去，任由书包撞击着他的脊梁骨。她穿着塑胶靴子踩着重重的步伐跟在后面，在穿过人行道时脚下一打滑尖叫起来。

他们住在一栋大楼里的一间小公寓中。德明的妈妈想要一个有更多房间的房子，想要安静。但是德明并不在乎那些嘈杂噪声，他喜欢听邻居们用英语、西班牙语或其他他不懂的语言吵架，喜欢咚咚的脚步声，椅子的刮擦声，萨尔萨舞、梅伦格舞和街舞的声音，足球赛和幸运轮盘从门底下和天花板缝隙漏出来的声音，冲厕所时下水管的哐当作响声。他听到其他妈妈也对她们的孩子大声嚷嚷。这栋楼里仿佛装着整个城镇。

晚饭时没人提起去佛罗里达州的事情。德明的妈妈将上周洗过的衣物一一叠起，德明和迈克尔观看着《乔治·洛佩兹》，接着是《美眉校探》。利昂在屠宰场上夜班。利昂的姐姐薇薇安，也就是迈克尔的妈妈，还没下班。德明靠在沙发的一头，腿伸到中央，迈克尔以同样的姿势靠在另一头。迈克尔还在想着特拉维斯·波帕的事情。“他可摔惨喽！”他把脚跷在坐垫上，“他是自作自受！”要是他们在佛罗里达的房子房间太大，再也听不到彼此说话怎么办？

他的妈妈正在涂护手霜。“现在你们就是我们家的全部了，”她说。早些时候，他主动提出去杂货店帮她买烟，在店里顺手牵羊拿走了一块糖，趁她不注意的时候跟迈克尔对半分了。“坏小子，德明。”迈克尔一口咬下他的那半块，用崇拜的眼神看着德明。德明知道一切都会好的，只要迈克尔跟他们一起去，只要他不是一个人走，搬家也没什么大不了。他的妈妈不会发现他被留校的事情，他和迈克尔也能交上新朋友。他想象着海滩、沙子、大海，还有圣诞节穿短袖。

后半夜接近清晨的时候，德明在卧室的床垫上猛然惊醒，迈克尔躺在那儿打着鼾，利昂和他的妈妈正在窃窃私语。“去你妈的。”他的妈妈说。铲雪车从街上开过，将路面积雪铲干净。

他想努力再次入睡，但上学的闹钟响了。利昂仍在睡觉，迈克尔在冲澡，他的妈妈穿着黑衬衫、黑裤子的工作服在厨房里忙碌着，空罐子边缘放着一根吸了一半的香烟。烟灰变得又软又长，掉落下来。

“我们什么时候搬家？”

暖气片爆发出黑斑。他妈妈的头发在静止的光圈里显得模糊不清，她的眼镜又脏又油腻。“我们不搬了，”她说，“快点，要不然你上学要迟到了。”

随着佛罗里达州之梦的瓦解，这一天仍然令人回味，尽管没有海滩了，尽管甚至特拉维斯·波帕在食堂外用吸血鬼般的口音嚷嚷着“我要杀了你”（当然了，他也对其他孩子说过更怪里怪气的话，比如“我要烧光你的房子，吃掉你的耳朵”）。特拉维斯缺乏盟友，没人支持他。放学后德明和迈克尔一起回家，用各自妈妈给他们的钥匙打开公寓的门，从冰箱里拿出一团米饭和一包湿湿的粉色火腿冷切肉。他们已经很擅长做饭了，尽管他们的朋友觉得他们做的饭菜太难吃。以后，这些饭菜将会是德明最想念的食物：炒饭和意大利香肠撒上从大塑料瓶里倒出的大蒜粉，速食面条拌上番茄酱，上面加上美式奶酪和墨西哥塔巴斯科辣酱油。

他们在沙发上吃饭。这个沙发占据了客厅的绝大部分空间，它又大又光滑，上面印着橙色和红色的花朵。当你坐上沙发时很容易滑下来，它还会发出活泼的噪声。薇薇安的床也是这样。他的妈妈讨厌这个沙发，但是德明从它的图案中看到了不同的世界，他常盯着它的色彩看，直到自己变成了斗鸡眼，这些花朵都变成了不同的形状：鱼缸、糖果、十月下旬的树顶，他想象自己潜入水底，在沙发面料的表面游泳。“等我自己开店了，第一件事就是扔掉那个破沙发，”他的妈妈说，“等你有一天回来时就会发现它不见了。”

下午四点到晚间八点是电视的空档期，只有脱口秀和本地新闻。明天有场几何考试，迈克尔无须备考，德明则是不打算备考，除非他妈妈发现这事。他回想了一下今天在班上做的练习册，感觉昏昏欲睡。今天做题的时候，他在三角形和其他各种各样混杂的形状中，胡编乱造了一气答案。角 C 是多少度？五十个热狗。到了七点钟，他的妈妈还没回来，估计她要工作到很晚了，于是他暂时得以从几何中脱身。

《危险》还没放完，薇薇安回来了，身上带着氨气的味道。她坐在厨房餐桌边缝衣服，这是来自一家工厂的零碎订单，最近她也在里佛戴尔[1]打扫公寓。

“波莉不在？没人做晚饭？”

“我们吃了火腿。”迈克尔说。

“那不算晚饭。德明，今天轮到你妈妈下班带些吃的回来。”

“她在工作。”德明说。

薇薇安打开冰箱又关上。“行吧，我洗澡了。”

当利昂到家时，已经八点了。“你妈妈应该已经到家了才对啊。估计

---

① Riverdale，音译为“里佛戴尔”，也有译法译为河谷。位于纽约市布朗克斯区。

是新老板让她加班了。”他取出冷冻比萨饼做了晚饭，香肠肉丸像疖疮一样，但是油乎乎的很美味。德明吃了三块比萨饼。妈妈从不买杂货店的比萨饼。

利昂的手机响了。他在玄关接了电话，德明收拾好盘子，等他回来。“是妈妈的电话吗？我能跟她说话吗？”

“是她的朋友迪迪。”利昂的手紧紧抓着电话，好像在拧一条湿毛巾一样。

“妈妈在哪里？我们要去佛罗里达州吗？”

“她会有几天不回来。去看望看望朋友。”

“什么朋友？”

“你不认识她们。”

“她们住在哪里？”

“不早了，你该睡觉了。”

迈克尔坐在他俩的床上。“你妈妈去哪儿了？”他不戴眼镜的时候看起来老成了点，也更瘦了，眼神涣散失焦。

“利昂说她出去几天。”当德明躺下盖上毯子后，他怎么也无法摆脱这种觉得有什么事不对劲的感觉。

一周过去了，他只去了学校一次。有一次他的妈妈和利昂去了大西洋城，要在那边住一晚，她打电话来提醒他按时睡觉。现在他熬夜不睡，早餐就吃 MM 豆，和他的朋友洪一起逃学——洪的爸爸上个月去世了。洪住的公寓在瓦伦丁大道上，他们在他家看 DVD，一直看到睡着为止，然后醒来再看，再睡着……他们调大音量，直到飞车追逐和枪击射中了他内心深处掠过的恐惧。妈妈在哪儿？她没有什么要看望的朋友。接下来的日子里，无人面对撒谎留校的事情了，也无人敦促他完成目标了。薇薇安从不检查家庭作业，迈克尔总是自觉完成作业。

又到了周六。那管护手霜还在浴室橱柜里她的牙刷旁边。卡在牙刷毛缝隙里的是她从臼齿上刷下来的绿色菜叶渣。德明拧开护手霜，挤出一团。一股熟悉的香味，带着抗菌剂的味道和芬芳，扑鼻而来。他擦上肥皂，用热水洗了手，直到那股味道散去。他发现她的一只袜子在床脚，另一只袜子在房间那头的梳妆台边，便将它们叠成了她常叠的球形。他坐在卧室一角，那里放着一箱她的物件。一条蓝色牛仔裤。装饰手机天线的一只塑料小猫，还没拆封。一件她从没穿过的黄色毛衣，小小的硬毛球点缀着袖子。还有一枚硬硬的蓝色圆形纽扣，他摘下来放进自己的口袋。

她的运动鞋、牙刷、杯口有一圈茶渍的紫色马克杯都还在公寓里，但是她的钥匙、钱包和手提包都不见了。德明打开衣柜，她的外套、冬靴冬帽都不见了。那个周四，她是穿着那身衣物去上班的，但是她的其他衣服都在。他关上柜门。她没有打包行李，也许她是一桩犯罪事件的受害人，就像《犯罪现场调查》的剧情那样。也许她已经死了。

迈克尔拿起那个紫色马克杯喝水，德明想把杯子从他手里一把夺过来。他不希望她死了，绝不希望如此，但是在这一团糟中，她的不辞而别似乎也更好一点了。他对她说的最后一句话是，“我们什么时候搬家？”如果他没有被留校察看，如果他按时放学回家，如果他没有反对去佛罗里达州，如果他阻止了她和利昂的打架——她就还会在这里了。像一个侦探反复检查五秒钟的监控视频一样，他反复回想上周四下午他们从学校走到家的情景。德明和妈妈一次又一次地穿过福特汉姆路，等红绿灯，在冰上打滑，拥抱，约翰逊太太一直盯着他们。他将镜头拉近，将他们走在大学大道上的过程变成慢动作，倒播，他们大踏步地退下小坡，汽车和公交车呼啸着向后驶去。他用他的英语老师让他们读诗，或花二十分钟讲解一个句子的方式，将她说过的话逐字逐句打散，寻找线索，挖掘话语背后的深意——她跟他讲自己的人生有什么深意，佛罗里达背后的深意，她不回家的深意。

他听见钥匙插门锁的声音，希望是她，并且说："什么，你认为我抛下你不管了？孩子啊，你把我当成什么了，偶尔回次家的人？"他们在电视上看过一部电影，讲的是一个妈妈把她的孩子们丢在商场里，再也没有回来，他当时更为那个商场着迷，着迷于它散发出的那种郊区的空旷感。如果她回家，他一定不再糟蹋食物，不用她跟不上的英语语速说话了。他会乖乖写家庭作业、洗碗，心甘情愿让她在他玩打地鼠时踢他的屁股——像去年夏天在贝尔蒙特的教堂过狂欢节时一样，那次迈克尔在骑过章鱼车后，将棉花糖都吐了出来。

但是门口并不是他的妈妈，只是薇薇安，正将她鞋子上的泥水甩掉。他跑向她叫道："你要找到她，她有危险。"

薇薇安用一只胳膊搂住他，她的脸显得更圆更宽了，像利昂的脸一样。"她没有危险。"她温暖、熟悉，但不是他的妈妈，她身上没有指甲油和护手霜的味道，而是甜甜的柠檬味消毒剂的味道。

"她在佛罗里达州吗？"

薇薇安咬紧了嘴唇："我们不太肯定，但是我们正在想办法找到她。我敢保证她没事。"

雪融化了。粉色的花苞萌发在枝头。一天晚上，利昂和薇薇安正在厨房说话，但德明刚进来，他们就噤声了，面面相觑。那一周，德明和迈克尔收起冬天的衣物，翻出了T恤衫。德明看到他妈妈的风衣还在衣柜里，她将这件衣服称为她的圣诞服，因为衣服的颜色是松针的绿颜色，他赶紧扭过了头。他向特拉维斯·波帕道了歉，希望能让一切回到正轨，希望牺牲了他的自尊心能保证她的人身安全。“你疯了吗？”洪说。迈克尔看起来就像德明绊倒的是他一样满不在乎。特拉维斯咕哝了一句：“随便吧。”她仍然没有回来。他的感觉越糟糕，就越有可能让她回来。他决定一整天不吃饭，这也不难做到，因为薇薇安和利昂总是不在家，晚饭就是一包薯片加一碗方便面。一周吃四次冷冻比萨饼。现在她应该回来了。他在学校里犯困睡着了，因为不吃早饭而头晕眼花。她会带他出去吃墨西哥玉米肉馅卷饼，肯定很高兴他的体重减轻了，因为这样她就无须给他买新衣服了。她还是没有回来。如果他在数学考试得了A，她就会回来。他在一次小测验里得了B-，在接下来的一次小测验里大有进步得了B+。但她还是没有回来。薇薇安说对了。她去了佛罗里达州，也丢下了他。

2

十年后，丹尼尔·威尔金森站在一个街角，希望没人注意到他的鞋子。他穿的是一双保暖登山鞋，已经很旧了，带着点森林绿，对纽约上州[①]的冬天来说是必备的，但是在纽约城里则显得有碍观瞻。再加上他的防水面料外套、羊毛帽，还有和他的吉他一起放在里屋的厚手套。他的吉他是一把棕黄色的电吉他，从克雷格列表网站[②]上买来的。他的牛仔裤和黑色T恤看起来不是很土气，但其他人脚上穿的都是白色运动鞋或深色皮靴。过去的那种恐惧感不禁又涌上来，他担心自己被揭穿，被单独叫出来，被驱逐。你是个冒牌货，你的真名叫什么？你到底来自哪里？

他将手插在口袋里，用大拇指和食指摩挲着布料。想着口袋的里层是怎么缝的，然后脑中闪现出满屋子的缝纫机，女人们在跳动的机针下缝着牛仔布，他想到了自己的母亲。

演出在下曼哈顿区最后一片残留的工业街区里的一栋阁楼公寓里举行。一面墙都是窗子，二月下旬的雾气给它们镶上了边，水泥地因为泼洒的饮料变得黏黏的。靠近乐队演出的区域则像七月一样火热。目前正在表演的

---

① Upstate New York，纽约上州，指纽约核心都市区以北的地区（纽约在纽约州的最南端）。

② Craigslist，克雷格列表网站，美国比较流行的一个分类信息网站。

是玩数学摇滚[1]的一支乐队，他们的一组歌曲听起来像一首长达三十分钟的歌，曲调乏味，转折也弱。歌手只留着头顶上的一撮毛，剃光了周围的头发，那撮毛就像一丛甘草似的竖在那儿。这让丹尼尔想起自己一连几天窝在纽约州立大学波茨坦分校的宿舍里，不断重复练习同一首歌，直到每个音符都被拆散、瓦解开来。

谢天谢地，他已经不在波茨坦分校了。他将塑料杯里的伏特加一饮而尽，让这种温暖在他的肚子里弥散开来，打磨着他的神经，直到自己全身心地沉浸在音乐里。当他和罗兰上台表演时，观众们肯定会觉得他们的表演难以置信，对他们万分崇拜。不像之前，当这个叫“纳特”的家伙谈论起维克·西罗时，丹尼尔脱口而出：“哦，你是说那个背着蓝色背包的家伙？”纳特做了个鬼脸，好像他注意到了自己裤子上的污迹一样。

哦，你是说那个背着蓝色背包的家伙。丹尼尔在心里给了自己一拳。纳特是个瘦高个儿，老早就驼了背，一张瘦长脸像长颈鹿一样。但是即便是他，也觉得丹尼尔是个失败者。今晚过后，没有人再会在谈话中有意避开他，或视线越过他当他是个隐形人了。他们的乐队将在座无虚席的场地中表演，被音乐博客报道评论，他的照片会醒目地放在中央。罗兰一直跟别人说这个新项目是他到目前为止最棒的项目——与他最初的合作者重新联手，再加上丹尼尔疯狂的吉他。这些话让丹尼尔很紧张，像玩命冒不必要的险一样，一整周以来他都等着什么人能让罗兰闭嘴，不要再吹牛。但是全场一半的人之所以来到这里，是因为他们想为罗兰欢呼喝彩，丹尼尔尽力让自己也接纳这份兴奋激动之情。

---

① Math rock，数学摇滚，一种实验性的摇滚风格，上世纪 80 年代后期萌芽于美国。数学摇滚通常混合噪声摇滚（noise rock）、后摇滚 (post rock)、前卫摇滚 (progressive rock)、简约音乐 (Minimal music)、电子音乐 (electronic music) 等。其特点是编曲复杂，也因其复杂结构犹如数学运算，故得此名。

他又给自己倒了一杯伏特加，一饮而尽，然后又倒了一杯。他游荡到屋顶上，纽约城像祭品一样延展开来一览无余，尽管他知道他最好承认这番景象震撼了他的心。在纽约上州，到处都是白雪皑皑，季节好似陷入深度昏迷。但是纽约城里雪很少，屋顶上的加热灯和远处的大桥像X射线一样亮着。音乐声传来，没有歌词，只有金属重击声。金色和绿色的灯泡，还有舞池，胳膊呀腿呀以奇怪的慢动作扭动着，像动物跟踪它们的猎物一般。有的女孩儿，在她们的前臂内侧文了几何花纹的文身，头发像蛇一样盘起来，画着厚厚的眼线，厚得像是用记号笔画出来的似的。其中一个之前演唱过一组歌曲，她的吼叫声令人毛骨悚然，猛击键盘、电子琴，猛拉小提琴，结果每一种乐器发出的声音都比上一种更诡异。丹尼尔瞥了一眼他的登山鞋，向舞池中心走去，此时的音乐就像水底梦幻一样。

很多年前，在这些移民害怕走出他们郊区的家乡时，丹尼尔四年级时就记住了地铁路线，他是在纽约城里长大的小孩，但是他仍然觉得自己不属于这里。在山脊区①生活过之后，对丹尼尔来说，相信自己，从来不是容易的事。不像罗兰，他只要一现身，就能在派对上一呼百应。当罗兰问有谁想去塔可钟②吃饭时，人们说，好啊，酷！但如果换个人同样这么提议，则会获得一片沉默甚至是嘲笑。如果罗兰说某场演出很差，人们会立即改变主意同意他的看法。丹尼尔则易受外界影响，不管是所有人都在场还是没有人在场，他都会察言观色说适宜的话。他先观察其他人的反应，再决定自己的想法；他可以表现得风趣或严肃，怎么表现策略最佳，他就怎么表现；你想让他是什么样的人，他就是什么样的人。有时这适得其反，比

---

① Ridgeborough，作者虚构的一个位于纽约上州的地区。Ridge有山脊的意思，故译为“山脊区”。

② Taco Bell，提供墨西哥式食品的连锁餐饮品牌，在美国很受欢迎。

如有一次，他无意中听到这些人谈论一支名叫“蔬菜沙拉”的朋克乐队，接话说，“对，我听说过他们，90 年代的流行朋克[①]，是不是？”其中一人说：“那不是一个真的乐队，只是个笑话。”他立即结结巴巴地说他肯定是听错了。还有一次，晚上他和罗兰跟朋友们一起出去玩，朋友们谈论着他们有多爱《瓶装火箭》[②]，丹尼尔也跟着点头。“你不是讨厌韦斯·安德森嘛。”之后罗兰说。“但我也可以改变想法嘛。”丹尼尔说。他不禁在想，他是不是误解了讨厌韦斯·安德森的电影里那种过分的讲究，他是不是忽视了其隐藏的才华，而这种才华对比他受过更多教育的人来说是显而易见的。要是他穿对了衣服，了解对的出处，他最终会成为他注定要成为的人。像罗兰那样——有自信，有着无懈可击的品位，不那么自负，又值得被爱、无可指责的人。然而，不管他买了多少张专辑或巧妙地编写出多少份乐单，那个真正的他仍然顽固地立在那儿，像地平线上的巨大邮轮，看得见却摸不着，只要他靠近了一点点，它就漂向更远。他一直在等待穿过秘密的入口，当绳索解开时，他从来无法完全相信自己已经在里面了。总有另一扇门又打开，另一根绳索要跨过，总有什么更好的东西还在前面等着他。

他握紧空杯子，把杯子掰裂，将杯盖前后弯折直到那塑料一下子绽裂了。那支数学摇滚乐队已经表演了四十分钟了。场内，他看不到一张熟悉的面孔，于是他拿了一个新杯子，倒了最后一杯伏特加。他发现罗兰穿着黑色的上衣靠墙而立，一头茂密的黑发紧贴着他的头皮。罗兰脖子以上的部分让丹尼尔想到 19 世纪的匪徒，他身上有着隐秘的特征和让人解除防备之心的微笑。在高中，他俩都因为太与众不同而得不到女孩们的关注（或

---

① Pop punk，流行朋克，朋克音乐的一个分化，属于另类摇滚的后车库风格的分支，将强力流行乐（Power Pop）的旋律与和弦的变化和速度朋克的节奏及不间断的吉他弹奏相结合。

② *Bottle Rocket*，1996 年的一部犯罪喜剧片，导演是韦斯·安德森。

男孩们的关注，那时候罗兰也跟男孩约会)，尽管现在丹尼尔认为这不重要了。罗兰仍然是个矮个子，体魄结实、硬气，他的尖脸透着强硬的味道，他的动作利落又敏捷。他狂热的精力似乎不再像在山脊区时显得怪癖了，那种低沉沙哑的嗓音配在一个十二岁少年的身上也不再显得可怕了。

“我们赢定了，”罗兰说，“这些家伙太过于模仿别人了。”

丹尼尔笑了，任由从这个角落看过去全场都模糊起来。回到纽约城，再次和罗兰一起演奏音乐多棒啊。他们人生有一半时间在一起玩音乐，丹尼尔负责弹吉他和声乐，罗兰负责主唱、节拍、制作，有时还负责贝斯。他们曾在卡洛学院①的家庭派对、山脊区埃尔克斯旅馆、利特尔镇的某个谷仓演出。在高中，他俩有幸短暂地做过一些电音撞击乐②的尝试。他们的朋友肖恩作为鼓手加入了这个叫作“威尔金森和富恩特斯”③的艺术朋克④二人组，形成了强劲的三人组。在这个组合中，丹尼尔努力尝试过，但因无法像亨德里克斯⑤那样用牙齿演奏他的白色电吉他而宣告失败。

“这些家伙听起来像是对着他们老爹的《Yes专辑》打飞机一样。”他说。

“太多模仿别人的动作了，”罗兰说，“那首加了特雷门琴⑥的歌，真是险胜啊。”

---

① Carlough College，作者虚构的位于山脊区的高校。

② Electroclash，电音撞击乐，又被称为复古电音，一种起源于2000年早期的独特音乐风格，通常是电子音乐搭配强劲流行舞曲的节拍。

③ “威尔金森”是丹尼尔的姓，“富恩特斯”是罗兰的姓。

④ Art punk，也是朋克音乐的一种。

⑤ 吉米·亨德里克斯（Jimi Hendrix，1942—1970），美国吉他手、歌手、作曲人，被公认为是摇滚音乐史中最伟大的电吉他演奏者，有“吉他之神”的美誉。他是左撇子，吉他技巧纯熟高超，甚至可以用牙齿来弹吉他。

⑥ Theremin，特雷门琴，世界第一件电子乐器，至今仍是世上唯一不需要身体接触的电子乐器。

实际情况是，“通灵之心”[①]也模仿别人。他们的音乐简直是裸迪斯科[②]音乐的噩梦，罗兰试图将微金属[③]、《吸血鬼》[④]与一种渐变尖细又嘈杂的流行声音相混合，然后从一张不出名的瑟斯顿·摩尔[⑤]的专辑上偷了个歌名来用。所有那些舌前位发音和修饰最终都被故意脱去，它们是经过过度加工的低保真音乐，不是丹尼尔会选择去做的那种音乐，更不是他自己的音乐。他发现罗兰的鼓点节拍都是尽在预料之中的，吼叫的歌词含糊不清又阴郁，那种上世纪80年代的风格太具有自我意识了。罗兰在舞台上自负的表演总有些令人不快的东西在里面，不管他的表演多么自然而然又易于被接受。但是如果罗兰真的想做这样的音乐，丹尼尔也不会让他失望。

罗兰上个月给他打了电话，说他的新项目需要一个吉他手。“只要你需要，我们家的沙发都是你的。”罗兰在高中毕业后就搬到了纽约城，他打工赚钱，直到能负担得起学费。丹尼尔有一年多没有见过他，也没怎么跟他联系过了。“没人能像你这样和我一起做音乐。”罗兰说。第二天丹尼尔就买了一张单程票，坐着一辆闻起来像尿布一样臭的大巴，一路颠簸来到了纽约。自从被波茨坦分校赶出来后，他似乎就没有过任何计划，正如他父母所说——明大他们还会这么提醒他一番：他丢掉了他的未来。

灰色的帘子弯弯地贴墙垂挂着，洗手间门上满是蜡笔画的涂鸦，这是

---

① Psychic Hearts，丹尼尔和罗兰组建的乐队的名字。“psychic”本身有超自然的意思。

② Nu disco，暂无对应的中文名称，此处暂译为“裸迪斯科”。Nu disco是一种音乐形式，利用上世纪70年代美国disco的节奏把音乐做得更简单，更具有电音感，速度更慢。

③ Hair metal，微金属，指上世纪80年代后期出现的以流行为起源的重金属和重型摇滚乐队，装扮和妆容比较华丽夸张。

④ Dracula，布莱姆·斯托克（Bram Stoker）于1897年所写的小说书名，“德拉库拉”也是小说中的吸血鬼伯爵，之后其成为一个典型的吸血鬼形象。后来也有电影沿用这个文学形象，如《惊情四百年》。此处尚不清楚作者是指小说还是指电影。

⑤ 瑟斯顿·摩尔（Thurston Moore），美国音乐家、歌手、作曲人、吉他手。

一个受邀请才能参加的派对，像朱庇特[①]那种场地的经纪人会来看看各家乐队的演出情况。朱庇特是罗兰一直想去演出的地方。罗兰认识那个管理着秘密邮件列表的女孩，她是基于罗兰过去的作品来登记乐队的。如果朱庇特的经纪人喜欢通灵之心，也许有一天他也会预订丹尼尔的独奏。

丹尼尔扫视了一圈观众。一个留着胡子、戴着黑色棒球帽的男人独自站在后面，穿着一双大大的、系着橙色鞋带的棕色登山靴。丹尼尔又一次看了看自己的鞋。“那个人就是朱庇特的经纪人？”

罗兰翻了个白眼。数学摇滚乐队结束了演出。稀稀拉拉的掌声在场上的前片区响起。罗兰的一个朋友看过来，对他们竖起了大拇指：“你们准备好了吗？”

“一直准备着。”丹尼尔说。

不该喝第四杯伏特加的。等到他们完成调音，丹尼尔感觉自己好像在透过别人的眼镜看着现场。他对着远处那面墙上喷涂的猫眨眼睛，又继续给吉他调音，把同一条弦拨了又拨。他希望更多的人在低头玩手机而不是在看着他，等着他搞砸。罗兰弹了第一首歌的前几个音符，在他的雅佳 60 型号编曲机[②]上放起了节奏。丹尼尔弹了一个和弦，他们开始了流畅又自信的演奏，这首歌开始显露出它的色彩[③]——深蓝色和浅棕色，音符穿过乐器的管道发声，勇气也渐渐鼓起来。丹尼尔的脚下是六首歌的曲目表，潦草地写在纸页上，向他飘过来。他弹了 C 调和 E 小调。罗兰唱出了第一句歌

① Jupiter 是文中一家可提供演出活动的酒吧。

② MPC，Music Programming Computer 的缩写，是一种硬件编曲工具，可以用于制作鼓点、编排音乐采样等。

③ 文中多处用色彩来形容音乐给人的感觉。

词。那些音符听起来又悲伤又不协调，错得离谱，就像有次他咬了一口一个黄色的块状物，以为是菠萝，其实是块味道非常冲的奶酪。

罗兰继续唱着。他们曾经演砸过无数场演出，不管是谁出错，最后都能自我纠正回来。这是他们之间无言的约定，就像父母对孩子说的那样——如果我们走散了，就回到我们出发的地方。但是这次，纠错的音符没有回来。他们只共同练习过几次，仗着有过去多年的演出经验而自大。当丹尼尔瞄了一眼曲目表后发现，没有一首歌的歌名是他熟悉的。这并非是紧张——尽管年纪不大，他已经不是业余人士了，而更多是一种自我毁坏——把一切都搞砸了。他迸出一个和弦又一个和弦。他想到一段即兴重复段，弹奏了出来。他自以为这是他熟悉的旋律，一段旋律，他想把它大声演奏出来，因此他这样做了。明亮的橙色灯光绕着他旋转。场下的回应是人们的尖叫声。他看到人们面露苦相，捂上了耳朵。

罗兰停下了歌唱说："这首歌叫作《请让我看看你的尖牙》。"他开始了下一首歌，但是丹尼尔也不熟悉这首歌。这就像他在一个异国他乡醒来，所有人都说着一门他从没听过的语言，而他被要求发言。"去学学怎么弹琴吧！"一个家伙叫道。丹尼尔怎么都看不到那个朱庇特经纪人了。全场变得更热了，更拥挤了，他再也听不到任何声音，除了一阵加快的、焦虑的鼓声，一阵马蹄的疾驰声，还有恶毒的笔刷画出一笔笔灰色覆盖在黑色上。危险，那鼓点传递出这样一个信号。他得救场，他得纠正自己，他滑得太快了，除了倾斜什么都做不了，像点击按键在赌博中下注，尽管知道自己手气不好，他还是再次点击，看着账户里的金额降得更低，再点击……他无力自拔，只能任由这股冲动将他拖向毁灭。他知道这恐怕是他对罗兰所做的最糟糕的事情，罗兰也许永远也无法原谅他，他也无法原谅自己，但是他无法忍受再在台上多待一秒钟了。

他拔下吉他，收了音。节奏还在继续。“你在做什么？”罗兰低声问。丹尼尔蹒跚着下了台，推挤着穿过人群。他听见罗兰叫着他的名字，在他跑出房间时人们发出了哄笑声。

他在街上踉跄而行，任由冷风吹打在他的脸上。他把外套忘在楼上了。在鲍厄里街[①]，他路过朱庇特，一群人在人行道上排着队。他想象着他的名字写在门外的牌子上，扭头不敢再看，然后他看哪盏绿灯先亮就在那里过了马路，向南边游荡而去。他可以选择放弃音乐回去上学，让他的父母高兴。他猛地向左急转弯，沿着莫特街而下往运河街走去，经过了面馆和杂货店，到处都是中文的标识牌。他可以认出一个汉字，将它跟旁边的字拼凑到一起：针灸执照。国际电话卡。他乐于通过辨认中文分散他的注意力。他走得更快了，脚在雪地上打着滑，并用指关节擦掉流下来的鼻涕。在上州时，他偶尔会想到福州话里的某一个字，在嘴里感觉出它可能的口形，回想着它的发音，但是想要找对那个字就像对空气较劲，意思还是记得的，但是读音却早就想不起来了。即便他还能说福州话，也没有可以与他用福州话聊天的人。

这么多年后，他震惊于中国城居然有那么多人，在他已经不记得的街区，一个店面连着一个店面。身边都是中国人的感觉变得那么奇怪。在高中，孩子们说他们从没想过他是亚洲人、罗兰是墨西哥人，好像这话是对他们的一种恭维。他不是那个有着一对教授父母的中国孩子（或日本、韩国孩子，管他哪个国籍的孩子），而是那个弹吉他的家伙，那个总在玩乐队的人，那个坐在快班的后排愁容满面，但考试总是能通过的人（每个人都觉得他的数学很棒，不管他实际考了多少分）。在波茨坦分校，他所在的

① Bowery，纽约市的一条街，以低级旅馆、廉价酒吧众多著称。

班上还有其他一些亚裔学生，爱扎堆的交换生，或在派对上跟非亚裔朋友们混在一起的独行侠们。他避免与他们接触，他们也避开他。但是他现在已经不再是波茨坦的学生了，现在的他，只有纽约城以及这个城市漫长的、放荡的周末：在一艘驳船上举办的派对上跳舞啦。坐着出租车驶过威廉斯堡大桥啦。远处的曼哈顿灯火璀璨，他们五个挤入后座，随便一个女孩坐在他的大腿上，罗兰坐在前座，跟司机闲聊，谈论着肠道菌群或找蘑菇；熬夜看《发条橙》，走出门外时已经是周六的日出时分，浓烈的橙色和紫色霞光照在光秃秃的树顶上。像这样的夜晚，过去、现在和未来一直在重复上演着，他认识的所有跟他一起厮混的人忙于一连串的活动，进入一道汽笛风琴[①]鸣响的音轨。

他被自己的鞋带绊倒，弯下腰重新系好。今晚之后，是不是一切都烟消云散了？也许他并没有多少可失去的。有些早晨，他在罗兰的沙发上醒来，面对独自一人的一天，他会在大冷天里出去转悠几个小时，就是不想回到空空的公寓，深信自己已经犯了一个致命的错误。现在他确实犯下了致命错误，他在他渴望留下好印象的人们面前把事儿搞砸了。

他搓着胳膊上起的鸡皮疙瘩，牙齿打着颤。他经过一个手机店，橱窗上贴着中文标牌。高中三年级，他在利特尔镇商场看到一个中国女人，她身材瘦瘦的，头发烫过，手里拎着塑料袋，袋子提手相互绞在一起。她在琢磨着什么，他的中国面孔无处可藏。当她开口时他听懂了她的普通话，她迷路了。他能帮帮她吗？她需要打一个电话，找到一辆公交车。她的脸上露出害怕和焦虑的神情。两个身材瘦长的白人少年，注视着他们并模仿了她的口音。他用英语说："我不会说中文。"之后，他试图忘记那个女人，

---

① Calliope，汽笛风琴，一种水蒸气驱动发音的气鸣乐器。

因为当他想起她时，他感到深深的、巨大的孤独。

现在他又想起她了。他真希望他随身带着耳机，希望有一首歌来安抚自己，希望能有些喧嚣之声和一根烟来打发这个夜晚。一个穿着滑面羽绒服的男人——丹尼尔记得在福特汉姆路的服装店里满是这种面料的衣服——好奇地瞟了他一眼。“你看什么看！”他冲着那个人的背影吼道。

他的手机响了一下。是罗兰的信息：你还好吗？他查了一下他的电子邮件。有从音乐邮件列表里发过来的邮件，他父母转发给他的一篇文章，讲失业率和大学学位的事情，他看都没看就直接删除了。还有一封是一位名叫“迈克尔·陈”的人发来的邮件，两个多月前他就已经收到这封邮件，当时他既没回复也没删除。这次他又读了一遍邮件，然后关上它，让那些话在他心里慢煮细炖，达到接近持续沸腾的状态：

你好，丹尼尔！

我在寻找一位名叫“丹尼尔·威尔金森”的人，他曾经名叫“郭德明”。

是你吗？

你好！我是迈克尔。我们曾一起住在布朗克斯区。我妈妈几年前结婚了，现在我和她以及我的继父住在布鲁克林。我在哥伦比亚大学读大二。

我知道我们好些年都没联系了，但是，如果你就是我在找的那个丹尼尔，你可以给我回个信或回个电话吗？我的号码是646 795 3460。这很重要。是关于你妈妈的事情。

如果你不是我要找的那个丹尼尔·威尔金森，能否也告知我一声？这样我就不会再打扰你了。

期盼早日收到你的回复。

迈克尔·陈

“他妈的。”他说。好像迈克尔、利昂还有薇薇安十年之后还会再回来一样，好像突然间他对他们重要起来了一样。是他们赶他走的，是他们把他拱手送人。他想不到迈克尔还有什么关于他妈妈的事情要告诉他。不管她在哪里，她都已经消失了很久。

他关掉手机，往上城[①]走去。他的登山鞋重重地踏在路面上。穿过运河，他一脚踩进一个水坑，感到脏水溅到了牛仔裤后侧。他永远也无法那样背叛一个人。他不会退出或消失，不会像他的妈妈或利昂那样。他要回公寓去，向罗兰道歉，学会所有的歌曲，弹到他的手指酸痛为止，练习到他可以被原谅，直到他又弹得很好了为止，直到他达到完美为止。

“我不知道他们为什么把菜单做得这么难读。”彼得眯着眼看着那些龙飞凤舞的印刷手写体文字。他的腿踢到了桌子背面，银制餐具都跟着弹跳了一下。“还有这把椅子。这是给婴儿坐的尺寸。”

穿着粗短鼻环的女服务员已经在对那边的爵士经典曲目喊话了，但是彼得还在让她重复一下午餐的特色菜，凯在对着菜肴进行各种发问。柠檬酱很酸吗？我不喜欢酸的。“珀皮塔”[②]是什么？拉弗里达牛肉[③]是什么，他们为什么要给奶牛起名字？丹尼尔椅子上松软的天鹅绒坐垫一直在往外滑，

① 曼哈顿是一个狭长的岛，分为上城（Uptown）、中城（Midtown）及下城（Downtown）。

② Pepita，南瓜子。

③ LaFrieda，一个偏高端的肉类品牌。

他将坐垫塞在膝盖下，任由天鹅绒面料皱成一团。

丹尼尔的父母还是穿着以往风格的衣服，自从丹尼尔认识他们起，他们就是这副打扮。彼得穿着皱巴巴的卡其裤和茶色的羊毛衫，凯穿着浅色的高翻领毛衣和粗条纹的灯芯绒裤子。十年后，丹尼尔已经不再注意到他们与他的长相是多么不同了。他有两个月没见过他们了，他一直在打工、倒地铁、跟各种各样的人走在街上，现在他们反而是看起来不同的人了——他们更安静了，看起来更衰老了，与他不经常联系来往了。这种角色的颠倒意外地很令人满意。

“争议还在学院里酝酿。”凯说。

丹尼尔喝完他的那杯，说：“在卡洛学院？”

“少数族裔的学生们在抗议。”彼得特意强调了“少数族裔”，“他们想要校方设立一个种族研究系。”

“那有什么问题呢？”

“哎，不是我们不同意他们的想法，”凯说，“我是说，我们确实很重视多样化。”

“但是那些刻薄抨击，”彼得说，“坦白说，并不有助于他们的事业发展。有学生在我上课时直接走出去，这只会扰乱课堂。”

“当然了，也有白人学生这么做。”凯补充道，“所有这一切都聚焦在引发警告、保持政治正确上。我担心我们培养的是一代过于溺爱骄纵的孩子。我希望我们没有把你培养成那种人，丹尼尔。”

“当然没有了，妈妈。”

女服务员给他们端上了食物，彼得续了杯咖啡。凯将她杯子里的茶包取出，用勺子压了压。他们俩周五都没有课，早上四点半就起床了，开了五个小时车到城里，计划一吃完午饭就开车回家。丹尼尔让他们在罗兰的公寓住上一晚，他们拒绝了。我们在罗兰·富恩特斯的沙发上睡不着，彼得说，好像连这个提议本身都很荒唐一样。

“给我再来一杯咖啡，谢谢。还有水。”丹尼尔起床时已经一口气喝了两杯水，但他还是觉得口干舌燥。

凯打量着他：“你昨晚很晚才睡？刚起床？”

他摇摇头。

“当然，我记得你暑假时一大早就起床。”

“你了解我的，”丹尼尔说，“我喜欢天亮就起来。”

“对，一头扎进农场里。”

彼得给咖啡里加入糖，搅拌着：“罗兰最近怎么样？”

丹尼尔四十分钟前才醒，只勉强睡了几小时。醒来后他发现他的外套被叠放在沙发脚边，罗兰的卧室门关着。自打他从演出现场逃跑后他们就再也没见过面。

“很好！我们昨晚一起演出的。”他从牙缝里挤出这句话，想让这句话听起来语气昂扬。在他切煎蛋卷时，他的手肘碰到了凯的手肘。

“昨晚。是在酒吧吗？”

“妈妈。我没做什么坏事。偶尔小喝一两杯啤酒而已。”

“你知道有句话是这么说的，诱惑之物会导致再度堕落。你应该跟我们一起回家去，去参加那些会议——你会去参加的，是吧？”

每次和家里联系她都会问他同样的事情，而他一直撒谎。“靠近罗兰家的那个。我跟你说过了。”

最后一个学期结束时他收到了院长的来信，黑体印刷字详述了他被勒令退学的条款。在他春季学期的 GPA 掉到了 1.9 后，学校让他留校察看[①]。

① 美国大学里，当学生成绩第一次未达到学校规定的 GPA，学校会给出留校察看的处分并记录在案。若学生在此期间 GPA 仍不达标，将面临被开除的处分。

十月，他不再去上课了。彼得在他的笔记本电脑上装了屏蔽软件，尽管在他透支了太多账户后，扑克网站已经禁止了他的访问。

他的膝盖撞到桌子，凯的茶溅了出来，他用他的餐巾擦去洒出来的茶，彼得一直看着他。“我在这里挺好的。我打工，挣的都是干净钱，没有透支我的信用卡，五月份罗兰的室友就搬出去了，我准备租用他的卧室。这跟波茨坦分校不一样，在波茨坦分校我无事可做。在这里我忙得很，没空被那些东西分心。”

“在波茨坦分校无事可做，你说。”彼得发怒了，“那是学校！你就应该好好学习，那就是你该做的事情！不是这些玩意儿！”

“我不知道，”凯说，“这些让人上瘾的东西，我一直也在研读它们，它们超过了人的自我监控的能力，而且，纽约城到处都是这种诱惑。”

“相信我，妈妈。”

“的确，不良因素到处都有，但是纽约城里更多，一个人更有可能被不良因素影响。”

“在墨西哥餐馆打工，还不跟一个普通打工仔一样。”彼得说。

“不要有种族歧视。”丹尼尔说。

“什么，现在提个‘墨西哥’都叫种族歧视了吗？得了吧，你给客人端炸玉米饼和新炸的豆子。如果这都不算墨西哥，那我不知道它能叫什么了。实话实说而已。”

“实话实说？你是认真的吗？店主是有钱的白人，因此你没什么好担心的。各种各样的人都在那里打工，各种各样的种族和年龄。怎么了，我甚至还有一个在美国纽约时装设计学院上学的印度同事，一个要去纽约大学上学的黑人同事。店主没有上过大学，但他们是百万富翁。我都还没见过他们，因为他们甚至都不住在纽约。老板住在华盛顿州的树屋里，他的兄弟在哥斯达黎加冲浪，另一个在柏林游玩。”

彼得一言不发，叉起他的火腿蛋吐司。

“丹尼尔，”凯说，“不要那样跟你爸爸说话。”

“够了，”彼得说，“不要再绕弯子说话了。我们开了五小时的车过来不是为了听他的嘲讽的。”

“我们有个好消息，”凯说，“非常棒的消息。卡洛学院愿意接收你，从这个夏天开始。你可以补上你落下的学分。当然，这是暂时性的。”

彼得和凯之前就希望丹尼尔去上卡洛学院，这样他可以获得教工子女学费减免的优惠，但是他们对他选择纽约州立大学波茨坦分校也做了让步，条件是他承诺不上音乐课。如果他的成绩不错，他的助学金和勤工俭学也足以支付学费了。而且，波茨坦分校在上州足够远的地方，丹尼尔可以躲藏起来，不再仅仅被认作是罗兰的朋友。

“但是我现在在纽约城啊，我也有地方住。”

“罗兰的沙发不是住的地方。”彼得说。

丹尼尔长喝了一口水：“我不想去卡洛。”

“那在你被波茨坦开除前你应该想到这一点。”

“我哪里也不想去，我只想待在这里。”

“你妈妈和我为了你都豁出去了。尽管院长有很多担忧，我们还是想办法把你搞进了卡洛，并且说实话，她的担忧是有道理的。她看到了你的开除学籍书、你的成绩单。我们不得不拼命说服她让她给你第二次机会。你的忘恩负义真是令人震惊。”

凯将她的手掌放在丹尼尔的手腕上。“我知道这段时间你很艰难。但是你大学都念了两年了，你不能退学。没有学位你将来怎么办呢？”

“搞音乐。”

“搞音乐！”彼得的额头都气得涨红了，“别傻了！音乐能付你房租，买你日常必需品？”

自从丹尼尔十二岁起，彼得就把这话老挂在嘴边。“罗兰就没读完大学，但是他生活得很好，”丹尼尔说，但是没提罗兰晚上在上商业课程的事情，“他的室友艾德里安大三，学生贷款已经欠了十万了。”

“真是疯了。”凯在她的大手提袋里翻寻，拿出一沓文件，递给丹尼尔。

“三月十五号，”彼得说，“三周后。那是你填好这张申请表的截止日期，这样今年夏天你才能被卡洛学院批准入学。线上表格的网址印在这里。如果不是这么做不道德，我都会亲自替你写好目的陈述书。别以为我没这么想过。但是不要误以为你还可以找我代劳。”

彼得已经在第一页纸上填好了丹尼尔的名字和他们在山脊区的地址。丹尼尔将表格折叠起来，收进口袋里。

“要是我秋季在卡洛学院入学，再转学到纽约城里的什么学校呢？这里有更多的工作机会、人脉交际机会。我需要几个月休息一下。等我回去上学时，我会身体健健康康的，全心扑在学习上。”

“我觉得不行。”凯说。

“一个学期不上学已经很过分了，”彼得说，“你就要掉队了！要是由我来决定，我们吃完这顿饭后就该带你回家。但是你妈妈似乎相信你可以照顾好你自己。”

“哎，”凯说。“我是可以。你没有什么要担心的。”

“下周我们得收到你的申请表，一份你的目的陈述书。之后，你要把你已提交申请的确认函发给我们。”

“下周？”

“我们还会来城里的，”凯说，“吉姆·亨宁斯要过六十大寿了，周六晚上有个派对。安杰尔也会去。当然，你也跟我们一起去。”

丹尼尔的肌肉绷紧了。这么说来安杰尔没有去尼泊尔。如果他们仍然是朋友的话，如果她仍然愿意跟他说话，他就可以跟她聊聊迈克尔的邮件，彼得对他忘恩负义态度的指责，他在愤怒和债务之间是多么筋疲力尽。要是彼得和凯知道他是那么想得到他们的认可就好了，他是那么害怕让他们失望，就像他害怕让他的生母失望一样。安杰尔有次告诉他，她觉得自己欠她父母的。“但是，我们不能为了他们高兴，而将自己置身于悲惨的境地。”她说过，“那是糟糕的生活方式。”丹尼尔跟她从小相识，但是他们去年春天才刚开始在失眠时煲电话粥，去年大多数时候她都是他心里最大的安慰。她的真诚具有感染力，他喜欢听她讲朋友和暗恋的事情、她的暑期计划、她喜欢的课程和不喜欢的课程，住在中西部比在曼哈顿平静多了、安宁多了——有时那份寂静仍然会吓到她，甚至有时她太想吃一块好吃的比萨饼和皮塔饼里的羊肉沙瓦玛①了。

凯示意女服务员结账。“我们爱你。我们想把最好的都给你。我知道现在看起来似乎并非如此，但我们确实是这么想的。”

“他总有一天会明白的。”彼得将椅子拉开，“洗手间在哪里？”

丹尼尔看着彼得穿过餐厅，他的肩膀和腿上新添了几分僵硬感。内疚之情油然而生，他们希望他以对他们来说很重要的方式取得成功，因为那也意味着他们也成功了。罗兰一年以来都因为太忙没怎么跟他说话，但是凯和彼得每周都给他打电话。丹尼尔想他已经伤害了他们够多的了，怎么还能再继续伤他们的心呢？他永远不可能回复迈克尔的邮件。

① Pita，皮塔饼，希腊和中东地区的一种面饼，外形像面包，中间是空心的，里面可以填入各种馅料。Shawarma，中东地区常见的街头小吃，类似烤肉卷，通常在皮塔饼中夹上羊肉、牛肉、鸡肉等肉类或蔬菜。

他转过身对着凯："我会填完申请表的，妈妈。"

在特雷斯·洛克斯餐馆[1]工作了七小时后，丹尼尔的手腕因为舀豆子、切胡椒、包玉米煎饼而酸痛。罗兰的厨房桌子上放着一个纽曼牌[2]麦克风的空盒子，丹尼尔拿起收据看了眼，低低嘘了一声。那个麦克风要两千美元。他从口袋里取出被弄皱了的卡洛学院申请表，将其放在柜台上。

将沙发拉开就是他睡觉用的沙发床，他的背包和吉他放在沙发旁边。罗兰的室友艾德里安不是在工作就是在学校，要不就是在他女朋友家；罗兰几乎也不怎么在家，上课、运输艺术品，在一个画廊装置的施工队里工作，为一个设计师朋友做模型，帮助其他乐队的朋友。丹尼尔陷进沙发里，拿出吉他。尽管他的手腕酸痛，他还是想写首歌。

他听见门上钥匙的声音，来不及把吉他放下，罗兰进来了。"你在弹什么？"

"随便乱弹弹。"丹尼尔说。

他们看着彼此。"听着，"罗兰将身体重心从一只脚移到另一只脚，"我想让你知道我不是疯了。"

"我没这么说过。"

"我们几乎都没一起练习了。"

"对不起。"

"过来，听听我今天做的东西。"

丹尼尔坐在罗兰的床上，罗兰打开他电脑上的音频处理软件。一条声

---

① 即上文提到的丹尼尔打工的墨西哥餐馆。

② Neumann，音响行业的知名德国品牌，旗下生产高品质的麦克风。

线慢慢流出，是罗兰的声音，一首通灵之心乐队的歌。罗兰按下一个键。还是同样的声线，但是被插电效果修改了，声音更具刮擦感，变得阴沉拖沓。丹尼尔无法理解其中精妙。这就像在历史电影里使用拙劣的电脑三维动画技术效果和糟糕的复古照片滤镜。

“哈奇，那个朱庇特的经纪人，喜欢这种垃圾，”罗兰说，“在你那晚离开后，我跟他聊了聊他合作过的乐队。你知道他把简·拉斯特捧火了，是吧？还有泰拉瑞亚、野蛮的打击乐、超速吉他。现在他们很火了。我在想通灵之心应该往这个方向走。”

“你想为了迎合哈奇改变这个乐队？”

“我想要在朱庇特表演，我想要被签约。”

“那你自己的音乐呢？你甚至都不在乎？”

罗兰耸耸肩：“艺术也在进化啊。”

“哦，饶了我吧。”

“我们似乎不必这么做，”罗兰按了暂停键，“但是我们应该这么做。”

“说得那么好听，好像在那晚那种糟糕水平的表演后哈奇还会给我们机会似的。”

“不，我跟他聊过了。哈维尔几周后就要演出了，不是什么大事，但是我们可以拿到开场时间段中的一段。”

“用那个新的音乐，哈奇喜欢的那种。”

“是的，当然了。”

这让丹尼尔比之前要更接近目标了。特雷斯·洛克斯餐馆一个最老的包玉米煎饼的人——红头发的白人名叫埃文，他经常提到现在的纽约比上世纪90年代酷多了也危险多了。他尽管已经三十六岁了，仍然努力让他的乐队运转着。丹尼尔曾在一个周二晚上去看了埃文为其他演出做开场，那个家伙几乎不会唱歌。今天在工作时，当丹尼尔说他在阁楼派对演出、省略了他逃跑的那一段时，埃文说："别瞎吹了。"他用很大的力气浇了一勺斑豆，豆汁溅到了他的胸前。如果通灵之心能在朱庇特表演，他一定会邀请埃文来观演。在高中时，罗兰常跟其他孩子说："你得来看丹尼尔表演。"如果他们进行了一场演出，没人说话，丹尼尔就会陷入恐惧中，考虑把他的吉他扔进垃圾堆里。但是当人们称赞他"棒极了"时他又会沉浸其中，无法入眠，在脑海中一遍又一遍地回味那些赞美之词。

他想要再次被夸赞，被人夸"棒极了"。"好吧，"他说，"用新的音乐吧。"

"我们可以在撒德的工作室录音，那个制作磁带小样的地方。罗兰从山脊区带来了一箱子他父母上世纪80年代的旧磁带，他跟丹尼尔曾经研究过的那些歌，它们仿佛是从旧石器时代的洞穴中被发掘出来的珍宝，如今像最珍稀、最原始的黑胶唱片那样令人着迷，格外珍贵。丹尼尔不得不承认那些磁带硬质的、衰减的声音里有一种奇特的令人震撼的质地，一种真诚，一种数字音乐无法企及的深度。

"当然。"他说。这个夏天，他将要去卡洛学院上学，住在他在山脊区的旧房间里。他无法再玩音乐了。

"你爸妈去哪里住了？宾馆？"

"他们回家了。"这个点儿他们应该已经回到那栋冷冷的大房子里，在床上看书了。他摆弄着他的运动衫："哦，我收到了一封奇怪的邮件，是跟我一起长大的那个家伙发来的，那时我跟我的妈妈——我的生母一起生活。在我来山脊区之前。"

"上面说了什么？"

"他说他有一些关于我妈的事情要跟我说。我没有给他回信，但是我有一点好奇。”

在罗兰开口前，丹尼尔就知道他会有怎样的回应。

“别去。你会后悔的。”在关于父母的这个话题上，罗兰值得信赖，态度坚定。他的爸爸在他年幼时就去世了，罗兰对此没有什么记忆，他也从未表现出多了解一点他爸爸的兴趣。丹尼尔想要拥有罗兰的那份果断。他总是希望自己要是也能那么坚定就好了。

他拿起了卡洛学院的申请表又将它放下来。他回到了吉他边，弹起早些时候就在他脑中萦绕的副歌部分，重新改了一改，草草写了几行歌词。然后他想到凯的脸，想到当他告诉她，他已经查出了他的亲妈到底发生了什么事时，她痛苦流泪的样子。那首歌就这样溜走了。他想到妈妈击中他心中一块最柔软的地方给他带来的一种浅浅的、持续的疼痛。他将吉他放到一边，打开笔记本电脑，想快速地搜索一下，彼得和凯不会知道的。在初中时，他每隔几个月就会这么搜索一下，直到心中那股想知道更多的冲动消失殆尽。在意识到他滚动鼠标划过那些搜索结果，而自己不自觉地移开视线不想看时，他停止了搜索，对没有找到所需要的那些信息松了一口气。他上次搜索“迈克尔·陈”已经是好几年前了——“迈克尔”这个名字太普遍了，几乎有五十万条搜索结果。或者是搜“波莉·郭”，或“郭佩兰”，用英文甚至是用中文搜，也从来没有任何结果与他的妈妈相关。他也从没找到过他想找的那个“利昂”或“薇薇安·郑”。

但是今晚他输入了“迈克尔·陈”和“哥伦比亚”，打开一个大学生物实验室的网页，滚动页面向下，看到了迈克尔的名字和一个年轻小伙的头像，他瘦瘦高高的，穿着深色衬衫，衣衫整洁，神情快乐。迈克尔的脸更长了，他不再戴眼镜了，但是丹尼尔能在这张脸上看到他小时候的样子，那个睁大眼睛、愿意跟着他到任何地方的十岁小孩，他俩如亲兄弟一般亲密——他是一个了解德明的人。

他关上了笔记本电脑，好像它烫手一样。如果迈克尔真有关于他妈妈的信息，这也不会改变她离开了他的事实。罗兰是对的，没有必要搅动起糟心的记忆了。

他在客厅和厨房里踱着步，玩弄着麦克风的空盒子，想象着罗兰在朱庇特的舞台上，而他坐在大学的大教室里的画面——他无法同时取悦罗兰以及彼得和凯，但他想最好还是试一把。

3

他们找到另一对他们[①]的那天，她发誓她绝不会再离开他。那时，六岁的德明和他的妈妈对彼此来说依然是陌生人，但是已经变成了彼此欣赏的一对母子。他们都是矮个子，身材壮实，有着宽宽的鼻子，微笑时上扬的嘴角，大大的黑色眼眸闪闪发亮，目光中带有一点点懒散。她的手对他来说很陌生；他习惯了外公更温暖的手握着他的手的感觉，他走起路来也更从容。他的妈妈步伐太快，嗓门太大，就像他被扔到的这个美国城市。德明想念原先生活中的村子里沉默的、渐变的草地和水面，那些绿色和蓝色，紫红色和灰色。纽约城光怪陆离、声声刺耳，充斥着世间冷暖，到处都是听不懂的英语喧哗声和谈笑声。他的眼睛疼痛。他的嘴里塞满了噪声。天气是那么冷，呼吸一下都得寒颤一下，全是水泥森林。

他在一些熟悉的东西里寻找安慰，他在每一样事物中寻觅旋律，跟着旋律看色彩，他的身体不自觉地被节奏所吸引，就像植物迎着阳光生长。穿过鲍厄里街时，他从脚步重复踏在人行道上的感觉中感到安慰。他的左手被妈妈的右手牵着，他走两步才能赶上她的一步。她走上了人行横道。这是她两周工作里的唯一的一天休息。德明仔细打量着人行道上的粪便、

① 这是郭德明的妈妈和小时候的郭德明之间经常玩的一个游戏，在街上找一对像他们的母子，想象他们的人生。

烟头和沾满油污的纸巾，发现在冻结的冰块之间有很多粘在地上的口香糖。谁嚼过这些灰粉色的口香糖？他从不嚼口香糖，他的妈妈也是。在他的认知里，罗格斯街公寓里妈妈的六个室友也不嚼。这是在他们搬去布朗克斯区大学大道上的公寓跟利昂一起生活之前的事情了。

他们站在地铁线路图前面，看着长长的、面条般的地铁线路。“今天我们应该坐哪条颜色的线啊？”她问。德明研究着他不认识的字词和他将要去的地方，指了指紫色。

他出生在这里，曼哈顿的中国城，但是一岁时，妈妈将他送回了村里跟外公一起生活，那也是她妈妈长大的地方。德明早期记忆里的主人公是伊公，他叫他“小胖子”，教他如何划船，收集鸡蛋，用生锈的铁钩清理鱼的内脏。闽江还有其他一些像他那样的男孩，出生在美国，但由祖父母照顾，只能从电话里了解他们的生身父母。“我会接你回来的。”电话里的声音这么说，但是他为什么想去跟那一个声音一起生活呢？为什么要离开他这里熟悉的一切，去跟随一个他不记得的人呢？他的脑海里所拥有的只是一个画面，画面中他是一个皱着眉头的婴儿，他妈妈的脸被阴影笼罩着。每天早晨他被“嗤嗤嗤”的声音吵醒，伊公正在扫三巷老屋的屋前，伊公气喘吁吁，银色的烟圈向天空腾起，消散……直到有天早晨伊公还没醒来，然后德明就已经在飞机上了，旁边坐着一个之后他再也没见过第二次的叔叔。一个女人在满是上下铺的、寒冷的公寓里抱着他，她的脸仅仅因为跟他的脸很像，看着才有点熟悉。他想要回家，但她告诉他这个床位就是家。他不想听，但她就是他唯一拥有的。他每天坐在亨利街的一个教室里，一点也不懂老师在说什么，而他的妈妈在一个工厂里缝衬衫。

两次换乘之后，紫色线的地铁开上地面，德明和他的妈妈看着窗外用他们不认识的语言写的标识牌。“这个牌子是关于袜子的，”他假装自己看得懂，“那个是关于狗的。”靠近地铁线尽头标识牌变成了中文，他的妈妈用好笑的声音将每个字读给他听，声音低沉，像个广播员。破产了！移民问题？我们治愈拇囊炎！他喜欢这样的她；他确信她是他的。她轻快地拍着大腿时，他也踢着腿。

他们去了皇后区，从一个中国街区到了另一个中国街区。他们走出地铁站，这里的建筑物更低矮，街道更宽阔，但是人群和语言是相似的，撇开寒冷的天气，德明闻到了熟悉的蔬菜和鱼的味道。这是一个寒冷的冬日下午。他们在街角停下，她介绍了一个新游戏。“这里可能也有一个妈妈和德明，另一对我们。”像最好的朋友一样，但是更为要好；像一个兄弟，自我的一个分身。他们选择了这位妈妈和德明生活的楼——一栋低矮的楼，像他们在罗格斯街住的那种公寓，他们看着走在人行道上的母子们，直到发现一个跟德明年纪相仿的男孩和一个跟他妈妈身高差不多的女人。那个女人也剪着短发，一小绺一小绺地贴着她的下巴。像他的妈妈一样，她也穿着海军蓝的外套，看起来就像他儿子的姐姐。

“我们不能邀请他们过来玩吗？”

“我们不应该打扰他们，他们很忙。但是我们可以观察他们，好吗？”

她带他走进一家面包店，他想要吃一个蛋挞。那些日子里可以一美元买三个蛋挞，但是她拒绝了，说这是浪费钱。他们坐在一张桌子旁，但是没买任何东西，透过窗户仔细盯着另一对“他们”。过街时那个男孩向他的妈妈靠去，她弯下腰跟他说话。在男孩的手掌中有个松软而有光泽的东西，一块薄薄的黄色点心。

“我能吃个蛋挞吗？求你了？”

“不行，德明。”

他生气地噘起嘴。有时伊公让他早饭时畅饮可乐，但是她从不给他买任何东西。

“我想见见他们。”他在地板上跺着脚。她又说了不行。他跑下人行道，跟在他们身后大喊：“等等！”

他们转过身来，他们听得懂福州话。这另一个妈妈年纪更大、更瘦，另一个德明大约是八九岁，不是五六岁，方脸、丹凤眼，像那种会为了取乐故意点火烤虫子的男孩。一大块点心屑挂在他的下唇上。在他的妈妈猛地将他拉开前，德明的眼睛对上另一个德明的眼睛，另一个德明用英语说：“嗨？”然后他们走掉了，消失在裹着冬大衣的茫茫人海中。

“他们走了，”德明说。他很害怕，渴望回到伊公身边，“你还会离开我吗？”

“绝不，”他的妈妈牵着他的手上下摇晃，“我发誓我绝不会离开你。”

但是有一天，她还是离开了。

到七月，德明的妈妈已走了五个月了。自从二月她消失了后，他一直在等一个她会回来的惊喜。

那个夏天是一个长长的无尽头的迹象。一连数周纽约城都太热了，在长长的、热过了头的下午，沙发垫衬让德明的大腿后侧出了很多汗。他和迈克尔用脸对着嘎嘎作响的塑料电风扇唱着，“啦—嘞—啦—嘞—啦”，风扇的振动吸收了他们的话音，再用水样的、棕色的低沉之声吐出来。他们在玻璃杯里融化冰块，吮吸着，手伸进坐垫里翻找硬币跑去买富豪雪糕，冰激凌总是很快软化下来，德明还来不及尝一口，湿软的橙色糖糕就已经渗入它的硬纸外壳里了。

剩下的学年已经完全不在轨道上了。斯科特校长说如果德明去上暑期学校，补上他挂掉的科目，他就可以上六年级，但是德明不想去上学。

“你要是不去的话，你就要留级了。”迈克尔说。

他们坐在一根金属栏杆上，下面是一排长椅。甚至克罗托那游泳池——去年夏天他们和朋友们一起去的地方，今年都丧失了吸引力。

“去他妈的今年夏天，”德明说，咀嚼着这些脏话带来的令人愉悦的感觉。

“也去你妈的。”迈克尔的发音和唾沫回响着，“难道你不想高中毕业了吗？”

那不是我的计划，德明听见他的妈妈说。去他妈的计划。他考虑着跳到街道上去。一股腐烂的味道混合着更熟悉的气味——膨胀的废气和香甜的垃圾，灼热的路面和晒枯的草地。大麻烟味和香水味。还有什么地方飘来的烤肉的味道。

“有种你跳下去啊。”迈克尔说。

迈克尔不出声地笑了：“要不了多久，我会让你跳下去。”

德明抱膝坐着，扬起下巴，像利昂表达“你不过是一个烂人”时会摆出的那种姿态：“没人能让我做任何事。”

“我们都要升入六年级了，而你还卡在五年级。”

“闭嘴。”丹尼尔从围栏上滑下来。在西184号，迈克尔跟在他旁边，他们经过了索普希普住的楼。这栋楼跟这个街区其他的楼一样，要么是低矮的棕色的楼，要么是高一点的灰色的楼，窗户里面是各式各样的家庭，人行道上充斥着孩子们的喧闹声。他们停顿了一下，观察着挂着相同的塑料百叶帘的窗户——他们曾在索普希普家的公寓里向外看过那么多次的窗户。但是在那个夏天，好像那些朋友从未存在过一样，他们，像德明的妈妈一样，消失了，且没有迹象表明还会再回来。

埃尔罗伊去拜访他在马里兰州的姨妈了；洪在上州的一个亲戚家；索

普希普，那个叛徒，承诺他暑假都会在家，但一有机会就先逃去了皇后区最外围，据说他的一个表亲有一个大屏幕的电视机，住在一栋满是辣妹的楼里。迈克尔和德明上次见到索普希普时，索普希普说：最美的那个辣妹的肩膀上露出了若隐若现的内衣带，他们看电视时，她坐得离他有多近，她闻起来是泡泡糖和意大利辣香肠比萨饼的味道。迈克尔和德明嘲笑他，说他满嘴胡话，他可从没被邀请去皇后区，不是跟那些美女辣妹做邻居，很可能是整天跟他奶奶在一起，他奶奶的手臂上长满了痣，露着长长的黄牙，当她用高棉语呵斥那些男孩儿时，唾沫星子横飞，她还会用她的拖鞋打他们的肩胛骨，让他们坐直了。

一切都很可疑。索普希普一家到底有没有在那栋楼住过？夏天结束后埃尔罗伊和洪还会去上学吗？他的妈妈到底发生了什么？再也没有一件事、一个人是可以被相信的了。

迈克尔和德明站在高架轨道下面的空地上，对着地铁的隆隆声大声骂脏话。一辆汽车颠簸而过，嘟嘟叫着，画出一条浓重有光泽的褐红色低音线，一种缓慢的疼痛感在德明胸中弥漫开来。在他的妈妈消失前，他和迈克尔团结一致，对妈妈们保守他们的小秘密，比如从利昂十二听包装的啤酒中偷走一听。在他们喝酒时迈克尔做着鬼脸、打着嗝，德明就要比他打嗝打得更响。他们咯咯笑着，喝得摇摇晃晃。还有一次，他们在埃尔罗伊家那条街对面的自助洗衣店的推车里偷了一条女式内裤。在埃尔罗伊的房间里，他们将内裤举到鼻子前，夸张地嗅着它，在他们只闻到洗衣粉的味道时既悲伤又松了一口气。洪将内裤铺在床上，男孩们盯着那片粉色的布料看，直到埃尔罗伊将它扯起来，偷偷塞进他的衣柜。“我会把它藏在这里，”他说，“妥善保管。”德明说，它也许不是哪个辣妹的内裤，而是坐在埃尔罗伊家那栋楼前面的女人的，她用手挠过她毛乎乎的腋窝后再抓抓她的马尾辫。其他男孩恐怖地叫起来，迈克尔的尖叫声是最大最响的。

现在公寓里唯一的妈妈就是薇薇安了，德明的妈妈走了的消息已经不再是秘密，就像午夜汽车的车鸣声打破寂静的大街。他想怎么骂就可以怎么骂，但是那些词脏就仿佛在他嘴里腐烂了一样。他努力尽可能多地回忆起关于妈妈的事情。她只属于他一个人的时光，是多么短暂。她给她的牛仔裤脚卷了两次，这样裤子不会拖到地上。她将她毛衣的袖子放下来，好像尺寸过大的手套。她喋喋不休地说话时那种令人愉快的不协调感，她捏着他胳膊下面的肥肉叫他“肉丸子”，她的身材中那种精致的美丽——你必须用心去捕捉她的美，也许甚至并不会一开始就能捕捉到。她的嘴巴里有股甜味，她的嘴唇微微上翘，让她看起来有一点笑意；她的眉毛弯弯的，这样她的眼睛看起来很有活力，接近高兴的神情。

他别过脸去，这样迈克尔就不会看到他的眼泪充盈得那么快，几乎就要落下来了。

他们转过街角。“德明？”迈克尔听起来有些迟疑，好像是在跟一位老师或一位朋友的妈妈说话，“你听说了吗？特拉维斯·波帕要搬去宾夕法尼亚州了。”

“那又如何？”德明不知道宾夕法尼亚州在哪里。

“他妈妈离开了他爸爸，去找另外一个男人了，现在他得搬去跟他奶奶一起生活了。”

“什么另一个男人？”

“某个邻居。”

德明的指甲嵌进胳膊里，十个半月形的剧痛之处。要是她没死呢？“那真是糟透了，”他说，“对特拉维斯来说。”

他们在厨房的折叠桌边吃晚饭，塑料桌面印的是木色花纹，看起来像木桌一样，一个桌角的表层已经剥落了，露出泡沫里层。德明从薇薇安的盘子里一把抓过一块鸡。

她试图抓住鸡块："住手，坏小子。"

薇薇安的脂肪正在重新布局：她的肚子和胳膊更细了，但是她的下巴和嘴巴周围却多出来一些肉，像在给已有的结构上胡乱地蒙上了石膏。她上楼时气喘吁吁，不再跟着收音机里的音乐跳舞了；她会在桌子上睡着，会把食物留给男孩们，称自己不饿。德明看到过她看着自己的钱包咒骂一通；当德明打开电冰箱时她呵斥他关上，他也听见她和利昂为租金的事情、谁来照看小孩的事情吵架。

在她还没夹到鸡块时他就已经舔了一遍，将他的舌头在咸咸的鸡皮上上下游走了一通。利昂盯着德明，将他剩下的饭菜都递给了薇薇安。

利昂看起来糟透了，让德明想起学校教科书上穴居人的图片——他们站直了，脱掉毛发，变成直立行走的智人。利昂在妈妈走后像是倒序进化：他佝偻着腰，挺着大肚子，胡子拉碴且夹杂着银须。德明被他的样子吓到了，好像一下子老了一百岁。

有一次，德明跟妈妈以及利昂去坐史丹顿岛的轮渡。风刮着他的脸，但是他感觉很温暖，好像一切都不会出错一样。他的妈妈说："你喜欢这艘船吗，孩子？是不是比伊公的渔船好多了？"利昂笑起来，一种从肚子里发出的轻轻笑声，让德明觉得如果在操场上他会比其他孩子跑得都快。现在他已经不记得上次听见利昂笑是什么时候了。难道妈妈离开了，拒绝嫁给利昂，是因为利昂变丑了？德明嚼着鸡块。他们有很多邻居。约翰逊太太，口头禅为"不错不错不错"的汤米，带着女婴的玛丽小姐。还有杂货店老板爱德华·多，他一直在问："最近你妈妈去哪儿了？她怎么样？"德明会回答，很好，忙着。

“爱德华·多总是问起妈妈怎么样。”德明盯着利昂，看他的反应。

“谁？”

“杂货店的那个家伙。”

利昂的脸上没什么表情。德明又试了一次：“那天我看到汤米了。”没有回答。“伊爸？我们可以去佛罗里达州吗？”

他只对利昂叫过“伊爸”，当他的妈妈第一次告诉他他可以这么喊他时，这个称谓听起来似乎还有一点不正当。德明会喃喃念叨着他的词：伊爸，你能来这里吗？伊爸，我能看电视吗？

利昂抬起头：“佛罗里达州？为什么？”

“如果妈妈在那里呢，我们没有用全部努力去找到她，要是她有危险怎么办？”

“她没有危险。”

“你怎么知道呢？”

“我就是知道。她很快就会打电话来的。”

“妈妈，”迈克尔问，“我们可以去佛罗里达州吗？”

“不可以。”薇薇安说。

“我想去迪士尼乐园。”迈克尔说。

“不行，不行，不行，不行。”

德明从锅里盛饭时，将一团饭掉在了桌子上。“不要浪费食物！”薇薇安将洒出来的米饭扫进她的盘子里，把他的碗拿走了，“也许你妈妈离开你，是因为她厌倦了养活这么个忘恩负义的东西。”

她将德明的盘子拿到水槽里。“不要听她乱说，”利昂说，“她不是因为你的原因离开的。我们几个将会在一起生活，你、我，还有你妈妈。我们只是要等一等。”

薇薇安咕哝道：“我要去买东西了。”

利昂去上班了。迈克尔陷进沙发中，好像沙发吃了他一样。德明不知道他在这里要干什么。利昂不是他真正的伊爸，迈克尔和薇薇安也不是他真正的表亲和姨妈。如果他妈妈跟另一个男人私奔了，他就必须要让她知道她可没那么容易就能摆脱他。他抓起衣服，塞进一个塑料包里。

“别挡着电视了。”迈克尔说。

“我要去佛罗里达州找我妈妈。”

迈克尔盯着德明，他镜片后面的眼睛显得很大：“那我也去。”

“你是说真的？”

“当然。我们是兄弟啊，是不是？像亲兄弟一样。”

“好，那么我们要抓紧了。”德明将迈克尔的一团衣服塞进包里，“我们现在就得走了。”他拿上钥匙，将迈克尔的鞋子扔给他，然后他们朝门口走去。

“我们怎么去？”德明跑上大学大道，在192号向右转，迈克尔跟在后面喊道。德明不知道薇薇安去了哪个商店，会从哪个街区回公寓。

“我有计划的。”德明说，尽管他并没有。在靠近地铁站时，他们听见一辆地铁正要离开站台，他们钻进楼梯井，气喘吁吁。

“我没有地铁卡。”迈克尔说。

德明将那包衣服扔到他的腿边，这比他想象的重。“我也没有。”

“我要系一下鞋带。”迈克尔弯下腰，系了一个环，然后又一个。

“我没有钱。”德明低声说。

“我们也许可以找我妈要。”

“如果你问她要的话，她不会让你走的。”德明说。迈克尔看起来很严肃，很信任他。德明突然感到不能让迈克尔离开薇薇安，那样的话他们两个都会变成没妈的孩子了。“我们回家吧。”

“那佛罗里达州怎么办？”

“下次吧。”

他们折了回去。“我饿了。”迈克尔说。在杂货店里，德明在货架之间逗留，用手拨弄着一块长条状的糖，但是爱德华·多浓密的白胡子一直吸引着他的视线。

“喔。”爱德华·多从收银机那边吹着口哨。一个巨大的金属电风扇击打着周围暖烘烘的空气。“这股臭烘烘的热。”

“这是热浪。”迈克尔说。

“你妈妈在做什么？她还好吗？”

“她很好，”德明说，“我们吃晚饭要迟到了。”

他们两手空空走出了店。等他们回到住的那栋楼时，德明的胳膊很疼。他问迈克尔：“你最近看到过汤米吗？”

“有一阵子没见到了。”

他们在汤米家的门外驻足了一会儿。德明去踢门，但是听起来好像里面没人。“宾夕法尼亚州在哪里？”

“很远。”

当他们到家时，德明看得出来迈克尔松了一口气。他将那包衣服拿回卧室，尽可能安静地拆包放好，听见迈克尔说：“我和妈妈出去散步了。”

“妈妈。”德明在沙发上睡着了，从嘴上流下来的口水又弄醒了他。更晚些时候，在利昂回家后，天空下起雨来，雨点打在太平梯上，顺着屋顶流下来，空气清爽了许多。一阵潮湿的清风缓缓吹入卧室，迈克尔的手脚在一个遥远的梦境中扑腾着。德明看着利昂睡觉，利昂胸膛的一起一伏，他把胳膊放在利昂的背上，他需要利昂留在身边。

他们暂时安全了，既被挫掉了锐气，又在内心翻江倒海。他们俩都失去了她。

利昂说没什么大不了：他的女人离开了，没人知道她在哪里。他发出了一点笑声，一个玩笑——她离开了我！是不是疯了？——但是德明分明看到了他脖子上的皮肤是如何变得下垂、起了皱纹，他的眼睛下出现了深棕色的眼圈，就像纸盘子上放了潮湿的杯子。“我会再找一个的，你听见了没？”黑暗中利昂独自坐在厨房桌子边说。

夏天过得缓慢。德明听见利昂和薇薇安谈话，他藏在另一个房间里，这样他们不会知道他在偷听：工作时，一只悬挂在空中的正在被屠宰的猪掉下来砸中了利昂，他在光滑的地板上滑倒了，摔伤了背。他切错了猪的静脉，让一只动物像一艘优雅的远洋轮般漂走。三振出局，这已经是他的第二次机会了，他被留职察看了，他的工作时间也被缩短了。房东已经对他迟交房租宽容了两次，放高利贷的却并不很通融他。

妈妈的同事迪迪，利昂的哥们权的妻子，打过电话来尖声说美甲店的老板是如何被牵扯进一些阴暗的事情里面的，诸如使用非法劳工什么的。“你觉得她去了佛罗里达州吗？”薇薇安问。迪迪查出了那家餐馆的号码，当利昂打过去时，店老板说妈妈从未出现过。

迪迪给警察、移民局打了电话，他们说没有她的记录。那么妈妈应该平安无事，不是身处于德明担心的危险中，只是擅自离开了。利昂告诉薇薇安他去了一个律师那里，是权找的律师。要说权，可能是个怪人，一个在美国出生的越南籍中国人，只能说一点点中文，但在这里，权却是个大人物，因为他英语好。在这里利昂是个无名小卒，因为他只会中文。利昂需要权，这让他很抓狂。权不过是一个有着大嗓门的小个子男人，把头发弄得根根竖起，像小型长矛一样。

当律师问："她认识什么人吗？像其他什么男性啊？你也许自认为了解一个女人，其实并不了解她。"当权翻译出这些话时，利昂听了十分生气，真想拿皮带抽那个律师。

薇薇安说他们不能老是麻烦警察，他们也没有合法证书[①]。他们所能做的就是等着她的消息。德明听见利昂说他如何给放高利贷者汇钱，帮妈妈还债。晚饭时，他训斥德明："又糟蹋饭菜了，一点也不知道珍惜！"但是第二天，他带德明去越南咖啡店吃甜甜圈，配有枫糖色泽的糖粉和波士顿奶油。"我有三个月都在从福州过来的船上，"他说，"被海水冲洗，睡在潮湿的硬纸板上。想想你的床，想想你的浴室，你还能睡觉。"德明一心沉浸在他的甜甜圈上，奶油渗出来了。波士顿在哪里？"在船上，"利昂说："打手们差点把一个男人打死，因为他从船长的住处偷了一包方便面。打手们踢他的脸，最后将他扔进海里。"利昂现在的脑海里依然还能听到那个女人——他的老婆的尖叫声。

德明舔掉了手指上的奶油："妈妈是坐飞机来的，不是坐船。"

那晚，利昂一夜未归，直到第二天早上才回来。德明无法入睡，每过几个小时就会醒来，发现旁边的床垫上空无一人。当他听见门厅里利昂的声音时，他起床了。

"伊爸，你去哪儿了？"

"让开。我要睡觉。"

"你闻起来身上一股酒味，"薇薇安说，"整夜不归在外面想干什么就干

① 指美国政府颁发给出生于国外的美国公民或加入美国籍的公民的证书。此处暗示他们是非法移民。

什么，一定很爽吧。我真希望我能这样。”

“你想去就去，”利昂说，“我不在乎。”

“你不在乎？谁来做饭？谁收拾你的垃圾？谁洗你的衣服？谁来照顾你的波莉的儿子，而你在外面整晚鬼混，喝酒烧钱？”薇薇安捡起利昂的一套内衣裤，扔给他，“你的内裤自己洗去吧！再找个小妞照顾这孩子！”

“你能安静点吗？”

薇薇安摔上浴室门，然后又打开它，这样她能再摔一次。利昂推开德明倒在床上，倒在妈妈的枕头上。

十天后，利昂走了。半夜走的。薇薇安说他去中国了。

迈克尔哭起来：“他还回来吗？”

“暂时不回。他在那边找到了一份工作，在我们表亲的公司里。这些日子以来很多人回去了。”

“我们不回去，是不是？”迈克尔问。薇薇安摇了摇头。

这就像他掉下秋千的那次，那股风击落了他：砰！德明想哭，但是控制住自己，让脸上尽量保持平静。他的心里沉甸甸的。

“他本是要道个别的，”薇薇安说，“但是你跟德明在睡觉。”

德明知道这是胡扯。利昂走了，因为他是个懦夫。他没有道别是因为他知道自己不该离开，他离开是因为他感觉糟透了。当德明看到薇薇安安慰迈克尔时，他的心中竖起了一圈壁垒。

三周后，薇薇安说她跟德明要出去一下，就他俩。他们要去为上学买新衣服。

“为什么我不能来？”迈克尔说，“我也想要新衣服。”

自从利昂走后，迈克尔和德明不再途经索普希普家，或试图找到零钱买富豪雪糕了。尽管天很热，他俩还是待在家里。洗澡时，德明握紧了拳头捶打自己的大腿。他不得不假装一切正常。

“这是德明跟我的亲子时间，”薇薇安说，“我们俩从没单独一起待过，是不是，德明？”

“迈克尔也应该来。”

“我要来，妈妈。”

薇薇安让迈克尔待在家里：“我很快就回来了。”

“不，别走。”

“立即把门锁上，今晚我会给你做好吃的。”

迈克尔又哭了：“求你了，不要走。”

“我很快就回来。”

“‘我’？那德明呢？”

“我们很快就回来。”

迈克尔不哭了。薇薇安拎着一个塑料包，她和德明在门外等了一会儿，直到听到门锁上的声音。德明听见大大的抽噎声从家里传出来，他想再进屋，但是薇薇安已经向楼梯走去了。

他们上了BX12路公交车，在靠近前排的位置找了两个座位。德明不禁在想他们要去哪个商店。

“面对现实吧，”薇薇安最后说。“你妈妈不会回来了，你需要一个好的家庭。现在我养不起你跟迈克尔两个人，我很抱歉。德明，我没有钱，我将不得不搬去一个小点儿的公寓跟人合租。我准备找人照顾你，直到利昂在中国挣到足够多的钱，可以回到纽约时。你会没事的，等到利昂回来了，我们又会相见的。”

心中的壁垒收紧了，他几乎要窒息："什么时候？"

"很快。"薇薇安说。

"多快？"

薇薇安没有回答他。

"我会找份工作的！十一月我就满十二岁了！"

他们在大广场街下了车，走进一栋办公楼。他坐在靠近门口的一张椅子里，薇薇安用笨拙的英语跟一个黑人女人说着话，她的声音比平时都要柔和。他听见她说："我有他的出生证明。"

那个黑人女人朝他走过来。她又高又黑，戴着粉色边框的眼镜。"德明？我跟你姨妈聊一会儿，你在这里等，好吗？"她带他去了一间更小的办公室，里面有一张折叠桌和一个吊扇。她给了他一些蜡笔和一堆填色书，然后伸手去一个抽屉里拿给他一盒苹果汁和一袋薯片。"这是零食。你想画画的话可以随意画。"黑人女人轻轻微笑了一下，但是很和善，"我很快就回来。"

德明打开一本填色书。这是给年龄更小的孩子的，有着动物的大致轮廓，多数页面已经填满了。蜡笔突然断成了两截。他在动物的脸上画下了大大的叉号，告诉自己，薇薇安手里有他将要去的地方的地址，她和迈克尔过几天就会来接他。也许他要去什么令人激动的地方呢，假如有电子游戏玩呢。

果汁和薯片早就吃完了，戴着粉框眼镜的黑人女人回来了，手里拎着薇薇安之前拎着的塑料包。"现在你要跟我走了。我们有个地方让你住一晚，在布鲁克林。"

他跟着这个女人坐上一辆面包车。女人开车，他坐在前排，把包放在大腿上。包里是他的衣服和牙刷。他们上了公路，穿过了一座大桥，女人问了他关于学校和朋友的话题。她给了他另一盒果汁，问起了他的妈妈。

他说他自从二月份之后就没见过她了。

他们到达一个街区，那个街区都是中国人，有着中国商店和餐馆，但不是曼哈顿中国城。这里树木更多，房子有铝墙板，孩子们在人行道上骑着自行车。

黑人女人在一条小街上停了车。他们下了车，走向一栋三层楼的房子，按响了门铃。一对中国男女开了门，他们都头发花白，戴着眼镜。他们四人上楼进入一个房间，黑人女人跟那个中国女人在厨房说话，但是德明听不清她们在说什么。客厅很凉爽，那个男人陪着他坐在客厅的沙发上，说“放松，乖啊”，可能因为天热和坐车劳顿，德明筋疲力尽，竟在垫子上睡着了。当他醒来时，那个黑人女人已经走了。

“我要在这里待多久？”他问那个男人。

“一阵子。”男人说。

他们给他吃蔬菜和烩牛肉，满满一大碗。德明问他是否可以给迈克尔打电话，他们说现在不行，之后再打。他们打开了空调，让他睡觉和看电视。

几天过去了。德明都不知道过了多久了。他成天睡在沙发上，看电视。那些个下午，他独自一人在家，在小小的房间里游荡，打开空空的抽屉和柜子，用微波炉加热罐头，吃了一罐又一罐。那对夫妻的卧室是锁上的。家里没有电话。他想出去，但是大门也锁上了。

一天早上，门铃响了，不是薇薇安和迈克尔，而是一对白人男女。他们用英语跟那个中国女人说话。那个白人女人首先叫了他的名字：“迪——明，迪——明。”她将元音拖出来了，因此他没听懂是在喊他。中国女人叫了声“德明”，他坐起来，仍然睡眼蒙眬。白人女人又试了一次，这次更靠近他。

他们踮着脚走过来。“你好，德明。”男人的声音是笛声一般的、温柔的鼻音。头发很蓬松，浅金色的头发一绺一绺的，眼睛是淡淡的蓝色，眼周有皱纹。白人女人的头发短短的，金发中带着点棕色。她的脸颊是浅粉色的。

“你好，德明。”她说。白人男女分别在他身边两侧坐下，女人的胳膊碰到了他的胳膊，男人的腿抵着他的腿。之前他只有在地铁上才这么近距离地接近过白人。

“他们是什么人？”德明用普通话问中国女人。

“他们是你新的养父母，”中国女人用英语说，“彼得·威尔金森和凯·威尔金森。”

德明跳起来。彼得和凯虽然个子高，但是他动作更迅速。他向铺着地毯的楼梯跑去，刚跑到一半，就感到有双手抓住了他。“别跑，德明，”中国女人说，“这对美国夫妇会好好照顾你的。他们有栋大房子，很有钱。”

“我已经有家了。”

“你过去的家已经不在了。这是你的新家庭。放松下来。一切都会好起来的。”

彼得·威尔金森和凯·威尔金森蹲在楼梯上。“德明，”凯说，“我们将照顾你。一切都会好的。”她用胳膊搂着他。她的衣服闻起来是洗过的肥皂味。你的妈妈已经走了有半年了，现在利昂和薇薇安也走了。没人想要他。

德明靠着凯，她抚摸着他的头发。“好了，”她带着胜利的口吻说，又笑了笑，发出一种喜悦的声音，一面红旗在阳光下迎风飘扬，“一切都会好的。”

他跟着威尔金森夫妇走出了那栋房子。在开往上州的路上他睡过去了，错过了最后看纽约城一眼的机会。醒来时，车子停在一栋白色的大房子前，那栋房子有着环绕式的门廊，周围是高大的树木。在纽约城，此时是一个被蒸汽罩盖的八月下午，让人感觉像要死了一样，而这里，在树荫中，凉爽怡人。

彼得关掉汽车引擎：“欢迎回家。”

4

一周后，睡在铺着红色法兰绒的双人床上，郭德明被自己舌尖喃喃念叨着的方言碎片弄醒，正在消解的音节的污渍，冲向海里的名词和动词。一种语言从另一种语言中渗出，纽约城向他提供了海量的新词。他会把英语的元音掺混到一起，看着他妈妈拉下脸来。

他用毯子把自己裹得更紧，才八月下旬，这里就已经觉得冷了。纽约州山脊区，人口数 6525 人，在纽约城的西北部，离市区五个小时路程，这里的白色护墙板房子快有两百年的历史了。彼得说，是老古董了。这栋房子比布朗克斯区的公寓大五倍，比三巷的房子大七倍。它有三个大大的卧室：一个是凯和彼得的，一个是德明的，一个是客房，床上堆着软软的被子和枕头，没人睡过。两间浴室，两层楼，有一整个房间是专门用来用餐的。还有一间书房是用来学习和工作的。

清风从巨大的窗户偷偷吹进来，门脚边放着的豆袋坐垫也无法挡住这股气流。

我有了我的名字，丹尼尔·威尔金森。

他打了个寒战。之前他从没独自一人睡过觉，从没有完全属于自己的房间，这么大，这么空旷的空间。

丹尼尔听见口哨声，彼得正站在门框边，手搭在臀部。他喜欢不着调地吹口哨。

“早上好，丹尼尔。”

现在的丹尼尔之前的德明，总是要过几秒才能反应过来，他们是在跟他说话。要准备上学时，他们说，取个美国名字会方便一些。尽管这并不是正式的名字，他的出生证明，凯说，依然叫郭德明。

“该起床了。我们一个半小时后去教堂。”

楼下飘来早餐的香味，鸡蛋、蘸着咸油的香肠。德明的胃开始咕咕叫。

才来的那些日子里，他避开了称谓，跟他们说话时既不称呼“凯”和“彼得”，也不叫“妈妈”和“爸爸”。当凯靠过来拥抱他时，德明会扭动着躲开，她的拥抱太紧了，威尔金森夫妇闻起来像是奶酪和鲜花的味道，清苦又带着香甜。但是其他一些时候他没有避开。“我们很高兴你在这里，丹尼尔。”凯用英语说，然后用蹩脚的类似普通话的音再说一遍。她学了一些中文短语，上过普通话课，还买了一本中英词典，但是她的语调完全失准，德明听不懂她在说什么。

“我不认识你。”他用福州话回答。

当他说中文时，彼得的腿会弹一下，凯的嘴唇会抿得更紧，好像那些话被吸入她的身体里，她的嘴巴在吞噬着它们。“说英语。”彼得会警告说，担心德明的英语达不到上学需要的流利程度，好像他说的英语带毒一样。以前，当他英语说得太多、中文说得不够多时，他的妈妈常常用力一拍他的肩膀，好像是闹着玩的，但是感觉又很严肃；他的武器就是选择用什么样的语言，让她受制于他。因为，她时刻都需要翻译。

窗户巨大，从窗户看出去，外面空旷的院子，长着巨大的、多节的树木。橡树街没有人行道。几小时也可能都没有一辆车经过，缺少明显的嘈杂声音。德明站在窗子边，听着鸟儿没精打采的叽叽喳喳声，还有远处一架割草机隐约的轰鸣声。空气中保持着一股平稳的、几乎察觉不到的嗡嗡声。桃棕色的薄窗纱扫过他的睫毛。

在他新房间的一角有一堆塑料玩具：挎着剑的肌肉男玩具人，结实的消防车和带着微型警笛的警车，彼得和凯说这些玩具都是他的。（他并没有兴趣玩扮演警察的游戏，尖叫的警笛一点也不好玩。）他床边的一个架子上是一排图书，适合儿童读的简缩版经典名著，如《基督山伯爵》《最后的莫西干人》《雾都孤儿》。“简缩”这个词让他想到他的妈妈作为犒赏买给他的罐装乳品，在他的早饭燕麦片上浇上一点。她和他一样喜欢吃甜食，但是不经常吃。杂货店老板爱德华·多总是推荐她买裹在塑料膜里的受潮的松饼，看上去让人想起像鸽子屎的蓝莓，而她只会买香蕉。她偶尔会买炼乳、可可软糖和一袋扭扭糖。

德明嘴里塞满了煎蛋卷，在圣安教堂的长椅上坐立不安。他穿着一件有领的条纹衬衫——从凯的一位侄子那里传下来的衣服，领子让他的颈脖很痒。起立、坐下、祈祷。牧师单调沉闷地布着道，德明抓着之前从他妈妈的箱子里找到的蓝色纽扣。他在薇薇安打包过的一条短裤里发现了它，现在他把它放在自己的枕头下，带着它一起睡。

他摩挲着纽扣硬硬的上盖，圆圆的中心，想到地铁在125号大街冲出地面，他的妈妈搂着他说：“快看！”他梦见和迈克尔一起跑上大学大道，那里的街道曲曲弯弯，建筑物伸向天空，他们晃着腿，书包在背上跳动着，和埃尔罗伊、洪分一包洋葱圈吃，跟索普希普在公园里你推我搡。比萨饼店、甜甜圈店、中餐外卖，成排的硬硬的蓝色牛仔裤和连衣裙只需4.99美元一条的店。在纽约城，在那个远离圣安教堂、远离这个小城镇的地方——这里实在太小了，你朝地图吐口唾沫就能把这里淹没掉，纽约城里人们总是摩肩接踵；薇薇安用勺子舀起一碗碗汤，电视机节目喋喋不休的说话声，滋滋作响的苏打水，和迈克尔比赛打饱嗝，他的妈妈用手机打电话。他们一起睡在一张床上，暖和到根本不需要法兰绒毯子或羊绒袜。

他试图把布朗克斯区的点点滴滴都藏起来。一次他在一本书（一本很老的科学教材，依然在第三十三小学里沿用）里读道，有一天，人们将会在月球上行走，书上说；那时离人类登月①已经过去二十五年多了。书上说，人们的身体里可能携带肿瘤很多年，一种无害的囊肿，这些囊肿会长出牙齿和头发，甚至指甲来。一个人可以携带这种异物而毫无察觉。一个怪物双胞胎，一个双子毛团，他的身体里可能有很多奇怪的东西生长着，每个人都是这样。他心里装着妈妈和利昂，迈克尔和薇薇安，还有纽约城。他们变成了一串毛发，一个有着剪下的指甲和一颗流浪的牙齿的球体：一堆秘密肿瘤的合体。

德明踢到了长椅。前排的小姑娘转过头来看着他的脸，直到她的妈妈用手肘推了推她。

牧师含糊地念着祷词。德明之前从没来过教堂，因此别人做什么他就跟着做什么。他站起身，他坐下。他从厚厚的书里背诵句子，克制住自己的哈欠。谢谢您上帝，阿门。在他跟着威尔金森夫妇走向他们家的汽车时，他试图忽视周围的人。

山脊区中学离山脊区市中心两个街区，山脊区市中心也不过由一条主街道和一个竖着大大的美国国旗的公园构成。德明坐在凯的银色丰田普锐斯车的前座，他们开下橡树街，然后是山坡街，穿过铁轨进入城镇的西边，那里房子与房子之间的间距更紧凑，院子更小。

“如果丹尼尔重读一遍五年级，可能比直接上六年级对他更好。从成绩单看，他的成绩很差。”切斯特校长——一个长着白色鼻毛的男人，那些鼻

① 人类第一次登月是1969年7月20日。

毛像尖草一般从他的鼻孔里突出来——指着他办公桌上的材料说，“似乎这个学校，这个布朗克斯区的学校，也建议他参加特别辅导。”

“我上了暑期学校。”德明说。

“那么我们需要暑期学校的成绩。”切斯特校长翻看着材料，“他们跟我们这里的课程不一样。你在以前的学校，学的是哪种数学和科学，年轻人？”

他在想切斯特校长怎么能穿过这堆鼻毛呼吸，真希望迈克尔和他的朋友们也在这里，这样他们就能拿他开涮了。“只学了数学。”

“几何呢？语言艺术呢？你在以前的学校都学了什么课？”他看看凯，“他来自哪里？原来是哪里人？”

“我告诉过你了，”凯说，“纽约市。”

“但原籍是？”

“他的生母，我想是中国人。”

“中国。呵呵。你和你丈夫是他的养父母？”

“寄养父母。”凯说。

切斯特校长理了理材料：“他的英语可能需要再加强加强，我比较担心我们这个校区没有足够多的外国学生，无法开设将英语作为第二语言的班级。”

“他的英语很好，他在这里出生的。”

“让他上五年级对他更好。孩子们一旦跟不上课，会很容易灰心丧气的。我们可不想让他在新的地方开始的生活是从错误的根基开始的。”

“我刚说过了，他出生于美国。”凯说，“你也能听见他说话，他的英语很流利。我不同意让他留级。这只会让人觉得你们不看好他。孩子们的适应性很强，他们学习得很快。他属于他的同龄人，那些六年级的孩子。”

“你丈夫呢？他也同意吗？”

“你说什么？”

“你丈夫肯定有他的看法。”切斯特校长说。

“从目前的情况看，丹尼尔的学业成绩似乎是比年级水平低。但如果你还记得维果茨基[①]的话，一位像你一样的教育家，你就会意识到，社交互动从根本上联结着孩子的认知发展过程。即便你的学校采用的是传授性模式[②]，我们可以考虑在丹尼尔的同辈群体中，采用支架型教学策略，可以保证他能在并将在合适的社会文化环境中茁壮成长。换句话说，在六年级中成长发展。”凯强调说。

切斯特校长又看了看材料：“好吧，我们不要操之过急。”他轻声笑了笑，“那些讲的都是理论。我可不敢说自己像您一样精通理论，威尔金森太太。”

“是威尔金森博士，我在卡洛学院任教。”

最后，切斯特校长同意把德明安排到六年级。

“那个男人完全是个白痴。”在他们离开学校时，凯说。

德明在山脊区的头几周就像在梦游一样，懵懵懂懂，头脑混乱，好像打一个响指他就会醒来，重新回到布朗克斯区。薇薇安替他收拾的一包衣服，是他从纽约城带出来的唯一的东西，凯将它们洗干净，叠好，放在他房间的衣柜里。她带他去商场买了她所谓的“合适上学”的衣服。停车场是一大片柏油路面的空地，比他见过的任何一个停车场都大，因为空旷就显得更大了，只有几辆车停在那片巨大的空地上。他们经过商店，广播里

① 维果茨基（Vygotsky，1896—1934），苏联心理学家。

② 教育心理学术语，指灌输式的教学模式，老师以传授知识为主。后面的支架式教学，更突出教师的辅助性角色。

播放着高音萨克斯管的声音，像在教堂里听到的一样。跟橡树街的情况差不多，人很少，除他之外都是白人。

他们经过卖珠宝、手表、篮球帽的小摊。“让我们看看，”凯说，“一个十一岁的男孩喜欢什么样的穿着呢？”她在服装店前停下来，“你喜欢这些店吗？”

“我不知道。”德明说。在服装店里有真人大小的青少年广告牌，牌子上的少男少女在沙滩上奔跑玩耍着，女孩们穿着比基尼，头发在阳光下闪闪发光。她们纵情大笑着。男孩们夹着冲浪板，贴在他们一身肌肉的身躯上。他的妈妈在福特汉姆路给他买过衣服，同样大小和颜色的衬衫，他和迈克尔一人一件。

“看。”凯指着广告牌说，“笑成那样一定很疼吧。”她露出牙齿，摆出其中一个比基尼女孩的姿势，大腿弓步，手臂高举。德明看着她，不确定他是不是该笑。

工装裤、短裤、经典T恤、卡其裤、马球衫、连帽衫，看了很多件。凯举起一件衣服，德明说：“行。”在更衣室他脱下自己的绿色短裤和灰色T恤，摘下利昂送给他的洋基队帽子。迈克尔也有和他一样的短裤，不过是蓝色，还有一件条纹款的灰色T恤。迈克尔会想念他吗？或是，他很高兴自己可以占有一整张床了？利昂也许从中国打来了电话。如果薇薇安搬家了，他的妈妈就无法再联系上她，无法让他知道妈妈在哪里了。

他心怦怦跳，拉上工装裤的拉链。他看着镜子，感觉怪怪的。

“你能出来给我看看吗？”

凯草草过目了一遍：“你喜欢这身衣服吗？它很合身。”

“嗯。”

“那么，你想要吗？还有这边的这些衬衫，我猜你也喜欢？”

“好的。”

凯递给收银员一张纸，说她有寄养孩子获得的购衣券。

“我们不收这个，”女人说，“去沃尔玛试试吧。”

“哦，”凯笑起来，“没关系。她将那张券收进包里，掏出信用卡。在签完小票后，她将衣服和裤子都叠好装进一个手提袋里，问德明：“你还需要什么吗？”

德明被这个问题弄晕了。“鞋子？”他最终说。

凯将手拍到前额上。“哎呀，买就买齐了。鞋子，我怎么会忘了鞋子呢？可不能光脚去学校，切斯特校长可不会同意的。”

在“运动员之脚”鞋店，德明挑选了货架上最贵的那款耐克鞋，它们有着松软的鞋舌和红黑相间的条纹。凯递上她的信用卡，签了字。她还会给他买什么——一辆摩托车，一台电脑？他们漫步上楼到美食广场。凯拎着衣服袋子，德明提着新鞋子。他们分吃了一盘奶酪薯条。他将套在每根薯条间热辣的黄色酱料都舔掉了。这种薯条被叫作“波纹薯条”。

“在纽约城时你逛过商场吗？”凯的皮肤变得更粉了，可能是薯条热气的缘故。德明看着其他桌吃薯条的家庭：手挽手的老夫妇，数着零钱、倒着苏打水的青少年。

“我为什么在这里？”

凯拿起一根薯条。“因为我们家有余力养一个孩子，你需要一个家庭。”她的脸变得更粉了，“要上学了，你紧张吗？”

“不太紧张。”

附近的桌子上坐着一位母亲，带着两个年龄跟他相仿的男孩，他们看起来很温和，体格硕大，甚至他们的牙齿都显得更大一些。他俩正在狼吞虎咽地吃比萨饼。他不小心对上了其中一个男孩的视线，那个男孩看看他的兄弟，偷偷笑了起来。他们的母亲盯着凯和德明，好像他俩光着屁股站在大街上一样。

丹尼尔多抓了一些薯条，试图忽视那桌的母子。他想要去喜欢凯的笑声，那种突然爆发出来的、逐渐加强的声音，还有她很轻松地给他买东西的姿态。

她一直在说话。“我知道作为来到新环境的小孩，感觉有多害怕。七年级时我家搬家了，搬到离原来的家很远的地方，我得去新学校上学。我觉得那简直是世界末日。真的，我的世界就要完蛋了。并不是我有多爱以前的学校，一点也不，而是我害怕新学校会比之前更糟糕。但是你知道吗，我最终交到了朋友。这本身就是一个奇迹了。我是指，我是个很书呆子气的小孩，一个戴眼镜的书虫。我是那么喜欢读书，可以熬夜不睡整晚看书，第二天却在课堂上睡着。课间休息时我都会留在教室内看书。你能想象得到，这可不会让我受同学欢迎。但是你会没事的，丹尼尔。你会很好的。”

在第三十三小学开学第一天，妈妈和薇薇安陪德明和迈克尔走出了楼道大门。这个街区一路上都有孩子们从他们住的楼里走出来，大孩子、小孩子、兄弟姐妹们……红绿灯那儿站着一位来自波多黎各的女交通指挥员，总是用甜美的女低音说：“早安，甜心们。”山脊区中学似乎离凯和彼得的家千里之外。

他听见他们在他卧室墙壁的另一侧谈话。

“这么说有些难以接受，但是也许一个年龄更小的孩子会容易一些，”凯说，“更像是一块白板。”

“我们等了这么多年想等到一个小一点的孩子，”彼得说，“甚至当我们仍然愿意考虑中国小孩的时候。”

“我知道，但是我有时不知道在他身边的言行举止应该怎么样做才好。”

“做你平时的自己就好了。你要是浑身不自在的话，孩子不也会感觉出来吗？”

“你整天都在学校里忙。你确定，你不能至少有部分时间在家里工作吗？我们有书房，你可以在书房写东西啊。”

“我们不要再讨论这个事了，”彼得说，“你知道这个学期对我而言很重要。”

“又不会因为你偶尔早点回家，他们就决定不让你当系主任了。工作和生活要平衡啊。你整天都在学校里，他们非常了解你和你的工作情况。板上钉钉的事情了。”

“有瓦莱丽在就不行。她没有小孩需要操心，比我还多出了一本书。现在我必须要工作得更多，而不是更少。”

“亲爱的。真的。”

“讲到做学术，就没有什么工作和生活的平衡可言。你应该最懂这个情况了。但是对女人来说又不太一样，因为人们对男女的期待不同，男女的动力也不同。”

“对，”凯笑道，“我们没有动力！人们就指望我们带带孩子，做做饭，去上班，教教书，做做研究，写写我们自己的东西。人们认为我们就该支持我们的老公，确保他们被照顾得好好的，这样他们可以做非常重要的工作。我是多么幸运啊，我永远都是个附属品。”

“好了，是你想要这样的好吗。现在你也有了。”

“哦，这么说可不公平。你也想要的。”

安静了。如果凯离开彼得，另找一个男人，德明是不是就得回到纽约城去？

“你确实想要这样，”凯说，“是不是？”

“当然。”

“你认为我们可以处理好这一切吗？”

“当然，”彼得说，“这就是寄养孩子的好处。我们可以试试，看看究竟能怎么样。”

“我害怕太爱他。他的姨妈或妈妈说不定什么时候就回来接他走了。”

“我们会一天一天地过好的。”

“并非是我认为只有亲生的才能当好父母，而是这真的很难。它不是自然而来的，尽管我很讨厌用这个本质主义论的术语。”

“这需要时间。等他去上学了就会越来越好的。他会交到朋友的，你等着看吧。”

“我想要他对我敞开心扉。跟我聊聊他的妈妈、纽约城，或其他什么。”

“他也经历得够多了。不要勉强他。”

又是一段沉默。德明正要离开墙壁时，听见彼得说：“他更加保守的性格，也许是文化上的差异？”

“也许，也许。哦，我们疯了吗？让他住在一个没有其他亚洲孩子的城镇里？如果他恨我们的话，我也不会责怪他。”

“我不打算安慰你，因为这会很容易，”彼得说，“但是白人、黑人、紫皮肤的、黄皮肤的，所有种族的孩子都存在归属感的问题。他们胖，或者他们的父母没有很多钱。”

“确实，”凯说，“我是个近视眼的书虫。我从不觉得自己属于我的家乡。”

“关键是抛开偏见。”

“如果事情解决了，我们必须保证我们跟他，跟他的文化有情感接触。

我会跟伊莱恩多聊聊夏令营的事情。”

“我们会照顾好他的，那是最关键的，他知道。”

德明将耳朵贴在墙上，但是彼得的说话声渐渐减弱到听不清了。

他溜回床上。他的妈妈更矮更胖，跟凯一点也不像。不要想她了。他的妈妈说话时喜欢双手比画，他想看多久电视她就让他看多久电视。别想那些了。凯和彼得只允许他每周看三个小时电视。他们爱看美国公共电视台的节目。

厨房闻起来是牛奶味的肉的味道。凯给德明的盘子里盛满了烘肉卷、肉汁和球芽甘蓝，给他的杯子里倒上了冷的脱脂牛奶。牛奶让德明胃疼，但是彼得说这对他身体好，因此他每顿饭都要喝一杯牛奶。

他确保餐桌的布置是凯教他的那样：刀叉摆对次序，没有勺子，餐巾和垫布放在中间，玻璃杯放在合适的边角。有一晚，他把凯的玻璃杯放在垫布前的左角，他看到凯把杯子从左角移到了右角。右边，不是左边！下次不要再搞砸了！

“再过一天暑假，我们仨都要回学校了。”彼得说。山脊区中学和卡洛学院明天都要开学了，彼得在卡洛学院教授经济学，凯教授政治学。

德明将烘肉卷塞进嘴里。如果他向威尔金森夫妇屈服，他就会困在这里，就要永远失去他真正的家人了。

凯转向他：“丹尼尔？”

彼得也看着他：“你期待明天开学吗？”

“我想是的吧。”

“丹尼尔，当我们跟你说话时，请看着我们的眼睛。”彼得说。

凯抿紧嘴唇，唇纹明显：“我们爱你，丹尼尔。”

他又叉了一块肉卷。他的妈妈说她本来想要更宏大的东西，但是之后她有了他。如果他去爱彼得和凯，他们也可能会离开他。他们一直等着想收养一个更小也更好对付的小孩，他们更想要那样的小孩。

深夜时，德明偷偷下了楼，走到厨房电话那里。他记住了他妈妈的手机号码，尽管他从没记住利昂或薇薇安的号码，布朗克斯区的公寓也没有通电话线。他拿起听筒，按下号码，自动提示音告诉他需要先拨1。他加拨了1。电话停顿了一下，传来另一通语音提示。您所拨打的电话暂时无法接通。他又打了一次，将最后两个号码调换了位置，电话响了，但是进入一个陌生男人的语音信箱。第一个号码是正确的，他没有忘记号码，但是他的妈妈不在。

楼上，放在他房间一角的玩具阴影显现。德明辨认出消防车和警车的形状，他将一辆车放在另一辆前面，推着它们开过地毯。他让消防车撞上警车，低声模拟出警报的声音。

上学第一天，凯做了一顿特别的早餐，淋着枫糖的蓝莓煎饼。她在开车去卡洛学院的途中将德明送到学校。他摆出一副“别惹我”的表情，走进兰普金太太的固定教室[①]，找了个空座坐下来。这里的教室比第三十三小学的教室更大，不再是四个人一组围着一张桌子坐，而是每个人都有自己的桌椅。

兰普金太太点了名，丹尼尔·威尔金森是最后被叫到的名字。“到。”

---

① 学生定期接受教师指导的教室。这里的教师有点类似班主任的角色，进行点名考勤、传达校方公告、安排行政事务、做上课前的准备工作等。美国中小学大多是学分制，每门课程有时也有快慢班之分，因此同一年级、同时入学的学生上的课并不一定相同。常规模式是学生先到固定教室进行一些预备工作，然后根据自己的课程表去不同的教室上课。只有这个固定教室里的成员是相对固定的。

他答道。二十四双眼睛看过来。兰普金太太再次检查了花名册。

在第三十三小学，他的固定教室里有三十二个孩子，但是在山脊区中学，整个六年级才五十人。德明上完了历史课、科学课和语言艺术课。他独自坐在餐厅桌子边，吃了凯为他准备的土鸡三明治、芹菜梗和脆苹果。除了他之外，他看到的每一个人都是相同肤色的，他们的沉默渗入到空气中，像一种威胁。

放学后，德明独自回到家里，他盯着寂静无人的街道，听见了一片空白的嗡嗡声，感到一阵令人厌恶的失落感。他用尽全力击打着墙壁——你那也能叫一拳吗？那顶多是握握手！——直到他的指关节疼起来，他也尖叫起来。房间里空荡荡的，彼得和凯还在上班。等他们回家后，他就得被迫板起脸来，感觉自己像被活剥一样。

上学的第二天，德明决定这么去想：他是从另一个星球进口过来的，来到这个山脊区星球。他不在意作业有多少，只在意有一天他可以被送回家。这就是他熬时间的办法。他研究着安布尔·比特博格，在固定教室里她坐在他的前面。她有着一头长长的金发，还有一些白发散布其间，它们在靠近发根处是棕黄色的，渐渐变浅直至发梢。透过发间他能看到她的头皮，粉粉的软软的，像还没长毛前的幼兽。她的眼睛是灰绿色的，脸蛋像小山一样起伏——鼻子、下巴、颧骨。

他们是大孩子了。德明也是大孩子了，他曾经是第三十三小学里年龄最大的亚洲孩子之一。在那儿，他们是完全不同的，他们从未注意过在别人眼中他们是怎样的，因为没有他者的存在。这里，他们（一开始）太过注意他了，之后又太不注意他了。让人内心痛苦不堪的是，在最重要的那些方面既太过显眼又太不引人注意。对那些想嘲讽他的男孩们来说，他太显眼了；对女孩们来说，他又太不引人注意，只有当他裤子拉链开了四处走动时，女孩们才会注意到他。

他研究了他们的鼻子。有些鼻子尖尖的。有些垂下来像熟过了头的果实。有些鼻孔立起来，外倾。有些收缩且狭窄。在休息时男孩和女孩们明显分成不同的团体，而那些“碎屑”——剩下来的不属于任何团体的孩子，则散落在操场的边缘。德明看得出来自己也属于“碎屑”中的一员。“碎屑”不想被人注意到，但是就像一处疮口一样明显，他们躲到一边，避开被人们高度关注的那些地方：攀爬架，柏油路角落处女孩聚集的地方，擅长体育的男孩们的地盘——篮球场和足球场。

如果这些“碎屑”成功地躲开了其他人，他们就不会愚弄彼此了。他们猛烈抨击着最近的“靶子”——最不喜欢的人和事，很高兴地盯着左边有两英尺远的聚光灯。但是德明不想躲藏。三巷和布朗克斯区的生活已经让他做好了准备，山脊区星球是最后的考验。他被他的上级特别分派到这儿来，以考验他的力量和耐心。等他完成任务后，他就能跟他真正的家人团聚了。谁是他的“上级”？他也想清楚了。他们通过心灵感应沟通，用福州话，那种他不需要努力去听就能懂的语言。这个任务让他勇敢。因此在课间休息时他走出去，来到柏油路上，待在室外，看谁敢惹他。

第三天，德明坐在餐厅里时，一个女孩在他的桌子边停了一下。她拿着一盒果汁，上面插着细细的吸管，被咬扁的吸管口上留下了她的牙印。她深色的头发拢起来扎成一个粗短的马尾辫，戴着大红色边框的眼镜。

“你来自哪里？”

德明清了清喉咙：“布朗克斯区。你呢？”

“我就是本地的。”她说着走开了。

第四天，体育课。在山脊区，孩子们参加体育运动。足球、英式足球、篮球、游泳、棒球、网球、排球、曲棍球……山脊区的男孩们理应要向前冲和猛撞。年轻男孩们在更衣室换运动服的时候，德明观察着山脊区星球上的年轻人，有像肖恩·韦克那样的矮个子，婴儿般孱弱未发育好的四肢，属于“碎屑”中最不起眼的；还有科迪·坎贝尔那种肉乎乎的手掌和弗兰肯发型。他研究着科迪圆胖的手，像烤猪肉一样的大腿，他下巴摆动的样子。

他脱下鞋子和凯给他买的运动短裤。“碎屑”们缩在一排排柜子边上，快速换着衣服不想被人注意到，但是其他男孩跟他们的朋友开着玩笑，大喊大叫着。

肖恩·韦克，他的一只脚上缠挂着短裤，蹒跚地走向一个柜子。他是一个有着干瘪脸庞的小个子，面色苍白，被起了个外号叫“鬼魂”。其他男孩中的一个喊道，“鬼魂是同志！”

“去你妈的！”肖恩回敬道，“去你！妈的！”更衣室集体哄笑起来，这比愤怒还糟糕。肖恩偷偷摸摸逃走了。然后德明感到有人推挤了他一把，他的肩胛骨之间的地方挨了一下，身子向前一个踉跄。

原来是科迪。“你看什么看？中国智障。”他的一侧脸颊上有一颗飞碟形状的痣。他又推搡了德明一把，但是这次德明向科迪冲过来，把他往后撞。科迪趔趄了一下，发出一个“哦法啊”的声音。他甚至比特拉维斯·波帕更不优雅，是个大块头但是缺乏平衡感。这让德明既觉得滑稽好笑又正中下怀。

他感到一股重量压过来，被人猛地一戳。一胳膊肘，然后又一胳膊肘。德明大声喊叫出来，那股重量使得。科迪镇定下来，德明站了起来。“搞什么鬼？”

原来那重量来自肖恩·韦克，他的脸上露出狰狞的神情。

德明走开了。“智障，”科迪重复道，“中国智障！”这听起来像一个叫骂声，极为粗野，像一头彻底疯了的野兽。

在体育课上他们进行了踢球练习，德明从来没玩过的一种运动。当轮到他踢球时，他听到一个窃笑声说：“鞋子不错。”他低头看了看他的新耐克鞋，那个球击中了他的腹部，当他迅速转过身来时，他看到一排男孩努力忍住不笑出声来。

放学后，他独自走回家。路途不是很远，只有半小时而已，但是路上的景致一直毫无变化，一栋又一栋房子，一棵又一棵树。窄窄的街道延伸开来，成片小型田地出现在视线中，它们是那么广阔无垠，让他感到头晕目眩，恐惧于这永无止境的景象。随着他离学校越来越远，房屋之间的间距也变得更宽，甚至超过了它们之中最大的房子。他已经变得很不习惯听到汽车声了，偶有一辆车经过时，他吓得跳起来。

经过铁轨时，他听见身后有脚步声，不禁绷紧了身姿，猜测是科迪那一伙。

一个男孩的声音说：“嘿。”德明准备猛冲过去。但那人不是科迪，而是一个德明怀着好奇心观察过的一个孩子，名叫罗兰·富恩特斯。他和其他孩子看起来不同，也不是他们中的一员。德明听到过人们用夸张的口音念罗兰的姓，像嘲弄一样故意拖长音节，尽管罗兰从未对此做出反应。“嘿，”他对德明说，“你去哪里？我是罗兰，你是丹尼尔，对吧？”

罗兰·富恩特斯跟餐厅里的那个女孩，埃米莉·尼德尔斯都是数学快班里的。他要是在纽约城上学就非常适合，但是在山脊区他的学习速度和决心让他变得可疑。他走路时下巴扬起，眼珠子斜瞟着像一只警觉的鸟。他的肤色比安布尔·比特博格和肖恩·韦克那种白金色要更棕一点，深色的头发像婴儿的头发一样细软稀拉，也许他的头发永远都长不齐了，如果一个男孩在上初中前就有可能变秃的话。

他们一起穿过铁轨，沿着碎石路走。据德明所知，没有火车会经过这里。

“你在荡普金[1]的班上？”罗兰问。

“是的。”

“我在摩尔的班上。”罗兰说。

德明知道，但是不打算承认这一点。

“你住在哪里？我住在梧桐街。”

“靠近那边吧，”德明说，“在橡树街。”

“你来自哪里？”

当罗兰问出这个问题时，似乎不让人觉得讨厌。“纽约城。布朗克斯区。”

“酷。”

“你从哪里来？”

“火星！”罗兰个头不高，但是他的声音却是所有男孩中最低沉的，是一种沙哑、低沉的男中音。“不，我是本地的。来自山脊洞穴。”

罗兰说他和他妈妈住在梧桐树街的街角，他的爸爸已经去世。“但是我对他没什么印象。他在我三岁半时就死了，车祸。”

“我爸爸也死了。”德明说。他突然想跟罗兰做朋友，不管跟什么人，交个朋友。“死在中国。”

“你妈妈也死了吗？你的生母。”

他来不及阻拦，话已出口：“是的。”

晚饭时，彼得问德明在学校过得好吗，德明说好，他交了一个朋友。

---

① 这里罗兰可能是故意念错 Lumpkin 的名字，念成 Dumpkin，这个词有“土鳖”的意思。

凯问他是否喜欢他的老师们，他说他们不错。交谈有点无聊。

晚饭后，彼得和凯教德明打牌。他们一起坐在厨房桌子边，打牌一直打到天黑。

楼上，在他卧室的寂静中，德明用福州话跟他思念中的妈妈说着话。他告诉她，下午他说她死了，对不起。

除了体育课，罗兰和德明没有一起上的课，但是在休息时，他们狼吞虎咽地吃掉三明治，放弃去操场，转而一起去电脑室——各年级的“碎屑”和书呆子都来这里玩电子游戏。有时他们会遇到他们从未料到也会光顾此地的人，比如埃米莉·尼德尔斯，甚至，科迪·坎贝尔。

两周以来他俩都占据着所有游戏的高分榜，并且刷新了自己创下的纪录。不管你玩什么游戏，你只会看到两个名字，“DWLK”和“RFUE”①。一开始，德明输入的玩家名是“DGUO”，但是罗兰问：“‘迪谷哦’②是谁？”这解释起来太复杂了。（上学第一天他在自己的练习本上写了“德明·郭”，兰普金太太下课后把他叫到她的桌前：“这有问题吗？是开玩笑吗？”）德明不管何时打赢一个游戏，罗兰就伸出一只手来说：“D-W-L-K棒极了！”德明跟他击掌庆祝，瞥了一眼电脑室，希望罗兰低调点。在山脊区像刚才那样炫耀是不安全的。他也不喜欢罗兰在输入“RFUE”时上蹿下跳、将拳头挥向空中的样子。但是在游戏间歇德明会回看高分榜，看看一个名字在不断重复，那就是他的名字。

数学课上，摩尔先生画着钝角，安布尔·比特博格咬着她金发的发梢。

① 这两个名字分别取自丹尼尔·威尔金森和罗兰·富恩特斯的缩写。

② 罗兰将“DGUO”按英文的发音法读成了“Dee Goo Oh”。

德明告诫自己保持清醒，保持警惕。确保自己不会陷入懒散区域，最好的办法就是记得自己有任务在身，金罗美牌、烘肉卷和法兰绒毯子只是他生活调查的一部分。如果他跟所有人都保持着一定的距离，当他们消失时他就不会太受伤。

几周后，威尔金森家房子里铮亮的木地板就不再打滑了。当人们提到"丹尼尔"时他也会做出回应，不再觉得他们是在跟别人说话了。彼得和凯在他眼里也不再奇怪了。他们的肤色、鼻子的形状，跟空荡荡的街道上低低的嗡嗡声一样，都变得很正常了。他也不再一直惦记着晚上给他妈妈的手机打电话了。每次拨出去的电话他都收到同样的语音提示：您所拨打的电话暂时无法接通。现在，当他照镜子时，反而是他自己的脸让他觉得奇怪了。

他告诉自己，给他布置任务的"上级"随时都有可能过来，大声把他喊出教室，把他从踢球比赛中拖出来，在他在餐厅里吃着花生果酱全麦三明治，似乎毫无察觉的时候走向他。因为他永远不可能不注意到。总是存在这样一种可能性：某个下午，他的妈妈、利昂甚至薇薇安出现在餐厅里，准备接他回家，或者有人在固定教室的门上轻敲一下，丹尼尔·威尔金森便起身告辞准备离开，班上其他人都发出"喔"的声音，就像他身陷麻烦时那样。在校长的椅子里坐着的人是妈妈，她的脸带着柔光，道歉用了这么久时间才来接他，然后她在切斯特校长背后翻了个白眼。他们立即搭乘下一趟开往纽约城的大巴，德明会清清他喉咙里的飞絮，舔舔沾满了牛奶的舌头。

一个周五，一个女人来到了威尔金森家。不是他的妈妈或薇薇安，而是一位白人女性。她长着雀斑，鼻子小而扁，下巴小小的，焦黄色的卷发披在脸庞。"我是贝利女士，"她说，"但是你可以叫我杰米。"

"杰米是寄养服务机构我们这个案子的社工。"彼得说。

女人转向德明："你愿意带我看看你的房间吗？"

"带她去吧，丹尼尔。"凯说。

杰米跟着德明上了楼，坐在地板上，靠着他的床。她看了看塑料卡车。"这些是你的玩具吗？"

"是的。"

"你愿意让我看看它们是怎么个玩法吗？"

"不太想。"

"好的，没关系，"杰米微笑了一下，"学校怎么样？你交到什么朋友了吗？"

"嗯。罗兰。"

"你能跟我聊聊他吗？"

"他是一个男孩。"

"我知道你最近经历了很多很大的变化。但是不管你想告诉我什么，这都是你我之间的秘密。如果你不想说的话，也没关系。"

"好的。"

"你最喜欢哪门课呢？"

"我不知道。"

"那你最不喜欢的课呢？所有的课？"

"我想是数学吧。"

在德沃公园空空的操场上，德明的妈妈荡着秋千，不堪重负的秋千发出"嘎吱嘎吱"的声音。那是去年十一月，她离开之前的三个月。嘎吱嘎吱，秋千响着。德明身子向前倾，用手掌推她的后背，但是他没法将她推那么高。她的秋千上上下下，摆荡到他身后，再扫向前，她的外套在灰色的天空下像一枚银色的美元，她对着云朵大叫。哈！哈！他替她推着秋千，直到她说：“够了。换你吧。”她抬起一条腿下来，然后是另一条腿，拍了拍松松垮垮的U形橡胶座位。

他坐上去，腿悬荡着。“准备好了吗？”他飞上天空，飞得更高了，秋千呼呼经过凹凸不平的柏油路面，随着它的摆动锈块片片掉落。一团热乎乎的午饭在他胃中翻起，接下来就是他意识到自己没再抓着秋千的链绳，而是像一块砖头一样飞了出去，在他猛地摔到柏油路地面时，他看到路面斜向一边，挡住他的视线，像一场水泥上的日蚀。

他在一个陌生的房间里醒来，遭受着长这么大以来最厉害的头疼。他躺在一张轻便小床上，旁边另一张床上躺着一个穿着尿布打着吊瓶的老人，房间的吊顶板上有霉点。他听见婴儿的哭泣声，看到白色的静电。墙上一块标识牌上写着“紧急护理”。

他的妈妈翻着一本杂志。当她看到他动了，她跳起来，抓住他的手：“你醒了。”

“发生了什么？”

“你从秋千上掉下来了，孩子。”她把他的手握得更紧了。

“是吗？”

“我害怕极了。你晕过去了一阵子，感觉就像醒不过来了一样。你感觉怎么样？饿不饿？”

一个护士交代了一下康复事宜，说德明现在不能吃太多糖。这是他要服用的白色药片，他需要用水服下去。

他看着他妈妈瘪下去的疲惫的脸，她脖子上棕色的痣，他的眼里充满了明亮的、刺目的光。当他闭上眼睛，他看到黑色的星星，怀疑自己的记忆出了问题。也许是她推秋千的时候太用力了，也许是他听从了脑海里那股怂恿自己跳下去展翅飞翔的冲动跳下了秋千，做了一场超级英雄的梦。

利昂说这是场事故，德明是大孩子了，大孩子们不会轻易受伤的。“下次更加小心一点吧。男孩们都是精力充沛的，很难乖乖地待着不动。”

在公寓里，德明再次醒来，看到他的妈妈守在床边，在黑暗中看着他。“妈妈？”在街上路灯透过窗帘洒下来的淡黄的阴影中，他看到了她的鼻子和下巴的轮廓，头发因为睡梦而弄得乱糟糟地纠缠在一起。

她用指尖抚过他的头皮，轻轻划着。他听见她低声说：“要坚强，这很重要。”

德明和凯看着山脊区中学停车场那边其他的母亲们。她们穿着宽松的高腰裤子，浅色的羊毛衫，剪着蘑菇头。其他的妈妈们很会搭配打扮，她们的孩子也是。其他的妈妈们参加家校家长协会的会议，参加过彼此宝宝的派对，当发现她们的儿子和女儿有一天会成为同学时，她们兴高采烈。山脊区的父母们一般都在医院或监狱工作，其他孩子中也没有谁的父母双方都在大学教书的情况。

其他的妈妈们在她们的车边围成紧紧的一圈，她们的声音高高低低地从柏油路那边传来。她们谈论着老公和孩子，和彼此的家庭一起为即将到来的周末做着计划。德明注意到凯的脸上有种渴望的表情，她轻轻摇晃着她的钥匙。“她们很可能在谈论剪贴簿、巧克力屑饼干的配方什么的，”她说，“还有投票支持共和党，或她们老公支持的什么党派。”

像他一样，凯也是个“碎屑”；像他一样，她不想和那些好比是科迪·坎贝尔和安布尔·比特博格的妈妈们交朋友。凯除了卡洛学院里她和彼得的同事之外没有朋友。但是德明不同，至少他还有罗兰。

因为没有朋友来往，凯和彼得晚上一般都在床上读书。他们为彼此留下从新闻杂志中剪出来的文章，放在彼此的枕头上，上面有画线的段落，边缘空白处写上留言："我想你会喜欢这篇。想你了！你知道吗？"客厅高高的架子上放满了精装书，话题都是战争、经济学、总统选举团。这栋房子里最吸引人的东西就是彼得在短暂的单身汉时期买的立体音响，它配有深黄色的扬声器，银色的高保真调谐器，还有那个至高无上的电唱机，转盘上盖着柔软的布。电唱机下面的柜子里放着一小套唱片集，还有用来清理唱片的像橡皮擦一样的物体。

一天下午，德明独自在家。他跪在这套立体声音箱前，同时斗胆允许自己打开了柜门。唱片的封面令人心动，颜色明艳，是他从没听说过的乐队。装在卡纸袋子里的黑胶唱片，光滑漂亮，表面镀着膜，有一圈圈的环纹，多么像你切开树干时露出的奇异的年轮啊。

当他看到彼得的车开进车道时，德明关上了柜子。

彼得将他的包放在沙发上："今天学校怎么样啊，丹尼尔？"

德明从地板上站起来："很好。"

"你干吗不挑一张唱片我们一起听一听呢？"

意识到彼得在看着他，德明又打开了柜子。他取出了之前一直在看的那张碟，吉米·亨德里克斯的《你经历过吗？》，这个标题用一种迷幻的斜体写就，好像这些字有手有脚一样。封面上是一个黑人和两个白人站在一起。

"拿住它的边缘。你可不能刮花表面。"彼得掀开电唱机的盖子，德明将唱片放上去。电唱机缓缓地旋转起来，清脆的"啪"的一声后唱针落了下来。

彼得旋转着音量按钮，开场的音符声飘出来。音乐带着色彩充满了整个房间，微笑着击中他的心。德明在扬声器附近徘徊。彼得又扭动音量按钮调高音量，他们站在那里，沉浸在音乐中。

“什么？”凯拿着她的车钥匙，大门开了，德明感到一阵清风吹进来，好像那些吉他声在给他扇风。“真的很吵。”她说。

彼得将音量调低，等凯离开房间后，他对德明说：“你妈妈可不像我们这样喜欢音乐。”

德明戴着彼得的旧耳机——它是银色的，圆鼓鼓的，连着卷曲的黑色耳机线——放学后躺在客厅地板上听着《你经历过吗？》。在每首歌之间的小空段他数着心跳，尽情品尝着那美妙的渴望之情。与此同时唱针落下来，旋律从幕帘之后偷偷溜出。黑胶唱片比CD音质更坚硬且更精妙。唱片是用来被珍藏的，它的环形的划痕是一种神秘的语言，一个秘密的文身。德明走在山脊区中学的走廊上时，歌词疯狂地在他脑海中循环：嘿，乔。你手里拿着枪要去哪里？[①] 他将歌词翻译成了福州话，在其他孩子呆呆地看着他时偷笑起来。一群八年级的学生从他身边经过时，他正用普通话重复着歌词，他们面面相觑，说：“什么鬼？”耳机直接将形状和音符贯穿到他的血脉里，鼓点紧张的击打让他激动无比。

他是多么想念音乐，多么渴望音乐！纽约城就像一首长长的歌，它生动活泼，永无止境，不加掩饰。它是一首巨大的舞曲混音，混合了巴士的节拍、地铁的鼓点、混响的立体声……在山脊区音乐的缺失是不能容忍的；在找到这些唱片之前，他渴望音乐的办法就是调好房间里的自动定时小收音机，让它朝向窗户，接收微弱的电台信号，能收到两个电台，一个播放着不规则的电子音乐，另一个播放着沙哑的西班牙音乐，但是接收不稳定，

① 歌词源自吉米·亨德里克斯的《嘿，乔》(*Hey Joe*)。

歌曲都断断续续的。山脊区没有足够的声音来产生哪怕最淡的、最朦胧的色彩。

彼得给了他一对小小的耳塞式耳机，并且刻录了几张CD。凯把她的旧随身听和一包电池给了他。德明更爱用彼得的旧耳机，因为它们给他营造了一片面对这个世界的更大的缓冲区。当给山脊区配上音轨后，空空的街道和高大的树木就变得有趣了，他变成了一个动作英雄，而非一个被抛弃的男孩，山脊区星球燃炸了。铂金花朵变换成振荡的线条和旋转的纸风车，蓝色的电子小军鼓突出一道巧克力色的低音线，上面沾着黏黏的橙色吉他音，蓝绿色的声乐搅拌成一种稠稠的黄油般的糖霜。他听了一遍又一遍，一遍又一遍。当他走在橡树街时，他闭上眼睛，想象他跟他的妈妈在一起，两人都不说话，狼吞虎咽地吃完饭。她看起来跟他很像，他也很像她；他们看起来跟在街上和地铁上见到的其他人都很像。在纽约城，他是另外一个孩子。他不知道自己在此处显得鹤立鸡群是多么令人精疲力竭的一件事。

第二天他放学回家，指望家中如往常一样空空无人，但是当他打开门后，他听见了一些声音。凯在客厅看着电视，将苹果片蘸进一罐花生酱里。一部电视剧正在播放着，一个年长的女人在一扇俯瞰海滩的窗户前责骂着一个年轻女人。

“电视有碍人的发展。”德明说。他听过凯和彼得之前这么说过。

“至少还有人听我的话，不像我的那些大学生。今天我无法工作，因此我逃班了。别对任何人说。”凯拍了拍沙发，“看，这些女人将会发现她们嫁的男人都一个样。跟我一起看电视吧。吃点苹果片和花生酱。我们一起让脑子变愚钝，变成一对滔滔不绝说着废话的傻瓜。”

德明坐下来，在这嘈杂声中奢侈地享受着。洗衣粉广告中活泼的电子琴声，让他沐浴在彩虹般的潮水里。沙发是森绿色格子的，它的坐垫又顺滑又有光泽。

“学校生活怎么样？”

“还好。”

“我打算去跟兰普金太太谈谈，说你的数学需要补课。晚饭后，让我们过一遍你的家庭作业。”

“我讨厌数学。”德明说。

“没有那么难的，我知道你能学好。你需要跨过那道心理上的障碍，那个‘我讨厌数学，我数学不好’的念头。”

“但是我确实讨厌数学，数学是不好啊。”

凯拿起花生酱，将她的苹果片斜斜地放进去蘸了一下，再在塑料罐子的外缘擦了一圈。“我妈妈认为女孩们天生数学就不行。甚至读书也读不好。她到现在都不太理解我做的工作。我爸爸持鼓励态度，但是他们认为我的舅舅盖里才会是上大学的那个，将来从事一份令人尊重的职业，比如会计或药学。但是盖里勉勉强强才从高中毕业。现在他在雪城[①]外的一家家得宝工作。雪城是我成长的地方，感恩节我们会去那边。他离了两次婚了。”

“家得宝是什么？”

“是一个大商店，里面可以买到各种工具，还有木材。”她嚼着苹果，“他们对盖里很严苛，对我俩都是，你懂的。你爸爸的家人对他也很严苛。他年轻时身上有很多压力。他的爸爸是一位令人尊敬的律师，想让他接班从事法律工作。而你爸爸想更多地地旅行，看看世界。他拿到了一笔奖学金去了加州大学伯克利分校，在加利福尼亚州。但是他的父母不让他去，

① 雪城，又名锡拉丘兹，位于纽约州中部，是纽约州第四大城市。

他们说他必须去达特茅斯大学[①]，因为那是他爸爸上过的学校。他唯一的反叛就是选择进入学术圈，而不是法律圈。他爸爸在这件事情上一直没有原谅他。”凯重新跷起脚，这次右脚搁在左脚上，“总之呢，我想，我说的话，你也许会听进心里去，我的意思是，也许人们说你不擅长数学，甚至说你读书学习不行。但你需要告诉自己，‘丹尼尔，他们说的不对。’”

德明用食指挖了一块花生酱。电视剧又切换到一个广告上，在明亮的、拱形结构的音乐中，两个孩子和他们的父母奔向一座城堡，大型动物和穿得像玩偶一样的成年人，在他们身边跳跃着。迪士尼乐园，屏幕上说。魔法王国——佛罗里达州奥兰多。

他瞪眼盯着屏幕，花生酱从他手指上流下来。他的妈妈曾想带他去迪士尼乐园。

“你想去吗？”凯问。

现在她可能正透过她的窗户看着这座城堡，汤米在她身边。“不想，”他说，“那地方太蠢了。”

“好吧，谢天谢地。”

到十月时，根据凯在餐厅墙壁上用铅笔标记的生长表来看，他比八月又高了四分之一英寸。他望向镜中的自己，他的下巴线条似乎更清晰了，眉毛更浓密了。他不知道他的脸是不是仍然很像妈妈的脸，他没有她的照片，没有证据佐证。

罗兰的妈妈，利西奥女士，也在卡洛学院工作，在人力资源处——这是一个让德明困惑的词。她会把雄狮食品牌的饼干和大罐甜甜的果汁留给

① 加州大学伯克利分校和达特茅斯大学都是美国名校。前者是公立的常春藤盟校之一，后者是私立八大常春藤盟校之一。

罗兰和他。他们可以在罗兰的家里看拥有三百个频道的有线电视，但是他们却不看电视，而是玩《侠盗猎车手 2》。

在德明给罗兰看了他的随身听和耳机，又给他放了亨德里克斯听后，《侠盗猎车手 2》被抛弃了。他们花了一个月的周日的时间听了一箱磁带，是已故的富恩特斯先生留下来的。在罗兰的房间里，他们在一个旧旧的磁带放音机上播放了他爸爸过往的人生，争论他们是唱歌还是弹吉他，哪种方式更好，奥兹的独奏还是黑色安息日乐队[①]（尽管是古典主义者，德明也一直支持安息日的风格）。罗兰的父母在二十岁出头时就生下了他，他们是在大学里认识的，搬去了哥伦比亚特区和加拿大蒙特利尔，最终不知怎么的又定居在山脊区。罗兰和德明听了各种磁带：亚当・安特，雷蒙斯乐队，冲撞乐队，交流 / 直流乐队，范・海伦乐队，小精灵乐队，新秩序乐团，"简的嗜好"乐队[②]。从那时开始，他们花上数小时在网上搜寻各种相关的乐队信息。每一首歌都等着他们去发现，但在这之前他们完全没有受过任何专业训练。

"那也太绿了。"当他们听着罗兰出生前他妈妈为他爸爸录的自制磁带时，德明说。磁带用杂志剪下来的图案做成拼贴封面，标签上写着《上流生活》。

"是的，"罗兰说，"太工整了。"

"不，太绿了，吉他的声音是草地的颜色。"

德明带着一股近似于绝望的饥渴之心追逐着音乐。为什么其他人没有

① 奥兹・奥斯本（Ozzy Osbourne），英国摇滚歌手，后将乐队改名为 Black Sabbath（黑色安息日）。乐队以其缓慢黑暗的旋律和压抑的风格而在上世纪 70 年代乐坛独树一帜，被誉为金属音乐的创造者。

② 这里列举的都是现当代西方乐坛知名的人物或乐队。

相同的需求呢？就说凯吧，她能轻易听到亨德里克斯的音乐盛宴、普林斯[①]耳目一新的曲风、鲍伊[②]绚丽夺目的作品（水——当德明听《声音和视觉》[③]那首歌时他可以看见水，水水水），再怎么能喜欢车里播放的美国国家公共电台那种低级、模块化的音乐呢？等他长大成人，有自己的车了，他可不会这么乏味。放纵自己听好歌好过于放纵自己吃一包好时公司的什锦迷你巧克力。音乐有自己的语言，很快变成了他熟悉的第三语言，从半减七和弦到大七和弦到小七和弦，给了他一种拧紧的甜蜜感，像中文语调之间的轻弹跳跃。美式英语是松垮的大七和弦。福州话是带有斜角的七和弦和九和弦。

他在回家的路上给乐队起名字，勾画他们的专辑封面和歌词：马桶塞乐队，《漂浮者或奔流者》。土鳖和摩尔乐队，《我射杀了雄狮食品》。恋尸癖乐队，《尖刺上的脑袋》。当德明把这个单子给罗兰看时他很高兴，将这些虚构的乐队名字潦草地写到他笔记本的前页。当其他孩子问到他们时，他会假装很震惊地说："你不知道那个乐队？"他们摇摇头。"嘿，丹尼尔，你搞到恋尸癖乐队的新专辑了吗？我喜欢第一首，《尖刺上的脑袋》。"在走廊中央，切斯特校长办公室的转角处，罗兰引吭高歌德明写的词："尖刺上的脑袋，妙啊妙啊打着饱嗝，尖刺上的心，该死的那种疼痛。"德明想纠正罗兰。是刀子上的心，不是尖刺上的心。"我听说他们下个月在唐恩都乐[④]表演，"罗兰故意大声说，但并非特别对谁说这句话，"恋尸癖！我搞到票

---

① 普林斯·罗杰斯·内尔森（Prince Rogers Nelson，1958—2016），美国流行歌手、词曲作家、音乐家、演员，被称为"明尼阿波利斯之声"，影响了许多音乐人。

② 大卫·鲍伊（David Bowie，1947—2016），英国摇滚歌手、演员。

③ *Sound and Vision*，是大卫·鲍伊 1977 年第 11 张个人专辑《Low》中的歌曲，这首歌是当时英国单曲排行榜前五名。

④ 美国一个专业生产甜甜圈、提供现磨咖啡及其他烘焙产品等的快餐连锁品牌。

了。我可不想票都卖光了。”

跟罗兰一起踢英式足球的科迪·坎贝尔，在固定教室跑到德明面前说：“我听说你加入的乐队了。罗兰乐队，恋尸……癖。”

“那是我的乐队，不是罗兰的，”德明说，“是我开创了这个乐队。”

十一月，彼得和凯问德明想要什么样的生日礼物。“一把电吉他。”他说。在他十二岁生日的早晨，他醒来发现床头柜上有一张索引卡，上面是彼得的笔迹：是时候演奏一点亨德里克斯了。

“这是寻宝游戏，”彼得拍拍手说，“去找找你认为这张卡片上暗示的地点，以便找到下一条线索，如此继续。这些线索会指引你找到生日礼物。”

“这是威尔金森家的传统，”凯说，“每年我们的生日时，我们都会给对方打造一场寻宝游戏。上次我生日时，你爸爸搞了一堆线索，最后是在雪城附近的一家餐馆。现在轮到你了。”

德明下了楼，揭开电唱机的盖子。在唱机的转盘上有另外一张卡，上面写着：“按字母表顺序，‘惊喜’这个词后是什么词？”他从书架上取下词典，翻找着，直到下一张卡片掉下来。

他被指引到壁橱，然后是瓷器柜，然后是洗碗机，接下来一个线索说“把你的袜子收起来”，他跟着这个线索走到一只食篮前，打开它，发现一个裹着银色包装纸的盒子，盒子顶上系着一个塑料蝴蝶结。虽然盒子很大，但并不够放下一把吉他。

他将盒子带回自己卧室。“打开看看吧。”彼得叫道。

原来是一台崭新的白色笔记本电脑，微微闪着光。“都是你的啦。”凯在他的脸颊上亲了一下，“生日快乐，丹尼尔。”

德明用指甲撕开了塑料包装膜。塑料膜紧贴在硬纸盒上，缓缓展开了。

他打开盒子，掀起电脑的盖子，插上电源。他真希望迈克尔在身边，这样他们就能一起看视频了。他想把这一切都展示给迈克尔看：笔记本电脑、唱片、磁带、随身听，满是白人的小城镇。迈克尔在哪里呢？他为什么不在这里呢？彼得和凯为他庆祝生日晚宴上，他邀请的是罗兰。地点选在公路边一个沿路商业区里的卡萨·玛格丽塔餐厅，他们在那儿吃了法士达[①]，喝了插着白色牙签伞的童真玛格丽塔鸡尾酒。侍者带领店里食客们唱起生日歌，德明吹灭了冰激凌蛋糕上的蜡烛。当罗兰看到笔记本电脑时，他带着一种崇敬之情低声说："你爸妈真酷。"这让德明很骄傲。

只要不想起他的妈妈，德明在山脊区就不是那么不快乐。然而，总是会有这种让人不得安宁的、冷冰冰扫过心头的恐惧，提醒他要保持警惕。有时这种恐惧躲得远远的，他都忘记了它的存在；有时它又是那么强烈，近在咫尺，他甚至都无法让自己停止战栗。这些人是陌生人，他不能相信他们。就像当电视剧里出现一个中国女佣时，一个穿着紧身裙子、涂着鲜亮眼影的女人，说着一口糟糕的普通话，凯就会停止说话。房间里的沉默是如此明显，像形成了一面深红色的帘子。凯脸红了，快速切换了频道，扯起冬天啊滑雪啊什么的其他话题。此时电视里放着一个广告，一个金发女郎将一碟冻鱼条放进微波炉里。如果利昂、妈妈或薇薇安在场，他们会一起嘲笑那个中国女佣，开玩笑讨论她是哪个省的，他们肯定怎么才能找到那样的工作。有一次，凯在车里等着，让他去雄狮食品超市买一加仑牛奶，德明发誓他听见有人发出了功夫电影里的那种声音：嘿——哈！当他跟凯说了这事后，她说："也许你听错了？也许他们是在唱歌，或是在跟朋友谈论电影？"还有一次，他们在罗兰家吃着难吃的中餐外卖——裹着红

① 一种墨西哥菜，通常做法是将鸡肉、牛肉、香肠等肉类，配上洋葱等蔬菜腌制入味之后，放在烧热的铁板上炒熟，吃的时候配上酸奶油、乳酪、生洋葱和墨西哥薄饼。类似铁板烧加卷饼的组合。

色酱汁的黏糊糊的鸡，罗兰戳了戳肉块，问是什么，他妈妈开玩笑回答说是猫肉或狗肉，德明觉得一阵恶心。小心。他们不站在你这边。要坚强，这很重要。

“明年，我能拥有一把吉他吗？”在卡萨·玛格丽塔餐厅吃过晚饭后，开车回家的路上放下罗兰后，他问。如果他有吉他，他和罗兰就能组建一支真正的乐队了。

“让我们不要把事情弄偏了，”彼得说，“作为兴趣听听音乐是很好，但是你还是需要将心思放在学业上。”

“要是我的成绩变好了呢？”

“你得更有责任心，丹尼尔。你甚至都不能对你已经拥有的一切保持感恩之心，不要索取更多了。”

“我很感激啊。”

凯转过身：“先好好享用你的笔记本电脑吧，活在当下。”

他们又在床上聊天了。“他得了C和D，”彼得说，“我们应该找找家教了。找个卡洛的学生。”

“好主意。”凯说。

“他需要更用功。”

“哦，天啊，有时我看着他在想，我们拿这个十二岁的中国男孩怎么办才好？有一天，丹尼尔告诉我说他听说了一些事，我不太清楚，雄狮食品超市有种族主义倾向吗？我很惊恐。现在，不管我们出门去哪里，我都很多疑。人们多看我们，是因为我有一头金发而他一头黑发吗？还是有什么更穷凶极恶的不法念头呢？这让我都要变成偏执妄想狂了。”

“我们在学习中，在学习中。”

“我是说，我们应该做中餐吗？还是重新开始学习中文？我不想这样，你知道的，这位白人女士——”

“你什么都没有做错。照顾寄养的孩子，很不容易。这对我们来说是一个很大的改变，一个很大的调整。”

“跟我聊聊吧。有些时候我想回到我过去那种马拉松式的写作生活，但是这个男孩在这里，他需要我们的照顾，我需要给他做饭，给他买衣服，我得确保自己是一个充满爱意、关心他的、有耐心的家长，这样我才不会让他的生活比原来更糟。我担心我太老了，无法学会怎样去做那种全身心奉献一切照顾孩子的妈妈了，即便是作为养母。这里我说的“妈妈”是一个动词，以防你没听懂我的意思。”

“好啦，如果你都太老了，那我更是老朽了，”彼得说，“你知道的，那天开会时，杰夫·安德森说丹尼尔有了我们他很幸运，我们也很勇敢，敢于接纳一个年龄更大的男孩。我告诉他，他跟我们一起生活，我们才是幸运的那一方。”

凯叹了口气：“我知道你是想安慰我，但是这事对男人们是不同的。我读过那些文章，讲的是那种不切实际的、对母亲的身份有着美国式期待的人，还有母亲这一角色中殉道士般的一面，现实其实比我预想的还要更糟。你得去实现所有你想要的东西，但是你从没有对此感觉不好。你不是以那种方式被抚养长大的。”

“不是？我想我对家庭期待还是懂一点的。”

一段长长的沉默。

彼得说：“这么说也许很冷酷无情，但是说实话，不管我们做什么，都比他之前经历的那些要好很多。你还记得那个领养机构说了什么吗，他的妈妈和继父都回了中国。我们是他拥有的第一个稳定完整的家庭。”

“我知道，但是我总感觉我悬着一口气。他那个姨妈还是有可能回来的。不管是这种方式还是那种方式，等到都结束时，我会感觉好很多。”

“下个月听证会就会揭晓了。”

“我想像对待亲儿子一样对待他，而不是把他当成一个养子，但是这事也有可能不成功。”

“记得吗，丹尼尔曾说过他的家庭和他已经没有任何联系了，六个月后我们可以开始走法律程序了。”

法律程序？怎么走？如果非要说他妈妈去了哪里，那一定是佛罗里达州，而不是中国。在他的卧室里，在黑暗中，德明屏住呼吸，等着他们说到关于妈妈的事情。

“你读了今天报纸上的文章吗？”凯说，“一个婴儿被遗弃在水牛城的一个巴士站。我很肯定他的妈妈有她自己的原因，不管到底是什么，精神健康、经济困难什么的。”

“重要的是我们现在照顾着丹尼尔，”彼得说，“而不是他是不是亚洲人或中国人之类的。”

“但是你觉得我们真的准备好了吗？即便我们已经计划了好多年了。”

“哦，我们可能把相关的每一本书都读遍了，还能没准备好吗？”

“我经常想到他的生母，尽管也许我不该这么想，”凯说，“她是长什么样子的？她叫什么名字？我不能向丹尼尔打听她的情况，他一个字也不会说的。确实，我知道这是文化不同造成的，但是看起来也像是他有些惧怕我们。”

“他不会一直这样的。”

“我也希望如此。我们会深深地爱他，我们会让一切好起来。”

“用爱心‘杀死’他。”

“不是真正的‘杀死’，”凯说，“我是个和平主义者。”

德明等着他们继续说下去，但是他们的谈话停止了。

凯错了。他并不是怕她，他是害怕发现他的妈妈真的发生了什么。

罗兰直率地问他，将别人都没说出口的那个词径直说出来了：“当一个被寄养的小孩很奇怪吗？威尔金森那家子准备收养你不？”

他们正在放学回家的路上，走下山坡路，经过山脊区图书馆和卫理公会教派教堂，人行道上因为树根的缘故颠簸不平。

收养，中文中也有一个类似的词，但是德明没有想过他跟彼得和凯相处的时光会是含含糊糊暂时性的，就像他跟伊公一起生活的时光一样。甚至“丹尼尔·威尔金森”这个名字似乎都像是一套装备，他可以穿上它，不知道过了多久，直到他回归他真正的名字和母星球。然而，他那个真正的家在哪里，他都不敢确定了。

“是很奇怪。”丹尼尔说。

“你想念你真正的妈妈吗？”

“是啊。”

“我也有点想念我爸爸，即便我已经不记得他了。”他们在街角停下来，“你还过来吗？”

“我刚想起来我得帮凯做点事。”

德明跑过三个街区回到橡树街。他知道在凯和彼得回家前他还有一个半小时的好时光。他将笔记本电脑带进书房，翻查起在线词典。

寄养子女：指被该小孩生父母或养父母之外的人暂时照顾或抚养的孩子。

收养：指一个人愿意承担养育另一个人的程序，并且该被养对象的生父母的所有权利和责任永久地转移到收养人身上。收养将通过法律程序批准产生身份状态的永久改变。

他思考了一阵后才理解这些解释的含义，但是当他明白过来后，电脑好像在不断扩大。

暂时的。永久的。

他打开桌子旁边文件柜的抽屉，长长的金属抽屉里装满了税务、财产相关文件的文件夹。他找到彼得写的一本书，大概叫作《自由贸易》什么的。在“凯的工作”和“人寿保险”文件夹之间有一个厚厚的文件夹，上面贴着“收养 / 寄养”的标签。德明用力拖出这个文件夹，直到它里面的东西一下子散落到地上。

这一定是个玩笑。他坐在地毯上，捡起一本彩色的小册子，上面写着“生命的礼物：你的孩子在等着你。”册子上到处都是水灵灵的大眼睛的孩子们模糊的照片，还有成年人抱着深色肤色的婴儿的照片。插图说明上说，这些孩子来自埃塞俄比亚、罗马尼亚和中国。小册子介绍说国际收养给了那些不被人要的孩子一个家，也赐予了养父母们一个属于他们自己的孩子。

他把文件夹里剩下的东西都倒出来，同时听着楼下的动静，脚步声或是大门关上的声音。他浏览了一封打印出来的电子邮件，日期是四年前。

亲爱的莎伦：

上周六，我与我的丈夫彼得一起，参加了“生命的礼物资讯研讨会”。在遭受无法解决的不孕不育问题这么多年后，我们非常想成为父母，越快越好！我们已经结婚二十多年了，已经完完全全准备好想让我们的家庭变得完整。我们在山脊区这一有爱心的家庭已经准备好了接收一个孩子。

我们有一对关系不错的朋友收养了一个中国孩子，因此我们对整个程序比较熟悉，也有兴趣收养一个中国孩子。我知道有一些送养孩子的国家看不起“年纪大的”新手父母（彼得和我都是四十六岁）。我们不介意收养一个年龄大一些的中国孩子，尽管我们知道他们比较“难以安置”（就像我们这种“年纪大”的父母一样）。彼得和我有过丰富的旅行经历，现两人都在大学学院教书，因此我们有与少年儿童打交道的经验。我们认为国际收养对我们来说非常合适。

期盼得到您的回复。

您的诚挚的，

凯瑟琳·S. 威尔金森

他看到了医疗记录、无罪记录和背景调查认定威尔金森家庭对孩子来说是安全可靠的文件，还有“生命的礼物”的主管回复的邮件，说由于送养国家对国际收养的新限制条件，凯和彼得最好还是考虑一下国内收养，或从寄养到收养的方式。他翻过社工的报告，说威尔金森夫妇是有社会地位的教授，他们在财力上和情感上都已具备成为有爱心的父母的条件。文件还说他们已完成了中文培训班的课程，被法院批准可以寄养和收养孩子。当他看到一沓标注着《初次永久性听证报告：郭德明案》的文件时，他停了下来。报告日期是两个月前。他不得不把有些句子读上两遍，但是最终，他理解了，即便他真希望自己没看懂这些。

生母和公认的父亲六个月前抛弃孩子回到了中国。照料者V.郑签署了舍弃书。

在布鲁克林的暂时照料后，鉴于K.威尔金森声称具有中文会话能力，孩子被安置在威尔金森夫妇家寄养。

寄养父母计划基于该孩子生母抛弃孩子的理由，请求终止孩子生母的父母权利。

孩子出生的家庭现无重新团聚的计划。

预期的永久性计划目标：安置收养。

还有更多的电子邮件和文件，成捆的法律文书和厚厚的表格，但是德明无法忍受继续读下去了。彼得和凯随时都可能回来。他将文件塞回文件夹，然后将文件夹放回文件柜里，关上柜门。

终止。永久性。他的妈妈抛弃了他。她回到了中国。他想吐。他关上浏览器窗口。这一刻，笔记本电脑看起来似乎怪异得很，太大太新了。

晚饭时，他问他们他是否已经被收养了。

“嗯，目前我们是你的寄养父母，”凯说，“那意味着你跟我们一起生活，和其他孩子生活在他所在的家庭里没两样，因为你需要一个安全的地方住。你想跟我们生活多久，我们都很愿意你留下。我们想要收养你，你觉得呢？”

德明耸耸肩。

“不会马上就能收养的，”彼得说，“可能需要很长一段时间。”

“但是我真正的家庭发生了什么？”德明问。

“我们就是你真正的家庭啊。”彼得说。

凯皱了皱眉:“你妈妈想要照顾你，但是她无能为力。”

桌子瞬间变得模糊，食物吃起来干涩无味。“就是说她抛弃了我。”那晚在他听到彼得和凯在卧室里的谈话后，他一直等着他们跟他提起关于他妈妈的事情。但是他们表现得好像没事儿一样。

“她很爱你。”凯重新叠了一下她的餐巾。

“我们也爱你。”彼得和凯交换了一个担心的眼神。

“我看到了。”德明说。

“看到什么？”彼得问。

“算了，不说了。”

妈妈永远抛弃了他。薇薇安对他撒了谎，说会很快来接他。他感到皮肤灼热，厨房的灯光太过明亮，地板太宽、太有木质感了。DWLK 的自制磁带单曲循环，一首糊成一团的“被抛弃的”和“永久的”。他觉得头晕，被拉回到充斥着氨树胶气味的第三十三小学的走廊上，灰蓝色的地板、有凹痕的金属柜子……

“丹尼尔，你看起来很累，”凯说，“你还好吗？要不要上楼休息一下？”

德明将一只手撑在桌子上以保持自己身体平衡。凯将手指放到他的前额上。“彼得，他气喘得厉害。肯定是流感或天气太冷的原因。卡洛学院最近都是这种情况，我一半的学生都生病了。”

彼得又咬了一口他的鸡:“丹尼尔，上楼休息去吧。”

“他几乎都站不起来了，”凯说，“你来架着他。”

彼得放下刀叉。他抱起德明站起身，先是移动一条腿，然后是另一条，将他背上楼梯，因为吃力而喘着粗气。德明用胳膊挽住彼得的脖子，腿环绕着彼得的腰。彼得的步伐缓慢且不稳定，每一步走得都相当费力。

到上午十一点的时候，他们已经在路上行驶了五小时了。当他们的沃尔沃车在布朗士罗斯福快道上突然来了一个急刹车，不得不等在一辆运薯片的卡车和一辆黄色出租车后面时，彼得气得猛锤了一下方向盘。坐在后座上的德明数着出口，他们从山脊区上的高速公路没有一条是他熟悉的。他的视线掠过家具广告牌，他和罗兰特别喜欢的一家是叫作“沙发之王”的店。

这是威尔金森一家第一次家庭旅行，他们开车去纽约城拜访亨宁斯一家。亨宁斯家有个女儿跟德明年纪相仿，凯说她可以和德明交个朋友。“这趟旅行对你爸爸有益，”凯告诉过他，“他需要振作一下精神。”在吉姆·安德森退休后，瓦莱丽·麦克莱伦秋天将被提为卡洛学院经济学系的系主任。彼得得知此事的那天，德明看到他把塑料垃圾箱从路边推上来，脸色通红。当垃圾箱的轮子卡在私家车道上的树枝里时，“该死的！”他吼道。

德明试图回忆起跟凯和彼得第一次开车去上州的情形，十一个月以前，他们还是陌生人。一开始他望着窗外，努力想要记住那些路，这样他就能想办法再回去。然后他睡着了。现在他们不再是陌生人了，他们是凯和彼得，妈妈和爸爸，他是他们的孩子。他已经习惯了成年人大声又缓慢地对他说话，好像他是聋子一样，作为唯一的那一个人[①]已经不那么吓人了。这种恐惧感已经变得习以为常了。他不再幻想他的妈妈会来找他，但是随着沃尔沃车开进城市的腹地，他盯着那些渐渐显现的高楼大厦，感到如鲠在喉。整洁的人行道，吵闹的汽车喇叭声，路边的红色消防栓，恶臭的神秘水坑，潮湿的蒸汽从人行道栅板里喷出来，好像地球在喘气一样；手球场地上，橡胶球重重地砸在水泥地上，这熟悉的一幕幕在他的眼前掠过。

现在是七月。彼得和凯提交了收养请愿书，当法官批准后，他们仨就

① 指郭德明在山脊区是唯一的中国人。

都要出庭，签署文件。上个月，他们给德明买了一辆黄色的自行车和相配的头盔。他和罗兰绕着城镇骑了一圈，探寻着山脊区市郊的小街。那些街道仍然是碎石路，没有铺柏油路，叫“巴约尔巷”“米克街”诸如此类的名字，反正是他再也不会见到的小街小巷。德明在他的自行车上完成了前轮离地的平衡特技。他和罗兰用一个树桩制造了一个舞台，轮流从上面跳下来，跳进一群自我想象的看不见的粉丝中。

他扭开脸不看窗外，但是当车子经过布朗克斯区的交叉高速公路时，他又回过了头。在凯告诉他他们要去拜访亨宁斯一家后，一个多月以来他又一次拨打了他妈妈的电话，但是收到的还是同样的语音提示音：您所拨打的电话暂时无法接通。不过，他有意多带了一些衣物。

薯片卡车往上行驶着。“终于。”彼得说。德明看着棕色的建筑物在他们身后渐渐消失，对着窗玻璃呼出一个小小的环形，然后用手指将水汽擦掉。

在东 21 街的一栋灰色公寓楼前，那些声音和色彩又回来了。缓缓驶下街道的巴士响亮的声音，经过的汽车产生的音轨。房子里的音乐：一道配着曲折的键盘音和“从墙上滚下来”之类的词的旧音轨；一首用西班牙语唱的歌，闪亮的喇叭和最厚重的低音大号为其伴奏。明亮的粉蜡笔涂鸦快速填满了空间。这里比山脊区更热，德明缓缓地、顺时针转了一圈，被附近一辆冰激凌车叮叮当当的音符声击中心灵，不情愿且悲伤地回想起他和迈克尔一起喝过的彩虹冰冻果子露，这种甜甜的饮料让他们的舌头都染成了蓝色。他还能听见迈克尔开怀大笑声，还有妈妈和薇薇安用福州话一阵一阵的聊天声。

一个打电话的女人在她经过时撞到了他，德明揉了揉肩膀。“借过。”一个男人边说边推搡而过。凯不禁往后缩了缩。

一位声音洪亮、发际线后撤的白人男人从大楼大门走出来。他和彼得拍了拍彼此的后背，好像他们试图咽下食物一样。德明之前从没见过彼得跟朋友在一起，他喜欢看见他现在这样。

“这位一定就是丹尼尔了。”男人在凯的脸颊上吻了一下，向德明伸出手来，“吉姆·亨宁斯。”

“亨宁斯先生和我是同学，”彼得说，“大一时的室友。”

“你爸爸和我总是确保我们一直在学习。”吉姆眨了一下眼睛说。

门卫将大堂的玻璃门拉开。德明跟着凯走进电梯，彼得和吉姆去停车了。

“十二楼。”门卫说。

德明按下了按钮。电梯缓缓上升，等到电梯门打开时，正对着的是一间大大的、洒满阳光的房间，闻起来是冲泡咖啡的味道。一张桌子上堆满了空酒瓶，在两面墙之间挂着一条横幅，上面用闪光的字写着：

“喜获日快乐。”[1]

他环视房间。电梯是他看到的唯一出口，每次电梯门开都会“叮”的响一声，直等到所有人都睡着了，它才不会再发出声响。

一个跟德明差不多年纪的女孩蹦蹦跳跳地跑出来，她长发披肩，眼睛透过一圈厚重的刘海向外窥视：“妈妈马上就来。”

“安杰尔，你长高了这么多了。”凯弯下腰拥抱了她。

女孩对德明说：“我是安杰尔·亨宁斯。”她是这将近一年的时间里他见过的第一个中国人。

“告诉安杰尔你叫什么。”凯说。

“丹尼尔。”德明说。

---

① 指收养成功。

一个穿着T恤和牛仔裤的女人走出来。“凯！”她深色的卷发夹杂着细细的灰白头发，声音听起来圆润，像天鹅绒般柔软。她让德明想起一个牛奶广告中的卡通奶牛。

凯拥抱了她：“伊莱恩，见到你太好了。这是丹尼尔。”

伊莱恩给了德明一个拥抱。她的头发闻起来像苹果洗发水的味道：“丹尼尔，叫我伊莱恩就行了。你上几年级了？六年级，跟安杰尔一样，是不是？”

“七年级。”德明说。

“七年级？”

“秋天开学就七年级了，”凯说，“山脊区初中。”

伊莱恩张大了嘴巴。她松开他，隔开一段距离打量着他：“已经上初中啦？”

德明觉得口干舌燥。他和罗兰九月本该在同一个班级，但是现在他不确定他是否还能去上学了。

电梯叮了一声。德明听见吉姆说：“他的英语可是相当流利啊。”

“像个标准的小纽约客。”彼得说。

“彼得！”安杰尔冲他挥舞着胳膊。

“有谁要喝咖啡吗？我昨晚就喝醉了，现在妈咪需要咖啡提提神了。”伊莱恩走进厨房，还在不停说着话，“安杰尔对她的喜获日派对非常激动。当然，我们也是，有那么多酒喝。太可惜了，你来不及赶过来参加。”

“是啊，是啊，我们真的很想来的，”凯说，“昨晚开车的话太难开了，周末到处是车子。我们可以为丹尼尔办一个喜获日派对，到时候你们都过来。”

“哦，你必须办，”伊莱恩，“绝对的，必须办。”

“哦，我们会的。”凯学着伊莱恩的口气回答。

德明盯着安杰尔，看她是否注意到了自己，但是她换着脚跳来跳去，看着喜获日的横幅。“今晚我在哪里睡？”他问。客厅里有沙发，这样跑到电梯那边会容易一点。

“哦，我们等会儿会想出个解决办法的，”伊莱恩说，“你累了吗？需要小睡一会儿吗？”他摇摇头。

“伊莱恩。”安杰尔拉了拉她妈妈的T恤，“我可以带丹尼尔看看我的房间吗？”

她的房间比他的小多了，墙壁是浅粉色的，心形床头板的床上铺着粉色的床罩，衣服乱扔在没铺的被单上，地板上四处是乱丢的玩具，毛绒动物玩具堆成四堆。德明从中间清理出一条路来，将T恤和袜子推到一边。

安杰尔拿出一个小小的粉色ipod和白色的耳机。“想听歌吗？”

他们每个人拿了一只耳塞，坐在地板上。音乐声充盈着德明的右耳，细微的电子鼓声和清脆的、经过加工的女声。

安杰尔轻轻点着下巴：“你的生日是哪天？”

“十一月八号。”

“我没有真正的生日，因为我是个被收养的孩子，但是他们把我的生日定为三月十五号。你的喜获日是哪天？”

“什么是喜获日？”

“你不知道？所有被收养的孩子都有喜获日。就像是生日一样，但又不是真正的生日，是你进入你的永久家庭的日子。”

“喜获”听起来比生日无趣多了，感觉更像他是被捕获的猎物。“我还没被收养。我是被寄养的小孩。”

“寄养是什么？”

“跟被收养了很像，但寄养是暂时性的。”德明看着安杰尔。她的皮肤是浅棕色的，鼻子宽而软。她少了一颗牙齿，虎牙中的一颗。他把他的随身听从背包里拿出来：“你喜欢亨德里克斯吗？”

“谁？”

“吉米·亨德里克斯。他有一首歌，歌名跟你的名字一样。”德明摘下耳塞，将她的 iPod 换成他的随身听。他快进到《安杰尔》这首歌，按下了播放键。吉他和钹的声音在他们耳中响起，他跟着哼起来：“明天我就会在你身边。”然后他害怕起来，安杰尔不会认为他是有意对她唱这首词，误以为他喜欢她吧？他按下了停止键：“你喜欢吗？”

“还好。”

“他是唯一一个，嗯，全宇宙历史中最伟大的吉他手。”

她打开一个盒子，露出一个发黄了的塑料 U 形器。“你想看看我的保持器吗？我睡觉时戴着它。它会让我的牙齿保持在固定位置。有点疼。我的牙齿太多了，不得不拔掉了一颗。”他害怕她要把塑料 U 形器放进她的嘴里，甚至更害怕她要让他也尝试一下，但是她关上了盒子，将它扔到了地板上，滚落在一个毛绒鹦鹉玩具旁边。

德明想告诉罗兰，他跟一个女孩单独玩了一会，想说得听起来更酷一点。他在一张纸上记着罗兰的电话号码，他可以事成之后再打电话过去解释。他对彼得和凯也得这么做。

“等你被收养了，你应该问问你的父母喜获日的事情。”安杰尔说，“那样的话你就能得到礼物了。我从我的朋友莉莉那里得到了一张 CD，从另一个也叫莉莉的朋友那里得到了一件 T 恤。我有三个朋友都叫莉莉，还有一个叫杰德。我们都是被收养的中国孩子。”

德明站起身来。透过窗户他可以看到更矮的建筑物的屋顶，一个女人在浇花，一对夫妇在晒太阳。

“那是北边，”安杰尔说，“帝国大厦在那边。看到那边的那栋高楼了吗？”

“我知道帝国大厦。布朗克斯区，也在北边。”在他们所在之处他看不到布朗克斯区，但是安杰尔肯定了他们面朝北方，给他指明了方向。他有了一个计划。

“布朗克斯区很远。”

“我过去住在那里。”

“和彼得和凯？”

“在我认识他们之前。”

“我以为你出生在中国呢，像我一样。”

“我出生在曼哈顿。我就是从这里来的。”

安杰尔的两条眉毛离得太近了，她深色的眉毛稀疏且歪歪扭扭的。德明想起了忘记的中文词语，脱口而出：“当你来到这里时，你觉得会永远这样下去吗？”

她的脸皱成一团：“我不懂中文。”

“哦。”他说。感觉崩溃了。

凯坚持要他握着她的手。他的职责就是带领她走过城市，确保她安然无恙。一个拄着拐棍的老奶奶正要超过他们，德明试图让凯走得快一点。彼得在他们身后磨蹭着。“快点啊，爸爸。”他说。

德明艰难地迈着步，一阵酸臭味从路边的垃圾袋中传来，他不小心踩了一泡狗屎。他在人行道上刮了刮沾在运动鞋上的屎。在街角，一个扎着金发马尾辫的男人任由他的狗在人行道上把尿撒得到处都是。

他们来到中国城，准备去吃午饭，经过他们的中国人视线都从他的脸上移到凯的手上，再到凯和彼得的脸上，从安杰尔的脸上移到吉姆和伊莱恩的脸上。安杰尔不懂中文。“凯，这里有最棒的蛋糕。”她指着一家德明不认识的店。他们应该离罗格斯街不远。

“这里曾经有家面包店。”他说。

“这是我舞狮子的地方，”安杰尔说，“我师父的名字叫史蒂夫，我们的剧团叫作‘莲花盛开’。”

“它们是挺了不起的，”伊莱恩说，“舞狮子和舞扇子，所有不同的舞蹈，我都记不住了。让孩子们接触他们祖先的文化真是再好不过了。那样的话他们可以依然知道怎么做一个中国人。”

“是的，非常重要。”凯说。

“给丹尼尔报名参加夏令营还不晚，”伊莱恩说，“是八月的最后一周。对他来说非常好。他们会为小孩们组织各种各样的文化活动。”

“把具体信息邮件发我。我一直想跟你打听这个事来着。”

他们经过一个放着塑料垃圾桶的湿货市场。一个橱窗里挂着两只鸭子，上面覆盖着黏黏的酱汁，烤成了棕黄色。彼得拿出相机，摸索着设置，将镜头对准，然后对着相机屏幕皱起了眉头。

“嘿，一起拍一张全家福如何？”吉姆从彼得手里拿过相机说。安杰尔跑到橱窗前，扭着臀部摆出一个姿势。

“定住，安杰尔，定住！”伊莱恩说，“来啊，威尔金森一家子！”

他们聚集在挂着烤鸭、带着水汽的橱窗下面的人行道上，橱窗内一个围着白色围裙的男人正在切肉，伊莱恩搂住安杰尔，彼得和凯搂住德明。

“怎么用这家伙？”吉姆喊道，彼得抽身去帮助他。他俩在相机前跑前跑后。“好了。大家笑起来！一，二，三……”

德明靠着彼得站着。人们盯着他们看。吉姆按下了另一个按钮。“再来一张。丹尼尔，这次笑一笑。来吧，你可是在度假呢，度假是很有趣的。”

“微笑——”伊莱恩说。

德明挤出一个微笑。

“茄子！[①]”安杰尔大声喊道。

凯将他拉近自己身边。“没关系的，”她悄声说，“你无须勉强自己笑。”但是他笑了，很高兴她站在自己这一边。

在勿街[②]的广东餐馆，侍者给他们递上了英文菜单，看了看德明和安杰尔。他准备摆放筷子，然后停顿了一下，摆出了银制餐具。在德明前面的桌子上他放了一把银闪闪的金属叉子，叉子柄上还有点水迹。

“请给我筷子。”伊莱恩说。

“我也是。”凯说。

“人家都用筷子。”吉姆说。

侍者摆好筷子，记下他们的菜单，在他走开时德明听见他跟另一位侍者用福州话交谈，说要把桌子并到一起给一群人数更多的顾客团用。那些话在他大脑一个休眠的角落里激发出活力来。要不了多久，他也可以一直都说福州话了。

菜很快就上来了，显得有些软绵无力，是再次热过的。萝卜糕、西蓝花、虾仁饺子。安杰尔在饺子一侧戳出洞来，即便那一缕冒出的热气也显

① 英语中拍照喊的是“Cheese”，发音时正好嘴角上扬。类似中文中的“茄子”。

② 纽约中国城一条街的街名，相当于中国城里的主街道。

得毫无生气。

“好吃。”凯喃喃地说，为德明的盘子里舀着菜。肉吃起来很老，他的妈妈绝不会吃这么糟糕的食物。

“这是那些小众路线上的地方之一，”伊莱恩说，“我们这些年来经常来这里。”

吉姆转向德明：“你肯定很想念这些吧，丹尼尔，吃到正宗的中餐了。”

“有次我们去了‘长城’。”彼得说。

德明回忆起在那个沿公路商业区内的餐馆，他从自助餐桌上拿了天妇罗和泰式炒河粉。店主看起来甚至都不像中国人。

“好啦，‘长城’不算数的，”凯说，“丹尼尔知道的。”

“好吧，好吧，说到各种民族风味的食物，山脊区确实不比曼哈顿。”彼得说，“纽约更像是文化沙漠。”

“你得这么想，”伊莱恩说，“把它当成是文化休养。”

“文化午休。”吉姆说。

“但是在温哥华和伦敦旅游时，我们吃到了很棒的中餐。”凯说，“一下子把我俩惯坏了。”

彼得啃着一块萝卜糕：“我们来纽约就是冲着这个来的。”

“还有看望我们！”安杰尔说。

“我正要说呢。看望你们是最重要的事情。几乎比吃饺子更重要一点。”

“几乎？”安杰尔说。

伊莱恩挥挥手：“各位，我们要点些甜品吗？豆子汤？”

侍者停在他们桌前。“您想要点什么？”他用英语问。

抢在伊莱恩开口前，德明一冲动用福州话回答：“她说她想点红豆甜品，有吗？”他已经忘记一下子发出熟悉的元音是多么令人畅快了，那种令人振作的驱逐感。他知道自己的腔调是纯正的三巷口音。

“有的，有的，当然。”侍者说。

“好，上甜品吧。这些美国佬想要几碗。”

“好的，请稍等。”

伊莱恩放下筷子：“他的普通话很流利！”

德明突然厌恶起吉姆和伊莱恩过于灿烂的微笑和夸张的言辞，他们跟他和安杰尔说话的方式就像把他们还当成小朋友一样，彼得和凯似乎都没注意到。他有种感觉，他们在嘲弄他，把他和安杰尔当成是娱乐对象。

“这不是普通话，”他说，“是福州话。”

“这是当地的俚语。”彼得说。

“丹尼尔，”凯说，“别跟亨宁斯太太那么说话。”

“但是她错了，”德明说，“她很蠢。”

“丹尼尔！”彼得喝道。

“这不是当地俚语，是一种语言，叫福州话。”

吉姆笑起来：“对我们这些听不懂的人来说都是中文。”

“你不懂，”德明说，“你甚至都不在乎！”

“我非常抱歉，丹尼尔，”伊莱恩说，“把它弄混淆了是我的错。我误以为它是普通话，因为我在大学里学过普通话。”

“丹尼尔，向亨宁斯太太道歉。”凯说。

“对不起。”

“他有时候非常敏感。”凯对伊莱恩说。

“没关系。显然，那都是陈年旧事了，是我年轻上大学时学的，”伊莱恩说，“但是我学的是东亚研究专业，我应该对此有更多了解的。”

“哦，”凯说，“这倒提醒我了，我需要让你帮我提高提高我那糟糕的普通话。当我用中文跟他说话时，丹尼尔总是笑啊笑啊。”

“我没有！”

“当然，”伊莱恩对凯笑笑，“我们之后再聊这事。”

“我在大学里学的是国际金融，”吉姆说，“我们俩对亚洲都有强烈的兴趣。因此我们决定从那边找一个小女孩。”

“我们不是‘找’到她，”伊莱恩说，“我们已经被红绳捆绑在一起了，”她过于强调这句话了，“你一定知道红绳的故事，丹尼尔。它是一个古老的亚洲故事。”

“从没听说过。”

“红绳的故事！它说的是注定要在一起的人被看不见的红绳绑在一起。安杰尔、吉姆和我被红绳绑在了一起，于是我们找到了彼此，永远地成为一家人。”

“你不知道那个故事？”安杰尔问。

“我说了我从没听过那个故事。”他简直不能相信彼得和凯跟着伊莱恩和吉姆一起点头，“抱歉，我能离席一会儿吗？”

在卫生间，他用脏脏的肥皂洗着手，对着浑浊的镜子，他看到像安杰尔那样的皮肤，像安杰尔那样的眼睛和鼻子，像安杰尔那样的头发。

他可以现在就溜走。地铁站离这里不是很远，他们刚经过那个地铁站，他的口袋里有五美元钞票，够地铁费了。他可以从福特汉姆路和大学大道跑过去，溜进大厅，冲上楼，疯狂地敲门，直到有人开门。不管是谁住在那里，当他们看到他时一定会尖叫起来，他们都会激动地大声尖叫。薇薇安和迈克尔可能还住在那里。利昂和他的妈妈可能也已经回家了。

他偷偷混入一个家庭中，向出口处走去，那个家庭有三代人，父母带着孩子还有一位伊公，正缓缓走出大门，走到人行道上。

他的脑海在一遍遍过着电影。

他听见凯说：“他很沮丧，感觉被冷落了。”

接着是彼得故意压低的低语声，德明通过偷听卧室墙壁辨认出来的声音：“他习惯了得到我们的全部关注，但是他会克服沮丧的。”

彼得先发现了他：“丹尼尔，你在那儿啊。你是在找我们吗？”

他觉得自己失败了，游戏结束。他走向威尔金森夫妇，任由凯拉着他坐得更近，直到他被夹在凯和彼得之间。“伊莱恩和吉姆进去找零钱去了。”她说。

安杰尔出来了，指着他说：“你失踪了。”

没有必要提布朗克斯区，没有必要解释。“我去洗手间了。”

大人们在客厅喝着酒，安杰尔和德明坐在她的房间里。

“你的生母发生了什么？”她问。

“她准备去佛罗里达州，我准备跟她一起搬过去。她也许去了中国。”

“伊莱恩和吉姆说我在中国是个孤儿。他们付了钱，得到了我，我得到了我最喜欢的芭比娃娃和永远的家。”

德明注意到了那个芭比娃娃，一个严肃的米黄色玩偶，有着长长的金发和空洞的蓝色眼睛，装在塑封盒子里，放在安杰尔床边的架子上。它的胸前还抱着一个婴儿玩偶，像得了病一样。婴儿有着黑色的刘海和方方的黑色眼睛，他认出来它应该是中国生产的，盒子上画着一栋围着尖桩篱栏的白色房子，还有一个牌子，上面写着：“欢迎回家！”

“这是一件收藏品。我的朋友莉莉没有这种娃娃，因为她的父母去中国时住的是别的宾馆，没有得到这样的收藏品。”

德明用他的脚趾推了推一只毛绒老虎：“你真的相信那个吗？关于红绳的那些故事？”

“我不知道。我想是吧。”

“那都是胡扯。”

“是吗？”安杰尔思量着。

“胡——扯。”他在芭比娃娃死人般的注视下感到局促不安。

“你热吗？我让伊莱恩把空调调高点。”

“我真正的妈妈可能还在布朗克斯区。”

“你是说她现在还在那里？”

“我的继父可能在那儿。或者我的姨妈，我的兄弟——表亲。”

“那我们去吧。”

“怎么去？”

“我知道怎么去。”

他伸手摸了一下口袋：“我只有五美元。”

“等等。”安杰尔一路踢开玩具穿过房间，德明小心地看着她。如果她准备告发他，去叫彼得和凯过来，他就打算拦住她。这事不难；他比她个头高。他立起来，准备好。此时她在她的柜子里到处翻寻，抽出来一双粉色长袜。“丹尼尔，”她说，“看。”袜子里是一摞二十美元的钞票。德明又一屁股坐下去，笑起来。“我从吉姆那里偷的。”安杰尔说，“他不在乎。”

亨宁斯家里没有客房或书房，所以凯和彼得不得不挤在安杰尔房间里的充气床上，安杰尔和德明在客厅地板上扎营，等着喜获日的宿醉放倒了伊莱恩和吉姆，一大早起床开车进城的劳顿累垮了凯和彼得。当从两个卧室都传出鼾声时，他们把毛巾塞到被单底下堆成小孩的人形，开始行动了。

安杰尔按下了密码，解除了警报系统，她粉色的塑料钱包里装着钥匙；德明紧紧跟在她身后，背包拎在手里。他克制住了向彼得和凯轻声道别的冲动。他们未坐电梯，而是走楼梯下了十楼，从服务出口冲出去。在街角安杰尔招了一辆出租车。德明本以为他们要坐地铁，但是安杰尔说不，她来付钱。

"我们要去布朗克斯区，"安杰尔对司机说，"我们的爸妈给了我们钱。"

"大学大道西190号，"德明说，"我家在那。"他说这话的时候感到心里有一个冰团在生长。"您所拨打的电话暂时无法接通，"冰团低语道。妈妈本不该抛弃我，德明想。司机拨弄着广播频道。"您能把音乐声开大点吗？"德明说。车里充满了鼓点声。德明重复念叨着妈妈，妈妈，妈妈。当他们从高速公路下来，进入布朗克斯区时他给司机指着路。就是那儿了，一直亮着灯的肯尼迪炸鸡标牌，地铁轨道投下的影子，从街区拐弯处开始上坡的人行道。运动鞋店，贩酒店，爱德华·多的杂货店。一切看起来完全没变。过去的十一个月，没有他，一切都照旧进行着。忘了彼得和凯吧，忘了罗兰和山脊区。他回家了。

"需要我等你们吗？"司机问，但是德明已经下了车。

"等五分钟吧。"安杰尔拉开钱包，递给司机两张吉姆的二十美元钞票。

德明一秒钟也不能慢下脚步。沿着人行道往上走，经过老样子的塑料垃圾桶，狗撒过尿的野草地，穿过院子，底层窗户上的胶带已经裂开了。他拉开大门，门开了。安杰尔跟着他，上了第一层楼，他们的脚下是油布的咯吱声；到了第二层楼，他们走得更快了，经过播放着节目的电视机，现在更接近了；他们跳上最后一层楼，他看到就是那儿了。

门口放着一块脚垫。绿植绒的脚垫像得了病的草地。冰团后来是对的，利昂和妈妈从没有过这种东西。

“是这里吗？这里？”安杰尔因为兴奋蹦跳着，期望看到盛大的团聚。“去吧。”她说。他清楚那块脚垫不是妈妈的，还是踏上垫子，敲了敲门。门还是一样的棕色漆皮，一样的凹痕。他又敲了敲。

“有人吗？”他问。

门下方，脚垫后，出现了一线灯光。他听见脚步声和低语声，即便他知道毫无希望了，他还是想象着他的妈妈站在那个灯光下，利昂、薇薇安和迈克尔在她身后。

他挪了一下他的背包。门开了。

“找谁？”一个有皱纹的矮个子女人把门打开一个小缝往外看，门闩还插着。

安杰尔屏住呼吸。

“我是德明。”他说。

“嗯？找谁？”门又要缓缓关上了。

“我以前住在这里。我的家人，你知道他们去哪儿了吗？”

“我不知道。”女人说。

一个留着山羊胡的年轻一点的男人出现在她身后。“妈，是谁啊？”女人用西班牙语回答了他。男人替代了他妈妈的位置，出现在门闩后面：“什么事？”

德明艰难地咽了一口唾沫：“我在找我的家人，他们过去住在这里。你认识他们吗？”

“不认识，我们搬进来时这地方是空的。”

“你什么时候搬来的？”

“九月。行了吗？”男人要关上门了，“好了，孩子，很晚了。”

“汤米呢？”德明问，“他还住在附近吗？”

门又开了一个小缝，男人探出身子来：“啊，汤米已经结婚了，和波兰女孩。”

波兰？门关上了，锁扣上了。

“真遗憾。”安杰尔轻声说。

德明走下楼，出租车还等着他们。他缓缓地爬上车，安杰尔陪在他身边。

“麦迪逊大道21号，”安杰尔对司机说，“您能把音乐开小点儿吗？”

第二部分

头奖

Jackpot

5

十个冬天过去了。在中国城的罗格斯街——妈妈和德明在搬去布朗克斯区之前住的地方，一座高楼已经在街角拔地而起，一对白人夫妇对身着制服的门卫说着话。但是街区深处似乎没什么变化，还是一样的建筑物，红棕色的外墙，太平梯，挂着晾晒的衣物。罗格斯街 27 号的旧公寓比罗兰的家要小，却是七个女人和一个男孩的家。

丹尼尔·威尔金森比曾经的德明长高了 2.5 英尺，重了 150 磅，他英语说得更好了，但是中文更烂了。山脊区的生活让丹尼尔变成了一个自我欺骗的高手；他过去常常看到德明，但是把他当作丹尼尔，就像放映着永远在两张相同的页面之间切换的幻灯片。他想要德明走出那栋楼，他们两个便可以跳像街上经常遇到的那种小舞蹈：当人们在人行道上试图错身经过彼此，但是都预计错了对方的下一步行动时，两人都挪向了同样的方向。

丹尼尔八年级时跟罗兰玩滑板时在右前臂上留下一道疤痕，要不然，德明就不会有这道疤。德明在中国城和布朗克斯区长大，丹尼尔是在山脊区星球上蛰伏、冬眠吗？抑或，他们是一起长大的，只不过在纽约城之后的日子里分道扬镳了？丹尼尔在德明的身体里休眠着，直到青春期；现在德明是一个毛团肿瘤深深塞在丹尼尔的身体内部。又或者，德明从未离开过罗格斯街，他一直都在这里。

罗格斯街27号的大门“嘎吱”一声打开了，一个女人拎着一堆杂货袋走出来。丹尼尔担心自己可能看起来像个变态，掏出手机假装在发短信。他知道出来的人不会，也不可能是妈妈，但是仍然觉得失望透顶、白费精力。

在曼哈顿大桥下，他周围的声音汇合到了一起。这里的水果蔬菜小贩说着福州话，他知道他们在说什么，这些话不是无意义的声音，而是有形状和意义的句子。他重复着它们直到他深信他能说出正确的句子，然后走向那些小贩。

“嘿，这位小哥，”一个小贩招呼着他。他穿着宽松的蓝色外套和牛仔裤，戴着草帽，正在称蔬菜。他有一口烟渍黄牙，还镶了一颗金牙，胡子花白。“你想要点什么？”他用福州话问。

“你好。”丹尼尔说。

“你从哪里来？”

“纽约。”

“你是中国人？”

“我当然是中国人了。”

他摸索着钱包。“西瓜”这个词浮现出来，他集中注意力直到将剩下的句子都想好。“给我一个西瓜。它们新鲜吧？是好瓜吧？”他回想了足够的言辞来讨价还价，还了那家伙25美分，感觉自己重生了一样。

那个小贩说：“你要是再还低点，我全家就要挨饿了，谢谢你。”但是他的愁容背后露出了笑意。

丹尼尔接过那个西瓜，感觉自己旗开得胜。他指着一堆绿色蔬菜。“还有那些，半磅西蓝花。”

他拎着这些果蔬往罗兰的公寓走。这是周二的下午一点钟，冬天的阳光是那么明媚，他不得不眯起眼睛；他对接下来的下午时光都没有安排。这么多年来，在妈妈再也不回家之后，在利昂离开和薇薇安把他丢给陌生人之后，他不再允许自己回想那些日子。此刻他想象着妈妈在运河街抽着烟等着他，记起她走在冰上时的鸭子步，她的手紧紧拉着他的手。他现在应该个头比她高了，但是在她的手中仍有一种安全感。有一次，当他和安杰尔谈起他们出生的家庭时，她问他是否仍然想找到他的妈妈，他说不，再也不想了。他已经接受了她离开的事实，这就够了。然而他从未有机会问她为什么要回中国，她不是憎恶闽江吗？他也从未有机会理解他能为什么最终会到了山脊区。

他在一个街角停了下来，掏出手机，回复了迈克尔几个月前给他发的邮件，在他改变主意前点下了“发送”键：

你找对人了。什么事？

在罗兰的厨房里，他清蒸了西蓝花，将西瓜切块。这比继续吃特雷斯·洛克斯餐馆里散架的玉米煎饼好吃多了，也比在外面吃便宜。现在他信用卡的余额是2079.23美元，有8%的利息，还不算他欠安杰尔的钱。每个月看到信用卡公司发来的账单让他很焦虑，他在银行账户上设置了自动还款，每月还最低限额——上个月是22美元。他已经几个月没跟安杰尔说过话了，但是这周六他不得不去见她，因为她的爸爸办生日宴，彼得和凯也要去。

高中时，他跟其他男生在派对上打德州扑克牌。他有种天赋就是注意到他们的马脚但藏起自己的马脚，跟彼得和凯生活的这些年，让他极为善于保守秘密。在波茨坦分校大二那年，他听说了在线扑克，当他拖延写论文时，他就会玩几把，玩得不大。整个夏天，他生活在山脊区，同时打了一份工——为在城镇边缘有着五居室的新房子刷墙，他发现自己有破解在线扑克规律的本事，摸透了各类玩家的脾气和特点。接下来的秋天回校后，他认识了一个名叫凯尔的家伙，他真能赢到钱，一晚一千。丹尼尔开始玩得更多，一天六个小时甚至十个小时，即时锦标赛一场连着一场打，赢家通吃。一个深夜，他从宿舍去浴室，在水槽给水杯接水时听见了筹码和洗牌的声音，急忙跑下走廊回宿舍继续玩，点击下注，加注，收牌，在翻牌前赌了大盲注的三倍，看着他的钱越变越多。几个小时唰唰地过去，直到他听见开关门的声音和人声，他的身体发麻又酸痛。他一直打到了第二天，或者是第三天。在某些时候，偶尔照过来的光线明亮得刺眼，阳光开始洒在键盘上。他喝了红牛，撒尿撒在空瓶子里。他将底池的金额下注在满堂红上，意识到自己已经气喘吁吁。第二天，他听见人们从很远很远的地方喊着他的名字，打开门看到他的室友站在门外，来查看他是否还活着。

当彼得和凯打电话来问他是否去上课了，他就糊弄他们说他去了。玩锦标赛他一晚能赢四千，三十分钟后又输光。他的账户里一度有了八万。虽然看起来不像是真钱，但又确实是。他可以取现，但是总是有下一场牌、再下一场牌要打。

他所需要的只是大赢一场，但是每当他赢了后，又总觉得自己还没赢够。他在账户余额为零时关闭账户，一天之后又重新充值开打。他有两整天没有打牌，跟一些朋友开车去雪城看演唱会，之后他想给自己买个新吉他，找到新动力，回归音乐。再打一场他就收手。

因为他的成绩太差不够格申请助学金了，他借了一笔私人贷款准备支付下个学期的学费，但他一天就花光了那笔贷款。他从朋友们手里四处借钱，这里二十，那里五十，开了新的信用卡，透支了最大额度。他心态越不稳定，就输得越多，他输得越多，他就越是变成了一个经常出手的玩家。他向凯尔借了两千，承诺两周后还他，但是在一直输钱后知道这不可能了，当他听到警告音提醒他下注时间即将耗尽时，他变得疲惫不堪。因此他将底池的一半金额下了注，7—2的杂花牌。这是一个惊喜：这场自杀来得也急。

他还了凯尔两百美元。“剩下的呢？”凯尔问。

凯尔和他的朋友们——两个看起来能轻而易举举起汽车的大块头哥们，开始一天几次来他的房间要钱。丹尼尔不再离开房间或开着门。现在他还负债一万五千美元。

安杰尔去了艾奥瓦州上学。她整个夏天、秋天的晚上和周末都在打工做女服务员，为她春季学期去尼泊尔存钱。她将去那边的一个学校给女孩们教书，然后夏天将在东南亚背包旅行。她一直很喜欢建筑，聊着别人听不懂的城市布局以及公共交通的差异。丹尼尔这些天以来都躲着她的电话，但是有天晚上他接了电话，告诉她他的连败纪录并找凯尔借钱。“我需要你帮我个忙，”最后他说，“我一周后还你钱。”她不太情愿，但还是同意转给他一万美元。这样他就可以摆脱凯尔，让他的账户清账，然后再借一笔贷款来还她的钱。

但是在还了凯尔的钱后，他没想到自己的信用已经是如此之低，他的贷款申请被拒绝了。他决定最后玩一把牌，这样他可以挣到足够的钱，至少能给安杰尔还上一点，但是他没想到自己会输得这么惨——他以一对A作为王牌赢了大部分的场，但是大把输给了一个叫“危险里奇”的家伙，那人在河牌上有两对牌。他没想到安杰尔会那么愤怒，也没想到当他没有还上她的钱时，她会给彼得和凯打电话，告诉他们他赌博的事情，尽管没有提他借钱这事。等到院长的退学信送到时，他正在山脊区，在利特尔镇的一个车库参加匿名赌博。他告诉安杰尔他会补偿她，他会改变自己。

“你把一切都搞砸了，”她说，“不要再给我打电话。”

现在他真希望跟她说了他给迈克尔写信的事情，以及去罗格斯街的事情。并不仅仅是因为她是他所认识的唯一一个同样被收养的孩子（当他跟前女友卡拉·穆迪提到自己被收养的事情时，她叹了口气说：“那真是太美好了”），而是跟安杰尔说话与跟其他同龄人交流不一样，她不虚伪。当谈到音乐时，她知道多少就是多少，绝不假装；听她说话他永远不觉得厌倦，即便是当她滔滔不绝地谈论纽约城的地铁系统，跟伦敦的地铁系统有多少不同时；或是给他发猫咪的图片，说她准备养猫但是又一直没有真的养猫；或告诉他她跟她的室友开车去某个不知名的地方，开了很久直到汽油耗尽，在一片玉米地里迷了路。也许因为他俩这些年来一直知根知底，她就像一个姐姐一样。

在他们最后的几次聊天中，一次安杰尔告诉他，她的父母希望她去读医学预科：“但是如果我不得不解剖一具死尸的话，我会吐出来的。因此我告诉伊莱恩，对不起，好，但是你将不得不在家里安排一个社工或类似的人来清扫我的呕吐物。她说我把我的天赋都丢掉了。我是说，真的，控制好你自己吧，伊莱恩。”

他笑了起来，说：“我也是教授家里的尿孩子。”

“那么我们都是害群之马了，即便那是个种族歧视的词，好像白羊就是好的一样[①]。”

“让我们翻转一下，定义说白羊是坏的。我是那头白羊。”

“但是对他们来说你太好了。”她说。

① 英文中的“black sheep”（黑羊）意思就是中文中的“害群之马”。

“我父母？不。我不是他们想要的那种小孩。”

安杰尔听起来很惊讶：“如果真是这样，你就不会对此感觉糟糕了。我敢打赌他们很为你骄傲，即便他们嘴上不说。”

她告诉他，她在高中时试图自杀，服下了过量的安眠药，伊莱恩和吉姆强迫她去看了心理医生，那医生说她心怀敌意。“我之前从没告诉过别人这事。”

丹尼尔没有把她的号码从联系人名单里删除。他的手机里仍然存着他们过往的所有短信，最后一条是四个月前了。他打开一条空白短信，输入了“我想你”。他删除了第一个字和最后一个字，改为：“想念跟你的聊天。我在努力还你钱。谢谢你让我父母知道我打扑克牌的事情，真的。”他删除了整个句子，又改为：“周六你会去你爸爸的派对？”按下了发送键。既然他们不再是朋友了，他似乎也失去了对人真诚的能力。他轻轻一划删除了他跟安杰尔的全部短信，几百条，然后把她的名字和号码也从他的手机里删去了。

他查了查他的邮件。迈克尔还没有回复。当手机真的响起来时，只是凯而已。“我们周六跟你见面。”她说，“不要忘记把申请表带来。”

他重新找出卡洛学院的申请表，将它们抚平。

> 目的陈述给你提供一个机会来解释任何情有可原的情况，为你作为一个转学生来卡洛学院上学的申请增加价值。这是你直接向入学委员会陈辞的机会，让我们更多了解你这个人本身，特别是你的成绩单和其他申请表无法传达的信息。

他开始打字。

迈克尔两小时后回了邮件，建议明天在哥伦布环路附近的一家星巴克见面。第二天，丹尼尔提前二十分钟到了，在街区转悠了三遍，最终决定进店里等。他点了一杯咖啡，在靠近门边的桌子旁坐下，每次开门有人进来时都抬头看看。

距离丹尼尔上次看手机才过去了一分钟。下午3点42分。没有未接电话，没有新信息。迈克尔本该3点30分跟丹尼尔见面，是他提议的3点30分在百老汇60号的这家星巴克见面。丹尼尔出于好奇同意跟他见面，但是决定保持合理的怀疑。不管迈克尔要跟他说什么，都不会改变他的人生。他喝了一口咖啡。如果再过十分钟迈克尔还不来，他就走人，今天到此为止。

门又开了。一个穿着长T恤的结实白人走进来，领着一个像他一样体格强壮的女儿，但就在门要关上前，一个穿着海军蓝外套、白色运动鞋、背着大背包的高个子亚洲男孩拦住了门，走进来。

迈克尔环顾四周，当他看到丹尼尔时脸色都明亮起来，从桌椅之间挤进来。丹尼尔站起身，他的决心消失了。他们紧紧拥抱住对方。迈克尔比丹尼尔还高一英寸，他们站在星巴克店中央，拍着彼此的背部。

"德明。"迈克尔放下背包，拉开一张椅子，"对不起我迟到了。我的教授找我谈话，聊了半天。"迈克尔的声音更低沉了，不再是童音了。丹尼尔从没听过这个不再是小孩子的迈克尔说话。十一岁以后，他们就再没见过了。

"很久都没人叫我德明了。"

迈克尔仔细打量着他："你变样了。你的脸更瘦了，尽管那些相貌特点还是一样的。我敢说我俩要是在地铁上遇到，都会径直错过对方。"

"你看起来也不一样了。"德明说。迈克尔书呆子的外表消失了，但是内在的他还是一样。他身上有一些熟悉的特质，只有那些跟他打小相识的人才能看见。“但还是没太大的变化。”

“感觉真是怪怪的啊，你有了另一个名字。你更喜欢‘丹尼尔’还是‘德明’？”迈克尔问。“丹尼尔吧，我猜。”

迈克尔在他面前交叠起双手，好像他们是在面试一样。

德明问。“那么，你一定大三了？”

“我在上州的纽约州立大学，但是目前我正在休假。”他实际上已经在这场“面试”中败下阵来了。

“你住在哪里？”迈克尔问。

“中国城的小意大利那边。我借住在我的朋友罗兰家里。我们有个乐队——我弹吉他。我们在纽约四处演出。”德明回应。

“我完全看得出来你有这个天赋。记得你过去经常求妈妈们让我们停下来听一会地铁里的音乐家演奏，我们在那站了很久，都错过了好几班地铁。”迈克尔笑起来，“你们乐队叫什么名字？”迈克尔继续说。

“通灵之心。我也在写我自己的歌，我自己唱并弹吉他伴奏。真正很精简的那种，近似自白的那种作品。”这是德明第一次大声说出这些来。

“你下一场演出什么时候？告诉我，我去看。”

“好的。”丹尼尔想象着像迈克尔那样的人，出现在一个阁楼演出现场，肯定比他自己还要显得格格不入。“你打算上哥伦比亚大学，是吗？”

“是的。我高中上的是布鲁克林技术学校。”迈克尔将手机放到桌子上，“今天我迟到了，就是因为我在申请助教奖学金。我必须得申请这个遗传学研究项目，打算二选一。一个是我的学院赞助者在做的项目，就是我之前说的那个教授。他正在为我写推荐信，因此如果我选那个项目的话机会更大。但是还有另外一个不那么优先的项目，成功机会相对小些，但那是我想做的项目。”

“申请表什么时候交？”

“两周后。祝我好运吧。”

他们对视了彼此一会儿。丹尼尔想多观察观察迈克尔，试图把桌子对面的那个家伙跟在布朗克斯区时他身边那个瘦弱的跟屁虫对上号来。曾经有五年时间他们都在一张床上睡。“你妈妈现在怎么样？”

“她很好，真的很好。几年前她嫁给了我的继父，蒂莫西。我们搬到了布鲁克林他那儿，在日落公园。我还住在那里，坐车去学校，但是我希望尽快搬出来。”迈克尔将他的手机递过来，向他展示了一张照片：一家人在绿草如茵的院子里，薇薇安和蒂莫西搂着迈克尔。“这是去年夏天的照片。”蒂莫西有一点将军肚和退后的发际线。薇薇安的头发很短，烫成了卷发。

丹尼尔瞥了一眼照片，将手机还给他：“你还跟利昂有联系吗？”

“利昂叔叔？有的，有的，他还在福州。他结婚了，有了个女儿。他在一家制造公司上班。我们聊过几次，他不怎么用手机，但是他现在很好。”迈克尔玩弄着他的表带。那是一块厚实的银色手表，中年人才会戴的那种表。“你走后，我们也没在那间公寓住太久。我妈妈给中国城的一户人家做保姆和打扫卫生挣钱，我们搬去了那家。然后我们搬到了皇后区，她在蒂莫西工作的楼里找到了一份工作。”

“哦。”丹尼尔有一小部分私心，希望利昂和他的妈妈已经找到了彼此，一起生活着，只不过因为一些很合理的原因——尽管他没想明白是怎么回事，他们没法联系上他而已。

“在圣诞节假期，我帮我妈清理家里的箱子时，发现了这些文件，”迈克尔说，“有一份我妈签字的表格，自愿将你交给社会服务机构照顾。上面说会是无限期的。”

丹尼尔没作声，想起他见过的那张表格。

“我知道，我都知道，一切都搞砸了。另一份表格，说她在你离开几周后，去了法庭听证会。她同意彼得·威尔金森和凯·威尔金森收养你。”

从星巴克的音箱里传出一个女人和着轻轻弹奏的尤克里里尖尖的歌声。在错过了最基础的几步跳后，丹尼尔从一个电子游戏的最终局一下子掉到了一级。原来薇薇安和利昂从没打算回来找他。

“我很抱歉。我想要你知道这些。”迈克尔摇摇头，“我一直想着你和你的妈妈。她是位很酷的妈妈。有一次，我不知道你在哪里，但是因为她馋炸薯条，她带我去大广场街吃了汉堡王，给我也买了薯条。在回家路上，我们经过了一片满是鸽子的空地。她非常严肃地跟我说：‘迈克尔，在中国我们吃这些鸟雀。但是蒸是着吃，因为它们的肉很硬，但营养价值很高。’她真的很好玩，你知道吗？”

“我知道。你怎么找到我的？”

“我谷歌了彼得·威尔金森和凯·威尔金森，发现了一个网站，上面有一篇凯·威尔金森写的文章，在她的简历上她说她有个儿子叫丹尼尔。我在 Facebook 上找到了一个中国面孔的丹尼尔·威尔金森的主页，照片看起来很可能是你。你的页面是受限的，因此我无法给你发信息或获得你的邮箱地址，但是它提到了纽约州立大学波茨坦分校，于是我又谷歌了那个词，找到了你的邮箱地址。”

“该死。嗯，我很高兴你找到了我。”

“我很高兴你给我回了信。当我找到这些文件时，我想，你也许会落在一个糟糕的家庭手里，任何事都有可能发生。”迈克尔转开视线，“那天早上，我最后见你的那次？如果我知道她要带你去那里的话，我应该阻止我妈的。你们出去了，当她回家时，你不在她身边了。我真的害怕极了。”

在他和安杰尔打车去了布朗克斯区，看到那家人不是他的家人后，丹尼尔回到了山脊区的家，一连几周都在晚上偷偷哭泣。四个月后，他、彼得和凯去了法庭，法官批准了他被领养的事情。他们签署了文件。法官恭喜他们组成了一个永远的家庭。他拿到了新的出生证明，将彼得和凯列为他的生父母，他的名字也改为丹尼尔·威尔金森。

“你妈妈怎么对你说的？”他问迈克尔。

“那时？她说她为你找了另一个家庭，能让你住，照顾你。一开始，她说这只是暂时一段时间。我很生气，吓坏了。特别是当我发现它不是一小段时间后，你知道吗？我一直觉得这事不对头。但是我什么也做不了，我不知道怎么找到你。因此在圣诞节时，在我找到这些文件后，我质问她，她不想谈论这些，我就不依不饶一直问，最后，她说她这么做是因为她别无选择。我们身无分文。她说她做了对你最好的事情。”

“最好的事情？”丹尼尔集中注意力去看收银台那边的特别饮品菜单：超大杯拿铁。这些词看起来很怪异，好像它们不是英语似的。咖啡的香味和甜味剂的调味过于强烈，甜得发腻。“利昂知道我被收养了吗？”

“我猜我妈告诉过他了，但我不确定。”

丹尼尔以手扶脸，压着眉间。“我真不敢相信这些。”他想。

“你就像我的哥哥一样，你知道吗？”

“是啊。”

“我之前试过谷歌搜你，但是搜‘郭德明’没有搜出来任何结果。”

“是啊，那不再是我了。”

“你的父母——我指威尔金森夫妇。他们对你好吗？”

“当然。但是我失去了我全部真正的家人。”

“你一直没收到你妈妈的音讯？”

“没有。并且我猜你也没有。”

迈克尔摇摇头：“但是我妈妈想见见你。”

“什么？”

“她想请你过来吃晚饭。”

迈克尔盯着丹尼尔的脸，等着他的回应。就像他还是孩子时做的那样，准备毫不迟疑收拾好行李跟他跑到佛罗里达州。

“你是说真的？”丹尼尔说，“不会吧！”

周五晚上，丹尼尔乘地铁去了布鲁克林区中国城的日落公园，在他沿着第八大道走下去的时候，他认出了那对中国夫妇居住的街区，彼得和凯过来接他的地方。他不知道自己为什么要去薇薇安家吃这顿晚饭，也许能跟她说点什么的这个机会让他继续走向他们的家。

他们住在第八大道下面有门牌号的街道之一，一栋两户共居房子的下半部分，他们的公寓有两间卧室，一个对着街道的大大的前窗。房子闻起来是米饭、猪肉和大蒜的味道。他脱下鞋子和夹克衫，跟迈克尔拥抱了一下，看到薇薇安穿着毛茸茸的拖鞋向他们走来，她比十年前更圆润了。他记得她的牙齿以前可没有这么白。

“德明！你看起来还是老样子，”她用福州话说，“健壮得很，跟你妈妈一个样。”

在她做出这些事后，她怎么还敢提起他的妈妈？“你好，薇薇安。”

“你还喜欢吃猪肉吗？”

“当然。”

“我做了猪肉和鱼。”薇薇安指指厨房，“我们很快就开饭了。”

迈克尔和丹尼尔坐在一张深棕色的沙发上，正对一台宽屏的电视，以及一个摆着玻璃独角兽雕像的架子。“还记得我们在大学大道住时的沙发吗？”丹尼尔问。

“那个沙发真是丑爆了，”迈克尔说，“有那种恶心颜色的大花。记得那次吗？有个孩子打我，你过去把他好好揍了一顿。”

“然后你妈妈走过去把我打了一顿。”

迈克尔笑起来：“是的，听起来没错。”

“我真的很爱那个公寓。”

“你还记得那个孩子吗？索普希普？我听说他进了监狱。那时有人在公园被杀害了……”

“我不记得了。”

丹尼尔在脑海中过了一遍这些名字，试图将名字跟他们的脸一一对应起来，那些背着大书包的第三十三小学的学生们。他努力想回忆起索普希普，公园——哪个公园？发现他的记忆并不准确。他不由得警觉起来，不禁在想还有什么他已经不记得了，他对他妈妈、利昂，甚至是他自己，还有多少记错的地方。

“记得汤米吗？我们的邻居？我过去经常以为我妈跟他私奔了。”

“那个家伙？怎么可能啊！”

“我听说他结婚了。”

“天啊。我好多年都没听到他的音讯了。”

蒂莫西回来了，提着一个用红绳绑着的白色点心盒子。“你一定就是德明了，”他说，“我听过太多关于你的事了。”他的英语有股中文腔调，他的元音发音温和又有起伏。

薇薇安做了豆腐牛肉蘑菇砂锅、大蒜烩蔬菜、面条、酥脆猪肉，甚至一整条清蒸鱼。饭菜的香味很抚慰人心，丹尼尔很久都没有这种感觉了。蒂莫西递给他一只盘子。“你还在上学吧，德明？”他用英语问。

他不确定他是否想被称作“德明”。“我在纽约州立大学读传播学专业。我也玩音乐，吉他。现在我改名叫丹尼尔了。”

“丹尼尔。那么你喜欢人文艺术喽，迈克尔更喜欢理工科。”

“你做什么工作？”

“我是一名注册会计师。薇薇安和我就是这么认识的。”蒂莫西换成普通话，“薇薇安在走廊那头的办公室工作。”

薇薇安切着蔬菜。“我打扫办公室。”听起来像是她跟蒂莫西之前就背好的剧本台词，“我和迈克尔住在我朋友家里，在皇后区。我们没有钱。”

“有天我们上班时在电梯里遇到了。”蒂莫西说。

“那是很久以前了。”薇薇安说，“现在境况好多了。迈克尔打算上哥伦比亚大学，德明也上大学了。你妈妈会很高兴的。”

丹尼尔挑着鱼刺，想问薇薇安还知道些什么。毕竟，他的妈妈也许是想念他的。她也没想到薇薇安会把他送人。他等了第二次、第三次、第四次，在又一次给自己的盘子盛满菜时试图忽视薇薇安高兴的表情，她厨艺好，喂饱了这个饥饿的孤儿，这份功劳确实归她。他无法全身心去享受好吃的饭菜和身在这里熟悉的感觉。

蒂莫西递给丹尼尔一盘蔬菜。“德明，我是说，丹尼尔，你还说中文吗？”

“说的，”丹尼尔用普通话回应，“我还用中文。”

“你已经有美国口音了。我也是。”

“迈克尔仍然说着一口极好的中文，”薇薇安说，“他甚至可以用中文写东西。”她取出点心盒里的点心，是一个蓬松的白色海绵蛋糕，糖霜上点缀着草莓切片。丹尼尔假装他在看电视，正在播放的是一部自然纪录片，配着一种权威感的男性声音旁白：雌性动物只关心它自己生物学上的后代。它拒绝任何无血缘关系的孩子，认为它们是对家庭的威胁。

迈克尔收掉桌上的银制餐具，薇薇安把盘子端到厨房，丹尼尔站起来。“坐，坐。”蒂莫西说，但是丹尼尔还是抓起盘子，递给薇薇安。他比她高出一头了，可以看到她日渐稀疏的头发，发根已经开始发白，一小块斑秃出现在她的头顶上。

他的英语说话语速很快。薇薇安的英语比她十年前好太多了，但是他知道他占了上风：“你为什么那么做？”

她将食物装进塑料容器中，按下盖子，再次检查确认它们都密封好了。“做什么？”

他转向水龙头，将一块肥皂抹在海绵上：“你说过你很快就来接我回去，但是你签署了一份表格，将我送给了陌生人，还是无限期的。”

“我不知道你在说什么。”薇薇安打开冰箱，重新码好容器，将其他剩菜拿出来，腾出空间。她取出一盒橙汁，眯着眼睛看着标签。

“你让我以为我妈妈抛弃了我，以为她不想要我。”

薇薇安研究着一桶牛奶：“你也可能被驱逐出境。”

“怎么会？我是美国公民。”他转过身，确认迈克尔和蒂莫西还在其他的房间，“关于我妈你知道什么？她在哪里？快告诉我。”

薇薇安的脸被冰箱门挡住了：“我什么也不知道。”

他使劲刷着盘子，让自己的皮肤感到刺痛：“其实你去了法庭，好永远地摆脱掉我，你毁了我整个人生。”

“我没有毁掉任何事情。要不然你就不会上大学了，你就不住在曼哈顿玩你的吉他了。如果你跟你妈生活在一起，你会很穷。你会回到村子里。”

“她现在就是在那里？闽江？”

薇薇安的言辞安静又含糊：“我不知道。”

这说不通。对妈妈为何离去，她为何从未跟她联系上，都没有解释。丹尼尔看着薇薇安，狠狠盯着她，想让她面对自己。

“她死了吗？”

最终，她转过身来：“没有。”

“你怎么知道的？”

“因为利昂。”

在拥抱过迈克尔以及和蒂莫西握手道别后，他独自走向地铁站。“再见，”迈克尔说，“别忘记告诉我你的下一场演出是什么时候。”

在丹尼尔的口袋里有一个信封，是他要走时薇薇安给他的。离开他们家半个街区不到，他躲进一家店的雨蓬下，打开了信封。里面是一张一百元的钞票和一张小纸条，上面写着一串中国长途电话的号码，是利昂的。

丹尼尔将信封放回口袋，笑了起来，笑到自己浑身发抖。好像一百块钱就能让一切事情都好起来一样。他边走边用袖子擦着脸。这一路店面都已经关门，到了街道尽头，他向左转，到达日落公园的大门。空气很潮湿，树木繁茂。他沿着一个街道和店面之上的小山坡向上走，下面的小路上一个家庭正经过，父亲推着一辆婴儿车，它的把手上系着一只闪闪的红气球。丹尼尔看到了曼哈顿的天际线，认出了帝国大厦的尖顶以及那些大桥的灯光，从这个登高望远的位置眺望过去，纽约城看起来既流光溢彩，又脆弱不堪。最后一束阳光横扫过拱桥，好像在哄它们入睡，在楼顶投下了阴影。不管看过多少次城市的全景，他的内心都为之震撼。他有了利昂的电话号码，他的妈妈还活着。利昂肯定知道妈妈在哪里，他们肯定有联系。这份期望让他坚韧起来。他膝盖打着寒战，弯下腰，打了个饱嗝，是大蒜和草莓蛋糕混合的味道。

然后他觉得很冷。当薇薇安把信封塞进丹尼尔的手里时，她还说了这句："我还掉了你妈妈的欠债。当利昂离开时，她还欠着钱。你以为谁付的钱？如果不是我付的钱，你早就已经死了。"

他无法决定是恨她还是谢她，丹尼尔只能接下信封说："谢谢。"

他的步伐重重踩在泥土里，沿路下山，再沿着公园弯弯曲曲的路走。一开始他走得很慢，然后越走越快，腿高高抬起，像一个装饰音。

他可以回家给利昂打电话，在这个念头驱使下，他几乎狂奔起来。

6

你重新回到我生活里的那晚，我正在福州那条老街上走着，从世界顶级英语学校去往勇经常请他客户吃饭的海鲜餐馆。他说要来接我，我拒绝了，想要这宝贵的二十分钟时间属于我自己。我穿着灰色西装和皮鞋，看起来像个城里人了。我的生活感觉就像蜜饯一样——曾经我渴望得到这样的生活，但是有时我仍然想把它付之一炬，再一次改名换姓，再一次搬到另外一个城市生活，在一个谁也不认识我的楼里租一个房间。当我想到所有我去过的，还有那些身不由己的应酬时，我感到心里一阵空虚，无穷无尽的厄运。

走在福州：自行车、电动车、垃圾袋、坏了的家具、城里人、乡下人，都在争抢着本来就已经不够宽敞的人行道空间。当我不太留意时，我走着走着就忘记了我已经稳定下来的生活。过去感觉离我如此之近，编造一段新的历史也是有可能的——我喜欢这种感觉。在我可能选择的所有不同的路径中，所有那些看起来不重要的转弯都可能改变你的整个人生。我可以变成任何一个人，住在任何一个地方。但还是让我们现实点吧，我已经四十岁了，我人生中的大部分选择都已经做出，为我自己做的选择。现在，已经不太能轻易转向了。

当勇拥有了一辆非常好的汽车时，他就觉得没必要再走路了，也没有好奇心再去探索这个他住了一辈子的城市。如果他想要冒险，他说，他就不会在办公楼之间走来走去了；他会去香港、曼谷或上海旅行，尽管他也没真的这么做。

最近，程老板安排我的同事波清去做市场调研，准备把世界顶级英语学校开到其他城市，我感觉到了如此强烈的嫉妒，连我自己都能闻出这股嫉妒之味来。上周那个笨蛋波清去了泰州，第二个星期，他又去泰州了。我想要出去跑跑。但是程老板从没安排过我，因为人们通常认为出差是不方便的，是单身的初级职员应该承担的责任。勇讨厌为工作出差，但哪怕只是坐三个小时高铁去厦门，我也会迫切想地抓住机会。我喜欢坐在窗边，看看起重机、挖掘机，水泥像打鸡蛋一样在福建省铺开。田地被推平，为建楼打地基，村庄变成城镇，高铁以一小时二百五十公里的速度嗖嗖掠过。

必胜客外有一大群人等着进店。七年前，勇和我的第一次吃晚饭就在那里。在高管班的最后一节英语课后，我们去吃了饭。他是我最差的学生之一，他告诉我他妻子因为白血病去世得早，他们没有孩子，他也能接受无子。他说他新买了间公寓，用现金全款买的。“我是个白手起家的商人。”他试图摆出若无其事的样子说。但是我知道要是没有城市户口，他是无法获得做生意的许可证和执照的。这让我想起迪迪和我在纽约经常见到的那些有钱的年轻人，他们顶着一头蓬乱的头发，穿着破旧的牛仔裤。我告诉勇我曾经在美国生活，他说：“那你一定在大学里学过英语。”我没有纠正他，既没有承认也没有否认。

他说我聪明、勤奋、善良，我们俩都喜欢上了波莉、我的白领工作经历和我的英语背景。我存了好几个月的钱才买下来的这身职业装行头，足以让这个城里男人相信我的真实性了，因此我不打算让他失望。现在，七年后，我们走到了这一步，幻觉和真实融为一体。我，新的名字，郭波莉：

一个住在西湖[①]、上过大学、决定不生小孩的女人。但是我总感觉这只是暂时的，好像有一天我的真实身份会暴露，被人从十二楼的公寓里揪出来，立即遣返安德斯列维尔[②]。

在第一顿晚饭的六个月后，我们结婚了。这桩婚姻，还有性爱都不像我担心的那么无聊。我口服避孕药，想着我最终得把我有儿子的事情告诉勇，说你现在跟亲戚一起生活在美国，但是几个月过去了，如果那时再提这件事似乎已为时太晚，也太欲盖弥彰了。此时再告诉他，那比永远不告诉他还糟糕。

我迟到了十分钟。当我走进宴会厅时，听见勇对桌上的人说："我太太在上班。"

"走路过来，不是上班。"我说。

付，一个秃顶男人，勇介绍说他是沃尔玛的买主。他坐在勇和赵之间，赵是勇开的纺织厂的合伙人。我在赵的妻子卢金旁边的空座坐下。

勇戴着我们结婚六周年纪念日时我给他买的银色袖扣。人群的缝隙挡住了他的眼睛和嘴巴，他看上去很英俊，但那是被岁月摧残的美；他的美是他的内在，他的吸引力反映的是他生存下来的历程，尽管他会对此一笑置之，因为他不想陷入怀旧之中。"三十岁以前的事情我都不太记得了。"他总喜欢这么说，也许他在撒谎。在他的同事面前，他总表现出一副自己不费吹灰之力就成功了的样子，尽管在每次大型会议前，他都要对着镜子反复练习自己的发言，将要说的要点都写下来，背熟。我曾经专门帮助过他。

---

① 福州的西湖，位于福州市区的中心区。

② 安德斯列维尔，作者虚构的一个美国地名，用来关押非法移民的地方。

菜很快上来了。一个盘子里堆满了大虾，另一个盘子里是扇贝和蔬菜。海蜇、贝壳、鲍鱼。卢金倒了茶："生意怎么样？"她的一颗门牙上沾了点口红，我没提醒她。

"我们的报班率创历史新高。"我叉起一只大虾，扯掉它的头部，将剩余部分放在盘子里。一只眼睛抬起来看着我："每个人都想学英语。"

"我就不需要英语。"卢金夹住一只大扇贝，"我们在上海做生意。"卢金是北方人，到现在也不肯原谅她的丈夫回到家乡省份开了家工厂。赵喜欢吹嘘她老婆流利的普通话和上海话，那种清新又优雅的腔调。赵和卢金住在江滨，在他们家的晚宴上，卢金总是做出精致又无味的菜肴，赵一瓶啤酒接着一瓶喝，于是他的肚子日渐发福，他不得不松开皮带上的一个洞眼，然后是另一个。在这些聚会上，男人们抱怨着那些几乎不拿钱白干活的四川民工，现在他们不再大批量地涌入福州，而是去深圳的新工厂里工作了。勇喜欢抱怨当老板之苦。他的抱怨其实算不上抱怨，而是包装得很好的炫耀。勇的纺织厂生意好得很。

在那些聚会上，女人们的聊天就更糟糕了，因为她们期待我也要参与进来。哈！哪所私立学校最好？哪家家政清洁工价钱便宜人又老实？她们会传看一份居家翻新目录，图片上是一个个空洞无奇的厨房柜子，像泳装模特一样陈列着，用讨人喜欢的姿势摆出来。还有图片是闪闪发光的炉子上空空的锅，微笑着的妈妈、爸爸和孩子们，他们都是黑头发、黑眼睛、大长腿，皮肤白得不像真的（福州哪里能找到这种人？）。我翻着这本册子，记起我们在布朗克斯区公寓里的塑料质感的沙发，那些吃够了热狗和方便面的夜晚。我离开熟悉的一切去往新的城市，对我做过的事情感到既兴奋又害怕。

勇在喝第二瓶啤酒了，赵和付喝第三瓶了。"我们每个财年有六百万美元出口额，”赵说，“我们两年前就为圣诞节供货了。对沃尔玛来说生产成本是零售价的四分之一。”

勇转向我：“我太太在纽约生活了很多年。她现在是一名英语老师，也为我的纺织厂做翻译。”

付打量着我。我切换到我的老师腔：“我见过美国的工厂，它们都无法跟勇纺织厂相比。”

“纽约那些建筑都是什么样？”付问。

“高大、美丽、宏伟。”

卢金低头看着她的盘子，挠了挠大腿。

“气候呢？”

“夏季炎热晴朗，冬天会下雪。”

“福州本也可以成为一线城市，但是被拖累了。”付说，“太多外来人口了。”

“廉价劳动力。”卢金说。

“十二个人挤在一个房间里，”赵说，“你那么生活试试，就别指望获得更好的待遇了。”

当我听到这些狗屁话时感到一阵恶心，但是我忍住了。勇让我来这里，为的是我可以给这位沃尔玛买主留下好印象。有次我就四川民工的话题反驳了客户几句，勇丢了那一单。接下来的几周他都担心会失去公寓，永远无法搬到江滨去住——好像他很想住到那边似的，勇害怕纺织厂可能会破产倒闭，“我不知道你为什么不担心。”他说。其实，我也是非常害怕的，但听见他颤抖的声音时，我却准备告诉他，他反应过度了，那一切都不会发生。勇最大的恐惧就是被人戳穿他是个骗子，犯下过什么导致境况急转直下的致命错误。这个城市里满是这样的人。赚钱很容易，失去它们更容易。但是因为勇从来不是缺钱的人，他无法想象靠更少的钱生存会是什么样。

我的手机屏幕提示收到一条来自未知号码的新信息。我借口离席，走到餐厅门厅，输入密码进入我的语音邮箱。“你好，”一个男人的声音说。那人说话声很慢，很迟疑的样子，他说的是福州话，但是带着一种怪怪的、不太容易辨认的口音。

一开始我以为是哪个客户投诉世界顶级英语，或是勇永无尽头的厨房翻新工程中的另一项进展。

> 我是你的儿子，德明。

我的心跳加速了。我又听了一遍语言留言！我的儿子，你的声音是深沉的男性声音了，但仍然有一些辨识度，尽管你的中文糟透了：

> 我很好。我现在住在纽约。利昂把你的号码给了我。利昂，我找到了，迈克尔找到了我。你还好吗？我想跟你聊聊。

你留了手机号码，说我随时可以给你打过来。我不禁咬住手指。疼痛沿着我的胳膊蔓延。你还好吗？你怎么找到我的？我跟利昂好多年没有联系了。当女主人过来时，我挪开手指，努力微笑。“工作电话。”我说。

这么久以来，我都想要找到你。利昂告诉我你被一对美国夫妇收养了，他们在照顾你，他坚持说你被照顾得很好，我费了九牛二虎之力才能去相信他，因为让生活继续的唯一方法就是假装你已经彻底不在了，我们俩都有了各自的生活，这样最好。但是如果我可以选择，其实我别无选择，我绝不会让你走。我又听了一遍语音信息，存下了你的号码。抛开你的口音和糟透的语法，你听起来还不错，没有什么迹象显示你生病了或不快乐。

当我回到宴席上时，一盘盘食物看起来似乎很怪异，又显得人们如此贪食。赵和付举起了酒杯。“祝成功。”勇说。我也重复了这句祝酒词，但是我的手在发抖。

“付对你在纽约生活的那段经历印象深刻。”勇边说边调转面包车开上西湖的小山。

我查了一下手机：没有新的电话。“我希望生意谈妥了。”

“我也这么希望。”

我们乘电梯到了十二楼。瓷砖地板，在潮湿的夏天时是那么舒服和凉爽，我感到脚底一丝凉意流遍全身。我在数字恒温器上调高了温度。寒冷就像是刺痒的棕色毯子，挥之不去的总是包裹着我的骨头。我从厨房的一个箱子里拿了一瓶水，试图忽视墙上的灰尘和悬挂在柜台上的建筑油布。回忆猛然浮现在我眼前，布朗克斯区的厨房。你站在那里，将内裤套在脸上，那时你才六七岁，你一边举着胳膊走向我一边笑着，像个小怪物一样。我试图抓住这个画面但是它即刻消失了。顷刻之间它变得失控，从你的手，到利昂的嘴，到指甲油，到星星山，到安德斯列维尔。

我卸了妆。我们换上了睡衣，坐在沙发上，彼此靠着，一起看一集讲中世纪故事的韩国历史剧。勇抚弄着我的头发，我摩挲着他的手。这是一天中我最爱的时候，我们一起回家，不用再担心我们的外表和言辞。

纽约现在已是早上了。你长得还像我吗？你个子多高了？以前我们常在罗格斯街的寄宿公寓里玩躲猫猫游戏，你躲起来，我四处走动，问我的室友们：“你看到德明了吗？他在哪里？”直到你咯咯笑出声来，我便走过去：“我觉得我好像听到了什么！”然后胖乎乎的你，坦白说，是我——从你藏着的地方钻出来，指着我喊道：“你弄丢了我！”

收养你的家庭也许住在中央公园附近那些大砖石建筑物中的一栋，那些楼的外面贴着镀金的名字，配备身着制服的年长门卫。

当这集电视剧结束时，女主角和她的爱人躲过了国王的军队，勇和我上床睡觉了。我们有一张大而结实的床垫，铺着厚厚的、柔软的床被。“累了一天了。”他躺在我身边说。等他一睡着，我就准备去阳台给你打电话。

“是的，晚上能好好睡一觉真是太好了。”

我们的公寓里一点儿声音都没有，只有冰箱的嗡鸣声和其他一些隐约的呼呼声，为这个家带来了不变的愉悦感，让我们的生活稳定又平实。我看着我们家高高的天花板和干净的墙壁，似乎很满足。我在墙上挂了一些裱框的画作，上面用鲜艳的蓝色和绿色画着抽象的形状。我爱我们打造的这个家，还有我们给彼此留秘密字条的方式——今天早上我在口袋里找到一张字条，上面说：今天晚饭吃土豆。这是我们之间的一个玩笑，“土豆”是指赵的脑袋的形状。我爱我们家的木地板，爱那可以俯瞰城市风景的大窗户。在晴朗的日子里，你甚至可以看到一小片海。我第一次从勇的阳台看到水面时，就知道我必须要住在这里。

找到他，有一个人一起回家，日常琐事都有人操心，是多么让人放松啊：安排世界顶级英语学校的授课计划，安排去哪里吃晚饭，我给自己塞满任务，直到心里再没有空间来想你。在一个这样的城市里，这就是每天可能发生的事情。一个从无名之地来的女人变成了一个新的令别人刮目相看的人。一个女人可以像一束假花一样任人摆布，这样那样弯折，从远处审视检查一番，再重新摆弄一番。

如果我现在告诉勇你的事情，未免牵扯到太多谎言了：我有一个二十一岁的儿子，但不知为什么之前从没有提起过。你无法从你的人生故事里省略自己的孩子，好像这无关紧要一样。勇不赞同卢金和赵将他们的女儿放在寄宿学校里，比起让孩子寄宿，那我的所作所为简直是罪不可恕了。我不想考虑这些，不想记起这些。如果我给你打了电话，如果勇发现我撒了谎，我有一个孩子，他会非常生气，然后他会离开我，我就不得不失去眼下的这一切了。

我很疲惫。我拿出药瓶，倒出一粒药。没有这药我就会梦到棕色毯子、狗，你在一列我刚到达站台就启动的地铁里向我挥手。这药会让我很快沉入梦乡，回到安全感中。某些天早上醒来，我都一夜无梦，在上床入睡和听见闹钟响起之间的几个小时仿佛是一片厚重的虚无空间，听见闹钟急促的哔哔声时我正好挣扎着从中游上岸，晚上十一点和早上六点半之间好像只是分秒之隔。

勇的胳膊搂着我的胳膊，腿贴着我的腿。我们一起躺在床上，像过去七年的每一个夜晚那样。我将头枕在他的胸口。你和迈克尔笑着，薇薇安和我在桌边聊天。

“我知道是一团糟，但是很快就要完工了。”他说。

“你在说什么？”

“厨房。”他的眼睛亮起来，“我跟承包商说了你想要的那种橱柜，他们会特别定制的。”

“好啊。太棒了。谢谢你。”

他吻了吻我：“晚安。”

我将我的睡眠眼罩拉下来。勇在大白天都能睡着，但是我坚持卧室里必须装上厚厚的窗帘。有时他那种随时随地都能睡得很香的能力像一种对我的冒犯。

我听着他的呼吸，又深又均匀，我服药后的药效也开始起作用，带我沉入梦乡。我实在太累了，无法再说话了；我可以等一等，另外找个日子再给你打电话。“晚安。”我自言自语。但是勇没有任何回音，他已经睡着了，我也睡着了，不想你了。

7

三巷的房子和我们在西湖的卧室一样安静。我爸爸总是说，女人们太爱唠叨，有些女人什么话都不要说最好。因此我闷声闷气地长大了，直到后来我才意识到我内心里积攒了多少话没说。在工厂宿舍，我滔滔不绝地说着话，像一个坏掉的水龙头。当我长大了，搬到更远的地方生活，看到从消防栓喷出来的水形成了小河，水流源源不断地流淌到街上，孩子们跳进去尽情玩耍时，我会看到年轻时的我，她就像那个消防栓，一旦被打开，就变成了饥渴的急流。

如果你对我了解得更多，德明，也许你就不会这么责怪我了，也许你会更加理解我。我只能尽我所能地保持坦诚，即便这也许也不是你想听到的话。

在我六个月大时我的母亲就因癌症去世了。我对她没有什么印象，甚至从没有过她的照片，什么都没有。在我和你外公一起生活的两居室房子里，只有两件东西是属于她的：一件蓝色短上衣和一把灰色梳子。当伊爸去河上打鱼时，我会用那把梳子梳头，穿上那件上衣。它是一件布褂子，闻起来微微有点叶子和头皮的味道。每次我穿它的时候，衣服接缝处的线头就会露出来，直到有一天，最底下的那颗有四个小眼的深蓝色纽扣，滚落到了地上。我发现它试图逃离这个房间，用手指压住它，将它收在我保存梳子的那个袋子里。

“她聪明吗？”我问伊爸，“她漂亮吗？她最爱哪一种鱼？”

他会说：“是啊，是啊。”

我认定我的妈妈是一个卷发的矮个子女人，因为我很矮，我的头发也有点卷。村里有一位母亲，声音像银铃一样。“过来，宝宝，”她在农贸市场说，“不要玩灰。”每当我因为没有妈妈而悲伤时，我会回想那个银铃般的声音，假装那个女人是在叫我的名字（佩兰，我那时还叫佩兰），而不是宝宝的名字。

我爸爸常说：“我小时候，我们家很穷，我弟弟和我一粒米都要分着吃。一直都有人在饿死，但是现在人们太软弱了，都被宠坏了。你不知道我们那个时候受苦受难的日子是什么样的。”

闽江是一个穷省的穷村子，但是跟我的一些小学同学相比，我们家吃得已经算好了。除了我们分到的田里勉勉强强种出来的蔬菜，伊爸还能捕到一些鱼。当食物不够吃时，他就会把他的那一份给我。“看看伊爸为你做了什么？”他说。我试图把吃的还给他，但是他说我必须每一口都吃下去。还有很多人饿着肚子呢，你不能浪费食物。

天气好的日子里，我爸爸会带我上他的渔船。我们日出时分就起来了，趁毒辣的太阳还没当头照时就早早出发，弥漫的晨雾妨碍了我们走路。伊爸带着一罐茶，我走在他身边，随身带了一把牛肉干。我脚下的地面软绵绵的。“今天是好日子，”他说，“看到那些像蛛丝一样的云了吗？它们意味着水面没什么风浪。”在河岸西边的尽头，长长的船只在水面铺开，只有在船与船之间的间隙才能看到水，即便是最小的浪也会引发一阵木头的碰撞声：一只船随波逐浪，起伏摇晃，碰响邻船的船侧，邻船又碰响它的邻船，引发一串空空的、相似的声音。伊爸的船是深绿色的，掉漆的地方暴露出棕色的木纹来；舵上有一块补过的、拳头大小的凹痕，是撞到一块隐藏的岩石留下的痕迹。我帮助他解开小船，推到水里。“好日子，好日子，好日子。”我喃喃重复道，看着波浪像成百上千只小舌头一样轻拍着船身。然后河岸线变得越来越模糊，蓝色从四面八方涌来，填满我的视线所及之处；天空是那么巨大，像要吞没我一样，我感到心旷神怡。

在天气不那么好的日子里，山会包围过来，将我围到角落，到处都是一座又一座不能攀登的小山，阴云晃着它们的舌头：坏丫头，坏丫头。

那时，你会去猜想离开这个村子的生活。也许会嫁给另一个村子的男孩，在假日才回娘家——看看我的孩子多胖多开心呐！——但是，如果不是因为嫁人而离开村子，你就会一直待在这里了。伊爸似乎并不想一直留在闽江当个渔民，但是对农村人而言没有其他选择，他没有读完小学四年级，尽管他的弟弟读到了七年级然后搬去了附近的镇上。因此，伊爸留在了他爸妈把他抚养长大的那栋木屋里。他跟我讲他弟弟生活的城镇街道都铺着硬石路面，他有次在一本杂志上瞥见上海的照片。我问我们能不能去那里，他说不能。那么谁住在那里呢？他说：“有钱的懒人。”

我们有一只鸡。我的任务就是捡鸡蛋、喂鸡。我扎着两个羊角辫，在草地里昂首阔步，将我的头伸进草丛再伸出来。邻居的儿子海风，会丢下他的家务活儿，跑出来加入我的行列。“让我们假装像马一样。”我说。我们来回飞奔，发出马嘶声。

我有两个女孩玩伴儿，芳和李玲。我们放学后喜欢在河边玩，我会指着一个小点说：“那是我爸爸的船。”即便我并不知道那是他的船还是别人的船，或只是一块大岩石罢了。在村里广场，我们高举着胳膊从树下跑过，任由树叶亲吻我们的指尖。

我老是告诫你不要像我这样。我八年级就退学了。愚蠢。我让一个成绩比我还差，但父母都是干部的男孩给了我一根烟（“女孩不能抽烟。”我听见他这么说，但那是我无法抵挡的挑战）。我吸了一口烟，感觉我的肺都烧起来了，但是我含住它，压下咳嗽，平顺又整齐地呼出烟气，让完美的烟圈从我嘴里吐出来。吴老师用戒尺打了我，但是没惩罚那个男孩。我弯腰趴在他的讲桌上，他用木板重重打了我的屁股，我看着班上同学惊呆的表情，笑了出来。我见过有的男孩挨戒尺打时都会哭，但是对我而言这顿打真不算什么。

之后我就没再回学校了。夏天一点一点慢慢逝去。我的头发长长了，脸变得更尖了。我打扫房间，直到地板一尘不染。那个夏天整个村庄都昏昏欲睡，如同潮湿的天气里纹丝不动的池塘。铺在巷子里的条纹塑料油布褪了色、磨破了洞。小贩们将人字拖、电池和粗糙的短裤装在自行塑封的塑料袋子里，看起来已经不指望有生意了。我们的鸡下的蛋越来越小，好像它使劲才能挤出一颗蛋一样。

好几周没下雨了。草地变成一块块的棕黄色。伊爸抱怨说从福州沿河而下的商业渔船，拖着网眼极小的大网将所有的鱼一网打尽。他把他的船租给了更年轻的渔夫，在一家新工厂找了个工作——装鱼罐头，但是工厂关闭了，他不得不将剩下的船租金退还给渔夫，收回了自己的船。他在工厂工作的那三个月里，我们每周晚饭有两次牛肉吃，还有豆腐干给我当零食吃。我还有了件新的橙色衬衫穿，尽管我笨手笨脚的，在跟李玲和芳爬树时把袖子撕坏了。我想念豆腐干的嚼劲——我将豆腐干含在口腔的一侧，咽下一串卤汁的咸味。

芳搬去镇上的一位姨妈家了。在李玲家，我请求她让我看看那本上面有各地景点黑白照片的旧书：笼罩在薄雾中的瀑布，巨大的沙丘，北京的寺庙、长城，所有我想去的地方。“翻慢一点。”她盯着我翻书时说。她说等她通过中考，这书就归我，她不再需要了。但是当我在家看着这些图片时，它们已不再吸引我了。

夏末的一个下午，那时我十五岁，正在洗衣服。我等不到天气凉快下来再洗衣服，尽管在这么潮湿的天气里洗了也白洗。我的塑料盆里堆满了衣物，我将它们拧干，串起来，一件接一件晾好，伊爸的内裤和我的T恤衫，一件件灰色、红色和白色的衣物在空中轻飘。我听见一个吱吱的声音，抬头一看，发现是邻居男孩，海风。他比我上次见到时更高了，骑在一辆红色自行车上看着我。

“佩兰，”他问，“想不想兜风？”

伊爸叫他“李家尿蛋”。“那娃，羸弱得跟个枕头似的。”当我们无意中听到海风的父母因为他中考没考过又一次打他时，伊爸这么说。我替海风感到有点惋惜。闽江的很多小孩都没有读到九年级。我们本该都有机会上大学，像飞向月球一样脱胎换骨摆脱农民身份。

在夏天的酷热中海风的黑发粘在他的脸上。他有一个“美人尖”，这让他看起来很显老。他身材瘦长，但是小腿和前臂上的肌肉很强健，紧绷绷、圆鼓鼓的，藏着不太显眼。真是惊喜啊！

我好像也没什么要紧事要做。就爬上他的自行车架，保持好平衡，拍打掉脸上的蚊子，高高的草叶挠着我的脚。海风蹬着车，天空广阔又晴朗，我们穿过田野，骑过村庄，车轮吱吱作响。我嗅了嗅他的味道，他闻起来像盐一样。

“我们去河边吧。”我说。我们已经在路上了。

第一天和第二天我们去了河边，聊了我们各自的家庭。我告诉海风，因为我没参加中考，我爸很生气，尽管他没说出来。海风说他的父母也因为他的中考没过很生气，但是他松了一口气。

“我讨厌学校。”大声说出这句话感觉棒极了。

“我也是，”他说，“我帮我爸种地。有一天那会是我的地。”

海风说他钦佩我抵抗吴老师：“你太勇敢了。你挨打时甚至都没哭。”

“不疼。”我不记得海风在学校也被责罚过。他不是一个调皮捣蛋的人，但也不是好学生。其实，我都不太记得班里有他。“你不是茹的朋友吗？”我问，尽管我不记得看到过他俩一起，“他暑假在干吗？”

“我不知道。”

“那么你的朋友都有哪些人呢？”

“我有个朋友叫光，六年级，他家已经搬走了。”

第三天他过来时，我说：“我们做点不同的事情吧。”

我弯下腰吻了他。他什么也没说。

“你喜欢吗？”我不确定我是不是喜欢接吻。他的嘴唇有一点湿乎乎的，我原本希望接吻可以激起一种更有意义的感觉，像我从那些香港电视剧上看到的那种狂乱的嘴唇碾压嘴唇的感觉。

我们又试了一次。海风的脸贴过来，他的样子有种卡通的质感。我闭上眼睛，试图勾起电视剧演员的那种兴奋之情。然而，我仍然毫无意乱情迷之感。

我们贴得更近，我开始感觉到一点什么。他的嘴抵着我的嘴而动，我的一缕头发滑进他的唇间。现在他似乎是那个狂乱起来的人了，我不得不抽开身，将我脸上的口水擦去。

每天他和他爸爸干完活后，他就跑到我家来。我喜欢他对我的关注，但是我对他没有同样的兴奋之情。海风有好看的肌肉，但是他表露得太明显，太过讨好我。有些时候我也会拒绝他；但是很多时候，等到我做完家务活，下午几乎还没开始，我很想有个人说说话。我的朋友们都走了。第二天，当海风回来时，我二话不说就跳上了他的自行车。

我躺在河边，看着天空、流云，看着我自己投入太阳的怀抱。其他女孩都不会这么做，但我跟她们都不同。“你真漂亮。”海风说。他告诉我他有多喜欢我的嘴唇，我的唇形像两颗半心形的上半部分。他甚至喜欢我脖子上的那颗痣。

一天早晨，海风的妈妈把我堵到巷角，一把抓住我的手腕。“离我的儿子远点。”她说。

我想象着李阿姨蹲在茅坑上大吼，突然笑出了声。她拽住我的耳垂一拧，我热泪盈眶，突然觉得很丢人。

当海风知道他妈妈羞辱我的事情后，非常生气。“她无权这么做。无权！”他在河岸边踱来踱去，重重踏着那些野草。他新理了发，让耳朵从脸颊两侧明显地露出来。

“没关系。”我怀念独自去河边的时候，但是有次我告诉海风今天我想自己一个人去时，他大步走开了，脸上有种受伤的神情，我一个人去了也不开心。

“我想什么时候见你就什么时候见你。她不能命令我们做什么。有一天你会是她的儿媳妇，到那时候看她还怎么说？”

我坐起来，捋平我的衣服：“我得回家了。”他又一次吻了我，试图用他的舌头撬开我的嘴，但是我跑开了。

我总是在伊爸下船到家之前回家，确保我跟海风去的河岸之事隐藏在草木之中。但是如果我爸爸抓到我俩，或者海风的妈妈告诉他，他的女儿在跟她儿子鬼混，他可能会阻止我们，甚至把我送走。

村里开始传言：城里不再驱赶农村人了。村民无法获得永久的城市户口，但是他们可以申请暂住许可证，找到比打鱼和种田更好的工作。五巷两个年纪大点的男孩去了省会福州，回家来时大谈特谈城里六层高的楼和穿热裤的女人。之后更多的男孩离开了村子，在城里的工厂找到工作。村里还没有女孩进城，但是我知道，为了成为一个全新的人而离开村子比为了挣钱而离开村子更有盼头。我从没去过福州，即使只是几小时车程的距离。我也不太清楚在工厂工作是什么样的，只知道我可以挣到钱，无须坐在桌上沉默地跟伊爸吃晚饭，看着他的嘴巴狠狠地嚼着他的食物。

当我问海风他是否想搬去城里时，他看起来很困惑，然后很警惕："不，我喜欢这里。"

我告诉他我准备去。

"去城里？只有男孩可以去。"

在农贸市场，我以前同学的父母谈论着他们的儿子每月都给家里寄两百五十块钱。一个女人，她有个还在上学的儿子，对其他人说："你们难道不担心你们的儿子独自一人生活在大城市里吗？宿舍里住着各种各样的姑娘，没人管的。"

我跑回家，飞快地做完了剩下的家务活。晚饭时，我宣布："我要进城去工厂里工作。"

"只有男孩才能在工厂里工作。"伊爸说。

"他们也招女孩。贾大妈的儿子上班的工厂就招。他们有单独的女工宿舍，很多女孩的，一个月能挣三百块钱呢。"

在福州的服装出口公司，房间里充斥着成百上千台电动缝纫机转动的轰鸣声，窗户上因为熨斗滚烫的热气爬满了水珠。我是一个剪线工。在四楼的南边，我坐在一张长桌前，一整天都在成堆的蓝色牛仔裤上剪线头。

我剪得手都要抽筋了，但是我很努力地工作。厂房里太热了，我感觉自己就像一片被丢在锅中的菜叶一样被煎熬。汗水滴到衣物上，没时间去擦。我一秒钟都不能手离剪刀，无法注意到太阳从窗户照进来，或惊讶于哪怕一小块牛仔布上都有那么多种不同的蓝色。流水线上的牛仔裤不断堆过来，如果我迟了一秒，流水线那头的女孩就会骂我，董工头就会扣我的钱。

城里满是我这样的女孩——发誓再也不回家乡的女孩。我想逐步去更好的工厂，更大的宿舍，最终，拥有我自己的公寓，像我的朋友青的表姐那样。

福州看起来跟李玲旧书上的上海和北京很不一样。巷陌分岔连通街道，机动车排出的烟尘笼罩着街巷，公路上散布着排水口，空气里是链锯和铁锤的味道。我们一个房间住了十六个人，八张上下铺床排成两排，用从杂志上撕下来的图片——演员、歌手、湖光山色的风景装饰着墙壁，绿色和粉色的泰迪熊挂在床柱子上。早上五点半排队等着用卫生间时，我们抱怨着十三个小时一班的工作，好像我们已经是老女人了一样，我们谈论着疼痛的肩膀，模仿着董工头的举止。我模仿得很像。我靠在床上，叫道："快点，慢手慢脚的，快快快，你这个慢得乌龟爬的家伙！"然后喷鼻息低低地哼一声。我的室友们觉得我学得惟妙惟肖。"还不够快！你漏了一针！"其他的女孩笑得直不起腰来。

我领工资后的第一个月给家里寄了两百七十块钱，第二个月寄了两百五十块。"你就挣到这么点？"伊爸在电话里说。我说我会努力多寄点，尽管我电汇的钱已经是伊爸打鱼挣的两倍了。当我打电话告诉他我三周就挣了两百块时，他说："我想我把你教得不错。"之后，邻居们告诉我他四处夸耀我，说我比任何一个男孩都更努力工作。当他们知道我挣了多少钱后，他们不再说女孩子孤身一人在城里生活不成体统了。他们同意让他们的女儿也去城里打工，甚至他们主动叫他们的女儿去。

很快伊爸有了电视机，是三巷最大的，当他又一天出海不利失望而归时，会看到有四五个小孩张大着嘴巴躺在电视机屏幕前，对着一部画面模糊的历史剧流口水，到了晚上会变成九个、十个、十一个甚至十四个小孩，边看电视边嗑花生，将花生壳扔得到处都是。当伊爸走到外屋，这些花生壳被他嘎吱嘎吱踩碎，戳到他的脚。“回家吧。”我想象他这么赶小孩们走，但是他并非真的想让他们回去。当别人家用他们长子长女们从城里寄回的钱买了电视机，他的夜晚又变得安静了之后，他又觉得悲伤。

在我离开闽江两个月后，海风的父母也让他来到城里。当我在剪线头的时候，他在公路另一边的电子设备工厂将塑料线轴装进盒式磁带里，我们很少能同一天休假。他才来时，每周给我宿舍的公用电话打电话，尽管他很少能以这种方式找到我。我不太想他，只有极少数我一个人待着并担心我为伊爸做得不够多时才会想念他。

我闲余时多半都是跟璇和青在一起。我们三人买了一样的蓝色紧身牛仔裤，两块臀部的位置上各有一颗银星。那些下午我们手挽手迈步在街上，动作同步一致，好像世界只是为了看着我们而存在。青的随身听可以播放磁带，我们跟着音乐跳舞，都是些关于真爱和心碎的流行歌曲。我记住了歌词，将它们抄在一个艳粉色的笔记本上。街上有一个音像店用大喇叭放着音乐，一排排货架靠墙而立，彩色的磁带陈列其中。我最爱的是那些唱男孩对女孩不好，但女孩现在自立又快乐的歌。

璇是我们宿舍最漂亮的姑娘，她有一头浓密的长发和丰满的嘴唇。璇有一个情人，是城里人，一个快三十岁的男人。她的男朋友留在她们村上高中，不知道这个老男人的存在。我问她为什么还拖着她男朋友不放，她说她必须让自己多点选择，因为她的城里情人已经有一个有城市户口的未婚妻了，当然了，反正她也不想嫁给他。他给她买了针织衫和尖头的鞋子，给她零花钱，她把这些钱都寄回家给她的弟弟妹妹们了。我对她这种讲求实际、不带感情的态度留下了深刻印象。

青的眼距很宽，有一点胖乎乎的。她有一个表姐，跟四个室友合租，住在福州市中心的一间公寓里。有一个周日，我们三人坐公交车穿过城市去拜访她。之后，我忍不住老是想着那间公寓，有独立的卫生间，有橱柜，室友们可以放衣服和鞋子。我也想拥有一套属于自己的公寓，这样伊爸来看望我时，我可以从柜子里拿出一双客用拖鞋给他换上。

“我的城里情人更有经验。”璇说。

“哦，”青说，露出歪斜的门牙——她通常都尽量不露齿，“真好。”

璇转向我：“你呢，佩兰？你喜欢什么样的男人？”

粉色的方格花纹床单从上铺床的边缘垂下来。我还没跟海风上过床，但是我的朋友们并不知情。

“你得比较，不去尝试，你就永远不会知道自己真正最喜欢哪一种。”璇对嘛起了嘴。

“农村人不怎么爱货比三家嘛，”青说，尽管她不过来自一个小到连路都没有的村子，“多逛逛看看，姐妹。”

“你要是有这个的话就可以钓到一个城里男人。”璇从一个印着店名“情人”的袋子里拿出一套蕾丝内衣。那件内衣是两片心形的剪裁，内裤在胯部印着一颗心。“我的城里情人给我买的。”

有天晚上，我很晚才回宿舍，青和璇撇下我出去吃饭了，我听着其他室友们聊着到新开的工厂找工作的事情。房间里十分闷热。我已经很久没有呼吸过新鲜的空气或看过大海了。

我下了楼，在电话亭排队等着打电话。等到前面的三个人打完后，我打通了海风的电话。

“佩兰。”我们已经有几个月没讲过话了，“你给我打电话啦。”

“下周你能跟我见面吗？”

我们去了璇推荐的一家汽车旅馆。我们在年龄上撒了谎，用钱收买了前台。当我感觉到海风湿冷的手指，等他脱光衣服、发现他比以前更瘦时，我最初的兴奋感消失了。但是我已经决定好了，要像璇那样成为一个大人。

第一次太快就完事了，我们又试了一次。

“我想死你了。”海风吻着我的脸颊和肩膀，“我的心肝宝贝。”等他睡着后，我抽了他的一根烟，透过脏脏的窗户看着外面一栋搭着脚手架在建的大楼。然后我早早离开了，回了宿舍。

我连续两个月都没来月经。我怎么描述我有多害怕呢？我在剪线头时变得马虎，董工头说我要是再做不好就开除我。在汽车旅馆的房间里，海风说着“我们一起搬回村里”“我们结婚一起生活”之类的事情。夜里我躺在床上睡不着，想到我穿着一件脏脏的，按小时租的结婚礼服——前一个穿它的新娘腋窝下的汗浸湿了它，再传到下一个新娘，再到我这里，我得在村里经过长长的迎亲游行，邻居们对接下来的洞房花烛夜窃笑不止……如果我告诉海风我怀孕了，他一定认为我们必须结婚。他希望我过得快乐，希望我对此心怀感激。我接下来的人生便能一眼望到头：村子、三巷、村子、孩子，我和海风憎恨彼此到死。

发薪日，我借了青的随身听，去了音像店，用我本该寄给伊爸的钱买了一盒磁带。我一直走到了公路上。一辆公交车开过来，为我打开门，我就上了车。司机问我去哪里，在车门关上之前，我又跳下了车，觉得自己不想离开。直到现在，我都不管不顾，做了我想做的事。该死的！我沿着公路的一侧前行。卡车按着喇叭经过我身边，扬起一阵灰尘。有已婚女人将孩子带到工厂来，孩子们在成堆的等着船运到美国仓库的 XXXL 号牛仔裤上打盹儿。但是我想回家，回村里，让伊爸照顾我。

是的，我很孤单，但是我早就应该知道如此，不该跟海风在汽车旅馆见面。我知道我们在冒险，但是我没想过我真的会怀孕。这种事概率多小啊！如果我爸爸是对的，那么我就陷入了一个困境。伊爸认为，一个女人身上发生的任何不好的事情，都是她自己的过错。这让我感到很恶心。如果一个女人不结婚，那是她的错，是她太丑了或太独立了；如果一个女人太爱她的丈夫，那是她的错，是她太多愁善感、太渴求感情了；如果丈夫在外面有了别的女人，那是妻子的错，是她让他疏远了自己，也是情妇和妻子共同的过错，是她们任由男人占了便宜。如果我告诉伊爸这事，他和邻居们就会确信不疑，我本性难移，不过是披着被人夸耀的外表，和他们对我的预计分毫不差。

等我回到宿舍时，天已经黑了。我的脚很疼。青对我很生气，以为我偷了她的随身听。我崩溃了，跟她们说了我怀孕的事情。

“去打掉吧，”璇说，“没那么糟。我就做过一次。是很疼，但是你只需要请一天假。我们会陪你一起的。”

“公路那边有家医院。”青说。

海风打电话到宿舍来找我。我没有给他回电话。我从此再也没有跟他联系过。

在医院，一张桌子挡着诊室的门，桌后坐着一个戴着椭圆形眼镜的女人。“身份证。”她说。璇和青没法请假，我便说我自己去也没事。但是我真希望她们坚持要陪我过来，即便为此少拿一天工钱。我也会这么两肋插刀对待她们的。

我将我的身份证交给那个女人，她皱起了眉：“你没有资格看病，因为你没有城镇户口。你是农村户口，因此你只能去农村医院。去你们村所在区的医院吧。”

回到宿舍，我颓然跌坐在床铺上，用脚拍打着青的橙色泰迪熊。我都不记得上次我孤身一人的时候了，尽管每一天都比前一天感觉更孤单。太多流汗的身体挤在太小的空间里，散发出来的汗臭味让我的胃一阵一阵翻江倒海。接下来一整周都是工作，当我坐到我位于剪线工桌子的工位上时，我行动迟钝，昏昏沉沉，眼帘不自觉地耷拉下来，像突然拉上的百叶窗。我错漏了线头，不小心剪出洞来，那堆牛仔裤小山堆得更大，更高。

之后董工头开除了我。璇和青非常确定地说如果我带着身份证去村里的医院，他们是不会拒绝我的。我告诉她们我下周就回城里再找一份工作。在工厂上班的最后一个早晨，趁着其他人都在工作，我溜回宿舍取了我的行李包。在空空的宿舍里我将璇的心形内衣塞进了我的口袋，尽管它的尺码对我来说太小了，我的胸部永远不可能穿进那两颗小心里去。我将我抄满歌词的本子留下来了，还有我买的一些磁带。因为我没有录音机可以听它们。

从工厂出来，我直接乘小巴车去了农村医院。我快速出示了一下我的身份证：“我是农村人。”

“你的未婚夫今天来吗？”

“我没有未婚夫。”

“男朋友呢？”

“嗯……”

“你的身份证上显示你才十八岁。你十九、你的男朋友到二十一，你们才可以领结婚证。等你结婚后，你要到二十岁才能拿到准生证。”

“好的。我今天能做人流手术吗？”

“必须要孩子父亲同意。没有准生证就怀孕通常是要罚款的。但是因为你还不到法定结婚年龄……”护士瞥了一眼走廊，向一扇门示意了一下，“请到这个房间里坐一下，我马上就来。”

我等啊等，但是护士没有回来。时间过去得越久，我就越担心。我见过计划生育干部将怀孕的女人拖到医院，等她们回家时，肚子小了，沉默寡言的，但是没见小孩的踪影。我也听说过已婚的夫妻因为未经批准就怀孕而被罚款，被迫交上等于省级平均薪水五年数额的罚金。对于未婚生子的女人这个罚金可能会更高，我从没听说过闽江哪个女人敢在不牵扯孩子父亲的情况下说自己怀孕。如果我告诉海风，我就会被推去量婚纱尺寸了。

我听见电话铃响的声音，脚步声和人声，水龙头的声音。在走廊的另一头，一对护理员推着一张床，上面绑着一个大口喘气的人。我可以走到走廊上宣布我是个无证怀孕的孕妇。他们无须迫使我去三巷医院。我就在这里！尽管护士提到了罚款，即便是付上一年的省级平均薪水的费用，我和伊爸也要倾家荡产了。避免罚款的唯一办法就是跟海风申请结婚证，即便我们还不到法定年龄。或者，在护士回来之前就离开这里。

走廊空空的了。我撑着自己从椅子上站起来，向护士离去的反方向跑去，跑下楼梯，跑出医院，直到我跑到公交车站。天空是那么干净、那么蔚蓝，它的宁静是那么触动人心，我不禁想大哭一场。

在我离开村子两年后，村里大变样了。一栋栋大宅盖起来了，那些人去了比福州更远的地方，一路远赴纽约、洛杉矶这样的城市，他们赚了钱盖起了大宅。那些大宅有扇形的屋顶，立着金鱼石膏像的喷泉，像金属桌巾一样的大门，四层楼的阳台，像湖那么大的窗子。

“人人都去美国了。”伊爸说。我告诉他因为我们完成了当季的订单，工厂给了我一些时间休假。他的眼睛更加凹陷了，裤子闻起来有股明显的鱼腥味。我已经习惯了在一百个人同时说话的房间里吃饭，再也不习惯我们家安静的饭桌了。

三天过去了。我炒菜，收集鸡蛋，扫地，洗衣服。我想念城市生活，特别是在阳光明媚的、漫长的下午。我知道我必须赶紧做些什么，但是每天早晨我都被冻醒，不知所措。我可以吃一勺老鼠药，但是我不想死；我可以去医院，在别的护士那里碰碰运气，但是如果我碰到一个更没同情心的人，要罚我六年的收入或坚持要告诉伊爸怎么办呢？

闽江是个陈腐之地。弯弯扭扭的巷陌，带着松垂的拖网的渔船，房子外面剥落的油漆，挂在我们窗子上的褪色的绿窗帘——像我一样，它们都完蛋了。一栋楼的墙上被人用粉笔画着一只大猫和两只小猫。我想起在城里见过的一只流浪猫，它躺在那里，被一窝粉色的小猫包围着，小猫一只爬过另一只地去抢奶喝。它的卧姿透露出一股被打败了的、接受现状的无奈。

我走向其中一栋新大宅。它的外墙壁贴着彩色的瓷砖，我将脸贴在大门上看。瓷砖闻起来是雨水和灰尘的味道。我后退回去，鼻子上沾到了一点灰。在河边，我用一根棍子戳着泥泞，在水面上划着，想看看水面下藏着什么。我经过码头，渔民们拉扯着他们的裤裆，谈论着他们“开垦”过的姑娘。我经过时一个人用手肘推了推他的兄弟，说他喜欢这种多点肉的妞。他的朋友向他发出嘘声。“那是老郭的女儿，你这个笨蛋！”在农贸市场，我看到了吴老师的妻子——她管计划生育，正在一个小贩摊前为一颗卷心菜讨价还价，我赶紧回到了三巷。

一周过去了。我一直困意绵绵。我会在桌上或站在水槽边睡着，因为大大的打鼾声或当脚下站不稳时一下子惊醒过来。困意掌管了我，掏空了我，但是在我被压垮前，黑暗的真相降临了。我完蛋了……我不得不屈服，嫁给海风了。

我被海风的妈妈跟伊爸在屋外的说话声吵醒。

“那工作肯定让她累坏了，”海风的妈妈说，“海风说他们在工厂一天工作八九个小时。”

“八小时？那算什么，”伊爸说，“城市对年轻女孩太严苛了。我就知道她迟早要回家来。现在很多人都出国了，她回家来是好事。”

“她长大成人了，清楚自己属于哪里。”

“工厂只不过是一个阶段。测试一下她的忍耐力。”

海风的妈妈笑起来：“都结束了，你可以高兴高兴了。”

我在床上坐起来。伊爸曾说我比任何男孩都努力工作，发生了什么？他拿了我寄回家的钱，从未抱怨过什么。

我听见伊爸说：“我是不是很快就该叫你嫂子了？”

“还没那么快，”海风的妈妈说，“我想要一大笔嫁妆。”

“嘿，谁说我们家的嫁妆还不够多？”

两周过去了。一个“神奇的”美国人回到了闽江，举办了一场聚会。他并非生来就是“神奇的”美国人，而是跟我们一样都是农民。他是这样成为一个美国人的：他搭火车去了昆明，徒步翻过缅甸的山脉，从泰国飞往美国，在洛杉矶的一家餐厅找到了一份工作，跟一个美国女人结了婚——她是中国人，但是有合法证书，得到了美国国籍，攒够了钱还清了他的欠债，最终回乡探亲。他出钱给家里新盖了一栋大宅，于是他们家在新房子里举办了这场聚会。我告诉伊爸我宁可在家铲鸡屎也不想去，但是他说如果别人家都去了，就我们不去，不好。

在学校时我就已经知道这个“神奇的”美国人。他名叫靖，是一个喜欢恃强凌弱的男孩，跟其他的干部子弟关系密切，喜欢悄悄走到女孩身后，拉扯她们的内裤。在聚会上，他假装没有认出我和伊爸来，但是装得太不像了。我们站在他妈妈的客厅里，靠近一座仿大理石雕像——一个年轻男孩摸着一头小鹿，雕像在一个涂成金色的、电池驱动的底盘上转动着。我看到他的眉毛挑起来，明明已经认出我们但假装不认识，拙劣地模仿着大脑一片空白的样子。“哦，对，佩兰！小学同学。现在我想起来了！”

“你还好吗，靖？”

“吉姆。现在我改叫吉姆了。”他只比我大两岁，但是嘴角周围已经有皱纹了。

“美国怎么样？”

“哦，美国是天堂啊。它是另外一个世界。”

“你欠了多少债？”伊爸问。

“现在已经非常少了。开始是两万五千块，尽管现在汇率更高了。但是旅程也更容易，更快了。如果你想了解更多，我可以把你介绍过去。她今天也在这里。”

靖指着一个女人，她的上嘴唇上有一圈褪色的绒毛，正在跟一位乡邻说话。伊爸说那个有胡子的女士安排人们出国，间接来说，是她让村里有了这些新大宅。我说谢谢不必了，不想让靖心满意足。但是伊爸接受了他递过来的纸条，上面写着那位女士的电话号码。

回到家，伊爸睡着了。我注意到他的袜子上有个洞，那双袜子他已经缝缝补补好几次了。我在房间里走了一圈。这里有我从小就用的碗、椅子、壶，我妈妈在去世前也用过它们，碗现在开裂了，壶底也烧穿了。我可以留在这里，生下孩子，和伊爸彼此照顾，相依为命。

透过窗户我能看到海风家。屋里亮着灯，照出李阿姨在厨房里忙活的身影。我走到一边，因此她看不到我。很快海风也要回家了。

我想象自己生活在一个新的国度，有属于自己的公寓，像青在福州的表姐一样。璇说在美国，你想在哪里生活就在哪里生活，有农村户口还是城市户口都无所谓。他们也不在乎什么准生证之类的事情。

不要想那笔债了，那是一笔天文数字，感觉特别不真实，像是清明节烧掉的纸钱一样。忘了那让人累垮的旅途吧，它似乎也不是真实的，距离、目的地对我来说只是无意义的词语。我要去一个海风绝不会去的地方。

当我告诉伊爸我准备出国时，他长长叹了一口气。“你也要去？除了我大家都要走了。等你再回家时，估计就是我的葬礼了。”

“别那么说。”

我告诉他我会给他寄钱的，等我安顿好后，他也可以搬去和我一起生活。

他不屑一顾地摆摆手：“我在这里过得挺好。”

早上我打了电话，当那位有胡子的女士问我是否准备好了随时出发时，我说了是。

我花了几周时间筹钱。在河边我看着那位女士数着我的预订金，从亲戚手里借的相当于三千美元的人民币。他们相信我会改换身份，挣大钱，给家里带一个美国人回来。剩下的钱，四万七千块美元，我从一个放高利贷的人手里借的。要是在村里，这要还上四十年，用我余生的工作时间挣这五万美元，但是在纽约，我希望五六年就把它还清。

一辆面包车带着我沿公路一路向西，到达广西。我坐火车去了越南，再换乘另一列火车到达曼谷，住在一间拥挤的公寓里。在那儿我拿到一本假的日本护照，在我到达美国后需要交还。我们从曼谷飞往阿姆斯特丹，然后到多伦多，在那儿我宣称自己是一个难民，跟着其他两个女人钻进卡车后部的一个箱子里，卡车将我们拉到纽约的一栋屋子。当他们掀开箱子的盖子时，我的裤子已经被我的小便浸透了，我的舌头也咬破了。我惊愕地看着灯管，堆满了巨大包厕纸和瓶装水的货架，车库里的汽车比福州最大的车还要大，车库本身比三巷房子里的主屋还要大。我听见有音乐正在播放，意识到歌词都是英文的。我试着坐起来。“我终于来了！”我喊道。

现在我欠中国的放高利贷者四万七千美元，如果我想避免更高的利息，就要每月两次电汇还款。我知道那些还的钱不够、还款迟了或压根儿还不上款的人发生了什么，一个被威胁了，一个被放高利贷者的爪牙一刀解决，因此，要么乖乖还款，要么永远消失。

在纽约城，我蜕变成一个新人。一方面，我不再是佩兰了。曼谷公寓的那群女孩里的一个建议我起名叫波莉，一个听起来跟佩兰有点像的英文名。于是我就改名叫波莉，不再是佩兰了。我在一家服装厂工作，一天十三个小时，跟佩兰在中国做的工作一样，只是薪水是中国的八倍。波莉得为地板上的一个睡袋付很多租金——这个位置是给最没有资历的室友的。我没指望能住在一栋大宅里，像靖给他家人盖的那种，但也没想到会住在罗格斯街这种破公寓里。罗格斯街是中国城里窄小的一块街区，带着一股自卑感，东西闻起来味道都不太对，风源源不断地把袋子、罐头和塑料瓶子吹到人行道上来。卧室放着三张上下铺床，床挨着床，女人们只能爬到床垫尽头才能下床。我下班回来，累坏了，坐了十三个小时，感觉屁股一阵一阵地疼，过了一会儿我便不再注意到墙上参差不齐的缝隙，剥落的铺地瓷砖暴露出了脏脏的碎石膏、蟑螂或滴水的厨房天花板。冲厕所时，不得不把手伸入马桶水箱中，我甚至对这一点也不在意了。靖一定是工作了许多年才买得起那栋大宅和那尊大理石小鹿。

我来的时候正值纽约的夏末。在十字路口我会跟自己玩一个游戏，哪边的绿灯先亮，我就往哪边走。以这种方式，我曲曲折折地走遍了曼哈顿大部分地方。当我迷路时，我就随它去，转弯再转弯，直到街道在高速公路或河边到达尽头，或者直到我向看长相最像中国人的人问路为止。不管我有多累，我总是觉得在行走时更加清醒。纽约有这么多各色各样的人，他们步伐匆匆，即便只是擦肩而过，也会避免身体接触。我买了一张地铁卡乘坐地铁。最棒的部分就是当我沿着出地铁的台阶往上走，走到倒数第二级台阶时，期待一下等我到达地面人行道上时，我会看到什么。这个街区满是高大的棕色建筑，还是矮小的灰色建筑呢？那里住着什么样的人？那边的商店都什么样？我想象着我生活在这个街区，住在那栋公寓楼里，坐在那辆车里。

纽约比福州更喧哗，但是两者的声音不同。汽车的鸣笛声，哐当哐当的地铁声，从公寓窗户传出来的音乐声。这里餐馆众多，供应着我从没听过的各种食物。我的室友跟我轮流做饭。一个喜欢往她的牛肉里撒胡椒粉，另一个炒菜几乎不放盐。我做了鱼丸，尽管食材不像家里的那么好，这个味道还是让我觉得扎心。我的新生活不稳定也不确定，但是每一天都充满了可能性。

我处得最好的室友是迪迪。她来自厦门附近的一个村子，在纽约已经有一年多了。她介绍我去了买蔬菜、鱼肉最好的地方，带我去了贝亚德街的一家茶店，那家店卖黑芝麻甜羹和有嚼劲的饺子。我们坐在一些美籍华人小孩旁边吃吃喝喝，那些孩子用英文俚语大声逗闹着彼此。除非有不得已的事情，迪迪不肯离开中国城半步。“我们需要的这里都有了，”她说，

“你干吗还坐地铁去那些奇奇怪怪的街区？”

这些时间以来，你都跟我在一起。从多伦多到纽约，待在箱子里的长途颠簸中，我希望发生的事情没有发生。你还活着，比以前更强壮，踢得更凶。我已经习惯你了，但是我太累了。

我的一个室友对我说：“妹子，你啥时候生啊？明天？”

也许寒冷的天气就是合适冷冰冰的人。我从一家商店的橱窗里看到自己的身影，觉得自己看起来好像胖了一倍。这身体绝对不属于我。

是波莉，而不是佩兰，去了上城的一家免费诊所，那里有个说普通话的中国女医生。

“你的父母知道吗？”她递给我一件纸袍子。

“我没有父母。”

医生留着短发，在她颈后形成整齐的一圈，她的眼睛又黑又善良。“你刚说你多大，郭小姐？十六岁？”

我坐在一张也铺着垫纸的长金属桌上。我的脚从纸袍子里伸出来，我盯着地板上的一圈污垢。我跟医生报了我的名字、地址、出生日期，她潦草地填进一张表格里。“我多大有什么关系？我在这里生娃不需要任何人的允许。”

“你说的对，是不需要。”

柜台上塑料人体模型，我想把它们挪开，就在医生的桌子上轻轻敲一敲。

她又看了一眼表格。“十八岁。抱歉，你看起来比实际年龄小。你怎么来的纽约？”

“我独自过来的。”

“那一定很不容易。”

“没什么大不了。我不害怕。”

医生张了张嘴好像准备说话，但是又闭上了嘴。

“躺下，往前挪一点，”她说，“很好。”

有什么东西戳着我，先是手指，然后是冰冷的金属舌。医生问我从哪里来的。

“福建。你家乡在哪里？”

“浙江。”

“是你父母带你来这里的吗？”我问她。

“我来这里读大学，医学院毕业后就留在这里工作了。”

她启动一个四四方方的装置，通过管线连接到我肚子上，指着黑白图像屏幕上朦胧的一团东西。“看起来不错。”

“我不想要。”我说。尽管我已经跟你一起生活了好几个月了，做这个决定真是太难了。

医生又看了看表格。“他们没提到那个。”她关掉了屏幕，“你可以坐起来了。”她走过来看着我：“你已经怀孕七个多月了。”

我往回数，努力回想自从跟海风在旅馆开房的那夜，已经过去了多少个月，但是我几乎都想不起他的脸来了。

“二十九到三十周。”医生的表情看起来有些悲伤，“二十四周，也就是说怀孕六个月后，我们就无法终止妊娠了。我很抱歉。”

“那么我去别的诊所看看。”

“是法律规定的。别家也不会做的。”

我的大腿贴着桌子又冷又湿，我的腹部涂抹着耦合剂，从我两腿之间黏黏地滴下来。

“我可以给你提供一些资源。我想把你推荐给另外一位医生，这样你可以获得适当的照顾。”

“我必须得要这个孩子了？”

我的肚子变冷了。医生压低了声音：“听着，不要害怕。他们在这里有好医院。”她的普通话口音带着都市气息，非常优美，“我也可以分享一些关于堕胎的信息。”

“我没说我害怕。”

医生退后。她的太阳穴处有一缕白头发，手指上有一枚金色的结婚戒指。我穿着那件宽大纸袍子，坐着一动不动。屏幕又变得空空的了。省里的医院要求提供身份证和结婚证，还有年龄要求，纽约的诊所有这个愚蠢的二十四周、二十八周规定，我辛苦辗转了几万公里只是知道了两者并无什么区别了。只是晚了四周而已。

“你还好吗？”

我点点头，看着我的大腿。她给了我一页电话号码和几本中英文双语的小册子。我答应会再过来做检查，买维生素吃。

我走出诊所。那是一个多云又凉爽的下午，我在地铁上睡着了，在终点才醒过来。终点站在布鲁克林一个人们都说俄语，没有中国人的街区里。我下了车，听见了海鸥叫声，闻到了海水的味道。于是我走到了城市边缘，脱掉鞋子，卷起牛仔裤，第一次走进了大海里。

我走到更深处。冷冷的海水让我蜷缩起脚趾，海浪比村里深蓝色的河流更凶猛、更快地拍打着我的小腿。这里的海更干净，颜色更蓝，浪更大，更汹涌，更急迫，也更美丽，就像纽约这座城市。我又走了一步。水没到我的腰了。我的牙齿打着战，但是这种冰冷的感觉很好。

我已经没有选择了，我完蛋了。我不得不生下这个孩子。或者说，波莉不得不生下这个孩子。

我听见岸边有人在用英语大喊。一个男人向我挥手，又蹦又跳。一个女人也加入了进来。他们大叫着，向我招手，让我回来。

水没有那么冷。“我不害怕！”我用普通话对着他们喊。

站在大西洋中，对于波莉来说变成了一种挑战。波莉，那个排除万难的女孩，那个无所不能的女孩。纽约不是另一个平行版本的人生，在这里生活的不真实感甚至给最可怕的事情披上了一层超现实的喜剧感。佩兰继续在村里生活着，喂鸡、喂流浪猫、洗卷心菜；波莉在国外过着完全不同的生活；佩兰会跟海风或其他哪个村里的男孩结婚，而波莉走在新的城市无穷无尽的街区里。波莉会未婚生子。当我看到一对人儿、一个家庭，或人们与其朋友们欢笑的情景时，心中便会涌起孤独感，一个孩子也许会抚慰我那利如刀刃的孤独，我可以养育我的孩子，让他聪明、有趣、坚强。

我想让你知道，你是我想要的。我决定了：我要生下你。

伊爸认为只有男人才能去做他们想做的事情，但是他错了。我赤脚站在大洋里，为我走了这么远而感到欢欣鼓舞。两个月后，我生下了你。我感觉自己圆满了，比任何男人都坚强。

我给你取名叫“德明”。我的室友们让我继续住在这里，尽管她们抱怨说你晚上的哭声让她们睡不了觉，作为报答我多付了一点租金。我试过把你交给日托所的陌生人，但是我做不到，暂时还做不到，为此我只能辞了职，给放高利贷者打了电话，又借了一点钱，够我不工作过上六个月。

没人告诉过我我会对另一个人有这么多的爱。当我想到任何有可能伤害到你的事情时，那份爱就燃烧一点，像出疹子一样，但是当我抱着你，你很平静时，那份爱放射着光芒，像阳光透过树叶洒下来。该死的，我陷入了母爱中！我带着爱慕的眼神低头看着你，心想，这是我创造出来的一个人类！我不再和我的室友们一起看犯罪剧了，它们让这个世界看起来太过危险了。

迪迪在一家美甲店上班，说她会试试让我在那里获得一份工作。她把她的床给我们睡了，自己去睡睡袋。我不知道你是否记得迪迪，她笑声清脆，嗓音尖尖的，梳着蓬松的刘海。当你烦躁时，她会抱着你，你就会安静下来；当你吐着口水泡，她会毫不在意地用她的衣角替你擦去。在连续数周只能睡一两个小时后，我已经可以自动回应你的哭号和尖叫，甚至在我睡着时我都能听见你的哭声。

但是这让人极度疲劳。一个婴儿竟然有那么多的需求，你会用力拉我的头发，抓我的衣服，紧紧抓着我的身体，因为你也拥有我的身体。看，他是多么想要他的妈妈，我的室友们会这么说。她们中的一些人也会含情脉脉地看着你，我心中一阵恐惧冒出来：要是我一直被要求这么无私奉献自己，随时准备好心甘情愿地做这些事，只要你需要我永远都得有空，该怎么办？我都做了什么？然后是：我有什么毛病？迪迪爱孩子，从小照顾家里的弟弟妹妹、侄子侄女，尽管她觉得我有时的想法很奇怪——我想离开孩子，去街区里散步一小时，抽上一根烟——“你一个人？也没有特别要去的地方？为什么啊？”但她总会在此时帮我照看你。

“等我结婚了，”迪迪总是以这句话开头，“等我有小孩了……”

“你想要几个小孩？”在我们准备晚饭时，我问。

“两到三个吧。你想再生吗？”

“现在一个就足够了。”

“就一个？”

我跟迪迪讲了海风的事情。“我想，我对仅仅是跟他一起厮守过日子，并不知足。”我将一点油倒进炉子上的锅里，转动煤气按钮。

“你是个自由的灵魂，但是又很实际。像我在波士顿的姐姐一样。她跟这个人结婚就是为了拿绿卡。我呢，更传统一点。”

被称作“自由的灵魂”，让我很高兴。

每个月我都给伊爸打一次电话。“纽约怎么样？”他问。

“好极了。闽江怎么样？”

“还是老样子。”他告诉我一个邻居盖了新房子，铺着新地毯，走在上面让他的脚趾发痒。

“我会努力多挣钱的，这样我可以给你多寄点。”我说。

“你比我更需要钱。我能照顾好我自己。”

我的两个室友在纽约生了孩子，将他们送回中国交给亲戚带。“他们还小，什么都不记得的。”海蒂说。她是一个剪着一头蓬松短发的美发师。她边说边将她的衣服叠得整整齐齐，码在床铺底下的一个塑料盒里：“他们不会想妈妈的。你在他那样的年纪记得什么事？我敢打赌你什么都不记得。”海蒂有一个三岁的儿子，她有两年半没见过他了，她把孩子送回了村里，她的父母帮她带，她的丈夫在一个叫作伊利诺伊州的地方工作。“等他到了可以上学的年纪时，我就把他接过来。再过两年。”

明，一个喜欢抽烟的女服务员，已经有五年没见过她的女儿们了。她们跟她的家人住在靠近南坪的地方。“你是想自己带，但是带不过来的，”她用沙哑的声音说，“我也想把我的女儿们留在身边，但是不可能。谁来照顾她们？我们都要工作。如果你请一个保姆，你就没钱还债。你得时刻操心着钱的事情，不然就完蛋了。相信我。”她从一个塑料袋里拿出葡萄来，边嚼边说，“来点葡萄？”

她伸出袋子，我拿了一些葡萄。“我不想把他送回村子里。”我坐在迪迪的床上，抱着你，你正在吮吸奶瓶，“老家我只有爸爸在，没有妈妈可以帮忙。”

明说：“祖父祖母对待孙子辈的可比对待儿女辈的好多了。他们知道小孩子将再次离开，上了年纪让人变得软心肠了。”

“送他回去吧，”海蒂说，“只能这么做。”

“免费带小孩呢。”明说。

两个女人笑起来，但是她们的笑声是那种没有内核、只有模糊边缘的声音。

在睡觉和喂奶的极短间隙之间，我将你绑在身上，探索这座城市。我们漫步到了曼哈顿的尽头，太阳温暖了河流。那儿有围栏，没有路可以直接通向河边。那是因为这座城市并不安全，它想要自控，竖立起边界好让它的居民挨在一起。我可不买账。我相信我们想什么时候离开就能什么时候离开。冬天将至，但是阳光晒热了我的头皮，我唱着：“妈——妈——妈”，我的声音像清晨的鸟儿一样清脆。你贴着我扭动着，爱像羽毛一样旋转飞上天空。

有些日子我会给你洗干净，换下沾屎的尿布，给你穿上鞋子、袜子，戴上帽子，套上一件小夹克，用婴儿车推着你下三楼，结果我们刚到街角你就号啕大哭起来。又该用婴儿车推着你回去了，上三楼，给你换尿布，洗干净，重新穿上衣服，到那时我已经再也不想带你出门了。你戳着我，第十次想让我看同一样东西——一位室友的粉色衬衫，或你找到的一枚硬币；你失手将一把勺子掉到厨房地板上，也能因此号啕大哭起来。我当“波莉”仅仅当了很短的一段时间，波莉已经溜走了。我还有那么多世界没有亲眼看过呢。

一周又一周，一月又一月，时间稀里糊涂飞逝，转眼到了一个漫长的、阴云密布的一天，一个我永远没有足够睡眠时间的一天。雾气笼罩在窗玻璃上，阳光难以照进来。现在天气太冷了，不能出去散步了，带着小婴儿坐地铁也太麻烦了，因此我们一连几天都待在家里，在卧室、厨房、浴室之间走来走去，只能用笔写写画画。我唱着关于小鸡和金鱼的傻里傻气的歌，给你讲渔船、榕树和吴老师的故事。当我的室友们去上班了我会看会儿电视。我最亲密的朋友就是一部西班牙电视剧里的演员，他们吵架又和好，瘦小的女人穿着高跟鞋和超短裙，光彩夺目的男人穿着有领子的衬衫和熨得笔挺的西裤。我想和这些演员们一样有一个完全属于自己的卧室，在能睡下四个人的大床上大展手脚。公寓显得越来越小了。

然后春天到了，接着是夏天，我在纽约住了快一年了。你长长了，更重了，精力充沛，充满好奇心。你一旦开始四处爬，我就得一直看着你，不然你就会把手伸进马桶里再塞进嘴里，找到掉在角落里的一块干掉的食物吃进肚里，把一只死蟑螂举起来送给我像你挣了二十美元一样。我的钱用光了。我不想再借一笔贷款了，但是如果我回去工作，我得花钱雇人来照看你。我的室友们是对的，我欠了太多债了，已经很吃力了。我还没给伊爸寄钱。迪迪在美甲店工作的薪水养活了她在村里的一大家人，靖甚至给他的妈妈买了栋大宅。

迪迪问她老板是否要再招一个美甲技师，她老板说暂时不需要，但是也许之后需要招人。我没法再等下去了。我要还清贷款还要七八年时间。我要是能找到一份薪水更高的工作，就能早点还完，因此我比较希望找一份不下贱的工作。女服务员是最佳选择了，特别是在日本或泰国餐馆，它们比中餐馆给的薪水高，尽管这些店都是中国人开的，但是没有好的人脉关系很难找到这样的工作。

我在一家工厂找了一份缝衬衫的工作，班次时间比以前短，一天六个小时，足够给放高利贷者还上最低还款额。利息涨了，我还欠了那么多钱。等我的室友们用完浴室我再用，我在给你洗澡时困得睡着了。我自己已经好几天没有洗澡了，身上一股臭脚味。除了迪迪，再也没有谁对着婴儿的小脚轻柔低语了。现在你一开始哭，我的室友们就赶紧离开房间。

迪迪说我在工厂上班时她会来照看你，我努力让我的排班跟她的休班时间保持一致，但是当我俩排不开时，我就不得不留在家里。海蒂向我介绍了一个保姆，一个中国女人，我去看了，十二个孩子待在一个闻起来有一股霉味的两卧室公寓里，大部分孩子在哭，还有几个在咳嗽。一个孩子用力扇了另一个孩子的脸，那个女人在一旁坐着抽烟不管。我不能把你交到那样的地方。即便这样，我的薪水也请不起她。可想而知更便宜的保姆会是什么样。

然后到了秋天。迪迪的妈妈生病了。老家有医院账单要付，迪迪需要在美甲店工作更长时间。

“没关系，”我说，“我可以把他带在身边。”

我一走进工厂你就开始哭。不能说我怪你——工厂房间堆满了物件，没有窗子，是我在福州打工过的工厂面积的四分之一。你的哭号声跟缝纫机马达声混合在一起，我将你抱得更紧些，努力避开其他女人不快的眼神。

我在我的机器下放了一包尿布和奶瓶。“你脑子坏了？”我旁边的女人嘘声道，“那个孩子上周才生出来啊。”

我在一个空盒子里放了一些碎布料，将你放进去，希望噪声可以盖过你的哭声。

一大堆衬衫等着我。我的工作是缝边。折叠布料，将其穿过拷边机。这个工作要求集中注意力、手稳，这两点一直是我很自豪的优点。折叠、按压、缝纫、折叠、按压、缝纫。每完成一件衬衫都让我离清债更近一步。

今天，通常在麻木迟钝中就过去了的时间甚至比上学时最慢的一天还要漫长。我一直在想我什么时候得喂你了，在哪里才能喂你。六小时的班没有休息时间。你不停地哭着，旁边机器上的女人用难以置信的眼神瞥着我——好像这里的噪声和燥热允许你哭得更大声了。我的手滑了，线偏离了褶边，布料剧烈地隆起成一串。

我扔掉缝毁的衬衫，捡起一件新的。我半走着神，手因为缺乏足够的睡眠而颤抖，针又一次摇摇晃晃偏离了它的轨道。“该死！”

我旁边的女人用舌头发出啧啧声。我看了看墙上的钟，才过去了十分钟。

“光看钟不干活。”我旁边的人边说边处理着另一件衬衫。

“别多管闲事。”我回敬道。我成功地完成了三件衬衫，但是这些事情耽误了我的进度。我又一次看了看钟。我旁边的女人捡起一堆新的衬衫，而我第一堆衣服都还没完成。你的啜泣渐渐停息，变成了呼吸急促的打嗝。

我蹲下来。当你看到我时，你举起胳膊来。

“小德明，”我说，“妈妈陪着你。”

下面很热。桌子下满是灰尘，我看到一双双脚踩着她们的缝纫机踏板。一个女人穿了一双错搭的袜子，另一个女人的一只运动鞋侧面破了个洞。我吻了吻你。“妈妈现在很忙，”我用一种安抚的语调说，希望跟迪迪的语调一样，“再安静一会好不好，我很快就喂你了。”

我将你放下，坐回我的椅子。最终，你安静了。我旁边的女人已经在处理第三堆衬衫了，但是至少我完成了第一堆。

折叠、按压、缝纫，折叠、按压、缝纫。你又哭了。我飞快地操作着拷边机缝到布料的尽头，将衬衫扔进完成品的那堆里。“等等。”我说，但是你尖叫不止。我摸索着拿到奶瓶，奋力将你举高一点，同时又保证你被盒子遮挡住；我一只手扶着你的颈子，右腋窝夹着奶瓶。你用力拉着瓶子。我的膝盖蹲得生疼。你猛地一拉，我失去平衡，向后倒去，头撞到了桌子的底面。我一屁股坐到地上，奶瓶从我手里滑落，掉进盒子里，落在你的腿边。你哭嚎起来。我揉着我的头。就这样，那个女工头发现了我。我在桌子底下，带着一个哭泣的婴儿，一个装着布料的盒子，洒出来的奶粉沾到了布料上。

于是我走出了工厂。沿着街区往下走，经过格兰德街、皮特街、麦迪逊大街、派克街、克林顿街、亨利街、埃塞克斯街、谢里街。我将你捆在胸前，踉踉跄跄不知不觉走到街道中央，汽车对我按着喇叭。蒙哥马利街、杰克逊街、沃特街。

我不知道我要去哪里。我在一个操场的铁丝网围栏边停了一下，这是九月下旬的一天，操场上没有孩子，只有歪斜的篮球筐，一面旗帜在这所小学前飘扬着，后面是一排高高的棕色建筑。女工头让我今天剩下的班都不用上了，今天也没有薪水，说我只要明天不带孩子来上班，就还能保住这份工作。

我的脑中又开始计算这个月我只能挣到这么点钱。即便我在那儿一天工作十四个小时，也不够负担房租、高利贷和保姆费。

迪迪的妈妈病了。

到河边去吧。汹涌的灰色波浪，闷混的汽车穿过桥上凹坑的重击声，工作日的下午一排排长椅空荡荡的。光秃秃的树木和灰蓝的天空，布鲁克林的烟囱冒着烟。驳船漂到了地平线处，缓缓驶过，消失不见。

我太累了。我只想独自一人在一个寂静的、黑暗的房间里待着。

把他送回去吧。这是唯一的办法。

你踢着我，好像你想要自由。我不想告诉你我做了什么。

现在赶快，趁我还没改变主意前。我环顾四周，确定没人看到我，将包放在长椅下的路面上，将你放进去。包比你高，包面是坚硬的隔热塑料材质。然后我站起来，觉得身上轻多了，心中松了一口气。

我跑掉了。

“对不起！对不起！”

你抽泣着。我将你紧紧搂在怀里。

在我折返回来前，我已经差不多走了两个街区了，来到一个十字路口。红绿灯正从黄灯变成红灯，但一辆公交车正缓缓从十字路口驶过。如果黄灯再多一秒钟，如果没有那辆公交车，我还会继续跑吗？

但是我确实回头了，包还在那儿，你也还在里面。

我抚摸着你的头发。“妈妈，”你又说，“妈——妈！”

我给伊爸打了电话，告诉他我有了一个儿子，准备将你送回村里，直到我能付清债务，直到你足够大了，能在纽约上学了，我再把你接回来。

伊爸发出了一个好像他在清嗓子的声音：“呵嗯。一路去了美国，结果却是怀了孕。”他说他会照顾你，我寄回家多少钱他都接受，“但是这钱是为了照顾你的儿子，他需要钱，不是我需要钱。”

迪迪的姐姐，在波士顿跟她的美籍男朋友结婚了，想回中国看望妈妈。我又借了一笔贷款，说如果她能帮忙把你送到伊爸身边，我愿意给她付机票钱。

我收拾了一个行李箱，装了你的衣服、枕头，我俩在南街海港一个游客摊点拍的合影。照片里我的脸在阳光下的阴影里，你看起来又躁动又热。背景是一个卡通的自由女神像、一辆方格的黄色出租车和帝国大厦，三者都放在一个画面里。

你走的前一晚，我熬夜到很晚，努力记住你的脸。然后我们蜷缩在一起睡着了。早上，我的眼睛因为哭过又红又肿。我把你交给了迪迪的姐姐。你还在睡着。迪迪一路送你和她姐姐到东百老汇的机场大巴上，但是我没有跟着去。我无法忍受看到你被另一个女人抱走，只能相信你会好好的，我会再见到你。

你走后，我将脸抵在枕头上你刚刚睡过的位置。那个位置，几分钟前还是那么温暖，现在冷冰冰的了。

明拍了拍我的肩膀。“波莉，嘿。”她摇着我的胳膊，“你做的是对的。”

那时，我还不相信这一点。

8

德明没想到事情会如此顺利。铃声响到第二声，利昂就接电话了，听见他的声音好像被一双大手爱抚过一样。“德明！你听起来是大人了！我在等你的电话。”

在罗兰的公寓里，丹尼尔是唯一一个周五晚上十点还在家的人。之前在薇薇安家吃的晚饭让他觉得吃撑了。在福州，已经是周六早上了，比这里快十三个小时。

“薇薇安有没有告诉过你她把我送去了寄养家庭？让我被收养的事情？”他查过了怎么用福州话说这些词。

“我之后才知道的，那时我回中国已有相当长一段时间了。”

“因为她知道她做了错事。”

利昂在电话那头停顿了一下。丹尼尔挠了挠胳膊内侧，听着暖气片焦躁的嘶嘶声。

“我真希望我们当时生活在一起。”利昂说。

“我真希望你那时没有离开。”他没有称利昂为“伊爸”。利昂说他现在有了个女儿，如果听见丹尼尔再喊他“伊爸”，估计会吓到他。

利昂咳嗽了几声：“我有你妈妈的手机号，至少是她七年前的号，最后一次得知她的音讯是七年前了。”

所以那份永久性听证报告是对的。她确实回了中国。“你见过她？”

“她那时要结婚了，在一家英语学校工作。”

“英语？结婚？你什么意思，你见过她？”

“我没见过她，”利昂说，“我们只通过电话。”

“她去了佛罗里达州吗？”

“她没说。但是我知道她绝不是故意离开你的。”

“你告诉她我被收养了吗？”

“说了。”

丹尼尔躺在地板上，看到沙发底下有一团灰和一只他一直在找的袜子。自从他跟迈克尔聊过后，他就开始构思一个新的故事线：德明和妈妈被薇薇安邪恶的阴谋诡计拆散了，他们是一桩家庭悲剧的受害者。利昂说他的妈妈不是故意抛弃他的，但是她也没有跟他联系。她没有去找过他，却找过利昂？

“回来看看我们吧，”利昂说，“我带你去吃真正的中餐，不是纽约城里号称是中餐的那些难吃货。顺便说一句，你的中文太差了，怎么回事，你忘了怎么说话了？”

“我只是很久没练习了，”丹尼尔说，“在你们都走了后。”

他没有立即拨打利昂给他的妈妈电话。他不想打电话，也不希望她不接自己的电话。

第二天下午，丹尼尔在厨房柜台上熨烫他一件好点的衬衫，将褶边和衣领都熨平。除了牛仔裤外他没有其他裤子，于是他穿上了一条深灰色而非蓝色的牛仔裤。他的登山鞋还能穿。他将卡洛学院的申请表，以及用罗兰的打印机打出来的目的陈述书揣进口袋。

为了庆祝吉姆·亨宁斯的生日，伊莱恩和安杰尔在西村包下了一家意大利餐馆。丹尼尔经常在西村那带迷路，地铁站西边的街道从顺序编号的街区转向有着过时名字的街区——佩里街，简街、查尔斯街、霍雷肖街。在西村的这一片区域没有连锁店，只有餐馆和精品店，挂着小小的招牌，上面用古典素雅的字体写着店名。三月一天的下午五点半，这些街道就已经没人了。丹尼尔走错了方向，又折回，他经过一个牵着一条白色小狗的男人，他们两个都顶着风侧着身走着，一个身穿大黑外套的女人推着她的助行器，“咚咚”地在人行道上前进。他在想他的妈妈现在住在哪里，是否还在三巷的房子里。这里的太平梯都涂成了磨砂黑色，没有哪栋楼超过五层高，跟下城玻璃墙的高楼大厦形成了鲜明的对比。屋内，大大的前窗后面是枝形大吊灯和高高的书架，厨房里摆放着圆木桌和悬挂的植物；其中一间公寓，有一个房间除了一架巨大的钢琴，空无一物。甚至建筑物的砖头外墙看起来也像被彻底擦洗、保养并抛光过，光洁铮亮。这些以及下城奢华的建筑都不吸引丹尼尔，它们似乎都经过精心计算，虚伪狡猾。

越是快要走到餐馆了，他越是放慢了步伐，直到最终他到达餐馆门外，看到门上挂着手写的标识牌，上面写着：打烊：私人派对，字母的底部相互挤在一起，仿佛他见过的姑娘们照相时摆姿势一样，摆出内八字脚来。安杰尔也没有回他的短信。他推开门。餐馆不是很大，房间感觉有些拥挤。他从米色桌布上排成一排的香槟酒杯里拿了一杯，看到凯和彼得正在跟吉姆和伊莱恩说话。他们比其他宾客穿得更随意，但比他们平时的穿着稍微正式一点。彼得穿着一件运动夹克衫，而不是平时常穿的羊毛衫；凯穿着一条裙子，而不是平时常穿的灯芯绒裤子。他们向他挥手，丹尼尔穿着登山鞋，脚步重重地走过去，心里涌起一股对他们的喜爱之情。

他拥抱了他们，打了招呼。他们看起来没生气，这是个好兆头。安杰尔还没有告诉他们他借钱的事。他有好几年没见过伊莱恩和吉姆了，吉姆已经谢顶了，伊莱恩长长的卷发也已经花白了。丹尼尔跟吉姆握了握手，祝他生日快乐，伊莱恩在丹尼尔的脸颊上亲了一下，她披肩下的珠宝发出叮当声。“你这个怪人，一直待在纽约也不跟我们说，我们要尽快请你过来吃晚饭。”

“安杰尔在开胃菜那桌。”吉姆指指房间那头。一个剃着光头、眉毛浓密的亚洲男人，身上有种橄榄球队员的帅气，搂着安杰尔，她正在哈哈大笑。那个家伙真是个大块头，太帅了，他的西装外套绷在他宽宽的肩膀上。安杰尔穿着蓝色的短袖连衣裙，系着一条相称的腰带。她还是那么身材娇小，头发活泼地垂到肩膀。那个家伙看起来可能是中国人或韩国人，但是丹尼尔对猜这类事情一点也不擅长。

“那是查尔斯，她的男朋友。”吉姆说。凯看看丹尼尔。

“他是大三学生，跟她同一个学习项目，”伊莱恩说，“我们在寒假时才第一次见到他。”

“他肩膀之上可是有个好脑子，”吉姆说，“非常有礼貌，说话得体。想上法学院。”

他想到安杰尔曾经谈起过的那些男孩：她有一个前男友，现在是她的好友之一；她暗恋过一个同事。

“安杰尔，”伊莱恩喊道，“看看谁来了。”

安杰尔看到丹尼尔，于是对查尔斯说了什么，查尔斯沉下脸来。

“安杰尔。”吉姆喊道。

她跟查尔斯手牵手走过来。当丹尼尔拥抱她时，她退缩了一下。“嘿，”他说，“见到你很高兴。”

“这是我的男朋友，查尔斯。”她说，目光越过丹尼尔的头顶。

丹尼尔跟那个男孩握了握手，感觉像是跟空气握了次手一样。他的西服看起来很贵。“认识你很高兴，你们俩在一起多久了？”他听见身后人声鼎沸。吉姆和伊莱恩在跟另一对夫妇寒暄，在人群里被推远。

“我们该回我们那桌了。”安杰尔对查尔斯说。

凯碰了碰安杰尔的胳膊：“安杰尔，我们都还没机会叙叙旧呢。学业怎么样？我们听说你要去尼泊尔？”

“我本来要去的，但是我的钱被偷了。”

“被偷了？”彼得说，“在艾奥瓦州？”

“即便是在艾奥瓦州。”

丹尼尔转向查尔斯：“你来自哪里？”

查尔斯笑了，声音听起来很刺耳：“小偷到处都是。你无须跟那些小偷一般见识。”

丹尼尔喝干了他的香槟。

“太糟糕了，”凯说，“他们有没有抓到那个人？到底是怎么回事？”

“妈妈，小心，上菜了。”

“到底发生了什么，只有那个小偷最清楚。”查尔斯说。

“哦，确实。”安杰尔说，她和丹尼尔的目光相遇。

丹尼尔挽住彼得和凯：“我们该坐下来了，要不然菜都要凉啦。”

“菜还没上来呢。”凯说。

他们走到房间那头的一张桌子。“真是太奇怪了，”凯说，“安杰尔和她男朋友说的事情。”

彼得说：“小偷那事？”

丹尼尔脱掉外套，挂在凯旁边的椅子上。他取出卡洛学院的申请表，递给彼得。

“很好。”彼得说。

凯给了他一个大大的微笑，笑得脸都皱起来了。丹尼尔也回以微笑。昨晚在薇薇安家吃的那顿晚饭依然让他觉得肚子饱胀，但他还是吃了卤汁橄榄、芝麻菜沙拉、意大利扁面条、羊肉和茄子，点了一杯红酒，然后又点了一杯。在服务生清走盘子时，他看到安杰尔正独自离开房间。也许，如果他私底下跟她道个歉，她就不会告诉彼得和凯小偷是谁了。他借口离席，在穿过房间时又拿了一杯香槟。安杰尔和一个穿着白色外套的短发女人站在大门口，那个女人是餐馆的员工之一，他听见她们在说蜡烛和蛋糕的事情。

“安杰尔。”他说。

她话说到一半停下，脸上闪过一丝惊讶的神情。

“有什么问题吗？”那个女人问。

“没有。”丹尼尔说。

“像我刚才说的那样，”安杰尔说，“我们把灯光调暗，然后唱歌，他会喜欢的。”

他等着她结束谈话，当她转身要跟那个女人一起离开时，丹尼尔拦住了她。

“好吧，”她说，“随你的便。”

“你收到我的短信了吗？”

她在胸前交叉起胳膊：“什么短信？”

“对所有的事情，我很抱歉。”

“你当然觉得抱歉喽。”

“你能帮我个忙吗？请不要把我借钱的事情告诉我的父母，或你的父母。”

她哼了一声:“为什么不要?你害怕了?”

“我不想他们知道。我正在努力解决问题。你得相信我。”

“你想让他们以为你是完美无缺的?那么一开始你就不该搞砸。”

“他们已经知道我一塌糊涂了,我只是努力想让事情好起来。”

“你知道你无法取悦所有人,是吧?包括我。”

“我发誓我会还钱的。”

“你需要把你的那摊狗屎事搞清楚,但是别指望我会替你收拾烂摊子。”她转身离开了。

在他回桌的途中,伊莱恩拦住了他,说他们得定一个时间一起吃晚饭,她回家后会留存他的号码。彼得和凯今晚会留在她家,派对后他们要一起喝喝咖啡。“等我们都回家了,你会有更多时间跟安杰尔聊聊。你至少已经见过查尔斯了吧?”

“他看起来人不错。”

“他计划上法学院。”伊莱恩侧身靠近了点,“你知道的,我很肯定他们不想让我说这些,但是我还是要说,因为你知道我这个人,大嘴巴。你不肯回学校上学,你的父母伤心极了。我知道我们看起来像一群老古董,想要控制你的人生,但是信不信由你,我也曾年轻过,我知道是怎么回事。但是在这件事上,我必须说,你的父母是很清醒的。但,如果你不想去上州,你有没有想过向他们提议上一所纽约市的学校呢?我是说,我爱你的父母,但是我理解为什么你这般年纪的孩子,宁可选择这里而不选山脊区。你也可以跟吉姆和我一起住。好好考虑一下,好吗?”

他听见安杰尔的声音从房间那头传过来,听见她的笑声。他必须再给她发短信,一直努力尝试,直到她愿意再给他们的友谊一次机会。她说他需要把这摊破事理清,那不也是一种关心吗?“我准备去卡洛学院,”他告诉伊莱恩，“上夏季学期的课。”说出这句话让他的肩膀耷拉下来，但是太晚了，他已经把文书给彼得了。

伊莱恩鼓起掌：“棒极了！”

他告诉凯和彼得他很抱歉，无法参加在亨宁斯家的聚会了，他明天一早得工作，尽管他的下一个轮班是周一。

“我们很快会再见面的，”彼得说，“夏季课程就是两个月后了，所以计划好提前几周回家来，安心下来，准备就绪。最好五月的第一周就回来。”

凯说：“我很高兴你做了正确的决定。”

在他离开纽约之前，接下来的两个月，他得全力以赴，从今晚开始。他要去见见罗兰和他的朋友们。他值得享受一个在外玩乐的夜晚。

他快要走到街角了，看到查尔斯在一个消防栓前面抽烟。安杰尔一直很讨厌抽烟，说抽烟很恶心。她一定是改变了主意。

“嘿。”查尔斯说。

“嘿，兄弟。”

“我想跟你小聊一下。”

丹尼尔停下了脚步：“好的。”

查尔斯将香烟扔到人行道上，抬脚踩灭烟头，从口袋里取出一盒口香糖，往嘴里扔了一块。

“我能吃一块吗？”

查尔斯把一盒都扔给他：“你留着吧。说真的。”

“谢谢。”口香糖是绿色方块形的，比人工甜味剂稍微苦一点。丹尼尔立即想把它吐掉，但他还是忍住了。

“你知道你干的好事。”查尔斯说。

“我做了很多事。你看到那晚我的演出了？”

“我尊重安杰尔的决定，不把这事告上法庭以追回她的钱，但是我不赞同她的做法。还有，你最好不要再找她说话了。”

“等等，等等。”

“你真的想否认这些事吗？我知道你从她那里偷了一万美元。她是我认识的最善良的人，而你利用了她。”

“我没有偷。”

“那么把这话跟安杰尔的父母说啊。他们一直说你是一个多好多好的朋友，你们两个像亲姐弟一样长大。这真让我恶心。你应该告诉他们实话，否则我会。”

丹尼尔走开了，半走半跑地赶往地铁站。他无法取悦每一个人。但是他万万不想别人觉得他是这么糟糕的人。

当他从运河街的地铁站走出来时，电话响了。他抓紧手机，希望是她。

结果是彼得。“你妈妈和我看过了申请表。你是怎么回事？你知道这份文书我们肯定不能提交。你说我甚至都不想去卡洛学院，我都不知道我还写这个干嘛。你这是什么废话？我们给你了第二次机会，但是显然，你不配拥有这个机会。你回报我们的就是这些荒唐的胡话？”

丹尼尔将手伸进外套口袋里，掏出一张纸。在街灯下他展开它。卡洛学院提供的小班制和人文科学教育，特别是它顶级的经济学和政治科学课程，能让我追逐我的职业目标。他感到很沮丧，但也松了一口气：“对不起，爸爸。我搞错了。我马上回来一趟，把真正的文书送给你。”

“更不要提，今晚在派对上你对安杰尔很没有礼貌。我知道你感觉她背叛了你们的友谊，因为她告诉了我们你赌博的事情，但是你至少应该对她礼貌一点。她担心你，丹尼尔。所以她才跟我们说了这事。她是为了帮你。”

“你们现在在哪里？还在餐馆吗？还是在吉姆和伊莱恩的家？我把文书送过来。就在我手里，是认真写的。”

“别麻烦了。你已经清楚地做出了你的决定。”

“爸爸！”

“这是最后一根稻草。够了。”

“我能跟妈妈谈谈吗？”他问，但是彼得已经挂掉了电话。

他钻进格兰德街的一家酒吧，点了一杯威士忌。酒吧小而幽暗，没什么特色，一个自动点唱机播放着 AC/DC 乐队的《地狱钟声》，吧台上一个电子老虎机一直对他闪烁着。他背过身去，看了一遍手机，浏览了一些信息然后删掉，看到几个月前他存的一条便笺，那时他还在波茨坦分校，存了城里一家地下扑克牌俱乐部的名字和地址。两百块买进，地址在拉菲亚特街，就在几个街区开外。

他删掉了那条便笺，喝完了酒。他可以去吉姆和伊莱恩家，把正确的文书交给他的爸妈，尽管他不知道他们家的地址。他向东而行，一直看哪里是绿灯就往哪里走，在格兰德街他看到一家银行，便进去取了钱。他的手指在提示取 50 美元的按钮上逗留了一下，但是最终他按了取 500 美元的按钮，取出了他账户上的大部分钱，然后看着凭条打印出来。

在格兰德街和拉菲亚特街的街角处，扑克牌俱乐部的地址浮现在他的脑海里。他往霍华德街和海斯特街的交叉口走去。还不是太迟，他可以掉头径直去罗兰家，也可以径直走进那栋狭窄的、没有看门人，只有内部通话系统的楼。他查了一下手机，没有信息。想到他可能会搞砸一切，他很害怕；因为他缺乏意志力来阻止自己，他愈加觉得未来可能会跌入谷底，一败涂地；离开酒吧的那一刻，他就已经知道自己的下场了。他按下了内部通话键。“什么事？”一个男人的声音问。他提供了密码，有那么一刻，一线微弱的希望悬而不决，他多希望他报出了错误的密码，但是门响了一声打开了。

这个俱乐部是一个只有一间卧室的公寓，两张桌子上堆满了扑克筹码。一台大电视机里正静音播放着篮球比赛，柜台上放着一桶桶啤酒。丹尼尔将他的500美元给了一个穿着黑色西装的女人，等待入席。其他玩家都是不同种族和年龄的男人，他是其中衣着最好的人之一。他走向桌子，准备出手。

这是日出前最死寂的时候，街道清洁工和垃圾车已经出来了，丹尼尔坐在东河边的一条长椅上。吹拂的风仿佛有一些不同步的延迟，它先抚过他的外套再吹到他的脸上。刚入夜时，也就是几个小时以前，当他离开餐馆时，他还有一顶帽子，但是在路上弄丢了。他也弄丢了卡洛学院的文书，他本该给凯和彼得的那一份，尽管自己的电脑上还有备份。如果他想的话，他可以通过邮件发给他们。

他想吃点早饭，喝杯咖啡，但是已经身无分文。那些男人表面看不出来，其实是一伙的。他早该知道自己处于囹圄，但是还是无法抑制住那种兴奋。他们认为他会输惨，输到崩溃，他们等着看这出好戏，等着他不可避免地输到倾家荡产，但是每输一次都像摆脱一些重量，脱掉一件不舒服的衣服，那晚到最后，他不但没有哭，反而笑了。当他离开时，他听见一个人对另一个人说："疯子。"

他感到一阵狂喜。这个夜晚证实了他的失败，他无法达到彼得和凯的期望，他也从中解脱了。他不想去卡洛学院，也永远不会成为安杰尔尊敬的那种人，什么申请法学院的品行端正的家伙。天啊，重新做回自己真是太爽了。

从他坐的长椅上，他能看见水面闪烁的微光，还有船航向大海的闪光。他听见远处船只的低鸣声，是紫色的，低沉且平滑。这里是他的妈妈以前经常带他来的地方，他们从罗格斯街的公寓一路走过来。有次她告诉他，当她还是小女孩时，她喜欢去闽江的河边。“我们会看着波浪如何渐渐消失，它的消失之处就是我想去的地方。”她说，“很远，很远的地方。”他从没问过她“我们”是指哪些人。

天空的边缘变粉了，白云变成了大理石一般的粉彩，黑夜碎成了斑斑块块。丹尼尔在鞋子里蜷了蜷脚趾。好吧，她已经这么做了，她已经远远离开他了。

太阳撕破黑夜，天空中出现橙色和黄色的条纹。河流变成蓝色，光亮透明。一股愤怒袭上心头，他想要跟她说话，告诉她他有多生气。

他拨了那个号码。电话响了，但是等到第五遍铃声时，他知道她不打算接电话，他也放松下来。语音信箱信息中的女声没有提到她的名字，但是他立即认出来就是他的妈妈。她的声音像笛声和喇叭声一样尖利响亮，但是她发音清楚，语调富有韵律，听起来是非常标准的普通话，他不记得她曾经普通话说得这么好。

他留了一条语音信息，报了自己的名字和号码。如果她真不给他打电话，那他也心知肚明了。

9

丹尼尔在他们演完第一首歌之前，就知道他们会力压全场。他达到了那种绝佳的境界，不再意识到自己是在台上演出。他们练习了很多次，他今晚也没有喝醉，但是秘密远不止这些，秘密在于相信他们的音乐，即使这些歌挺蹩脚的，也过分雕饰了。在他们这一组歌曲演完时，他清醒过来，发现自己跟罗兰在台上，满身是汗，全场震动，台下大片大片的紫色和浅紫色围绕在他四周，爆发出一阵阵欢呼声和掌声。

罗兰拔下了电吉他。当他们回到台下时，一双双手拍打着丹尼尔的后背和肩膀，还有他辨识不出来的声音扑向他。“节奏很紧凑。”“你能弹得很好嘛。”他跟着罗兰的脑袋穿过人群，每走几步就停一下，被什么人恭维。罗兰对上他的视线，咧嘴一笑。丹尼尔像个职业拳击手，在成功地击倒对手后被他的随从们包围。他反败为胜，他给他们完美地展现了这一点。

在酒吧里，他们等着哈维尔和他的乐队继续表演，丹尼尔认出了朱庇特的经纪人哈奇，他穿着一件米黄色的帆布外套和褪色的阔腿牛仔裤。另外一个什么人拦住了罗兰，哈奇对丹尼尔说：“上次之后，没想到你还有两把刷子。”

“我总是出人意料。”

“我喜欢你们对声音的处理，也许声乐部分和鼓点还可以再大一点。加强那种声音的扭曲变形，盖过混响，你懂的。”

“再说吧。谢谢。”

罗兰的朋友雅斯敏，一个会特雷门琴、口风琴和奇怪的号叫风格歌曲的人，总是把他叫成“达伦”或“戴维德”，甚至有次莫名其妙地叫成了“托马斯”。雅斯敏给他胳膊来了一拳，说：“丹尼尔，干得漂亮。”

“你第一次念对了我的名字。”他微笑着说。

人们想知道他还在其他哪些乐队演出，他认识罗兰多久了。一个瞳孔非常黑、眼睛大得像弹球一样的家伙，告诉丹尼尔说通灵之心听起来像猪排。“等等，我朋友在这里，我去打个招呼，”丹尼尔说，“我马上就回来。”做那个找借口开溜的人，感觉真爽。

不出一周，一切都变了。他和罗兰安排了更多场演出，哈奇说他会来五月十五号在郭瓦纳斯之外某处的那场，如果进行得顺利，今年晚些时候他会帮他们留意演出机会。

夏天来了，纽约城越来越热，空气潮湿又有金属感。丹尼尔的手机因为不断收到信息响个不停。那晚发生了什么，昨晚发生了什么，即便他演奏的音乐不是他想要的那种，即便这意味着他不再有时间写自己的歌，至少他在演奏音乐，出席演出和派对，用信用卡付酒水钱和叫车费，每次刷卡他都感到不安，但是告诉自己之后再烦这事吧，当下，值得多享受一点生活。因为他已经做到了，已经达到了酷炫的顶峰。在布什维克地下室的一场秘密演出里，看一支乐队唱着关于动物的歌，他们用复杂的类似十四行诗的诗体写就了这些歌词；或在一个周日下午，跟罗兰、哈维尔和纳特一起一边喝着酒，一边听着立陶宛乐队的金属音乐表演，他环视四周，心想，这可不是什么次等的上州艳羡的派对，而是货真价实的事情，最终过上他一直渴望的生活，只不过是时间问题。

未来，这一切都会化为泡影，冷水浇头。但是最近，他难得一个人独处，没时间再去细想萦绕心头的关于他妈妈的事情，或彼得和凯的事情，他们也没给他打电话——尽管他也没给他们打电话，也没再联系过安杰尔。

一个音乐博客的作者采访了通灵之心，给罗兰发了一封提问邮件，并转发给了丹尼尔。

问题：罗兰，你在现场已经是老手了，曾经在数个不同的乐队演奏过。跟丹尼尔合作是什么感觉？你们在写歌和制作方面都一起合作吗？

罗兰·富恩特斯（RF）：说起来我跟丹尼尔从六年级起就是朋友了，因此我们一起做过一些很炫的项目（我会留给他决定他是否想多谈谈我们玩强力朋克的日子），但是跟一个与你有深厚交情的人合作的好处就是，我们在台上的交流几乎就是第二天性，就像跟家人一起做事一样。在我为通灵之心写歌和制作的时候，DW（指丹尼尔·威尔金森）也会把所有的歌都修改一遍——他会做一些疯狂的音调改变和添加一些绝无仅有的旋律，他甚至都不用去思考它们，他直接会看见它们。

丹尼尔·威尔金森（DW）：罗兰是一个真正的梦想家，一个天生前卫的人，任何一个看过他舞台表演的人都能证实那一点。

问题：乐队最新的歌曲更有电吉他风格，比早期的作品更有张力。这种风格的转变是故意的吗？

RF：转向这个更新的方向是一种自然而然的决定，我们感觉它对于项目发展来说是正确的方向，并且真正彰显了我俩的长处。

有一屋子相机和视频设备的哈维尔，于黄昏时在他家屋顶上给他俩拍了照片。当这张照片出现在采访文章中时，丹尼尔吃惊地发现罗兰鲜明地处于焦点，而他处于阴影中。也许他想太多了。在特雷斯·洛克斯餐馆，他把手机递给埃文，给他看了采访，他也同意说他看起来确实是在焦点之外了。“他们是在玩你呢，”埃文说，“你应该当心点。”那晚，丹尼尔将那个链接放到他的笔记本电脑上，更加仔细地查看照片。一种迟钝的、反胃的感觉蔓延至他全身。在山脊区的第一年，还有跟卡拉·穆迪在一起时，他经常有这种感觉：大一时，他跟卡拉·穆迪交往了几个月，他会半夜醒来，看着睡在自己身边的她，心想，你跟她在一起只是因为你不想孤单一个人。最近一次他有这种感觉是去年九月时，在他暗恋了几周的一个姑娘的宿舍里，他们抽过大麻，接吻并抚摸着对方。他看到她的眼睛略微瞥向左边，快速瞥了一眼墙壁，他以为她兴致渐缺，于是他起身离开了。

当罗兰回家时，他问：“你看到采访了吗？”

丹尼尔看着他的朋友充满希望的微笑，关上了笔记本电脑。他不想像埃文说的那样，嚷嚷着自己被玩弄了。“很棒。照片也很棒。”

他试图让这些疑惑都走开。通灵之心正声名鹊起，他和罗兰正在成就伟大事业的路上。

丹尼尔和撒德、罗兰坐在一块长方形的棕橙色地毯上，听着他们录到磁带上的音轨。撒德在里奇伍德一栋三层楼房子的地下室开着一家录音工作室，这栋房子里还住着另外十个室友。丹尼尔读了罗兰为这盘磁带写的唱片封套文案，看到这个句子：所有歌曲均由罗兰·富恩特斯创作。

"听听，"撒德倒了带，"我喜欢那个。"

罗兰点点头："那种有点小故障似的声音。"

墙壁是由一块块夹板拼起来的，贴着一排声音艺术家、电视录像节目主持人的演出海报，自行车修理店的广告，附近公园的一场反城市绅士化[①]的集会。高高的架子上塞满了话筒和电吉他，各种尺寸的鼓，一箱箱回收的乐器——一只有凹痕的喇叭，一把银色口琴，一支塑料笛子。一架钢琴放在泰斯康姆四音轨录音机和一台苹果显示屏旁边，显示屏上的屏保程序正由火蜥蜴变形为猴子。在他们录音的同时，一个从柏林过来拜访的鼓手在钢琴旁边的沙发上打盹儿，定期地醒过来去抽烟。当丹尼尔暗示录音工作室可能不是最佳的睡觉之地时，他说："这地方很好啊，我在倒时差。"

丹尼尔将唱片封套文案放下。纸板箱旁边放着一团绕在一起的网线，纸板箱里装满了其他"忧郁症记录榜"[②]上乐队的磁带。他在这里的唯一证据就是通灵之心的录音小样，不久，这些磁带也会被扔进这样一个纸板箱里去，所有歌曲均由罗兰·富恩特斯创作。

"我想加入一种更饱满、更有层次的声音，"罗兰说，"甚至也许是鼓声，另一层吉他声。"

撒德说："我完全明白，更沉重一点，更多吉他和弦。"

罗兰转向丹尼尔："你觉得呢？"

丹尼尔正在剥他食指上的老茧，他看了一眼海报，想象着他的妈妈看

---

① 城市绅士化是20世纪60年代末，西方发达国家城市中心区更新中出现的一种社会空间现象，其特征是城市中产阶级以上阶层取代低收入阶级，重新由郊区返回城市中心区。反城市绅士化则是反对这一趋势，认为高收入移居者殖民化了低收入者的城市社区。

② 此处可能是指"Meloncholia Records"网站。该网站收录了世界各地黑色金属风格和极端金属风格的乐队。

着一个实验性噪声艺术家在笔记本电脑上操作声音，脸上露出那种“什么玩意”的表情。他干吗还想着她啊？

“酷。”他敷衍一下，无法振作起来，像罗兰和撒德那样充满热情。他们的朋友们读的书都是关于城市绅士化、食物正义[1]的，谈论的是社区外展和安全空间的重要性。他们都是大学生，或靠父母的信用卡提供财政支持的无薪实习生，他们中没有一个人是在纽约市长大的。撒德的室友苏菲，梳着蓝绿色的脏辫，用从垃圾箱里回收来的食材做饭，她问丹尼尔，既然他出生在中国，他是否熟悉社会主义食物模型。他回答说他出生在曼哈顿。撒德曾说：“你离开学校，拒绝犯你的父母让你追求学术生涯的愚蠢大错，真是酷毙了。在大学，当教授，所有那一切，都是骗局。”丹尼尔听到别人批评自己父母的言辞觉得不大舒服，他反问：“你怎么知道他们是教授？”撒德说：“罗兰告诉我的。”罗兰告诉丹尼尔，撒德用他父母给他的每月生活费赞助了“忧郁症记录榜”。“我听说你爸爸是对冲基金经理。”丹尼尔说。“对，”撒德说，“他嘛，逊毙了。”丹尼尔嫉妒那些对他们的出生抱着理所当然态度，可以随便去憎恨他们父母的人。

另一个室友敲了敲门，大叫着厨房发生了爆炸，一个食物处理机发生故障了。他们正在为苏菲的烹饪播客制作香蒜沙司，这个家伙满手是血。撒德知道急救箱在哪里吗？

撒德站起来，拍拍牛仔裤上的灰：“我去去就来。”

“你觉得音轨怎么样？”罗兰问丹尼尔。

丹尼尔咬着老茧，撕下来一块死皮。“很好，我觉得。”他又看了一眼海报。高中时，他在科迪·坎贝尔家的车库派对喝了个烂醉，以为自己看

---

① 又称粮食正义、食物公平、食品正义等，由此衍生的食物正义运动是在多个国家发起的草根运动。

到了蝙蝠，吓坏了，直到科迪不得不告诉他，他在壁架上看到的不是蝙蝠，而是园艺工具的影子。“镇定。”科迪说。真好笑，同时又很荒谬，在这个皇后区的地下室想到车库、蝙蝠和科迪·坎贝尔。

“嘿，还记得科迪·坎贝尔吗？”

“谁，那个胖胖的傻子？”

丹尼尔咬着一小块皮：“我不知道我是否做得到。”

“你当然能了。过去的表演都棒极了，第一场只是意外的挫折。”

“我不是说演出。”

但是罗兰怎么会理解呢？在山脊区，罗兰的姓氏和淡棕色的皮肤让他心有怀疑，但是他显然是利西奥家的人，他和他的妈妈有着一样的尖脸和稀疏的深色头发。在人们不认识他们的小镇演出时，曾有几个家伙假装用歌咏式的西班牙语诘问罗兰——和向丹尼尔抛来“空尼其哇”的是同一种人。有一次，一个警察让他们在山脊区外的高速公路上靠边停车，说他们超速了，并且给他们开了罚单，但是这个罚款是无中生有的，因为罗兰开的旧邮车几乎都达不到限速的规定。尽管他跟罗兰都没喝酒，警察还是让罗兰做了酒驾测试。罗兰站在公路上，双手抱头，丹尼尔坐在副驾驶座上吓坏了，他从后面都能看出罗兰的害怕，警察说着“醉酒的墨西哥人”之类的事情。当他们被允许离开时，罗兰一口气开回了山脊区。这也是为数不多几次中的一次，丹尼尔看到他的朋友无言以对。当罗兰最终开口时，他说：“我们他妈的得离开这鬼地方。”罗兰离开了，他也是。罗兰仍然坚持只说英语，除了自己的本名外绝不再起其他名字，他心里一直清楚他的妈妈是谁，在哪里可以找到她。在山脊区让他与众不同的是——有一个拉丁美洲裔的父亲，一个成为寡妇的白人母亲——罗兰利用了他的优势，他尽可能保持与众不同。他故意穿得像个怪人，吸引人们的注意，来者不拒。

“你有认真地听我和撒德的话吗？我是随口一说的，撒德更是向来信口胡诌。我们无须加入更多的声乐或任何你不想要的东西。”

“我不确定这是不是我想要的音乐方向，我不想让它有更多层次。”

“那你想要什么？”罗兰的声音里露出了一丝严厉，“这是合作。”

“但是感觉不是这样。这是你想要做出来的声音，为了取悦哈奇，所有的歌都是你写的。”

“也很欢迎你写一首啊。”

丹尼尔很生气，他的腿也在抽动：“你所在乎的就是酷炫，让人们喜欢你。”

罗兰看起来很震惊，就像那次他们经过华盛顿广场公园，一只鸽子在他肩膀上拉了泡屎一样。“说的好像你不在乎那些一样？拜托，我是在想方设法帮你摆脱困境。”

“帮我？”

“我可以找其他人加入这个乐队。好像纽约城没有其他优秀的吉他手一样？但是你需要一个理由离开上州。”

丹尼尔用脚推开一个空的咖啡杯：“我不是你的慈善项目。”

“每个人都喜欢你，喜欢你这个人本身，”罗兰说，“你知道我在台上唱了多少回了？每一次我都会紧张。有一次，在调试声音前我都在厕所吐了。”

罗兰一讲话，下巴就会上下跳动，一个从他童年时期遗存下来的特点。对山脊区时期那个年少的罗兰失去的喜爱之情，又有一丝回归心头。丹尼尔不能背弃他最好的朋友。

“那么五月一号我们会跟雅斯敏一起演出，把它当成是热身吧，然后五月十五号才是重头戏，哈奇来的那场。我们有两周时间准备妥当。”

“等等，”丹尼尔说，“今天是什么日子？”

“周一。”

“我是想问，今天是几月几号。”他看了一眼手机。四月二十七日。一个小时前有一个未接电话，来自他想着的人。“等等，我一会回来。”

他漫步穿过错综复杂的走廊，经过厨房，瞥了一眼散落着香蒜沙司和鲜血的台面，苏菲和撒德正在给那个受伤家伙的手绑绷带。他发现一扇开着的门，通往一个碎石停车场。夜晚很清爽，一弯明月照在房子的塑料护墙板上。他解锁手机，回拨了这个标记为“妈妈和爸爸”的电话。

他很高兴是凯而不是彼得接的电话。“妈妈，”他说，“生日快乐。”

“我之前给你打过电话，但是没有留语音信息。”

“我知道，我看到手机上的未接来电了。”

“你爸爸对此一无所知，我也不打算告诉他。我跟卡洛学院的院长说过了，她愿意见你一面。你仍然可以秋季学期入学。”

“等等——”

“她说两周后去见她，下下周五，五月十五号，你下午必须到场。”

“我不知道——爸爸怎么样？你的生日你们都怎么过的？他让你寻宝了吗？”

“我们很好。我们早上寻过宝了。第一个线索在邮件里——他将线索放在了一个看起来像是账单的信封里！然后他让我沿街而下，去劳顿郁金香店找一个线索。现在他在给我做晚饭。”

“告诉他我不是故意的，文书的事情。”

他听见彼得的声音叫道：“亲爱的？”凯说她得挂电话了。

五月一号，在重要演出的两周前，通灵之心在布鲁克林皇后区高速公路下面的露天停车场表演了一次。丹尼尔邀请了迈克尔，演出结束后迈克尔走过来大叫着：“太棒了。”罗兰、纳特和哈维尔都朝他俩看过来，因为丹尼尔之前从没邀请过朋友来看演出。

他介绍说迈克尔是他的堂弟，迈克尔伸出手准备跟他们握手。罗兰跟他握了一下手，纳特和哈维尔都只是点点头就继续聊天了。

“你的乐队很震撼嘛。”迈克尔说。

“谢谢你过来。”丹尼尔说。

迈克尔看看罗兰：“你们俩怎么认识的？”

罗兰挑了挑眉毛：“我们一起长大的？丹尼尔是我最老的朋友了。”

“我们也是一起长大的，”迈克尔说，“我们一起住在布朗克斯区。”

“你曾经住在布朗克斯区？”

“住了几年。”丹尼尔说。

“你们的妈妈——你的生母——她们是姐妹？”

“差不多吧。很接近了。”

“你跟她联系过了吗？”迈克尔问。

“我给她语音留言了，但是还没收到回电。”

“等等，”罗兰说，“你给你妈打过电话？”

“我从利昂那里得到了她的电话号码。迈克尔的舅舅。”

“也许是号码不对呢，”迈克尔说，“那是旧号码了。”

“是她的语音信箱，我听出了她的声音。”

“那么去他妈的吧。”罗兰说。

迈克尔的嘴巴惊得没有闭上：“什么？”

“对不起，我知道这是你的亲生母亲，但是如果她不想跟你说话，那是她的损失。我就跟你说过吧，如果你打了电话，你会后悔的。”

“你告诉他不要给他的妈妈打电话？”

罗兰用手掌把头发拢向后：“她不是他的妈妈。”

丹尼尔说：“她是我的妈妈。”

“她没有抚养你。我是说，我从不知道我爸是谁，但是管他呢，你懂的。”

“我也不知道我爸爸是谁，”迈克尔说，“但是德明，我是说丹尼尔，他很了解他的妈妈。”

“好吧，那你们想怎么样就怎么样好了。”罗兰说。

迈克尔的脸红了：“当然，他会的。”

丹尼尔说：“好了，凯也是我的妈妈。”他真希望自己能够酷一点，他想要不在乎这些。但是相反，他像迈克尔一样，显然什么都藏不住。他问迈克尔想不想跟他们一起去附近一个酒吧，迈克尔拒绝了，说他明天一早有课，丹尼尔也觉得如释重负。

“看到你终于行动起来了，很好。”迈克尔说，“说真的，你们这帮家伙太厉害了，你们就像风格更硬一点的魔力红乐队[①]。”在他即将离开时，他说：“很高兴认识你，罗兰。”

“我也是。”罗兰说。

等迈克尔转过街角后，纳特和哈维尔都笑起来。“他刚说了魔力红乐队？”纳特说。

“闭嘴，纳特。”丹尼尔说。

在波茨坦分校，他从未对派对满意过，总感觉他应该去一个更酷、更

---

① 魔力红乐队，美国摇滚乐队，成立于1994年，活跃至今。音乐风格更偏新灵魂摇滚，摇滚结合流行音乐的风格。

激动人心的地方，跟一群更酷、更有激情的朋友们在一起。现在他的身边是一群酷酷的家伙们了，但是那种难以捉摸的自我满足感和知足感——爱？并没有成真。

丹尼尔在演出后独自回家了，罗兰、哈维尔和纳特留在酒吧里。自从他证明了他可以演奏好音乐后，纳特对他的态度180度大转弯，他不再忘记他的名字，在他说话时也认真聆听。但是丹尼尔不想跟这种人厮混，这种人很势利眼，只有在发现有社交方面的好处时，才假装是他的朋友。他们对迈克尔不理不睬，就像两个月前对他的态度那样。他只是罗兰的慈善项目，是哈维尔照片背景里的人，但是迈克尔一直对他忠心耿耿。

也许他的妈妈只是很忙，或旅行去了一个手机没有信号的地方，或许是手机丢了，手机坏了，正在等着买新手机。也许是他的中文太差了，她没有认出来是他，即便他报上了自己的名字，将他的电话号码重复了两次。也许是他的腔调因为长久不说中文而变味了，他认为跟卖菜小贩对话没什么问题的中文，其实是含糊不清的中文语言，甚至都不是中文，只是从喉咙里发出的一些声音。或者是她假装听不懂他的话。

他现在就需要知道原因。他拨了国家代码和手机号，话筒里传来一个轻轻的咔嗒声和听起来很遥远的铃声。丹尼尔在罗兰家的客厅里踱着步，等着她的语音信箱留言开始播放。

他听见另一声咔嗒声。

“喂？”她说，“德明？”

“喂？”他用福州话说。

“喂？”

“是我，德明。”

“你好，德明。我真高兴你又打过来了。”

听见她的声音让他的呼吸都紧张起来了：“你好，妈妈。”

“你听起来是个大人了。”

现在他拨通了她的电话，却不知道说什么了。

她问：“你还好吗？”

“我很好。”他本来准备了一通指责，现在却卡在喉咙里面。他坐在沙发上自己的一堆脏衣服上，现在他终于有机会跟他疏远了的母亲通话。“我住在纽约，在曼哈顿，离我们以前住的地方不远。”

“你现在二十一岁了。”她为什么要轻声说话？德明有点不明白。“你工作了吗？还是在上学？”

“都有。我一边在上大学，一边在餐馆打工。我也跟我的朋友一起弹吉他，在一支乐队里。”

“你一直都很喜欢音乐。”

“你怎么样，妈妈？”每次他说出这个词，他都感到害怕。她也许会改变主意，挂掉电话。他挪开卡在坐垫之间的一只袜子，将它扔到房间那头。他想问她上个月有没有收到他的语音留言，但是还是不想吓跑她。

“我很好，我住在福州，西湖旁边的一间公寓。我结婚了，我的丈夫自己开了个纺织厂，我是一家英语学校的主任助理。”

我的生活好极了，那就是她想说的意思。丹尼尔切换成英语：“你的英语怎么会变得这么好？”

“我练习啊，”她用英语回答。她的口音还是那么重，他没有信服。她又换回福州话：“你怎么有我的手机号码的？”

“我跟利昂聊过。”

“啊。”

“他说他有七年没有跟你联系过了。”

“是的，是很久了。我们之前联系过，但是现在很难了。工作很忙，你知道的。”

丹尼尔走到窗户前，又折回沙发。“我联系上利昂是因为我见到了薇薇安，通过迈克尔，他找到了我的邮箱地址。这一切挺不容易的，因为我不再叫德明了，我现在叫丹尼尔·威尔金森了。”

“丹尼尔·威尔金森？”

“我爸妈给我取了这个名字。”

一段短暂的沉默。“所以你见到了迈克尔。”

“我跟迈克尔还有薇薇安一起吃了晚饭，薇薇安说她作为我的监护人去了法院，把我送给了寄养家庭。”

接着是一段更长时间的沉默。

“喂？”他应该挂掉电话，这是个错误。

“那个婊子，”他妈妈说。但是她的话太过于谨慎和安静，缺乏他熟记的那种火力了，“她怎么能那么做。”

他真希望自己可以看见她的脸，想要她也在房间里。“妈妈？”

“嗯？”

“你现在能看到什么？”

“我在我家里，我们用于工作的房间里。我看到窗帘，一张桌子。我们住在十二楼，如果我望向窗外，我能看到其他的楼。现在福州也是大城市了，像纽约一样。你能看到什么，德明？”

“一些架子，我的电脑、我的衣服、我的吉他。有一扇窗户，但是对着另一栋楼。”

她问他是否还记得小时候坐地铁的情景，他提到他们遇到另一对母子的那次。在山脊区，当“郭德明”这个名字渐渐被弃用后，他经常想象另一个德明和另一个德明妈妈，仍然住在皇后区。这是一种安慰，苦乐参半，但至少他俩还在一起。

“我得挂电话了，”她突然低声说，“我明天再给你打过来。”

第二天她打过来了，纽约的周三晚上，福州的周四早上。他正在工作中，之后才看到信息。“你好，德明，”她说，“我想给你问声好，但是你也许在学校。不要给我回电了，我们需要提前商量定一个时间，但是我明天会再给你打电话。”

第二天一整天他都把铃声调到了最大音，但是她没有打过来。下班后，他给她打了电话，留了一条语音信息，问她他们何时可以再通话。

他回到公寓，吃了从特雷斯·洛克斯餐馆外带的什锦菜卷，决定不出去了，而是在家写一首歌。他有几周没碰过自己的音乐了。如果他让自己忙得没空，她反而会打电话过来，像为了防止下雨特意带上雨伞一样。他好好洗了个澡，换上运动裤，叠好他的衣服，把扔在水槽里的盘子都洗了。最终，他看了看手机。她来过电话，给他留了条语音信息建议纽约时间周五早上五点半。那晚，这周以来头一次他睡得很香。

第二天早上，他准备好了。他起得比平时都早，在第六大道的一家熟食店买了一杯咖啡和一个百吉饼，然后坐在厨房餐桌边，拨出了号码。

一开始他拨错了号码，电话没接通。他一阵恐慌，再次检查了号码，又拨了一次。

她接了电话：“德明？”

“现在方便说话吗？”

“方便，我丈夫出去了。我现在在家里的阳台上。”

他把他想问的事情列了一个清单。“还记得你在杰罗姆公园，我在荡秋千时把我推掉下来的事情吗？”

“你怎么会那么想？”

“我只是还记得。”

“我从没把你推掉下秋千，是你自己不小心掉下来了。我记得我请求学校把你安排到更高的年级，他们想把你放到一个补习班去。”

那是凯做过的事情。“我不记得那件事了。”

“在第六十三小学。我甚至还记得那个老师的名字，斯科特太太，西班牙女人，头发浓密。你那时有学习困难，我不想让你再待在那个班了。我让你转到了迈克尔的班级，他在快班，因此里面也有来自你那个年级的孩子。”

“是第三十三小学，不是第六十三小学。”丹尼尔将手肘放到桌子上，看到了斯科特太太的脸，记起了自己跟着妈妈走进斯科特太太的办公室的情形。在学校走廊上看到她是多么奇怪的感觉，坐到另一个班级迈克尔的旁边，他是多么如释重负。他眼前又浮现出另一幕场景：他的妈妈在对一个女人大吼大叫。记忆中，那个女人的儿子嘲笑他的穿着或英语不好，他哭起来了——对，现在他看得清楚了，德明在公园哭，妈妈跑向他——当另一位母亲护自己的儿子，说他什么都没做错时，妈妈抨击了她，用福州话骂着脏话。为他而斗争，站在他那一边。

“该死的，”他用英文说，“请告诉我其他我有权知道的事情吧。”

“我才来纽约时，已经怀了你。我欠了五万美元的债。”

“你来这里时就已经怀孕了？那我爸爸是谁？”

“村里的一个男孩，我隔壁的邻居。”

他等着她讲出更多的故事。她告诉他她是怎么来纽约的，他边听边吃完了百吉饼，安静地嚼着，然后喝完了剩下的咖啡。接着他告诉她他在一个叫作山脊区的小城镇长大，他的养父母叫彼得和凯，他现在正在休学。

太阳升起来了。在她挂电话前，他说：“你找到了利昂，为什么没有想方设法去找我？”

“我试过，”她的声音听起来很受伤，“我甚至找你找了好几年。利昂不知道你去哪里了。我一直在攒钱，准备回纽约来。哪怕这要花费六万美元，哪怕我一踏入美国就会被他们扔进监狱里去，我还是计划回来找你。当我从利昂那里听说你被收养了后，我都想从桥上跳下去。”

她的声音退入一个狭小局促的空间里。名字、动机，在丹尼尔的脑海里乱成一团。他们被一一分开，是利昂的错？是薇薇安将他拱手送了人？他靠在厨房柜台上，把面包屑扫到地上去。

“但是你还好吧？”她声音中透出了一股希望。

丹尼尔走回客厅，知道了他妈妈的悔恨之情，意味着他不得不想起她的离开对他造成了什么样的影响，在山脊区醒来的夜晚，他是如此悲伤，感觉他的肺腑都被绞在了一起。一月月，一年年，光阴荏苒，直到他变得习惯于说服自己这无所谓。

“那也不能为你离开我开脱，”他说，“你根本不知道我身上发生了什么，你不能假装你没有把事情搞砸，你好象什么都没做错似的。”

罗兰从他的卧室出来：“怎么回事？”

“没事。你回去继续睡觉吧。”

“一切都好好的？”

“对。”

“德明？”他妈妈说，“你还在听吗？”

丹尼尔等到罗兰回到房间，关上房门。“在。”

“有许多事情你还不了解，”她说，“去问问利昂，你说过你跟他联系过，那么你为什么不问问他呢？”

他沉默了。他听见他妈妈说：“是的，我在这里。”她的声音里有一种明显的愉悦感，他在背景音里听见一个男人的声音。

她压低声音说：“我丈夫回家了，我得挂电话了，我会再打给你的。”

通话结束，手机屏幕显示。

丹尼尔给自己倒了一杯水，几大口喝光，然后在水槽里洗了脸。随着冷水流下他的脖子，他意识到她的丈夫并不知道他的事情，她假装他不存在。

10

中央公园的地上覆盖了厚厚的一层叶子，十月的烟熏火燎味让我想起跟着芳和李玲跑过寺庙的院子。现在你也像那样在村里四处跑了。地铁里一个穿着橙色围裙的女人递给我一份英文报纸，我翻开它。我看不懂那些文章，但是我可以编故事。通常我对孤身一人都不太在意，但是今天我特别希望你在我身边陪着我，我需要有人见证我的生活。

自从我把你送到伊爸那里，已经过去五年了。想念你的痛苦渐渐消散，变得无形；它变得如同想念一个我不再认识的人。在你离开后，迪迪回到了她的床上，当另一个室友也搬出去之后，我得以有了我的床，地板上的睡袋将归于下一个新来的女人。现在我可以睡上铺了。我才来纽约时一起生活的女人大多已经离开，找到其他的住处了，甚至搬去了别的城市。迪迪每周在她男朋友权的公寓住上几晚，但是她和我还继续住在罗格斯街，向新来的人介绍如何买地铁卡，去哪里买最好的货，哪些商店要价高。我能从这些新来者的脸上看出恐惧，看着她们严肃认真地接受我的建议。她们说我很勇敢；当我告诉她们我在纽约城住了多久时她们都肃然起敬。“你会习惯的，”我说，“生活会越来越容易的。”

一些室友存了足够多的钱，买到了权宜婚姻[①]。迪迪和我去市政厅参加我们的朋友辛迪的婚礼，她嫁给了一个头发花白的白人。“我可以把你介绍给帮我谋事的那个女人，”辛迪说，“专业的中国女人。”

“我不想跟体毛重的美国人睡觉。”我说。话一出口我就想收回，因为这正是辛迪不得不去做的事情。

“你可以找一个有公民身份的中国人，你也无须一直保持婚姻关系，”辛迪说，“只要时间足够到可以办成移民就行了，如果你不想的话，你甚至都无须跟他睡觉。跟没有合法移民证书的男人结婚太蠢了，这是浪费机会，你要是选择了这条路，就要过很久很久才能获得绿卡。”

“如果还有可能获得的话。”迪迪补充了一句。

自从你走后，我上十二个小时的班次。比其他人缝更多的褶边。在我床铺旁边的墙上，我贴了一张画着两栏的纸，一栏是我欠的钱，一栏是我还掉的钱。那些数字是那么小，我只有躺下来时才能看得到，渐渐地，第一栏里的数字在减少，第二栏里的数字在增加。但是在生下你后的几个月我没有工作，又给伊爸寄了钱，这一切花了比我预想更长的时间。等你五岁时，我已经还掉了一半多的债，还有两千多要还。

我每周给你打一次电话。起初，伊爸会把电话举到你面前，让你打招呼，我可以跟咿咿呀呀的你说说话。之后，你可以跟我说话了，每次我给你打电话时，你的声音听起来更饱满，你又掌握了之前不会的新词汇。

“你听伊公的话吗？”我问。

“嗯。”

“你今天做了什么呢？”

---

① 又称便利婚姻，指为了达到某种目的而联姻，如政治联姻，跟某国人结婚以获得该国的居住权等。

“喂鸡。”

“你还记得纽约吗？”

“不记得。”

你四岁了，然后是五岁，要在纽约的话可以上学了，但是伊爸找了一些借口。“为什么不等到你还清债务呢，这样你有更多的时间陪他，”他说，“等你存够了钱，有自己的住处时再来吧。他不该跟那些女人住在一起。你需要找份薪水更高、时间更好的工作。你上班时谁来照顾他呢？”但是伊爸因为有了孙子心肠软了很多，我告诉他我在纽约遇到了你利昂爸爸，尽管你的护照上有你的出生日期，任何人都能算出来。伊爸没有追问细节，只是接受我汇的钱。给德明的，他说。他告诉我说你一个月长高了三厘米，你喜欢和着收音机里的音乐唱歌，给现在养的鸡取了个昵称叫“鸡爪子”。我很高兴他对你很好，这让我对把你送走这件事感觉不那么糟糕了。

他告诉我村里最近发生的事情，尽管我俩都声称对此不关心，但我还是一直希望听到村里的近况。海风跟一个来自厦门的女人订婚了，海风的妈妈说这个女人来自一个好家庭。我为他找到一个城里女人而高兴，也为我自己高兴，我彻底逃脱了。

新年去探望他的父母时，海风见到了你——你太小了，什么都不会记得，海风还找伊爸要了我的电话号码。他给我打了几次电话，但是我从没给他回过电话。但是也许，我本该让他见见你，这也许会让事情容易点。

现在甚至还没到中午，我还有一整天时间。这天早上，我裹着辛迪给我的灰色长外套，离开了罗格斯街，没有什么比这个更让我感觉良好了。当我在牛仔裤、运动衫外面套上这件外套时，感觉自己挺直了腰板，混入运河街附近的人群中。

我拿出手机，拨打了伊爸家的电话。那边是晚上十一点过了，就打电话来说太晚了点，但是我想听听你的声音。电话响了很长时间没人接，我都怀疑自己是不是拨错了号码。当终于有人接电话时，不是你也不是伊爸，而是一个女人，听声音很耳熟。“我是佩兰，”我说，“您是？”

“佩兰，”那个声音说，“我是李阿姨。海风的妈妈。”

“李阿姨？你在那做什么？”

“我得告诉你，你爸爸去世了，昨晚他心脏病发作走了。我不知道怎么联系你，一直希望你打电话过来。”

我的耳朵里高音的警铃大作，像一列火车因为要突然停下而鸣笛。“不。”我的声音听起来古怪又遥远，但是在跟李阿姨说话时我不想让自己的声音颤抖，“我周日才刚跟他通过电话。”

“我很抱歉。他走得很快，我想他没遭什么罪。”耳朵里的铃声更响了，“德明跟我们待在一起。我一听到屋里电话铃响就赶紧跑到你家里去接电话了，你能尽快将他接到美国去吗？”

不知怎么的，我竟支撑住问起葬礼的事情，我的亲戚们可以帮着安排下葬，但是我无法回去参加葬礼。我走向地铁，回到公寓，之后迪迪发现我躺在上铺，用摊开的报纸盖着脸。我爸爸和我分开了那么久，他只存在于电话里，但是我曾一直希望有一天我们可以再见面的。

当我走在街上时，我用袖子擦掉眼泪；在工作时我也试图抹掉眼泪。当我无法抑制住泪水时，我就任由它们掉落，任由我的鼻涕落在缝纫机上。我回想起我在福州打工后回村时，一个邻居女人把我拉到一边说：“你爸爸很为你骄傲。”

我每晚都给李阿姨打电话，这样我可以跟你说说话，确保你在那边依然好好的。

我哭了几个星期，在不上班的日子里躺在床上。李阿姨打电话来，说伊爸的一个远方表亲联系了她，说他在美国有个亲戚，可以借到一笔钱——我其实就是那个亲戚——为你和他自己办个旅游签证。他同意陪你坐飞机到纽约来，只要我为他俩买好机票。

在你来之前的三周，伊爸去世后六周，我去了在权家举办的一个派对。男人们打着牌，女人们边聊天边看电视。

我看见角落里有个男人正将一瓶啤酒倒进嘴里。他身材结实，靠在那里，嘴角扬起，好像在邀我走过去一样。他注意到我在看他，露出一个大大的笑容。他的两颗门牙间有条缝，宽得能塞进一个西瓜子。

“你不打牌？”他在宽宽的手掌中洗好了牌。他的福州话还是我一再努力去掩盖的土腔土调。

“没钱打牌。”我说。电视上正在播放一则广告，一辆跑车沿着曲折陡峭的山路行驶着，旁白配着一个深沉的声音。

“你不必打玩钱的那种，”他用嘴咬开一个花生壳，“我们可以拿花生做赌注。”

“我不喜欢输牌。”

“那么你不会输，”他说，“你会一直赢下去的。”

我捡起一颗花生，咬成两半。“你过来多久了？”

“九年了。”他切牌，“你呢？”

“六年。”

他说了他的村子的名字，离闽江不是很远。“离开比留下要好。”

“你这么认为？”我看到这个男人隐秘的微笑，他粗粗的眉毛，瞥向角落的眼睛，我想了解他。他对我来说很亲切，但又完全不像海风；他似乎是那种人——如果你了解他后，会发现点什么。“在美国玩命工作？也许比在家里住在崭新的房子里，发胖又快乐的生活更好吧。”

“然后做着在美国的白日梦？你不会永久留在那里的。”他说。

我笑了，他说的对。

他的名字叫利昂，在布朗克斯区的一个屠宰场上晚班。宰牛切猪肉，是个吃力的活儿，从他壮实的胳膊和肩膀就可以看出来——在离开了权家的派对后，我们在一个角落处接吻时，我偷偷摸了摸他的肌肉。当我张开嘴唇时像是要被他拆散架一样。

有时，当我在街上看到长得帅的男人时，我想问问他们是否愿意带我回家。有次我跟踪一个男人走了五个街区，羡慕他如何能在保持臀部放松的情况下有意扭动。他停下来我就停下来，我跟在他身后，在他等红绿灯时打量着他紧致的臀部。要是他不说福州话，只说广东话或其他我不懂的方言呢？他可能是美籍中国人，或者更糟的情况。他也许会笑起来，大叫着说这个疯狂的女人在向他求欢。我看着他走远，长长呼出一口气。

在美国的第三年，我跟一个来自安徽省的男人睡过几次。他开农用卡车，老家有个媳妇，当他说他媳妇要来纽约时我如释重负。在遇到利昂之前，禁欲是另一项让我引以为豪的牺牲：看看我都做了什么，看看我都放弃了什么。但是当我们站在权的公寓外那条结霜的小街上，在太平梯和危险的冰锥下面，利昂一路亲吻到我脖子上那颗星形的痣时，当他叫我“小星”时，我内心中一个被我忽视已久的地方被勾起来了，像记起长久以来忘却的记忆。哦，那个，我怎么会忘记那个？利昂的嘴闻起来是啤酒、花生的味道，利昂的舌头抵着我的舌头轻推往上。我身体内一阵猛烈的扭动，多年的结解开了。这里不是中国村子。一个女人可以亲吻一个她刚认识的男人，可以在街上当着陌生人的面亲吻他，没人会在意。

三周后你就要回到我身边了。因为我在那间公寓住了太久了，我的室友们都说你来住没关系，只要我同意付额外的房租就行，也不用按新室友的标准付那么多，因为你会跟我睡一张床。

“我们很快就会搬出去，搬到更大的住处。”我告诉她们，尽管我不知道怎么才能做到。

我在地图上标出去亨利街上学的最佳路线，调整了我在工厂的工作时间。我很害怕又要当一个妈妈，不得不去照料一个会走路、会说话的六岁男孩，一个我甚至不完全了解的男孩。我记起对另一个人负责是多么困难的事情，有些日子是多么令人窒息。要是我忘记了怎么跟你相处，或因为把你送走而把你的一生搞砸了怎么办？

在我遇到利昂后的第二天，他打电话来约我有空时见面。我告诉他下个月我的儿子要来纽约了。其实，我不必告诉他这些的，但是我还是说了。

“他叫什么？多大？”

我告诉他你上个月就六岁了，我有五年没见到你了。

利昂说：“我迫不及待想见见他。”

在一月的一个晚上，我那素未谋面的表亲将你送到了纽约，我拍着你的肩膀，但是你依旧垂着胳膊。你的脸更长了，身体更结实了。“大男孩了。”我说。你对我嘟出下唇，你的脸还是胖乎乎的。你穿着一件绿色的运动衫，上面有个熨烫上去的英式足球贴花，是从三巷的某个邻居或其他哪个孩子那里传下来的衣服。你的头发像顽强的羽毛那样顽固地根根竖立，好像你迫使它们从皮肤上长出来的一样。谁给你理的发？

上个星期六，利昂的手按压到我的臀部。他的姐姐跟他住在一起，那天她带着她的儿子去见朋友了，因此我俩得以单独相处，想搞出多大动静都可以。他闭着眼睛进入了我的身体，在我随他而动时他又睁开了眼睛。

他念着我的名字，我念着他的名字，然后一切都在旋转、滑动。“再说一遍我的名字。”我命令道。于是他又叫了我的名字，我笑起来。我的手放在一个新的男人的背上，这种新奇感这么美妙，满是肌肉的后背。在纽约五年多了，这是我第一次周围没有人打扰，只有我和另一个人，只有我们两人单独在一间公寓里。之后我靠着利昂家卫生间的水槽哭了起来，不仅仅是因为性爱和这个英俊的男人，而是因为有一个人待着的空间太美好了，周围没有缝纫机的咔嗒咔嗒声、汽车喇叭声或我的室友们相互对骂的声音，真是太美好了。尽情享受这一刻吧，我对自己说，你也许再也没有这样的时刻了。

“德明，”我的表亲说，“你还记得你妈妈吗？”

“他当然记得我了，他怎么会忘记呢？”我说。

三个新室友看着我们走过房间，其中一个咂舌说：“他忘了他妈妈是谁了！”

“坐了这么长时间的飞机他累了，对一个孩子来说飞这么远不容易。”我又一次伸手向你，但是你转身跑过厨房，我跟在你身后追，从背后一把抱住你，将我的脸紧紧贴在你的颈子上。你闻起来有股陈腐的味道，像是陈旧的汗味，最终你靠着我放松下来。

我的表亲要去哥伦比亚特区，他在那找了份洗碗工的工作。他看起来不怎么强壮，瘦瘦的胳膊，发育不良的身姿，因此我给他塞了点钱，希望能帮到他。他走后，我在卫生间给你洗了澡，给了你一把牙刷一条毛巾，在你洗漱完后，你一言不发就倒头睡着了。我在你身边抱膝而坐，回忆起你婴儿时的样子和黏糊糊的小腿，如今你已变成眼前这个大孩子了。我不知道利昂是否还会见我。我试图将注意力集中到你身上，这个男孩走了那么久，他不记得我的脸了，利昂喜欢我的脸。我本该想着你，只想着你，但是我又一次想到利昂的手，我决心不再想着利昂，然而我的决心却像吸尘器上的电线一样，缩回了隐蔽的位置。

早上我做了意式细面，泡了茶，和你单独在公寓里，你大口吃着饭，不说话，看着厨房墙壁，塞在塑料袋里的塑料袋，铺在炉子上的油迹斑斑的锡纸。“多吃点，”我说，“你不记得过去我喂你吃饭了？”提起这件事真是很蠢，我知道你不记得了，我也讨厌大人们把小孩当成傻瓜一样说话的口气。

你摇摇头。

“汽水？”

“你想喝汽水？”

“伊公给我喝汽水。”

原来我给他寄的钱，他都花在这上面了。“这里没有汽水。”

你叉起胳膊，挑衅着我。你脸上的肉微微颤动了一下，我都能感觉出你身上冒出的火气。

“跟你妈妈说话。”

“不。”

“你说什么？”

“不。”

我缝了成千上万件衬衫褶边才带你来到这里。“忘恩负义的小鬼。”

你站起来往卧室走，指着一堆衣物。“脏死了。”你说。

“听我说话。我是你妈妈，这是你的家。你出生在这里，你应该感激我把你带出了村子。”我摇着你的肩膀，“去洗手洗脸。我们准备出门。”

你很愠怒，但还是走进了卫生间，很快我听见了水流的声音。

一夜之间下了雪，今天外面清新凛冽，雪地在阳光下闪闪发光，你看到眼前的景象，缄默不语。罗格斯街明媚又寒冷干燥，那种一下子直入你鼻腔的冷。但是它很快又会变成泥泞的烂泥地，皑皑白雪化入混合着狗屎的沙土中。街角处是庞大的建筑物，一直延伸到河边。我们穿过鲍厄里街，在雪地上留下深浅不一的脚印。这座城市敞胸露怀，人们不紧不慢走着；在运河街，汽车因为雪后路滑开得很慢。司机握紧方向盘，迟疑着，在转角和红绿灯处他们不再加速行驶超过行人了。他们的汽车溅起泥水，车漂移着。我会教你像我这样热爱这座城市。

我们经过了伊丽莎白街、马尔伯里街和莫特街，我们走得很夸张，腿抬得高高的，好像雪粘住了我们的鞋子一样。在运河街的一个小摊上，我给你买了一件蓝色的冬大衣，又讨价还价买了一顶红色帽子，让你挑选了一双有着毛绒里料的靴子。

百老汇，第六大道。“看。”我深吸了一口气又呼出，吐出一团白雾。这似乎给你留下了很深的印象。我又做了一次，你也吸了一口气，在寒冷空气中呼出。我们下台阶走进地铁站，我刷了两次卡，当地铁列车到达时你找了个靠窗的座位坐下，看着地铁隧道延伸，来回晃动着身体，数着我们去往上城有多少站，1—4，3—4，4—2，5—9。在第125街地铁会钻出地面，直接冲入阳光中，我等不及想看看你脸上的表情。

迪迪工作的美甲店正在招聘。“抓住这个机会，波莉，要不然你就会一直在那个工厂工作，直到变成老太婆。”她说。她将一些指甲油的旧瓶瓶罐罐带回家，我在室友们的手上练习，就这样，当“你好美女”[①] 的店长洛基面试我时，我已经完全知道怎么做了。

---

① 迪迪打工的美甲店的店名，Hello Gorgeous。

我给洛基做了美甲和修脚，得到了那份工作。开始每周工作二十五个小时，直到三个月的培训期结束才有薪水，但是我可以保留我收到的小费。我借了一笔钱来付房租、食物和我工作必须穿的黑色裤子及衬衫，还有洛基要求交的培训费——尽管培训本身不过是观摩我的同事们工作，之后为她们清理场子。但这和缝纫不同，这份工作能挣更多的钱。

为了庆祝，我给你买了一套乐高玩具，帮你把一块块塑料拼装成宇宙飞船，你举着它在房间里奔跑。“紧急着陆！”你大叫着，将宇宙飞船扔在枕头上，“砰！”

我拯救了宇宙飞船，用我的胳膊在上面挥了挥，模仿着锤子和电钻的声音。“修好了。它又能飞了。”

“我想要一只老虎。”你说。

“老虎？”

慢慢去了解你，这感觉很奇怪。你想要电子游戏，但我给你买了一盒蜡笔，你那么大力地按压去画，它们断成了两截。现在，你又想要老虎。我看着你在房间里跑，宇宙飞船猛降又腾飞。我们进入了一片大的空地。我们再也不像是永远都会生活在这间逼仄的公寓了。我真希望可以给伊爸打电话，告诉他这些。

随着你长大变成一个新人，我也是。我将你不在的这些年埋藏在心里，好像是另一种胜利，又一件我顽强挺过来的令我自豪的事情。我把利昂的语音信箱留音都存下来了，在短暂的休息时回放它们，他的信息简短扼要，我从他那儿花言巧语得到的每一个字都像是一场胜利或一个挑战。要去上班了，明天给我电话。我八点回家。对你也一样说话。上学前你跑向你的同学们中去，把你画的画带回家，当我们坐地铁时我看着你熟练地报出站名，心里一阵窃喜。这大大小小的每一件事，都是胜利。在操场上，你是你们班上第一个在猴架[①] 上空翻的孩子，是爬得最高的那个，是敢在长凳之间跳来跳去的那个勇敢男孩。

迪迪叫你“小猪仔”，在你把同样的故事讲了五百遍时还能耐心听你说话，纵容你玩最爱，也是最折磨人的游戏——每当我想与你击掌时，你快速把手抽走。“骗到你啦！”你会这么说。“再看我嘛！”如果我打哈欠或调转视线，即便只是片刻，你都会尖叫着喊：“睁眼睛，妈妈，你必须睁着眼睛！”但是迪迪有耐心跟你一直坐在一起，在你每次抽开手时都给予你回应。“哇！”她叫道，“小猪仔，你真的骗到我了。好的，让我们再试一次，我会跟你击掌，哦，哇，你又捉弄了我！”我看着你和她，仿佛听见伊爸说我自私把你宠坏了。也许我身上是有什么问题，因为我没有足够的耐心去陪孩子玩游戏，潜藏在我内心深处但又一直存在的懊悔之情在我心中泛起，我抛弃了我的爸爸，我都没有好好去哀悼他。

利昂从布朗克斯区来到中国城，带我们去靠近曼哈顿大桥的一条街上吃午饭。该店的厨师从他在家乡的时候就认识他，顾客们都躬身坐在面对窗户的金属圆桌前，窗户上挂着咸肉汤的热气留下的水珠，水汽飘到人行道上。一个短短的街区里有三家面馆，热气腾腾，生意兴隆，每个店都有自己的特色，牛肉汤、鸡汤、猪肉汤、羊肉。这家店只有一种菜式，羊肉面条汤。

“坐。”利昂说。一个围着围裙的男人站在柜台后，在他胳膊之间拉开生面团。利昂竖起三根手指，拉开凳子。溢出的汤溅到我们的脚趾上。女服务员将我们的碗以及塑料杯装的茶水端来放下，用抹布将桌子上的水擦掉。我们啜食着面条，从齿间吸食着柔软的肉块。粗粗的面条很有嚼劲，

① monkey bars，供儿童攀爬游戏的攀架。

棒极了；汤喝起来也是记忆中最爱的味道。你的脸上充满了愉快的神情。利昂打了个饱嗝，付了餐费。

“我们现在要去哪里？”你问。

利昂看看手机，算了下离到他上班还有多少时间。“你喜欢船吗？”

“伊公以前有条船，”你说，“我们是去钓鱼吗？伊公经常钓鱼。”

“你不会想在这条河里钓鱼吧？”利昂说，“这里的鱼有两个头。”

雪在融化，最表层的，残雪上布满了尘泥。“去曼哈顿的底部。”利昂喊道。那是史丹顿岛轮渡，一艘橙色的船，汽笛声像河马叫一样。随着它在水面上摇摇晃晃前行，我们站在甲板上，利昂搂着我，我搂着你。

利昂在美国九年了，但是他的英语依然不好。不过，他过来这边时费用更低一些，因此他已经还清了债务。我一直问自己，我是否应该找个能让我拿到绿卡的人，或者喜欢读报纸、可以帮我提高英语水平的人。利昂往人行道上吐痰，在人们准备下地铁时就急着挤上去，在收银台前插队，好像他还在福州一样，这些都让我很抓狂。但是他用方言骂脏话时，快得像流水一样，他这种惊人的熟悉感，总能让我开怀大笑，也参与进来。他聆听我抱怨工作，即便他没有很多钱，他给我买吃的，花时间陪你。我看到他让你变得快乐。我们去中央公园、炮台公园、麦迪逊广场散步，他喜欢看树木和水，他也是在渔民和农民之中长大的。伊爸要是在世，一定会喜欢他。利昂不是软弱的人，看看这个男人，还有谁——除了你之外还有谁——让我觉得自己被需要，独一无二，与众不同？

在船上，利昂低声耳语，这样只有我能听见。“跟我一起生活吧，小星星？你和德明？”

我想记住这一刻，即便它正在发生中，我想想象这一刻，即便它已经逝去。

春天轻轻到来，街上人更多了，更吵闹了，城市猛然多了新的颜色和光线。在我接你放学后，我们手拉手走着。

“我可以有一架飞机吗？”你问，“我在一本书里，看到了一架飞机。”

“你坐飞机来的这里，到了纽约。你喜欢吗？”

“我一路都睡过去了。”

“总有一天，你会再坐飞机的。”

“去哪里？”

“任何地方。环游世界。”

面包店安装着像头盔一样的石灰绿的灯。我们点了颜色鲜亮的珍珠奶茶，用大号吸管从杯顶上戳开。“好好喝茶，”我说，“不许吹泡泡。”

你用嘴唇发出了一个放屁的声音：“我喜欢茶。”

“你喜欢纽约吗？”

你吸了一大口茶，在你吹出一串柔软、松散的泡泡时看着桌子那头儿的我。“喜欢。”

“你喜欢纽约的什么？”

“地铁。”

“你想念中国吗？”

耸耸肩。

“你想念伊公吗？”

“想。”你用英语说。

“我也想。”我将我的吸管插到杯底，“你喜欢利昂吗？”

“他跟我一起玩。”

“你可以喊他伊爸，他说他不介意。”

你盯着我，好像在品味这个词，试图分辨出你是喜欢还是不喜欢。

“下个月，我们就要搬到一间更大的公寓里去了，跟利昂和他的姐姐薇薇安住在一起。不远，在城里一个叫作布朗克斯区的地方。那里还有个男孩可以跟你一起玩，利昂的侄子。他的名字叫迈克尔。”

“他多大？”

“跟你差不多大。我想他五岁了。”

你皱皱眉：“我六岁。”

“我知道你六岁。”你脸周围浓密的头发都竖起来，好像在抗议。我走到你坐的那一边，挤入你的座位中。“我们将搬去和利昂一起住，但我们永远是一家人，孩子，你和我。”

你向你的茶里吹着泡泡，发出另一个放屁一样的声音，咯咯笑起来。你的脸严肃起来：“迪迪阿姨也来吗？”

这间公寓对我们这么多人来说太小了。我、你、利昂、薇薇安还有迈克尔。迈克尔的爸爸，利昂说，是一个没用的，也没有合法移民证书的台湾人，很久之前就跟薇薇安分手了。

我的室友们说布朗克斯区是个危险的地区，那边没有多少中国人。但是当我们在一个四月早晨到达那里时，我看着用英语和西班牙语写的标识牌——任何地方都没有一个汉字，甚至街区的外卖店都没有——我感觉自己像一直彩排了这么久，这才是来真的。六年来，我一直在同一座城市里，但是终于，我去了别处。另一个女人已经等着住进我在罗格斯街的床铺了。

利昂和我睡在卧室的一张床垫上，你和迈克尔睡在另一张上，薇薇安睡沙发。跟利昂住一起比住在寄宿楼里每月要多花一百多美元，但是我可以在美甲店多工作几小时，当你放学回家时，薇薇安或利昂可以照顾你和迈克尔。

倒班的利昂，在月亮出来时醒来。城市巴士发出刺耳的声音急速驶过布朗克斯区，利昂没精打采地坐在后排的座位上，一路坐到“狩猎点”[①]的边缘。为了生计，他一直在跟死尸打交道，他给猪去除肋骨，从一头完整的猪分割成各部分：肚子、肩膀、大肠，进而从猪变成了猪肉。他的靴子上沾着血，手套因为处理内脏而滑腻的，利昂在厚砧板上切肉，从肉上劈开骨头。在屠宰间，整个猪悬挂在巨大的钩子上，被电击而死的它们带着愕然的表情，颈部被割断，毛被刮干净，一整条拆卸线。有时我在睡梦中看到这些动物——冷冻的猪，茫然无声；嘴巴张着的猪头，所有那些呻吟着的猪魂们。所以，利昂从不吃香肠、火腿、培根之类的东西。人和猪有什么区别？在床上他会说出我身体的各部分和骨头的名称——腿肉、腰肉、肋骨、臀肉，我小腹上一圈多余的皮肤——直到我扭动着说：“够了，别说了！”

我们都是肉。脂肪、脆骨、肌腱、骨骼、软骨和肌肉，大腿和胸脯。利昂是偷渡来美国的，搭乘一艘装着旧电脑垃圾的驳船抵达纽约的海岸。这艘船航行了世界，从中国到泰国再到墨西哥，穿过可怕的太平洋，但是坐船的利昂从没见过大洋。在他那时候，你可以没有合法证书就入境，海关会放你通行，他们无法扣留你。你会收到一纸传令，要求你出庭，但一旦你踏上人行道，你就可以将它撕掉扔掉，打个出租车到满是福州人的中国城，惬意地消失在人群中。在纽约他切肉、打牌，说当你挣的钱比你所有祖宗们挣得都多时，打一两把二十一点不算什么。他不像另外一些男人，他们把房租都用来赌赛马了。

“跟一个杀生的男人在一起是不是很吓人？”迪迪问。我说我原来也这

① 又称亨茨—庞特，位于纽约市布朗克斯区，也是唯一与美洲大陆相连接的区域，南部与曼哈顿金融区毗邻。

么以为，但是利昂不可怕，除了他的后背宽阔，他的肩膀和胳膊能让你窒息外，他是个很温和的人。他下班回家后会洗很长时间的澡，然后爬上床，弄湿了被单，爬过来趴到我身上，将他重重的身体压在我身上。这让我感到安慰。他说梦话，含糊咕噜着，一开始这让我困惑。“不。”他会笑起来，我会清醒着说“是的”，将他喃喃之语转换成我想听到的语言。

在轮班之间的休息时间，我们半裸着躺在一起。他告诉我他对父母为数不多的记忆，他的父母都去世得很早。有一次，他还是个小男孩时，他带着一只瓢虫欢蹦乱跳地跑进家，激动地想炫耀一下这只多彩的昆虫，他的妈妈，正在擦洗水壶，拿起瓢虫，用她的指尖将它挤扁了。他本意不是想讲一个悲伤的故事，不过是一件他小时候真实发生过的事情而已，但是这让我非常悲伤，我都不知道说什么好，尽管女性本该天生具有安慰人的能力和同情心。我想要一个关于我妈妈的记忆，仅仅一个就好。我担心因为我不了解我的母亲，我也无法当一个好妈妈。

我跟利昂讲了海风的事情，河岸边和工厂的事情，我走进海里的那一天的事情。我们的腿交缠在一起，他的脚摩擦着我的脚心，逗得人直痒痒，阳光在被单上投下一块三角形的影子。“你真的没有想过找一个没有孩子的女人吗？”

“当然没有了。我不想跟其他女人在一起。”

利昂越是安慰我，我越是不舒服。他的坚定可靠跟海风的奉承讨好完全不同。但是他感觉很危险，可能是个把戏，我必须要小心。我失望于利昂无法恰当地让我安心，烦恼于自己需要他来让我安心。我告诉自己我不想再结婚，特别是不想跟没有合法移民证书的人结婚。我告诉他我不在乎婚礼。

他说：“有一天我还是想娶你。”

我心中警觉，嘴上说着："再看吧。"

我以前的室友辛迪告诉我说，跟另一个没有合法证书的人结婚纯属浪费。迪迪就中了头彩：权是美国出生的，因此她很有可能可以获得绿卡。我想象着余生都没有合法证书的情况，不能开车，不能离开这个国度，身陷最糟糕的工作之中。跟留在村里过一辈子也没什么区别了。我不想要一种狭小的、听天由命的人生，但是我也渴望确定性和安全感。我曾考虑建议利昂我们各自找其他人结婚，跟合法公民结婚以取得证书，然后过上几年我们可以跟各自的配偶离婚，我们再结婚。但是我又不想跟其他人结婚，并且我非常肯定我也不希望他跟别人结婚。

如果我现在离开他，比起我以后离开他，长痛不如短痛。我躺在他身边，看着他喃喃说着梦话。

指甲油的气味让我头晕目眩，感觉我的鼻孔在灼烧，我手指上的皮肤一片片脱落。当休息一天后回到美甲店时，我觉得难以呼吸，眼睛刺痛，但是一小时之后，我就不会再注意到这些了。美甲店收到的小费仍然不够应付我的开销。如果我做美甲艺术，就能获得更高的小费，但是洛基说我要付两百美元才能学这个活儿。我跟愿意和我说话的顾客练习英语，询问她们的名字，她们正在做什么，她们住在城里什么地方。我习惯了握住一个陌生人的手时奇怪的亲昵感，同时避免直视对方的眼睛。所有的美甲技师都说普通话，乔伊喜欢烘焙，会带黄油饼干给我们大家吃；可可，又高又瘦，一头光滑的头发，研读时尚杂志，知道她的顾客的衣服和包包的牌子以及风格。"那是仿版的巴黎世家，"她说，"你可以从肩带那里认出来。"她说话声音单调，人们说她粗鲁，但是我发现她很让人清爽提神。"那些背正品包而不是仿包的女人们？她们给的小费就像便秘一样费劲。她们把钱都花在买包包上了。”

有一天我也会有足够多的钱，可以花在没用的东西上。我想要一份更好的工作，像洛基一样管理一家美甲店。一个曾经在“你好美女”打工的女人，后来辞了职，在皇后区自己开了家店。

哈娜，我们中英语最好的，在休息间隙常读外语常用语手册。“你得利用在这里养小孩的便利，”她说，“每天都有免费的英语学。我的英语大多都是从我孩子那里学来的，我让他们把课本也借给我看。”在家，我开始试着跟你说英语单词，当你嘲笑我的发音时，我努力不显露出我的沮丧来。

“让我们一起看看这个吧。”我边对利昂说边将电视的音量调小。哈娜给了我一本旧的英语常用语手册。“我正在努力每周学二十个新单词。这书说两个月后我们就能达到三级会话水平了。”

“三级？那是给小孩用的，小宝宝水平。”

“世界上大部分人都是中国人，但是你没见美国人想学我们的语言吧。我这个工作不需要英语。”利昂拿着遥控器，将音量又调高。

那么你就一辈子待在屠宰场吧，我想这么说。这是碗青春饭，等到利昂的背痛变得更厉害时，他就再也无法在那里工作了，他还能找到什么工作？我挣的钱还不够多，不足以支付所有的账单。当夜晚思绪不宁睡不着时，我会用颜色来安抚自己的情绪，就像我能用短短几笔刷亮一片指甲一样。我想到利昂和我，在一个迟起的早晨懒在床上，你和迈克尔在客厅里笑着。你叫利昂“伊爸”，我们五个人一起在厨房吃饭，我们的每顿饭都是热热闹闹的。

我希望薇薇安能变成我的姐姐，我们俩开开利昂的玩笑，照顾彼此的小孩。薇薇安个子不高，胖胖的，喜欢颜色鲜亮的衣物，比如带有卡通人物的艳粉色T恤衫，侧边镶着银光水钻的裤子。她从一个工厂里接超额的订单，有些星期会有大量工作做，有些星期则无事可做。

我在这间公寓的第一个早晨，我告诉薇薇安我喜欢她的裤子。她正在厨房餐桌上剪线头。厨房地板已经弯曲变形，墙壁上满是过去的租客留下来的气味，食用油油炸、浸泡的味道。一股霉味从墙壁后散发出来，在天热时更加明显，如果我敲敲墙壁，可能会发现苔藓和藤蔓。

“谢谢。”薇薇安说。她一手拉着线，一手倾斜着刀刃。“哦，我忘了告诉你了，我为今晚买了猪肉。”

“为什么，今晚是什么日子？”

“做晚饭用。我在想包点猪肉饺子，你喜欢蒸饺还是煎饺？蒸饺更容易一点，是不是？但是当然了，利昂喜欢煎饺。你给他做哪种？”

“都不做。我得工作到很晚，但是我一般都会给德明带外卖回来，这样你无须担心要帮他做晚饭什么的。”

“这里吃的东西多，够你儿子吃了。”

“让利昂做饭吧。他要到晚饭后才去上班。”

“做饭？利昂？”薇薇安大笑起来，笑到自己打嗝。

她指望我能做饭，即便我需要去上班。女人们就是爱把她们的自由时间花在站在一个热烘烘的厨房里，剁肉馅，切蔬菜，宠溺这些已经成人的男人们，好像他们还是小孩似的。但我不想引起冲突，我想要一个姐姐。因此，在我们下班后，薇薇安和我做饭。

她跟利昂让家里一直炖着你爱喝的汤。一天晚上，你和迈克尔跟利昂一起坐在沙发上，喝着可乐，看谁可以打饱嗝打得更响。

“太恶心了，德明，”我说，“别这样。”

“哦，他们是男孩子啊。”薇薇安说。

好像为了证明薇薇安是对的一样，利昂也加入进来，打了个嗝。你又打了个嗝，迈克尔捂住嘴咯咯笑。

“德明！不要再那样！”

“但是薇薇安姨妈说没事啊。”

“我是你妈妈，你必须听我的话。”

你冲我吐了个舌头。一股怒火像毒气一样在我心中腾起。我早上起来第一件事就是要去美甲店上班，倒地铁花了快一个小时才能到，我已经工作了七个小时，下班回家途中还去了一趟杂货店买吃的，友好的店主，一个从南美洲来的男人，给了我一些优惠。水槽里堆着脏碗碟，还有脏衣服要洗，结果你和利昂在比赛打嗝，而薇薇安还在努力憋住笑。你们都在忍着不要嘲笑我而已。“我说了，不要再那样！还有你，”我指着利昂，“你比一个小孩也没好到哪里去。”

薇薇安和利昂交换了一个眼神。你拒绝听我的话，我觉得很窘迫。我将薇薇安和我做的汤舀出来。你和迈克尔把你们的碗在大腿上放稳。“谢谢。”迈克尔说，看看薇薇安然后又看看我，好像在等着吃饭的许可。他的眼睛大大的，水灵灵的，我意识到他害怕我。

迪迪和我待在“你好美女”后面的一条巷子里，在休息间隙分一根烟抽。一只鸽子在垃圾桶上盘旋着。

“我给权留了一点暗示，”她说，“有一天，我给他看了杂志上一幅订婚戒指的照片。”

“他怎么说？”

“他只是点点头。”她摇摇头，“你觉得我是在浪费时间吗？”

我没有说利昂提议结婚的事情。“如果他不想跟你结婚，那他就是个大傻瓜，”我告诉她，“你可以找到一个更好的男人，一个愿意结婚的人。”

她脸上的神情放松下来："我知道。你也可以的，波莉。"

我的确心知肚明，尽管我没有告诉迪迪我幻想嫁一个有钱、有合法证书的男人。我曾听过我们的邻居汤米谈论着去看望多米尼加共和国的一家人，真希望我也能像他那样去旅行。和利昂、薇薇安一起生活，我发现自己的语言又退步回到了乡村口音，但是我很羡慕他俩能轻松地跟彼此聊天，尽管薇薇安挣得比我少，她还能给迈克尔买书和DVD。我担心我永远也学不好英语了，而你长大会变成一个切肉工。纽约之外的城市也有别的工作机会。在坐公交车去下城的路上，我在想：也许我可以一直在路上，永不停止。

"忽略薇薇安吧，"迪迪说，"不要听利昂的屁话。像一个晚餐喜欢从包装袋里直接取出墨鱼干吃的女人那样行动吧，这个世界不是由魔法造出来的。"

"我喜欢鱿鱼干。"我边说边将香烟递给迪迪。

"好吧，鱿鱼味道的呼吸。"

"我也从没说过这个世界是由魔法造出来的。"

"只是一种说法罢了。"

"我之前从没听过这种说法。"

迪迪将香烟又递回给我，绿色的眼影微微闪着光："那是因为这句话是我编造的。别这么担心了，好吗？要么跟利昂在一起，要么往前走。"

"你也是。"我告诉她，"别那么忧心忡忡。"

我用胳膊挽住迪迪的胳膊，有一个朋友真好。

薇薇安是利昂三个兄弟姐妹中的长姐。"她是第一个来美国的，"利昂说，"然后她跟那个浑蛋结了婚，那家伙丢下她逃跑，他在外面还有个女人。现在她需要我们来帮她付房租。但是她在内心里是一个柔软的女人，像你一样。”

“我可不是柔软的女人。”然后我不禁在想，利昂让我搬去跟他同居是不是只是为了帮薇薇安还房租。

“不，你是。”他摩挲着我的脊椎上突出的骨头。“你的胸很软，你的屁股……”我抓住他的腰，他将我推倒在床上，吻着我的颈子，我的耳垂，我的肩膀。

他给我买了礼物：一件让人浑身痒痒的黄色毛衣，上面布满了痘痘一样的纱球；一只玩具独角兽；一只可以挂在我手机天线上的塑料小猫。当他把这些礼物放在我面前时，他脸上那种期待的表情让我想起了你，你把在学校画的画当成礼物送给我，用跃动的颜色、歪歪斜斜的笔触画出来的作品。我亲吻了他并感谢了他。利昂也给你买了礼物，一个垒球和一个大大的用于接球的皮革棒球手套。我们仨在一个夏天的星期六走到杰罗姆公园，我看着他向你扔球。当你没接到时，他会鼓励你。“很好的尝试！”然后他再扔一次。当你接到球时，你们俩又蹦又跳，好像你得了奥运会奖牌一样。利昂由着你一次次击掌欢呼。

“过来玩啊，妈妈。”你喊道。

“波莉，加入我们。”利昂说。

我站起来，看着我的儿子和我的男人，你们俩在一起时的舒心，你的笑声。我曾经想要的一切，那种宏大的生活，我激动人心的人生，去看遍李玲旧课本上提到的地方，我在给那位有胡子的女士打电话时对自己做下的承诺，正日渐枯萎。抑或，它们只是一个年轻女孩的幻想？我和青、璇在工厂外散步。我走进大西洋，决定留下这个小孩。也许它无关迁徙或持续的新奇感，而是定居、建立一个稳定家庭的挑战。

利昂扔出了球，你接到了球，将它高高抛起，扔回去。我怎么到的这里？一群鸟儿从树上飞过，阳光如此明亮刺眼，让我看不清楚。

二年级升入三年级，三年级到四年级，你的英语从胆怯不敢开口变得流利自如，你和迈克尔学会了如何背着我和薇薇安保守秘密。在第三十三小学，孩子们是柬埔寨人、墨西哥人、菲律宾人、牙买加人、波多黎各人、越南人、圭亚那人、多米尼加人、海地人和厄瓜多尔人。他们都从别处来，或至少他们的父母是这样。

迈克尔下半身很瘦，但是上半身宽一点，像一个摇头晃脑的玩具。他那批同样个头矮小的朋友也成了你的朋友，洪、索普希普、维克多还有埃尔罗伊。你上四年级时，你跟迈克尔谈论着一个什么叫作“超能战士”的东西，好像他们是住在附近的真人一样。

“提米是谁？学校同学？”

你和迈克尔在沙发上翻滚着，拍着大腿，鼓着掌。“汤米，不是提米！他不是小孩。他是黑色暴龙战士。”

“黑……死？”

“什么？”薇薇安说，“谁要死了？”

你和迈克尔尖叫起来：“暴龙，不是死！[①]暴龙！暴龙！暴龙！”

当我看着你和迈克尔在公园里玩接球时，我很骄傲，因为你扔球更有力，更快。在你变得更加强壮、更勇敢的时候，迈克尔在学校是优等生，而你是差生，像我当年一样——我能记住流行歌曲的歌词，记住调出某一种颜色需要混合哪几种颜色调出来，却记不住乘法表——利昂和薇薇安也

---

① 薇薇安英语不是很好，把“Dino”听成了“die”。

都不是什么有学问的人，迈克尔成绩好倒像是一种侥幸，一件非常偶然的事情了。如此看来，你也有可能成为一个好学生，成为那个说“等我上大学时”的人。我知道把你俩放在一起对比不公平，因为迈克尔从没在纽约之外的地方生活过，但是当他阅读一本从图书馆借的书时，你却坐在那里看电视——是的，我很有可能还坐在你旁边跟你一起看。你一遍一遍看着回播，你都已经看了四遍了，声称你又弄丢了家庭作业。我感到自己不爱看书这一点在你的身上也暴露出来了——除非是可可带到美甲店的那些关于艺术和绘画的书，那些书我爱看。你学英语学得慢，你的汗味有种卷心菜的气味，我坚信是海风的基因遗传。你总爱去抢最大块的糖，在其他人还没吃到时独吞；用鸡翅敲你的盘子，假装你在打鼓。你吃下去的食物让你变得结实起来，人胖墩墩的，你的衬衫在你腰上拱起来，你在变胖，一夜之间新裤子就穿不上了。搞得好像我总有钱给你买新衣服一样！当你表现出不礼貌或自私的行为时，我担心是我的过失，担心它们反映出了我身上的缺点。

哈娜离开了“你好美女”，跟她的丈夫和哥哥开了一家干洗店，但是我记得她的两个孩子是怎么去纽约市的高中上学的，他们要通过考试才能入学。

“你对他太严格了，”利昂说，“他也没那么差。”

我在纽约生活了十年了，经常回忆起早些年在罗格斯街的事情，那是一段如此散漫的时光，每天早晨我都会在我的睡袋里，被我在哪里、我做了什么这个问题而惊醒。那时，每一天的逝去都让人无可慰藉，好像那种不确定性永无尽头——宝宝、工作、债务。但是我回忆在纽约的第一年远多于回忆人生中的其他任何时候，我热爱回望那段岁月，惊讶于我的青春，它是多么吓人可怖又是多么激动人心；自从那时起，又发生了多么大的变化啊。甚至我偷偷带你去工厂上班的那段故事，也是可以放心去回忆的。尽管每当我想到我把你丢在长椅那儿，要是我没有回头去找你会发生什么时，我总是刻意回避那段回忆。

有一个周日，大约在我们再次分开前的一年，我们坐地铁去你在地图上挑出来的一个地方。我们很久没这么做了。我们到达下城，在曼哈顿的尖端，沿着一条俯瞰水域的曲折小路散步。我想念那方水域。

“当你还是小宝宝时，我们经常来这个公园。”

“我不记得了。”你说。

你长得更像我，跟我一样的眼睛、嘴巴和鼻子，宽宽的肩膀，瘦瘦的腿，尽管当我在肖像照片中看到你的脸时，我也能看出来你有多像海风，像他一样的尖尖的下巴和浓密的眉毛。再多看几眼，又觉得你长得像我了。

我们坐在一张长椅上，将脚跷到栏杆上。水流湍急。我指着远处，一艘大船正驶离纽约。

“我在学校有了个新外号。”你说，“2 号特色菜。”

“什么意思？”我觉得难为情，就像当我带你和迈克尔去贝尔蒙的狂欢节时，当我将英文单词“octopus”（一种带着你们旋转绕圈的游乐设施）错认为是“狮子”的意思时，你取笑了我。

“是个笑话。你知道吗，来自中餐外卖菜单上的笑话？他们就是这么点餐的。1 号特色菜，2 号特色菜。懂了吗？”

我看着那艘船，直到它变成一个白色的小点，消失在天际线中。“你又不在外卖餐馆工作。”

“是不在，但我是中国人啊。”

“你最好叫他们不要这么叫你。”

“只是个玩笑嘛，妈妈。”

我又借了一笔钱来付进行美甲艺术培训的学费。复杂的设计变成了我的专长，我可以画出棕榈树、钻石、棋盘花纹，甚至可以在大拇指指甲上画出有辨识度的人脸来，尽管我不知道人们为什么想要那种图案。生意好的一周，单单我赚的小费就比我在工厂上班挣得多。洛基说我是顾客的最爱，每个人都说我手很稳，眼睛能挑出最佳的色彩搭配。

当我听见洛基的笑声时——从她鼻孔里喷出的几声轻笑声，我感到很欣慰；但是当她的声音紧张起来、神色担忧时，我逼着自己去学更多的新设计，对顾客格外好，不仅仅是为了小费，而是因为我记得那个辞职自己开了美甲店的女人的事迹。有次，我无意听到洛基在办公室里跟她的一个朋友说："我敢说波莉管这个店的话，可以管得像我这么好。"迪迪说洛基有次在电话里谈到贷款的事情，猜测她可能想再开一家店。一个新的美甲店就需要一个新的店长，如果洛基能雇我当店长，她也可能会赞助①我拿绿卡。

当洛基不在店里时，美甲技师们聊她们店长的八卦。"她住在长岛②的一栋大宅里，"乔伊说。乔伊是新来的，知道电台里所有的最新歌曲。"她的丈夫做水果进出口生意。"

"她老公不工作，他待在家里，看家，搞搞卫生，"迪迪说，"照顾他们的儿子，也开车接送她。你们没见过他接她下班吗？"

"我听说他们是因为相爱才结婚的，但是他是非法移民，要被移民局抓起来的，"可可说，"他们准备把他关进那些移民监狱中的一个。"

"移民监狱？我以为她丈夫是中国的黑社会。"我说。

乔伊偷笑道："黑社会倒是能解释她的很多性格特点了。"

---

① 根据美国移民法，申请美国绿卡时要有赞助人赞助绿卡申请人，赞助人可以是具有美国公民或持有永久居留身份的家庭成员或雇主。

② 长岛位于纽约州，是美国知名的富人区，长岛的西部连接着纽约市的布鲁克林和皇后区。

在一个没什么生意的周二早晨，我坐在一张修脚椅上翻着杂志。

“你要上班到两点钟，对吧？”洛基拿着一串车钥匙站在我面前，右眼画了眼线，但是左眼没画，“我得回家一趟，有点东西忘拿了。跟我一起去吧？”

原来洛基不住在长岛，而是在皇后区的东北部，靠近长岛地区。车程花了半小时，在一路穿过高速公路和大桥时，她讲着她糟糕的脚踝，告诉我她有高血压。“变老真是太糟糕了，波莉，你知道吗？”

“你不老啊。”我说。她可能比我大十岁，四十几岁吧。

“你对我太好了。但是说真的，高血压！我准备戒掉咖啡、红肉、煎炸的食物，统统都戒了。吃药。我还经常忘事。今天我本该要把那些表格带来，结果丢在家里了。我甚至写了个便笺提醒自己要记得。”

这个街区都是相似的房子，洛基的房子在最后一栋，两层楼，有一个前院和一个车库。房屋外面是棕砖墙，深红色的屋顶，一扇矮矮的门将院子跟人行道分开。它不是一栋大宅；闽江的新房子比这个要大多了，但是它是一栋很不错的房子。我跟着她经过墙壁上挂着一面全身镜的玄关，进入客厅，客厅有两扇高高的窗户，摆着一张漂亮的皮沙发。客厅角落里放着一架电子琴，上面堆着纸，摆放着一张洛基十几岁的儿子在学校的照片，他微笑着，露出戴着的塑料牙套。

“想喝点水吗？”她从电子琴旁边的纸箱里拿了一瓶瓶装的波兰山泉给我，“在沙发上坐会儿。我得上楼去找找表格。”

我坐了下来，但是当我听见她的脚步声从我头顶的天花板上传来时，我站起身。沿着一条短短的走廊过去就是厨房，有一台洗碗机，一个微波炉，一张圆桌上放着大盒装的谷物食品和几袋薯片。水槽里堆满了碟子，台面上沾着干了的酱汁和面包屑。厨房的另一边是一个小房间。我听见了一些响动，汽车发动机旋转的声音。

是从电视里传来的。我靠近那扇开着的门，看到一个男人靠在躺椅上，穿着条纹睡裤、拖鞋和一件宽松的白色汗衫。他一只手抓着遥控器，另一只手塞在一包奇多零食里。他机械地嚼着食物，叹着气，很满足。

洛基的丈夫大中午的在家，穿着睡衣吃着奇多零食看着动作片。他看起来不像是什么进出口生意的老板，也不像是做饭打扫卫生的家庭主夫。

“你先生是做什么的？”在开车回美甲店的路上我问洛基。

“哦，他正在待业，所以有大把时间待在家里。我跟你说啊，我很高兴我有这家美甲店。说到这事，我想跟你聊聊。你住的地方，布朗克斯区，那边美甲店多吗？”

“有几家，”我说，“但都小多了，我一家都没去过。”

“那些店好吗？”

“它们不打算做按摩疗养。”

“你住的街区靠近范特克兰公园？河谷镇？”

“不靠近，它们在我住的地方的北面。”

“今天晚些时候我要去那边。”洛基开车转上高速公路，“河谷镇有个地方在出租，我想布朗克斯区那边应该有市场，特别是在那些高端街区。很多有钱人愿意去一个干净的美甲店消费。”

我们到达大桥入口处，洛基在收费站放慢速度。电子收费器的感应器变成了绿色。我吸了一口气，从1数到10。“你真的要再开一家店？”我说，“如果你在找店长的话，我可以做好的。”我努力避免直视她，但还是瞥了一眼她脸上的表情，以为我看到她点了点头。

她在变道时转头看了看：“好的，当然，有消息我会通知你。”

我带你和利昂去一家墨西哥餐厅吃晚饭。餐厅里装点着红的黄的飘带，显得很欢快。我告诉你们，现在还不好说我铁定会升职，但是我很有可能要晋升为店长，管理我自己的店。一个男人将一美元投进自动点唱机，一阵沙哑的合唱响起来。你在桌子底下踢着腿，我没有叫你停下来。

夏末，迪迪和权结婚了。权在大西洋城大赢了一把之后的一个晚上，向迪迪求了婚，他跪在赌场酒店的地毯上，掏出一枚钻石戒指。我跟他们一起站在市政厅的法官前，坐在一张餐桌旁利昂的身边，冲着那对摆姿势拍照的新婚夫妇鼓掌。迪迪涂了厚厚的紫红色口红，权尖尖的头发耷在他的眉毛上。

我们桌的另一个女人说我应该问问办酒席要花多少钱，万一我也要在这里办婚礼呢。我没问。迪迪是嫁了一个可以让她获得公民权的男人，但是那个人把他的薪水都用在了赌博上了。即便是利昂，也认为在这场交易最后，她什么也得不到。

与此同时，利昂的背部问题也给他带来了麻烦。工作上，他的薪水还是没变，尽管他在那里的工作年限已经比其他男人都长了。“你得要求提薪。”我说。但是他总找借口，一会儿他的老板心情不好，一会儿他的老板辞职了，来了个新老板，一会儿又那天老板外出了。之后他背痛发作，无法下床，因此他有三天没去上班，更别提薪水的事了。在他的背疼加重前，薇薇安和我一直让他去看医生，但是他拒绝了，说我们大惊小怪，他用冰袋敷敷、吃点泰诺就好了。

利昂的前同事，桑提亚哥开了一家搬家公司，当利昂说他考虑加入时，我非常高兴，一拳打在厨房餐桌上说：“真是个好主意！”

每当他说我俩生个孩子多好时，我都说我还没有还清债务，暂时还不想要小孩。每个月我只能还得上最低限额，其实我只是不想再要一个孩子。

你快十一岁了，过不了几年你就不需要我整天照顾你了。我可以把更多精力用在工作上，找个更好的工作，学学英语，不用再照顾小孩了。

迪迪婚礼两个月后，利昂在我下班后跟我见了一面。我们去河滨公园散了步，当走到一棵大树附近时他放慢了步伐，然后他停了下来。

“怎么了？”我问，“怎么了，你的鞋带开了？”

他在口袋里翻找一通，取出一个盒子。我的心开始狂跳，他摸索着盖子，最终打开它，露出一枚金戒指。

“你想结婚吗？”他问。

他皱着眉头，用祈求的眼神看着我，胸膛前倾。我们注视着彼此，每一秒的流逝他都看起来更紧张。显然，不管我是答应还是不答应，话一出口就无法再收回了。但是我无法说“不”，我不能伤害他。因此我说了“想”。

薇薇安和迪迪为我们办了一个派对来庆祝，我们打开收音机听着音乐跳舞——薇薇安热爱跳舞，她有极好的韵律感，甚至你和迈克尔也加入了进来。

“现在利昂就是我真正的伊爸了。”你说。

薇薇安举起一瓶啤酒：“敬我的弟弟和弟媳妇！”

我一直都想要个姐妹，现在我很高兴我有了薇薇安和迪迪。利昂想立即就去市政厅，但是我说我们等到春天再去吧，等天气暖和点，我们也可以办得起一场像样的酒席时。

那个星期一，我休假，在公寓里独自醒来。你和迈克尔去上学了，利昂和薇薇安去皇后区一个朋友那里做客了。我在房间里转了一圈，不嫌麻烦地捡起卧室地板上你的衣服或利昂的短裤，我泡了一杯茶，任由那种稀缺的安宁感降临在我身上。在罗格斯街时我一直觉得孤单，即便是跟那么多室友住在一起，现在我很少有一个人待着的时候了，尽管我也有感觉非常孤独的时候，比如我坐在你旁边，你和迈克尔用太快的语速说英语时，或当薇薇安和利昂回忆他们的父母和兄弟姐妹时。

几个月以来，第一次，这一天是完全属于我的。我穿好衣服，走出屋子，迎接一个十月上旬阳光明媚的早晨，登上几乎是空无一人的四号线。上班高峰时间已经过去，上班的人们已经在工作了，孩子们已经在学校里了。我一直坐着地铁，跟着它进入地下，穿过曼哈顿，到达布鲁克林，在我从没去过的一站下了车。我顺台阶而上，来到一条大树参天的安静的街道。那些建筑物，尽管不是很高，都很阔绰豪华，有着锻铁的围栏、砖石走道和拱门。我站在一个年轻女人旁边等红绿灯，她推着一辆婴儿车，耳朵里插着小小的耳机，肩膀跟着神秘的歌曲抖动着。婴儿车里的女婴穿着小夹克衫和粉色翻边的牛仔裤。我笑了笑，还没长牙的女婴也咧开嘴冲我笑了笑。我仿佛看到那个十九岁的自己，用婴儿车推着你，那辆婴儿车是我在鲍厄里街的二手商店买的，那是我在美国的第一年。我走路时会低头看看你，看到你小小的鞋子在我面前伸出来。现在你的脚比我的脚都要大了。

我经常因为这座城市而感到疲惫，它难闻的气味从人行道的排气孔里喷出来，在挤满人的地铁里一个男人测试着他的手机铃声……但是这个街区却十分安静。我踩着树叶走着，清风拂面十分宜人。我在下一个街区转了弯，进入一条街道，两边的建筑物更窄一些。一个送货的中国人，自行车把上挂着大包小包，在街角处插到我前面。

我抬头看看一排排太平梯和一台台空调，装有防护栏的窗子和一片片窗帘。两周后，我就要三十岁了。我的妈妈在我这么大时已经去世，伊爸前一天还活着，第二天说走就走了。

一扇店门对着人行道敞开着，门把手上挂着叮咚作响的铃铛。那个送货的人走进一个外卖连锁店，我跟着他进了店，点了一份鸡肉饭，端着饭菜走到两张桌子中的其中一张坐下。

饭很咸，我问店主能否给我一杯水。

“我们没有水。”他说。

“谁没有水啊？”

坐在另一张桌子的一个女人递过来一个塑料瓶。“给，你可以喝我的。”她用福州话说。

我迟疑了一下，不太想喝一个陌生人喝过的水。

“拿着吧，没关系。”她说。

我太渴了，也顾不上是不是不礼貌了，因此我拧开瓶盖，用餐巾纸擦了擦瓶口，大喝了一口。“谢谢。”

“不客气，姐妹。”那个女人说。她的衣服做工精良，她穿着棕色的皮革高筒靴，一条紫色印花长裙和一件宽松的巧克力色毛衣，她的面前是一个空空的外卖盒子。她有一张宽宽的、美丽的脸。“你来纽约多久了？”

“很久了，”我说，“十年了。”

“我才来三年，但是我就要走了。”

女人微笑了一下，露出歪歪斜斜的门牙，看上去很眼熟，好像我在电影里或在我只见过一次的亲戚身上见过似的。

“去哪里？”

“加利福尼亚，旧金山，我听说那里很美。”

“你去过那里吗？”

“我只看过图片。我认识一个搬去那边的男人，但是他现在住在别处了。”

“所以你是要一个人去那边。”

“当然了，为什么不呢？该变一变了，纽约的生活太艰难了。”女人扔掉了她的外卖盒子，“那么，再见了。”

“祝你好运，姐妹。”我看着她走出去，她的裙子沙沙作响，长发及背。曾经我也有可能变成这样的女人，听说一个城市美丽就任性地去了，自由地在这个国度迁徙。现在相反地，我变成了薇薇安那样的女人，看电视，为你和利昂做饭，确保饺子做成煎饺而不是蒸饺，既不确定我是否该跟我的男朋友结婚，但也不想失去他。我的心中涌起一种不安感。今年十月之后，又是一个冬天，又是一个春天，然后再到下一个十月。

直到我在地铁上时，我才意识到，那个牙齿歪斜的女人让我想起了青，我在福州的工厂宿舍里的老朋友。我越是反复思考，越是更加确信。那个女人是青，十年后的青。她们说着相似的方言，年纪也相仿。她叫我“伊家[①]”，大姐。我记得青有着大大的眼睛，细弱的声音，听起来好像她嘴里含着一小口口水一样。外卖店里的那个女人也是这些特征，她没有认出我来，但也许，我也一点也不像年轻时的我了。

地铁快速穿过曼哈顿的中城。我靠在门边，感受着轨道上的每一个颠簸。我知道我应该掉头搭乘去布鲁克林的地铁，在那家店里留张字条，让她如果还回来这家店的话给我打电话。但是我留在地铁里，因为犹豫不决而动弹不得，好像我任由一些珍贵的东西溜走了一样。

当我在福特汉姆路下车时，日头已经低悬了。我上了楼，走到我们的

---

① Yi Jia，伊家，福州话的“姐姐”。

公寓，看见邻居汤米。

“不——错——不——错——不——错。”他说。我在慌乱之中弄掉了钥匙。“让我帮你吧。”他边说边弯下腰，捡起钥匙还给我。

在我碰见了这个可能是青的女人之后的几天，我睡得很差。在美甲店的八小时班恍恍惚惚就过去了，利昂只在我快要睡醒时出现。让你高兴的是，我热了冷冻比萨饼做晚餐。你问我能不能给你十块钱去那个哥伦比亚餐馆里的女人手里买盗版 DVD，我二话没说就给了你钱。当我下班回到家后，发现你和迈克尔，还有薇薇安全神贯注地看着一部关于一个男人持一把机关枪杀人的电影，我径直走进卧室关上了门。要抗议的话太费劲了，很快又要是冬天了。

我坐在窗户边，看着下面的街区，暗下来的天色笼罩着我，带着一股奇怪的恐惧感。我看到一个拄着拐棍的男人穿过街道；约翰逊夫人跟她的女儿手挽手走上小山；两个女人亲密地聊着天。我还是走进了客厅，加入电视机前的你们。

开往大西洋城的大巴闻起来一股脚臭味，坐垫上都是灰，褪色变成了一块块米黄色和棕色。座位上坐满了人，一排排花白头发的脑袋从滑雪衫上露出来，戴着三原色的松垮垮的毛线帽。利昂和我坐在后排，从一个印着黄色笑脸的袋子里拿出猪肉包吃。我俩的年龄大概是其他乘客的一半大。大巴钻出隧道，转上一条穿越稀疏树林的高速公路。高楼大厦渐渐变平，延伸向一片停车场和水泥分割区，在冬天的光线下显得又暗又灰。只有交通标识牌是明亮的绿色，我在心里大声念出新泽西州城镇的名字：哈肯萨克，帕拉默斯。老年人靠着窗户打着鼾，有些人在咳嗽，干咳，喉咙咯咯作响，好像他们快没电了似的。我的运动鞋擦着地板发出摩擦声。我拿出最后一个猪肉包，让我的牙齿陷在甜甜的、轻软的面团里。

这趟大西洋城旅游是权送的礼物，他在赌场花了太多钱了，赌场送了他免费宾馆房间、晚餐和酒水的优惠券。迪迪以前跟他一起来过，但是这次她把优惠券给了我和利昂。“你比我更需要出去透口气了，”她说，“这是婚前礼物。”另外，权已经戒赌了，现在他去参加为赌得太狠的人组织的每周周会。

因此利昂和我免费入住了恺撒，一个铺着地毯、充满了喧哗和灯光的赌场。我们买了一瓶轩尼诗，喝了太多，我头疼起来。离开纽约市的新鲜感，即便是在这间房间里，太过于明亮，感觉氧气都被吸走，经过一台机器转了一圈又被泵送回来，让我想喝更多的轩尼诗。两杯猛地下肚，沉重感减弱了。四杯下肚，利昂重新变成了我刚遇见时的那个男人，一个我想赢得的奖励，被他注意到是突如其来的、不确定的事情；而不是现在这个男人，他的快速老去有时都让我震惊，比如当他在地铁站给地铁卡充值时，我注意到他的身体更僵硬了，脖子更瘦了，喉咙周围的皮肤更松弛了。有些日子他的胳膊疼得太厉害，都让他无法工作。我也变了，尽管我还住在同一具躯体里——这尊躯体曾经跟海风睡了一次，被装进箱子里，生了一个孩子，它是那么渴望利昂，双手都在发抖。这尊躯体不断变化着，尽管这种变化看似缓慢，却势不可挡。肉体变得更重，皮肤变得更粗糙，毛发出现在之前不曾有的地方。但它还是同一具躯体，即便已经没有了明显的过去的痕迹，就像肌肉记忆一样，一具躯体可以在隐蔽的细胞层面记起往事。

“搬家公司的事情怎么样了？”我问利昂，他说桑提亚哥改变了主意。

“他现在去了绿化公司，他说那边也可以给我一个工作，所以我要去绿化公司工作了。”

利昂的乐观真是荒谬可笑，甚至是有害的。“但是他有计划吗？”我怀疑桑提亚哥能不能为利昂提供工作。“他办了贷款吗？有没有生意伙伴？”

“哦，桑提亚哥就是桑提亚哥，他会有办法的。”

我对桑提亚哥感到恼火，对利昂恼火，甚至对洛基恼火。自从我去她家之后，差不多半年过去了，但是当我问起她去看出租店铺的情况如何时，她尖声说：“再说吧！”我依然还是美甲技师，能挣到的小费依然如故。

在较低限制的二十一点牌桌上，我将我的卷发别到耳后，努力想记住规则。二十一点会“爆”[①]，庄家在十七点。我是下班后直接过来大西洋城的，还没来得及将我的薪水电汇到放高利贷者那里，而是收在我牛仔夹克内里的口袋里。我取出一张皱巴巴的二十美元钞票，庄家发了一张A和一个五，我示意要牌。庄家又给了我一张四，总共是十九点，庄家在十八点。

“看，我赢了。”

“让我们多赢点。”利昂说。我们漫步到东鹤阁，从大巴下来的老年人迫不及待地在老虎机上按着按钮。在轩尼诗的煽动下，利昂下了大注，当我们在二十一点赢了后，我们又转去扑克牌。桌子对面的夫妇脸尖尖的，面色苍白；那个女人穿着低胸裙了，露出散布着晒斑的乳沟，项链上的大钻石垂在乳沟正中。利昂给了庄家太多的圆形筹码，我不得不扭头去看。

当我回过头来时，那对夫妇的脸都缩紧了，庄家将一堆筹码向我们推过来。

“三张相同的牌。”利昂说。

“棒极了！”

我们欢蹦乱跳。

“这只是个游戏，”我说，“都不过是游戏而已。”

---

① Bust，指到达并超过21点就输了。

他以为我是在谈论扑克牌。

“不，不，不不不。”这不是真钱，没有什么是真的，一分钟二十块就能变两百块。我想听到老虎机上的铃声响起，看到墙壁上满是霓虹闪烁的光影。我想要，异常地想要赢钱。

我们漫步到一个走廊上，地毯是那么松软，我想把我的脸贴在地毯上摩挲一番。灯光像闪亮的波浪一样闪烁着。周围什么人也没有。“我们，我，还有你利昂！”我抓着他的胳膊，“我们活在一个游戏里。”不只是牌桌和老虎机，而是我们的生活。我们的生活，就好像我们还是村里人一样，被禁止换工作，禁止搬去新的地方。但是一直以来，我们本该投身游戏并赢下来的。

他用手指戳了戳我的鼻子，他嘴边的皱纹更深了，“你喝醉了，小星星。”

他门牙上的缝一闪，我轻咬着他的耳垂，地板摇晃着。我都忘了我有多爱他，我怎么会忘呢，我为什么这么严肃，有什么好担心的呢？我会嫁给他，他够好了。

他扶稳我的肩膀：“你该回房躺一会儿了。”

“你不和我一起回吗？”

利昂看了看他手里的钱。

“好吧，去玩吧，赢钱回来。”我拧着他肘部的皮肤，“但是早点回房间来，这样你就可以陪我了。”

“哎哟。”他说，微微跳起来。

我掐了一把他的屁股：“快点。”

他走下走廊，离开我，倒退着，对我吹着飞吻。

在家里我们睡觉时，各自对着床的一边，在彼此的脸颊上快速亲吻一下。我们已经有几个月没有做过爱了，我并不感到沮丧，而是没有感觉，什么也不想要，好像我成长得太快，不再需要自己的那部分了。只有极少的时候我才会想起刚搬来和利昂同居时的情景。

但是自从我看到青后，我会在地铁上、在街上注意到性感的男人。

在赌场楼上的酒店房间，我扑倒在床上，给家里打了电话。你接了电话。

“你在做什么？”

“看电视。”

“乖乖的，听薇薇安的话。明天我就回家了，还给你带了点东西。”

你用英语说：“礼物？我爱礼物。”

“我知道你喜欢。”

我的脑袋嗡嗡作响。我喝醉了，蜷缩在被单中，漂浮在幻想中，想象着我像迪迪一样梳着精致的卷发，利昂穿着西装打着领带。他赢的钱可以还清我的债务，支付办理婚宴的费用，办一个比迪迪和权的酒席还要盛大的宴会。

迪迪在中城的一家学校里上英语课。她告诉我那些老师有多好，她是多么想学习。她最爱的老师把他的尖子生们的作文出版了一份简报，她带了一本白色的小册子到美甲店来，指着封面上的文章。“看，我是个发表文章的作者啦。”所有的美甲技师都围过来，她大声朗读着文章，一段讲述着她和权如何去波士顿拜访她的姐姐的段落。迪迪在一个句子里用错了一个词，她想要表达的是“woke”，但是写成了“wake”，但是还有许多词我都不认识。

我感到自己落后了。我仿佛看到利昂受伤了无法工作时，像洛基的丈夫那样穿着汗衫吃着薯片，而我要上更长时间的班来付他看医生的账单。我从大床的一头滚到另一头，然后滚下了床躬身躺在地上，抵着椅子腿。我起了身，抓起我的夹克衫，蹒跚地出了门，走到栈道上。随着我离酒店越来越远，木板条在我脚下吱吱作响。

到纽约十多年了，我就没有离开过那座城市。我去过皇后区、布鲁克林、史丹顿岛，去过海滩和公园，在五个区都坐过地铁和公交车，但是我直到现在都没有出过纽约市。尽管没有任何事情阻拦我，除了对外界那股模糊的恐惧感，它轻轻地警告我说，你可能会被警察逮到，驱逐出境。但是没什么好担心的。我离开酒店走得越远，四周就越黑，当我抬起头时我看见了星星，比我印象中的都多，星光照亮了天空。城里的星星都被遮住了，但是它们在这里，依然明亮，依然闪烁。大洋的海浪，在栈道的那一边，在我周围拍打着岸边，回响着，远远的、咸咸的气味飘过来。

我的脚夹在一块松松的木板之间。我应该过上比现在境况更好的另一种人生。在栈道上蹒跚走着，我感觉到一种小小的、熟悉的亲近感：一点儿自由，一丝可能性。我已经变得太易于满足，太安于现状了。

我走回酒店，上楼回房间，希望利昂已经回来了，这样我们可以一起在那张大床上做爱、睡觉。我不想在赌场里看到他，看他裹在旧旧的棕色大衣里，在喧嚣和色彩中显得渺小。但是床跟我离开时一样，被子凌乱，床单一半拖到了地上。没有利昂回来过的痕迹。我脱下衣服，盖好被单。我已经不再醉醺醺的了，几分钟就睡着了。

早上，阳光从窗帘缝隙中透过来，利昂也在床上。

“小星星，”他说，“对不起。”

我揉了揉眼睛。酒店房间变得清晰。房间是那么安静，只有我们俩。醒来你要是不在我身边的话，感觉会多么奇怪。“几点了？”

“一开始我赢了非常多，多到你都不会相信。五千美元！”

“五千？”

“那会儿我就该退出不玩了。”

“但是你没有。”

“是的。我应该告诉你，我也用了你的钱。”

“什么钱？”

“你钱包里的三百八十美元。我回到房间，但是你已经睡着了，我又手气很好……”

“那笔钱是要还高利贷的。”

“我变得贪心，想我肯定能赢回来。”

我的眼珠子感觉像是在面糊里打转：“你怎么能那么做呢？”

“对不起。是我的错。”他躺下来，面孔扭曲，“我的肩膀！”

“你明天没法轮班了。”

“谁来付房租？美甲店对待你像对待狗屎一样。”

“谁让你赌输我的钱？”我将一个枕头扔向墙壁，看着它掉在地毯上。我剪过的、打磨过的所有的指甲，用镊子粘贴水钻，画棕榈树和心形画到手腕疼，这么辛苦才挣到那三百八十美元。

“你怎么会觉得我们可以白白赢钱呢？”我说，“没有东西是免费的。”

我们在回纽约的大巴上睡了过去。我们打开了行李包。我们去上班。

“看。”乔伊从美甲桌那头冲我低语。

我看到新来的女孩中的一个在另一个女孩的胳膊上打蜡。她撕掉蜡纸。那个女孩尖叫了一声。

可可辞职了，轮到她的班，她干脆不来了。当我终于电话联系上她时，她说：“做点别的事情太好了。”

洛基不再每天都在办公室里了，每当我试图跟她说话时，她都说她在忙，她出去了，她不得不打个电话。米歇尔，洛基的一个朋友，似乎接管了店长的位子。为了替代可可的空缺，米歇尔雇了四个新的女孩，这也意味着我们的工作时间重叠了。像洛基和米歇尔一样，这些新来的女孩是中国裔越南人。这些愁容满面的年轻姑娘，被一个染着古铜色头发的人开着面包车拉过来，丢在这里。前台毫不掩饰地露出对她们的厌恶，甚至都不叫她们的名字。

“下次她们准备要试试巴西人了，”迪迪说。“你就高兴吧，胯部脱毛的事情不用你做了。”

“暂时这样而已。”乔伊说。

在大西洋城之旅四天后，我告诉利昂我听说有个不在纽约市的好工作。“是那个城镇唯一一家中餐馆，他们想招一个女服务员。乔伊跟我说的。就想美甲店的那个湖南妹子，她跟餐厅老板来自同一个村子，你知道一个好的服务员职业是多么稀缺。”

利昂刚洗完澡，赤身裸体站在浴缸里，身上还滴着水：“好。”

我递给他一条毛巾：“那么，我们去吧。”

他擦干头发：“去哪里？”

蒸汽舒缓着我的脸：“佛罗里达州，你到底有没有在听我说话啊？”

“你为什么想去？”

“是个好工作，钱多。”

他抽开毛巾，一滴水滴在他的肩膀上：“只是多几百美元而已。”

“我的钱，三百八十美元。你不经过我的允许就从我这里偷走的钱。我猜对你来说，是没什么大不了。”

“对我来说当然重要了，我搞砸了，我已说了抱歉了。但这不是说你就要去外郊的理由啊，我们很快就能把那笔钱补上的。”利昂说。

城市之外的地方就是外郊，外面，就是美国落后的乡村，一切都跟纽约不一样。我弯腰靠近利昂，吮吸着他身上的肥皂香。“佛罗里达州有城市，并不都是外郊。好啦，你知道那个新来的店长想要解雇我，我当服务员的话，一个月能比我在家一年挣得还多。”

“你就是打算离开德明？还有我？”

我看着他套上平角短裤，想到了青，木栈道，照耀着大海的大颗星星。“当然你也要来了。我们可以租一个大房子，我们仨。有了餐馆的工作，吃饭就免费了。乔伊说他们厨房那边也许也需要男人。”

“对，洗碗工？”

“洗碗没什么不好。”

“如果真是这么好的工作，那这个乔伊干吗自己不去做？”

他推开浴室门，释放出一团水蒸气。在我们的床上，他四仰八叉，低语道：“不安全。看看中文报纸上说的那个男人，送餐时被抢劫并被害。为了五十块钱送了命。”

“好吧，那毕竟不是在餐厅里，去一个陌生人的家里总是有危险的。”

“看看那个在外卖点被枪杀的人，子弹穿过了防弹的塑料层！”

“那种事不会发生的，做女服务员很安全。”我捡起地板上你的裤子，“听着，我想去，该尝试一点不同的事情了，难道你不这么觉得吗？”

“我觉得到了我该睡觉的时候了。忘了佛罗里达州吧，下个月我会把那笔钱还给你的。”

“利昂。”

“如果你那么想要钱，找个有合法证书、还不用照顾他姐姐的有钱人得了。”

“别说了。”

这不是关于钱的事情，我可以比在“你好美女”做得更好，利昂可以比在屠宰场做得更好，你可以去一个不会被人称为“二号特色菜”的学校。

我把这个想法告诉了迪迪。她在我胳膊上打了一下：“外郊？你疯了？你不如坐地铁上月亮上去吧。”

我们站在同一条该死的小巷里抽烟，过去好几年我们一直这样，对着同一栋楼的同一面砖墙抽烟。迪迪的计划是搬去下城的另一家美甲店，等她的英语再好点时，找份跟美甲无关的工作。“我不明白你为什么不跟我去另一家店呢，”她对着砖墙说。

“我告诉过你了，我不想。”

“洛基绝不会把店长的位子给你的，她把我们所有人都系在一根绳子上，尽管我们已经在这儿工作了很久了。她们会削减我们的工作时间，直到削减为零，把这些新妹子留着，因为她们便宜。米歇尔正在接手洛基的位子，而洛基自己会去管里佛戴尔的那家店。如果你不离开，她们会让你滚蛋。”

她是对的，但是听到这些话还是很伤人。一辆警车沿街开下来，警笛呼啸，我既焦虑，又疲惫。“你难道在纽约还没待腻吗？”

“谈不上，现在一切都好。”

这是真的，至少对她来说是这样。当权定期去大西洋城时，有时我让自己放宽心：至少我不是迪迪。但是自从权戒赌了后，迪迪有钱去上英语班，而不是替他交房租了，现在她正在说服他要个小孩。在你二十一岁之前，都还不能赞助我拿绿卡。但是迪迪结婚后，她申请了合法证书，总有一天她会变成合法公民，能去任何地方工作。

“你有个住处，有你的男人和儿子，而你却想全部都放弃。”

“我只是觉得我还没有做到最好，他们会跟我一起去的。”

“但是你熟悉这里的境况，在佛罗里达州什么事都有可能发生。”迪迪看了看她的手机，“我们该进去了，别等到米歇尔吼我们。”

“是的，什么事都有可能发生。那才是最刺激的部分。”我说。

“你是因为利昂和那笔钱愤怒，其实没什么大不了的。”

“这不是钱的问题，你跟权也应该来。”

“留在纽约吧。结婚，给利昂生个孩子，发福又快乐。”

我知道如果我走了，迪迪会有多想念我。我也会想念她的，确实我已经开始想念她了，想念当年我们只有彼此的日子：我们相信作为寄宿楼里年纪最大的住客，是件值得骄傲的事情；我们模糊不清的人生令人心生恐惧却又让人心向往之，每个太阳出来的新的一天都半是恐惧半是机遇。我独自走过中央公园，这时候那些街道对我来说还是那么新奇，我很容易迷路。我乘坐着地铁，看着城市的灯光在我面前升起，心想这是否就是我能爱上的离我最近的事物。

又下雪了，地上是厚厚的泥泞，我们都不记得热到需要电风扇是什么感受了。利昂用他的靴子在我们楼前的台阶上清理出一条小路。“现在佛罗里达州听起来好多了，是不是？”我说。

“你能不能别再提那茬了？我说过了，我会还你钱的。”

“你以为我是说着玩的。”

“我得去上班了，晚上见。”

“你能不能说你会考虑一下，稍微想一想？”

“好好好。”他边说边走开了。

我上了楼，给佛罗里达州的那个餐馆打了电话，我告诉店长说我认识乔伊，对那份工作很感兴趣，回答了对方问我在美国待了多久的问题，说了一些英语短语。店长解释说餐馆在一个叫作“星星山”的小城镇，离一个名叫“奥兰多”的城市一小时的路程。“不要等太久，”她说，“我们很快就需要一个女服务员。”

我说等我买好从纽约去那边的汽车票后，一两天内我会再打电话过来。

我周四的班被缩减了时间，因此那天下午，我能接你放学了。那天正在下雪。学校里的那栋楼看起来似乎一直在建，自从你去那所小学之后，金属脚手架就一直架在楼的侧面。我进去过几次，被汗水、胶水和地板清洁剂混合出来的陈腐、发霉的味道击倒。让孩子们在一个在建的学校上学真不安全。

“我不去。”当我跟你说了佛罗里达州的事情时，你说。

“德明，我是你妈妈，你必须跟我去。”

“我在中国时你不也不在我身边吗。”

“那时候伊公陪着你，我在辛辛苦苦工作攒钱，这样才能接你过来。现在不同了。”

“怎么不同？”

“你会喜欢佛罗里达州的，你会住上一栋大房子，有自己的房间。”

“我不想要自己的房间，我想要迈克尔也在。”

“你以前也搬过家呀，没有那么难的，是不是？”

你用英语回答：“我不去！你别管我！”

我知道用什么话回应才是恰如其分的，但是我没有说出来，我不想给予你这种要求我切换语言，由你说了算的权利。我的脸和胳膊都在发热，好像我拼命挣扎，避免被塞进一个大口袋里时一样。

我们在杂货店外面，我看到我们楼里的约翰逊太太盯着我们。你皱起了脸，一副受伤的表情，所以我紧紧拥抱了你，而你从我的怀抱里挣脱出来，跑在我前面，胳膊从你大衣袖口伸出来一截。德明，我是那么爱你。我记着要给你买一件新衬衫。在佛罗里达州我们就不需要大衣了。

那晚，你睡着后我还没睡，等着利昂下班回来。你甚至无意识之中都维护着你自己的主权，沉沉地睡在你的那一边；而迈克尔仰睡在另一边，伸直了胳膊和腿。让孩子去经历一些新事物，学习变得勇敢而独立是件好事，就像你从秋千上掉下来那件事一样。是很吓人，但是我为你的坚强而骄傲。我不会溺爱你，我希望你聪明、自给自足，永远不要措手不及。

当你还是个小宝宝，小到可以放在一个枕头上时，我无法忍受离开你，渴望与你肌肤相亲。纽约城对一个婴儿来说似乎太严酷、太吵闹了，我想保护你免受外界之扰，确保你的安全。现在我依然如此。我想把我自己争取利用的机会分享都给你。我想让你明白，你不必安于一地，不必固守原地不动。

天空中频现闪电。我迷迷糊糊，因感觉到利昂在我身边的重量而醒来。我蜷缩进他的怀中，紧紧贴着他，他拍了拍我的背。“继续睡吧，很晚了。”

“如果我们都在那家餐馆工作，我们就可以每天晚上一起睡觉，早上一起醒来了。”

“嗯。”他说。

“你不想跟我去吗？”

“我不能离开我的姐姐，她是我的家人。”

“薇薇安和迈克尔也可以跟我们一起过来。”

“她不想离开纽约。”

“你怎么知道？也许她想，但是你不知道呢。”

“她今天给我打了电话。以为我会不辞而别。我都不知道她在说什么。”

“我也不知道。”

“你告诉德明我们要搬去佛罗里达州，其实我并没有同意。他告诉了迈克尔，自然，迈克尔很害怕，就告诉了薇薇安，她就给我打了电话，她很难过。”

“我没跟德明说我们要搬家啊。”

他将他的手指压在我的嘴唇上：“小点声，你会吵醒他们的。”

我推开他的手：“你小点声。”

“你想带你的儿子离开这里，但是他想要什么，你关心过吗？”

“德明是个小孩，还轮不到他决定什么。”

利昂哼了一声：“一个母亲应该为她的儿子着想，而不是反过来。”

“你最好收回那句话。”这个我在他身边睡了这么多年的男人，这个我打算嫁给他的男人——他一点也不了解我。“现在就收回。”

一个母亲就应该坐以待毙，为她的孩子而死；而利昂能被叫作“伊爸”，是因为他一周有几天下午跟你一起看电视。如果他给你买了个便宜的玩具，薇薇安就会大夸：“多么有心啊！”当他带你去公园时，邻居们都夸他是个好爸爸。但是当我做这些事时没人说我是好妈妈。现在利昂责怪我想要一种更好质量的生活？

我用手刃狠狠捶着床：“你认为我不爱我的儿子？滚吧，你。”

你在睡梦中咕哝了一声。利昂拉我起来，带我走出卧室。

我们摸黑坐在厨房餐桌边，压低声音说话，因为薇薇安就睡在沙发上。

“你一直不喜欢她，是不是？”他说。

“薇薇安？我当然爱她了。她也是我姐姐。”

“你想让她毫无异议地接受你。”

“那有什么不对吗？”

利昂看起来好像他正要明白过来一个令人不快的真相。

“我是那个外人，”我说，“你们有彼此。”

我们是那么近，我能感觉到他的呼吸喷在我的脸上，温暖又带着酸味。即便是在黑暗中，他也无法直视我的眼睛。“有时候你不是个好人。”

“我对你很好，我对德明，对迈克尔，对薇薇安也很好。”

“你想去佛罗里达州只是为了你自己，不是为了德明或为了我，你仅仅考虑你自己而已。”

“不，你完全搞错了。”

房间那头，薇薇安打着鼾，卧室里你沉沉睡着，也许梦到了超能战士，但那也许只是你去年的爱好了。窗帘后面太阳挣扎着要升起，我说我不去了，我们会留在纽约，跟他和薇薇安一起生活。我会忘了佛罗里达州的，但是利昂的温情没有回来，而且他对我的看法似乎已经改变，无可补救。

许多年后，我无数次地回想这个夜晚，如果当初计划的是一条不同的路径，会是怎样的情况：我跟利昂坐在厨房餐桌边；第二天，我没有去上班，而是待在家里，接你放学，带你去吃甜甜圈、喝茶。迪迪会拿到她的合法证书，最终，我也会。

但是那一切没有发生，我去上班了。周四总会给“你好美女”带来一批稳定的顾客，她们要重做美甲迎接周末，将受损的指甲油擦去，涂上新的涂层。有些女人讨论着选什么颜色好，仿佛这事跟给孩子取名一样重要；而其他人来店时已经想好了她们想要什么颜色：和她们的朋友一样的红色，跟杂志图片上一个女明星一样的古铜色。脆弱的指尖被修成三角形，闻起来像馊牛奶味道的脚，被浸湿、抛光、擦洗。老茧，像是树皮上的小瘤子，被磨光，剥掉死皮。

在做了两个修甲修脚以及一个修脚后，我的下一个顾客只想做一下美甲。她挑选了紫色的指甲油，伸出手来，准备接受服务。她涂着棕色的口红，嘴巴不停动弹，嚼着口香糖。

我的顾客懒得看我，她的裸指甲又瘦又黄，一看就是做过了太多的美甲。我做完了她的右手小手指，将指甲油瓶子拧紧，高兴于我不用像其他女孩那样忙于打蜡除小胡子。我打开手机，示意顾客。“等着指甲油干，好吗？然后我们涂第二层。”我用英语说。

我看了一眼我的手机，米歇尔对此皱了皱眉。我打了个哈欠，因为昨夜几乎没怎么睡。早晨时，利昂跟我休战了。“我会考虑一下佛罗里达州的，”他说，“这对我们家来说是一个好机会。如果我们再生一个孩子，我们也得给他腾些空间出来。”我很震惊，同意了。“今晚我们可以再商量商量。”利昂说。但是当我拥抱他时，他没有回抱我。他的胳膊垂在身侧没动，将他的脸颊而非他的嘴唇伸过来接受我的亲吻。

旁边新来的姑娘努力想保持手里的刷子平稳。“你刷快一点会更容易，要不然指甲油就会变得很黏。”我说，“轻轻一刷，一、二、三，不要给你自己时间多想。”

这个姑娘皱了皱眉，她的马尾辫如老鼠尾巴一样垂在她的衬衫后。她弯腰靠近她的顾客，身体僵硬，因为太紧张而无法做好美甲，她的顾客用脚敲着地板。

我开始给我的顾客涂第二层。一个新来的姑娘把热蜡涂在一个女人的上唇上。那些新来的姑娘们用越南话跟她们彼此交谈，跟顾客只会说有限的英语。美甲店的音箱播放着一个电台的音乐，都是美国歌曲。米歇尔在后面的办公室里看电视，正在看的是一部韩国电影。我能听见歌剧般夸张的哭声——那些女演员总是在哭——还有高涨的弦乐。

我准备在完成这位女士的美甲后，如果没有其他顾客进来，我就休息一下。迪迪今天不上班，去上英语课了，我又想了想星星山，你、我和利昂可能住上的房子。

我顾客的手抽动了一下，我不小心涂到她的皮肤上了。

“对不起。”我说。

她最终终于跟我对视了，长长吸了口气，咂了咂嘴。我将涂错的指甲油擦掉，第二层紫色又深又有光泽。

我完成了左手，拿起了女人的右手，聚精会神涂着指甲油，直到我的顾客猛地抽回手，旁边的姑娘跳起来，店里充斥着哗啦声和用英语和越南语叫喊的声音，我才注意到那些男人进来了。

男人们吼着：“趴下！趴下！”他们是警察，穿着制服。

顾客们抓起她们的手包跑出店，手上的指甲油还没干。一个女人的嘴唇上还留着一条蜡。我的顾客没付钱就逃走了。“拦住她！”我叫道，然后我被推挤进一大群人中。

梳着马尾辫的新来姑娘厉声说出一串串话，听起来像是咒骂。“怎么回事？”我大叫着问。

这些男人身上的对讲机传出静电音的嗡嗡声。“蹲下。”其中一个指着我说。

店门被关闭了，另一个穿着制服的男人守着门，第三个男人给用英语骂骂咧咧的米歇尔铐上了手铐。

“抓米歇尔，”我用英语喊着，“不要抓我！”

第一个男人转向我。很多年前，我坐在从多伦多到纽约的卡车上，一路颠簸，因为恐惧而浑身僵硬，我想：人死就是这种感觉。现在，我感到我的胳膊被人干脆利落地别到身后，像捆一只猪，我想到了你。我想到的只有你，一直如此，只有你。

11

勇又在练习他的演讲了。“我出身贫寒，”他看着他的笔记本，“像你们中的许多人一样。”他的视线越过我，盯着沙发后的墙壁，“遇到过许多，呃，许多困难。”

“等等。”我倾身向前。站在我面前的他穿着一条平脚短裤和一件白色的汗衫。“听起来有点吹牛。”

“我说我出身贫寒怎么就是吹牛了？”

“这就是问题的关键啊，你并非出身贫寒。”

“我当然是了，我们以前挤在一间公寓里，一个房间住了三个人。”

“但是你一直能吃饱肚子。你是城里人，你想去哪里上学就能去哪里上学。”

“这是福州商业领袖论坛的颁奖，每个人都会大谈特谈从贫苦中发家致富。”

看着他穿着底裤站在那里，我真想让他不脱衣服就去淋浴。“我觉得这么说听起来不诚实。”

“我甚至都不想发言，我不擅长演讲。”

“在你开口前深吸一口气，我在给学生们上课前都会这么做，或者你可以假装你在跟朋友们说话，就像你在给我和赵讲故事一样。”

他又试了一次："我出身贫寒。"

"你要放开声音，大声点。"

他从头开始，这次声音大了点，他的言语有力又夸张。"我，"他在胸前挥起胳膊，"出身，贫寒！"

我的手机响起来，我抓起手机，看到一串号码，是过去几个月手机一响我就希望看到的那串号码。自从你上次给我打电话，已经过去五个星期了，我没有给你回电。我害怕听到你要对我说的话，害怕你会生气。我害怕很多之前我没有害怕过的事情。

"等等，"我对勇说，"我必须得接一下电话，工作电话。你继续练习，我一会就回来。"

我拿上手机，沿着走廊走到我们的客房，我们把那里当成办公室用。我关上门，锁好，坐在窗边的地上，靠着不与客厅相邻的那面墙。

"喂？"我试图消除声音里的紧张感。

"喂？"

"你好，德明。我很高兴你又打过来了。"

"你好，妈妈。"你说。

"是你。"我轻声说，既高兴又担忧。

我听见客厅那边勇在重复演讲稿的第一句话，调整着词语的语调。

我—出—身—贫—寒。我出身，贫寒。我出身贫寒？

你告诉我你在上学，你有一份工作，你弹吉他。你的养父母坚持要给你改名字，不仅仅是名字，连姓氏也要改，所以没有一点我的痕迹了。丹尼尔·威尔金森是什么鬼名字？我绝不会用那个名字叫你。你告诉我薇薇安出庭了，因此你才得以被白人家庭收养，但是我已经知道这些了。

“德明，”我说，每次叫你的名字时我都有一点紧张，“还记得我们一起坐地铁的时候吗？很有意思。”

“我们去了皇后区，遇到了另一对母子，假装他们跟我们很像。”

“他们是跟我们很像，不是吗？”

“是啊。”你停顿了一下，“你还记得那天你对我说了什么吗？”

我的小德明，刚刚从中国来到美国，我们俩都还不会说英语。你粗短的小腿，圆嘟嘟的脸颊，套着过大的冬衣。过马路的时候你紧抓着我的手，害怕所有疾驰而过的汽车。

“不记得。”我不记得了，是太久以前的事了。

门上响起了敲门声，门把手轻摇了一下，我听见勇说：“波莉？”

“我得挂了。”我轻声说。然后我故意大声说：“谢谢你的来电，我明天给你回电。”

我打开门，勇站在走廊上。“我可以跟你过一遍演讲吗？我想我已经掌握要点了。”

我点点头，把我出汗的手掌在大腿上擦了擦，我的脸上挂上微笑。

“你干吗锁门？”

勇是那么信任我，这让我感到心痛。“一个客户的电话。你冷不冷啊？我给你拿点衣服穿。”我从衣柜里取出一条裤子，在口袋里塞进一张字条。上面我写道：最佳演讲奖属于你。

第二天上课时，我真希望我按照自己的建议，在开口前先深吸一口气，因为我说了半句话就卡住了，想不起来我下面要说什么。我瞥向身后的屏幕，我的学生们都盯着我。“toward”这个英文单词在屏幕上闪烁着。我思绪翻滚，这个词对我来说毫无意义。

骑电动车上班的路上，我注意到与你年纪相仿的男孩子，年轻的男人拎着公文包匆匆走进办公楼，年轻的工人穿着牛仔裤，在建筑脚手架上保持着平衡忙碌着。你本来也可以成为我的学生，然而，你被陌生人抚养长大。你叫一个美国女人“妈妈”，一个对当母亲从未犹豫过的人，一个如此想做母亲、以致能把另一个女人的儿子当作亲生儿子的女人。每当想到这里我都想尖叫，我想杀人。我害怕如果我任由自己哭出来，我就再也止不住眼泪了。

前排的一个女生举起了手：“老师，你正在讲解介词。”

“Toward 是一个介词，”我说，希望它能激发我说出下一句话，“有谁能告诉我介词是什么吗？”

这个女生又举起了手。“介词在短语中发挥作用，提供额外的信息。”她翻着她的笔记，“常用的英语介词有 under，after 和 to。”

“谢谢你，玛丽。”我按下投影仪上的一个按钮，进到下一张幻灯片，“让我们复习一下词汇表里的词汇。”

墙上的时钟显示现在是早上十点三十分。纽约此时是前一天晚上的九点三十分。纽约，还有整个美国，都发生在过去。

随着词汇表里的词汇出现在屏幕上，我拿出手机，在我存储的联系人名单中往下翻，德明，你的中文名字，你真正的名字，不是这个丹尼尔·威尔金森。这是我给你取的名字，是你真正的名字。我的胸口一紧，我走出教室来到走廊上，给你打了电话，留了一条信息。

那晚，我这么多年来第一次买了一包烟，坐在公园的长凳上一根接一根地抽，直到我感觉头晕目眩又恶心。我想到了你的新声音，你的新名字，更加想跟你说话了。我的胸中郁结成一团，一种我需要抹杀掉的原始的、涌动着的感觉。我又抽了几根烟，急于回家洗澡刷牙，在勇到家前冲掉头发上的烟味。

那周晚些时候我们约了一个时间聊聊天，一个我独自在家的傍晚。我拿着手机走到阳台上，等着你的电话。在我才搬进来时，潮湿的夜晚勇和我会坐在阳台上，为城市里拔地而起的高楼取外号。银顶、方红、丑灰。周复一周，那些建筑物往上生长，直到它们的建筑脚手架像术后的绷带一样揭下，接下来是抛光，锉削，和最后一层上漆。这些天来，我在阳台上不再能认出“银顶”和“丑灰”了，因为它们早已陷入其他一大片建筑物中。天际线是那么杂乱，我分辨不出哪座建筑物是新的，那座不那么新。但是知道没有什么会长久保持原样，每一天都是重塑的新机会，这一点让人倍感欣慰。一个人可以靠一身新行头或一个新昵称而改变，就像我给我的“英语速成”班的学生们起英文名一样——康，一个有着橙色条纹头发的苦瓜脸男孩，变成了肯；梅，那个画着闪亮眼线的女孩，变成了玛丽。

我等待着。六点三十五分，手机响了，第一声还没响完我就接了。

“我打得晚了点。”你说。

“我也总是有点晚。”

“现在方便说话吗？”

我透过玻璃滑门看了看家里。勇还有一个小时才会回来，但是我得为颁奖晚宴快速打扮好。

“方便，我丈夫不在家。现在我在家里的阳台上。”

跟你说话并不难。我告诉你我怎么去的纽约，你跟我讲了山脊区的事情，在布朗克斯区之后你搬去了山脊区的城镇；你的美国父母，你说他们叫彼得和凯，我不想知道他们的名字。本该是我出席你的高中毕业典礼，是我在你的生日给你打电话，你圣诞节本该是回我的家。我本该是那个因为抚养你长大而劳苦功高的人。但是你所记得的只是我离开了你，没有去找你。

你很生气，我不能责怪你，我也很生气。我想找到修复关系的方式，但是不知道在不告诉你安德斯列维尔的前提下如何做到。我不想回想起安德斯列维尔，于是，我说了所有的错话。

我只对利昂说过这些事，但是已经过去了这么久，很可能已经无所谓了——现在没人能再因为我离开美国的方式罚我款，或判我坐牢了——这些不是我想分享的信息。告诉勇的话会毁了一切。在有些安静的夜晚我醒来，想到昔日的水泥地板，盛着微温的燕麦粥的泡沫塑料碗——现在我甚至无法看到燕麦粥，我再也不会吃燕麦粥了——还有几百号女人用不同的语言说话的喧嚣声。我反感利昂知道这些事，反感自己曾经在他面前太口无遮拦了。因为如果他知道了，它就是真的了，它就不是一场噩梦，我就不能把它当作一场想象了，就像现在跟你说话就让我想起失去你的噩梦一样。

利昂才是那个故意离开的人，不是我，我不是故意离开的，我爱你胜过一切。你可以喊另外一位女士“妈妈”，但我才是你的妈妈，不是她。我知道我已经没有资格那么说，但是这一点永远不会改变。

玻璃门上响起了敲门声，我从椅子上弹起来，看到勇指指他的手表。我告诉你我得挂了。

福州商业领袖论坛颁奖晚宴在一个会议大厅举办，大厅靠近天花板的位置有小窗。此时是五月，外面很暖和，但是里面却让我冷到发抖，勇在我身边坐立不安。台上，一个地产大亨正在大谈特谈他在福州北部一个小村庄里的童年生活，超过了十五分钟的演讲时限，多讲了十分钟。“在饥荒年月里，还是小孩的我学到了饥饿的教训，”大亨用奇怪的轻快的调子说，“当时我的母亲用大米和水做的稀稀的米糊喂我们，我们的胃咕咕作响，却从不抱怨。”

筷子在碗的内部碰撞作响，金属勺子刮干净的盘子上的菜。伊爸说他家很穷，他和他的兄弟穷到分一粒米吃，我恼怒于听这个大亨讲着同样的事情。有传闻说他从不吃剩饭，一条毛巾用过一次绝不再用第二次，他的佣人们在他用过浴巾后立即把它们撤走，大量的食物被扔掉，仿佛它们从未存在过一样。我想躲进卫生间给你打电话，分享这个荒谬的故事。

在演讲者上台发言的间歇，我试图注意我身边的人都在谈论着什么。卢金和赵想在山里买一栋小的乡居住宅，宰朗说他想买在海边，我说我更喜欢在海边而不是在山里。我对我身边的一对夫妇讲了我们的厨房翻新情况，把我们找的工人的名字告诉了他们。“手艺很好。”我说。我的城市口音让我倍感安慰，我对自己的谈吐方式充满自信。福州的波莉是有特点的，不像那个曾经住在纽约的波莉，那个波莉穿着五美元的牛仔裤，用同一块肥皂洗脸和洗身子，任由她的儿子整天看电视。

“香港会是我们的下一个度假地，”勇对宁和宰朗说，“之后，是新加坡和东京。”

“东京？”宰朗说，“你订过票了吗？”

“我还没忙到这茬上去，”勇说，“工作太忙了。但是也许冬天去一趟香港，去那边太方便了。你觉得呢，波莉？”

“当然。”我又吃了一碗西蓝花，但是几乎尝不出味道来，“太好了。”

“新加坡很不错，”宁说，“你们去的时候告诉我，我把我最爱的餐厅清单发给你们。”

“听起来很棒，多跟我说说那边什么样。”但是我看着宁的嘴唇翻动，却无法集中注意力去听她说了什么。明天，我要给你打电话，告诉你我并不想那么唐突地挂掉我们的电话。

我们那桌满是我们的朋友：赵和卢金，宁和宰朗，勇的其他同事和他们的妻子。我环视房间，看到一张张桌子重复着相同的景象：胖胖的男人们穿着深色西装，涂着口红的女人们穿着修身裙装，一盘盘佳肴，一瓶瓶空了的啤酒瓶。我没有显得不合时宜，我的紫色裙子是量身定做的，我戴着一对钻石耳环和相称的戒指，一只带着链式椭圆形环扣的金手镯。我的头发染过并挑亮了。傍晚时候，在我挂掉你的电话后，我换上这身衣装，勇和我欣赏着卧室镜子中我们的身影。“看看我们多登对啊。”我说。我没有对他提过你或安德斯列维尔，不想打破我们给自己构建的幻影。

又一轮餐点上来了，论坛的主席，一个穿着细条纹西装的矮个子男人介绍了勇，勇走上了台。他轻敲了一下麦克风，确保它已经打开，其实在主席讲话时它就是好好的。

“我出身贫寒，”他说，“像你们中的很多人一样。一路过来我遇到了很多困难和挑战，但是我不屈不挠地克服了它们。现在，我很骄傲我带领着勇牌纺织厂的发展，我们的确是商业的未来，因为我们不仅仅是一个工厂，我们也为社会公益而努力。首先，我们给贫困人口提供了就业机会。”他低头看了看他的笔记，然后又抬头看着人群。我默默恳求着他继续讲下去。“第二，我们承诺贸易发展。第三，我们刺激着区域经济发展，提升着福州的商业地位。”

他逐字逐句演讲完，给了一个强有力的收尾。我们这桌鼓起掌来，房间里的其他桌也跟着鼓起掌来。“谢谢。”勇说。当他回到桌前，我能看出来他多么如释重负。我将一只手放在他的膝盖上，我们需要彼此，我属于这里。

“你的演讲很棒。”我说。

晚宴后，我们在宁和宰朗的家里喝咖啡。女人们坐在L形组合沙发的一头，男人们在长餐桌那边。宁和宰朗在客厅隔出了一个区域，建了一堵新墙，为他们的儿子菲利普打造了一间卧室。

卢金和赵的女儿在学九年级英语，即便她在读八年级。“她落后了，所以我们决定敦促教师将她调到更高年级的班级，”卢金说，“这就是你不得不去做的事情——逼他们做到更好。”

“孩子们可不是那么教的，”我说，“他们也需要鼓励。”

宁笑了笑：“你需要鼓励他们，但是你也必须要严格，他们需要靠自己来主动学习。”

“但是，如果我们认为我们的孩子是失败的，我们又怎么教导他们呢？”我看到宁和卢金交换了一个眼神，“我们可能是在害他们，影响他们以后的人生。”

“电视剧里的父母总是给他们的孩子空洞的表扬，”卢金说，“但是真实的生活可不是这样。”

“我就是在说真实的生活。”我说。

“真实生活中的孩子可不像你在电视中看到的那样。”

“我不是在谈论电视。怎么，我就不能对养育孩子发表看法了吗？”

卢金扬了扬眉毛，宁站起来，将她裙子的正面拉下来。“抱歉，我要去看看菲利普了，他该睡觉了，我敢打赌他还没睡。”

这个房间感觉令人窒息。“最近天气热起来了。”我对卢金说。

“我听说明天要下雨了，”她说，“下下雨让人觉得舒服多了。”

我走进厨房，洗干净我的咖啡杯。我想给你打电话。你是对的，我搞砸了。我放弃了去寻找你的下落，这样我才能跟这样的人坐在一起聚会。我把你当作一个秘密藏起来，仿佛你是一件错事。冰箱旁边的挂钩上挂着一条毛巾，我用它擦干了手，毛巾钩在了勇去年给我买的手镯上。当我把毛巾拉开时，那个镯子在我的手腕上显得又大又俗，那根链子好像在嘲笑着我。

客厅里，赵谈论着四川打工者，他最爱的话题。“那就是为什么我们花钱把女儿送去私立国际学校，公立学校里的外来学生多到泛滥了。”

我坐在他对面说：“但是他们甚至都无法进入公立学校上学。”

“的确。他们也不应该去公立学校。”

“他们在农村有学校，他们可以去上农村学校。”卢金说。

“你刚刚说他们占据了城里的公立学校，然后你又说他们无法进入这些学校。你到底在说什么？你无法让两者兼而有之。”

赵奚落道：“公立，私立，又有什么区别。底线就是，他们不属于这里。”

勇在他的椅子里挪动了一下。“但是你雇用了他们，”我说，“雇他们给你的房子翻新，刷新你的公寓，在你的工厂里工作。你这么说自相矛盾。”

当我看到勇脸上的微笑消失了后，我继续说下去，试图压过赵和卢金，直到宁回来转换了话题。我没有放弃你，而去迎合这些可憎的东西。我过去是个好人，现在仍是个好人。

“这就是为什么你什么都看不到，就是因为这些该死的墨镜。”

回到我们家，勇的膝盖撞到了门上。有时他的深色镜片让他看起来很时髦，甚至有一点危险，但是其他时候，比如今晚，它们看起来令人绝望。

“我很高兴都结束了，”他说，“演讲、晚宴、一切。”

他看起来很累。我决定表现得善良一点，“人们爱听你的演讲。”

“看，我说的吧，那就是他们想听的。”

明天是周六，勇在午饭后才会去工作，我们可以睡个懒觉，做个爱。我洗了脸，刷了牙，检查确保门已经锁好，客厅的灯也关掉。今晚我们不打算再看电视了。

我以为勇已经睡着了，但是我刚上床，他就开口问道：“德明是谁？”

我关掉灯，这样他就无法看到我脸上震惊的表情了。“谁？”

“你在卫生间时你的手机响了。显示是‘德明’。”

当时我的手机仰面放在床头柜上。屏幕上显示有一个来自你的未接电话，还有一条新的语音留言。我可以等会再听，等勇睡着后。

我对着天花板说：“德明是程老板的厦门客户之一，现在他在国外出差，偶尔打过来，他肯定是忘了时差了。”

“好吧。”勇说。他听起来好像并不怎么信服。

我用被子裹住肩膀：“晚安。”

一分钟后，勇又说话了。他的声音听起来很远，尽管他就睡在我身边。“今晚我回家时，你在阳台上，正在打电话，你一看到我就挂掉了电话。你的行为比较奇怪。”

我很庆幸他看不到我的脸红起来，听不见我加速的心跳。“你是在指责我什么吗？”

“没有。”

“我没做任何错事，你没什么要担心的。”

“我不担心，但是你似乎对赵很生气。”

“我无法忍受他那么谈论外来打工者，你为什么什么都不说？勇牌纺织厂有你的名字，你今晚获了奖，告诉他闭嘴，一劳永逸。”

“我只是不让那些烦扰到我。”

“我们能不能去新加坡度度假，不要再谈论那些了？”

“等到忙季过去，工作上还有很多事。”

“那要等到六个月后了。”

“也不是那么久，对吧？”

“我厌倦了这些聚会，难道你不烦这些吗？”

“我不介意。”

勇没和我争，他不生气，我又一次感到了失望。

我想象着自己离开他，或他离开我。失去这种陪伴，就失去了这种跟一个如此了解你的人在一起的舒适。我想到我在安德斯列维尔和工厂宿舍，甚至是在罗格斯街的上下铺，醒着躺在床上的那些夜晚，那些夜晚多么漫长，那些日子永无止境。那时我所想要的不过是一个人待着。去年，当勇出差三周时，我很高兴整个家都是我的了，我可以乱丢衣服，不用洗碗或倒垃圾了。但是当我下班回来后，我觉得家里空荡荡的。当我终于睡着时，我梦到了你，一个背诵着纽约地铁线的胖乎乎的十岁男孩，醒来时我不确定自己身在何处，期盼看见你就在房间那头。

勇触碰了我的胳膊。“我今晚讲得不错，是不是？”

“你的演讲很棒。”

我知道我该等等，暂时不要告诉勇真相，等我坚强一点了再给你打电话。我不想再让你难过失望了。伊爸认为屈从于你的渴望是软弱的表现。坚强点，我对自己说，尽管我再也不知道怎么样才是坚强了。在你开口说话前务必三思。

但是我阻止不了我自己了。“我有一个儿子，我失去了他。”

这些话悬在空中，停顿了一个可怕的、延长的片刻。“儿子？”勇问。

我无法回答。

“你什么意思，失去了？”

“我十九岁时生了他，被我村里的邻居搞怀孕了。我把我儿子丢在了美国，因为我无法带他一起回中国，之后他被一个美国家庭收养了。他最近联系上了我，德明就是他的名字，郭德明。”我想再念一遍他的名字，因此我又说了一次，“郭德明。”

你的名字在卧室回响，勇收回了放在我胳膊上的手。

“现在他生活在纽约，他刚刚找到我，我们通过两次电话。”

勇摇摇头，好像试图将耳朵里的水清理出来一样。

我看着我的丈夫，想让他也看着我。几年前，他是我班上的学生，他的英语笨拙又磕巴。说中文他可以一直说个不停，但是说英文他几乎是个哑巴，我为这个无法用另一种语言说话的男人感到可惜，好像我对此多少负有责任似的。

“你丢下了你的儿子？”

“不是那样。”

“我不懂。”

“我被驱逐出境了，行了吗？那就是我离开美国的原因。”

“你为什么现在才告诉我这些？”

“我不想让你担心。”

“我真不敢相信你之前都没告诉我这些。”

“我可以解释给你听。”他没有回应。“你生我的气了吗？”

他没有生气。我最害怕的就是他会因此勃然大怒了，他没有大吼大叫，或离开房间，或让我滚。相反，他让我靠着他，他倾身向我，握住了我的手，紧紧握住。

但是我不是一直知道他会这么做吗？他从来都不是大喊大叫的那种人。

在我开口跟他提起你的前一刻，我已经想到我会被抛弃，听见摔门声，感受到我预期中的惩罚。那就是为什么这么久以来我闭口不提你，为什么我放弃寻找你的原因。但是勇留在我身边，我也可以留下了。最终，我如释重负，这一点也最让我惊讶。

12

罗兰的室友艾德里安回来好几天了，被他的女朋友甩掉后，五月底他不再要搬去和她同居了，现在丹尼尔不得不等艾德里安洗完澡才能用卫生间，里面百分之二百肯定都是毛发，这个家伙既有胡子，头发也很长，简直是人形的粗毛毯子。罗兰话很多，但艾德里安话很少，他每天都在腰上裹着一块毛巾，笨拙地走出他的房间，跟沙发上的丹尼尔简单地打声招呼：“嗨。”

五月十三号早晨，那场重要演出的前两天，罗兰忍不住不停地谈论着谁回复了演出请柬谁还没回复，第二十遍调整了座位席，讨论着从一个回答开始，而不是从一个问题开始的好处。今天晚些时候，他们会再彩排一遍。

随着艾德里安进入了十五分钟“马拉松”洗澡时间，丹尼尔在厨房的水槽里刷了牙。“今天的降雨概率是百分之三十，”罗兰边说边在客厅里走来走去，“想想这会影响出席人数吗？下雨天人们不愿出门，但是他们有毛病啊？他们难道对生活过敏？还有一个潮湿因素，因为这对我们来说是个新地方，潮湿可能会影响到音质。”

丹尼尔漱了口，吐掉漱口水。如果他五分钟内不离开这里，上班就要迟到了。他听见自己的手机在响，冲过去找手机，虽然知道不会是他妈妈打来的，但仍然希望是她。自从他们上次通话已经一周过去了，昨天，受够了等待她联系他，他给她打了个电话，留了条语音信息，让她别再给他打电话了。她没有再打电话，他敢肯定她听到了语音留言。

是凯。他让电话进入语音信箱，在他找着一双袜子的时候听着她的留言，提醒后天他跟卡洛学院院长的会面。

“坏消息？”罗兰说。

丹尼尔找到了丢失的那只袜子：“后天我可能要去上州，有个会。”

“你他妈的是在给我捣乱是不是？我们周五有演出。”

丹尼尔在一堆T恤衫和毛巾中找出了他右脚的运动鞋，但是没有找到左脚的。“跟卡洛学院院长的会。”

“你不是不想去卡洛学院嘛。”

他穿上右脚的鞋子，系好鞋带，用穿着袜子的左脚点地跛行，去找另一只鞋。“也许我想去呢。”

“那么，谁去跟我一起演出啊？”

“让哈维尔去，或者纳特，我不知道。吉他的部分很简单。”

“简单？”罗兰几乎要把他的头发揪下来了，“请好好想清楚吧！你在这里是为了什么！五个月了，你还没有找到更好的工作，因此到现在自己都还租不起房子……”

“我以为艾德里安要搬出去了，我本来准备租他的房间的。”丹尼尔转过身面对着罗兰，“你想让我走吗？”

“那不是重点，重点是如果你继续这样，你的父母让你做什么你就做什么，你将一事无成。你甚至都不知道自己想要什么，你不认为自己应该值得拥有更好的东西吗？”

“别对我搞心理分析那套，别教导我该怎么做。”丹尼尔在沙发底下找到了他左脚的鞋子。在卫生间，淋浴已经关掉了，艾德里安正在轻声哼着圣诞颂歌。

罗兰看起来一脸厌恶的表情："算了，今晚你也别来彩排了。"

"好啊。我反正要去工作。"丹尼尔推开大门，手里还拿着左脚的鞋。他在走廊穿好鞋，他立即需要离开这间公寓。

做了八个小时的玉米煎饼让他有了一点安慰。"周五我会去看你的演出，"在他们切着小山一样高的灯笼椒时，埃文说，"当年，我们常在瓦纳斯狂欢派对，那些仓库里的狂欢作乐之人。现在都绅士化了，毁了。"普维和凯文也会去。整个下午，丹尼尔的手机都因为短信和提醒响个不停。他当然会去参加演出，他当然不打算去卡洛学院。

当他离开特雷斯·洛克斯餐馆时，已经是七点多了。他回到公寓拿上他的电吉他，坐地铁去了布什维克，沿着街区一路而上，到达彩排的那栋楼，坐着摇摇晃晃的送货电梯上了七楼。在金属门外，他听见一首通灵之心的歌正在被演奏着，尽管哈维尔可能也在这里，但是当他推开门时，他看到的是纳特，纳特正在漫不经心地弹着吉他，而罗兰正在一边唱歌一边按着音序器上的按钮。纳特跟着节拍屈膝的时候他松软的头发一弹一弹的。他弹的和弦都是对的，但是歌曲原本就单调，现在听起来更单调了。

纳特和罗兰看到丹尼尔，交换了一个眼神。歌曲停止了。

"怎么回事？"丹尼尔说，"我们要个第二吉他手吗？"

"你出局了，我加入了，"纳特说，"就是这么回事。"

罗兰走过来，压低了声音说："我无法跟一个不可靠的人组成乐队。"

"明天我打算去演出。"

罗兰摇摇头："你会又改变主意的。"

“我不会了，我发誓，我不打算去卡洛学院了。”

“太晚了。”纳特用假音唱道。

罗兰看了纳特一眼，然后将丹尼尔送到门边，准备关上门：“抱歉。”

他花了不到十分钟，就把属于他的东西从罗兰的客厅里都找出来，塞进了背包里。他留下了那把电吉他，抓起了他的原声吉他，走上拉菲亚特街，经过扑克牌俱乐部，转到百老汇。他戴上耳机，把音量调高，让音乐把整个世界变得更加喧哗。当他听着鲍伊和弗雷迪·墨丘利[①]的嗓声在《压力之下》[②]中爆发出来时，音乐混响的万丈光芒像包裹着糖衣的太阳耀斑瞬间出现：

为什么我们不能　　给予爱

给予爱给予爱给予爱

没有音乐，这个世界就会变得毫无生气，黯然失色，太过平淡无奇。丹尼尔将音量调得更高，直到他沉浸在色彩和音乐中，光芒、可能性和飞翔——吉他在他脑中转换出的意象就是如此。他穿过联合广场，穿过熨斗区[③]，经过在餐馆外露天用餐的人们，一群玩滑板的少年，手持地铁交通图的游客，笑语盈盈的夫妻情侣们。先驱广场，连锁店，时代广场，更多的游客。在哥伦布环路，他一屁股坐到一张长椅上，将吉他盒子放下。他把

① 佛莱迪·摩克瑞（Freddy Mercury，1946—1991），英国音乐家，皇后乐队（Queen）的主唱。

② 《压力之下》是皇后乐队与大卫·鲍伊共同创作并演唱的一首歌，发行于1981年，1982年登顶英国单曲排行榜。

③ 因其著名的三角形熨斗大厦而得名。

一切搞砸了。

整晚他都在一家小馆子喝着淡淡的咖啡，给罗兰编写充满愤怒之辞的短信，却又在发送前删掉。他给安杰尔发了一条短信，说，“嗨，希望你一切都好”——他每隔几天便给她发一条短信，但是她从不回复。港务局就在前面不远处，他可以买张巴士票，几个小时后就能回到山脊区。但是罗兰的指责让他无法摆脱。的确，他不知道他想要什么，他也不知道怎么才能想明白。

早上，他坐着N线列车去了日落公园，在一个越南小摊吃了一碗越南粉，然后往纽约城里他所认识的、唯一有可能让他留宿的人的住处走。

薇薇安正在门廊下浇一盆红黄双色的花。“德明？”她看了一眼他的大包和吉他盒。

“你好，薇薇安。”她戴着一顶石灰绿色的鸭舌帽，上面印着“大西洋城”几个字，她的眼睛在帽舌的阴影里，因此丹尼尔无法看清她的表情。“迈克尔在吗？”

“他现在在学校，”薇薇安用福州话说，“晚点才会回来，你想进来坐会儿吗？”

“我需要一个地方留宿一夜。就今天，今晚。”

“好的。把你的包放到客厅去吧。”

他帮着薇薇安一起做了晚饭。“蒂莫西和迈克尔晚上回来吃饭，”她说。丹尼尔看了看墙上的钟，才刚过两点钟，离吃晚饭还早得很。

他在砧板上切好了大蒜和姜，坐在一张大木桌边，与此同时薇薇安正在煎牛肉块。桌子上有一堆信件，用中英文印刷的本地业务的广告传单，最上面的广告传单宣传的是一个办公室位于第八大道的移民律师，旁边配的照片是一个牙齿美化过度的女人的照片。如果他还是那个郭德明，如果他的妈妈还和利昂在一起，这就是他会过上的生活。他们会定期跟薇薇安和蒂莫西来个家庭晚餐。

“利昂说他跟你联系过，”肉嘶嘶作响，薇薇安说，“他说听到你的消息很高兴。”

“他把我妈的电话号码给我了。”薇薇安没有说他中文不好，因此他决定继续说中文，花时间去回忆并选择对的词。“我给她打过电话，我跟她通了话。”

他告诉薇薇安他的妈妈再婚了，但是没有跟她的丈夫提起过他。“我仍然不知道她离开纽约后去了哪里，她是否去了佛罗里达州。”

薇薇安用一把金属钳子给牛肉翻了个面，将它们夹到铺着纸巾的盘子里。“我不这么想。来，把那些递给我。”

丹尼尔将砧板递给她，她用刀刃将蒜末和姜末撮起倒进锅里，用一把木勺搅动着。房间里充满了香味。“但是她最后怎么会回到中国了呢？”

“我不知道，但是她不会丢下你自己走的，她整天念叨的都是你，始终都是你。”她将砧板还给他，现在砧板上堆了一堆胡萝卜。“将它们切成小块。”她将牛肉放回锅中，加上水，盖上锅盖。“我们曾经谈论过为你和迈克尔考虑的人生规划。她抽着烟，”薇薇安模仿了一下他妈妈的动作，也将香烟从唇边夹开，手肘支撑在桌子上夹着烟，眼睛望向别侧，“总是抽烟，她的嗓门又那么大。在那个小厨房里，我们面前还放着一大杯用马克杯泡的茶，我们说迈克尔将来要当个医生，你去电视台工作。”

“电视台？”

“她看到你在电视或电影的音效上下功夫很大，因为你喜欢音乐，还有电视。我们也没说错，对不对？”

“你们猜的很接近了。”丹尼尔切着萝卜，一块橙色的萝卜块从砧板上滚落，他起身去捡，追到桌子的另一头才捡回来。

“嘿，”薇薇安从他手里拿过刀，“这么切。”

他用她教他的方法斜斜地去切萝卜，切起来更轻松了。她看了看汤熬得怎么样了，加了点盐和胡椒。“那个美甲店。你还记得名字吗？”

“‘你好美女’。”他也查过那家店，但是它已经不在了。

“你记得你妈妈在那里的朋友吗？一个有着尖尖婴儿嗓音的女人？”

“迪迪。”

“对，迪迪。在你妈妈失踪后，迪迪给利昂打了电话。原来是有人向移民海关执法告发了她们的老板。移民局的人过来并逮捕了美甲店的很多人。你妈妈那天应该是在店里上班的。”

他还记得无意间听过薇薇安和利昂谈论迪迪的话。“没人告诉我任何情况。”

“我认识的一个在餐馆工作的女人遭遇过这种事，有人惹毛了不该惹的人，给移民海关执法打了电话，他们过来把一些员工带走了。”

“带去哪里了？”

“他们有那些针对移民的拘留营、监狱。我们一直听说过关于这些的传闻。我认识一个女人，她的丈夫被抓去蹲过其中一个营地。他开车去杂货店，就再也没有回家。她发现他在一个亚利桑那州或其他什么类似地方的监狱里，然后被一架飞机遣送回了他们的祖国，在中美洲的什么地方。”薇薇安摇摇头。“你妈妈的朋友迪迪找到了佛罗里达州那家给你妈妈提供新工作的餐馆，给他们打了电话。他们说你妈妈是打算过买去佛罗里达州的票，但是她从未出现。迪迪和利昂也给移民海关执法打了电话，他们说她不在那里。”

她买了去佛罗里达州的票，但是却告诉他不搬家了。这说不通。“她入狱了？我一直以为还有一个男人，尽管她准备跟利昂结婚……”

“不是的。”薇薇安拿起垃圾信件，将那些广告传单扔进塑料垃圾桶里，“我们等她回来，等啊等啊。你记得的，那么多个月。如果我知道她还能回来，我就不会替她还掉债务了，我也不会把你送走。”

当他在山脊区听唱片的时候，当他和安杰尔打车去旧公寓的时候，他的妈妈在监狱里吗？但是她也已经知道他被收养的事情？丹尼尔放下了刀。有一次，他跟妈妈以及利昂站在史丹顿岛轮渡上，他俩都搂着他，他们的爱确信无疑，闪闪发光。凯和彼得也会这么搂着他，但是他从未让自己完全接受他们的爱。他失去的太多了，他自己也迷失了方向。过去和现在感觉真是天壤之别。

跟薇薇安一整天待在一起，他感到一种奇特的平静，现在他担心迈克尔和蒂莫西的归来会打破这种平静。但是，丹尼尔冲了个澡，睡了个长长的午觉。当迈克尔真的回来时，他的恐惧消失了，跟那些不知道他已经搞砸了的人在一起，感觉很好。

在他喝了第二碗汤，然后又喝了第三碗汤之后，迈克尔问：“想玩桌球吗？在湾脊区有个地方。”

在桌球厅，他们拿了啤酒，打了八球台球。丹尼尔开了球，报了全色球。“顺便说一句，我又跟你妈妈聊了聊，你妈妈认为我妈妈遭遇了移民搜捕，被关进了监狱，被驱逐出境，那就是为什么她最终去了中国。”

“该死的。你跟她打电话时有问过她这些吗？”

“我没胆量问。”丹尼尔瞄准了一个侧袋，但是没成功，“但还得谢谢你，谢谢你帮我联系上了她。”

“啊，当然，当然。那么你打算再给她打个电话？”

“再看吧。”

迈克尔俯身趴在台球桌上，贴近他的球杆。“十二号到十号，角袋。”他一杆即中。

“你很厉害嘛，”丹尼尔说，“你在哪儿学的这招啊？”

“我跟我的朋友们经常玩桌球，他们中有些人喜欢赌博，但是我不赌。嘿，记得我跟你说过的那个研究助理的职位吗？我交了申请表，我决定去做我想做的项目，那个风险更大的项目。我认为我要感谢你。”

房间那头有电子游戏，但是丹尼尔没有看到电子扑克游戏。“谢我什么？”

“你启发了我。”

“我对科学一窍不通。”

“我指的是，你玩音乐。你在那个棒呆了的乐队里，跟你的朋友们住在纽约。我甚至都无法搬出我父母的房子自立门户，除非我能获得这笔助学金。我每天得花三个小时通勤往返学校，如果我晚归了，我妈能把我盘问个底朝天。选择不去做安全稳妥的事情，你就像自由飞翔的鸟一样。”

在迈克尔一局击落四个球后，丹尼尔设法击中了一个全色球。“我可不是你的榜样，我被赶出乐队了。我欠我的朋友一万块钱，她再也不跟我说话了，我被学校赶出来了。”

“真的？为什么？”

“你刚才不是说你有一些朋友喜欢赌博吗？我也是。”丹尼尔喝完了他的啤酒，他跟迈克尔讲了打扑克的事情，被学校开除的事情。

“妈的，”迈克尔说，“我很抱歉你遭遇了这么多事。”

“话说回来，我也有点想离开就是了。”

“你打算回去吗？”

“我的父母想让我转学到他们执教的学校去，在上州。”

“你想去吗？”迈克尔这个问题中的善意给了丹尼尔一种似曾相识的

感觉。

“不想。尽管有时看起来我好像别无选择。”

迈克尔调整了一下他的手表带：“我记得你妈妈离开后你是什么样。你认为她离开是因为你的缘故，你很自责。”

“那时我还是个小孩，我不知道发生了什么。”

“我知道也是很久以前的事了。”迈克尔有一点歉意，“但是我只是希望你好好的。”

“我没事。”这句话一出口，他知道这是真的。

“我想念她，”迈克尔说，“你妈妈。她对我一直都很好。”他拿起球杆，研究着台面。“八号球，侧袋。”丹尼尔靠在桌边，试图让迈克尔分心，让他不要一杆得分，拿下赢局，但是迈克尔让球进了洞，丹尼尔大叫着，跟他击掌欢呼。

家里很安静，除了睡在客厅沙发上的丹尼尔外，大家都睡了。电视机上面的墙壁上挂着迈克尔高中毕业典礼，身着长袍的裱框照片。旁边是一张在大百货公司照相馆拍的全家福，薇薇安、迈克尔和蒂莫西站在蓝色背景幕前。他看着这些照片，想起彼得和凯在家中客厅里也有一张类似的照片，丹尼尔站在他俩中间，是几年前的圣诞节在利特尔镇商场照的，他们也有一张他高中毕业时的裱框照片。

在电视机下面的柜子里的底层架子上，丹尼尔找到一叠相册。他抽出一本翻开，看到薇薇安和蒂莫西的婚礼照片，他不认识的人的褪色肖像照，一个满头乌发的年轻时的蒂莫西。他知道这里面不可能有自己的照片，但还是一本相册接一本地继续翻下去，好像下一页他最终会看到德明似的。

第三部分

倾斜

Tilt

13

“如果我们把供给和需求曲线画在一张图表里，我们就会看到，在有效市场上，它们在均衡价格和均衡产量处相交。”尼克尔斯教授按下一个按钮，幻灯片翻到了下一页，出现一张黑白的图表。五十个学生坐在彼得森讲堂后半区的长桌后听课，这些长桌像露天看台一样排列着。大部分学生都在鼓捣他们的笔记本电脑，多个聊天窗口像饥饿的蚊子一样分布在屏幕上。坐在后面的一个女生戴着耳机，用平板电脑看着电影，肆无忌惮地发出阵阵笑声。

“我们分别将它们称为 p 和 q。”尼克尔斯教授边说边绕了一下他花白马尾辫的发梢。丹尼尔·威尔金森坐在倒数第二排，安布尔·比特博格的旁边，看着坐在他前面的男生正在网上打扑克牌。那个家伙脖子都红了，背部绷得紧紧的。他在烂牌上下了太多注，一直输，丹尼尔忍不住去看他。他没有将笔记本电脑里装的禁玩游戏软件卸载，有几个月都没碰游戏了，一刻都无法再忍了——那个家伙的背离他是那么近，几乎触手可及，他身子前倾，越过半张桌子。那个家伙虽然戴着耳机，但是丹尼尔连洗牌时的音乐都听得一清二楚——一种果决的黄铜声。他又靠近了些，“嘿。”他低声说，安布尔瞥了他一眼。看到那个家伙的手指正在一张梅花八和一张红桃三的下注按钮上游移，他提醒道：“别这么打。”但那个家伙点击了按钮。

“该死的！”丹尼尔大声叫出来。

那个家伙扭过头来，耳朵都是红的。“什么鬼？”他嘘声道。

尼克尔斯教授说：“绅士们，有什么问题吗？”

丹尼尔重新坐好，安布尔看看他，用唇语问：“怎么回事？”

四个月后，山脊区似乎变得更小，更破旧，更偏远了。雄狮食品超市，宽宽的过道空空如也，放着怀旧老歌，让人觉得更昏暗了。那里有太多的谷物食品、太多牌子的牙膏，但是几乎没人光顾。你都能看到风滚草从地板上滚过来，经过苏打水和薯片面前。

夏季学期有四个月，勉勉强强够六周的课，他周一至周五朝九晚五去上课。“对未来的职业生涯来说是很好的培训。”凯说。每天早上，丹尼尔都觉得自己像是被从地下挖出来，重新学习如何走路。他在课堂上打瞌睡，又猛的一下惊醒，对通灵之心乐队的事情和纳特获得了本该属于他的喝彩之声倍感烦恼。

五月十五号，他清早就离开了纽约城，准时到达山脊区与院长会面。那晚，在纳特和罗兰为哈奇和丹尼尔的同事们演奏时，丹尼尔在向彼得和凯道歉。“如果你不认真对待你自己的话，我们也没法认真对待你。”彼得说。凯设法让他进了她和彼得所在院系的两个班：比较政治学和微观经济学。丹尼尔觉得一天八小时的课让他与世隔绝，他既为此愤愤不平，又觉得自己有义务好好学习，充满优越感。就像去看牙医或给在匆忙行走中走得慢的陌生人扶一下门一样，学习对他有益。

经济学课后，安布尔·比特博格跟他一起走出教室，走进六月下午的似火骄阳中。以前，在兰普金太太的六年级课堂上，他通常都坐在安布尔后面。一整个上午都坐在无窗、空调似乎永远调到五十五华氏度[①]的讲堂

① 55华氏度约等于12.7摄氏度。

里，扑面而来的明亮阳光让他眼睛睁不开。他索性脱掉运动衫，只剩下一件印有“忧郁症记录榜”的绿色T恤衫，光着胳膊，穿过四方院子。

“刚才课上是怎么回事？”安布尔问。

“那哥们输惨了，我想帮他。”丹尼尔下课后试图找到那个家伙，但是在离开彼得森讲堂的忙乱中跟丢了。

“我们一波人周六准备去‘黑猫’喝酒。”安布尔用沙哑但欢快的嗓音说。她仍然住在家里，仍然跟高中时认识的那群朋友保持来往。她来上暑期课程，这样三年就能读完大学。

“听起来不错。”周六，丹尼尔加入了安布尔、凯尔西·奥特曼和她们其他一些朋友们，一起去黑猫喝啤酒。卡洛学院坐落在小山坡上，山下就是利特尔镇，主街上有两家以动物名命名的酒吧：黑猫和斑点奶牛。有一周，有一场离校派对，跟他在波茨坦分校去过的派对几乎一模一样：在一间摇摇欲坠的房子里，白人疯狂地跟着粗俗的嘻哈音乐跳舞，啤酒碰得哐哐响，戴着棒球帽的家伙们大喊大叫，有人在屋前的草地上呕吐。

“他们每周四都有开放麦之夜[①]。你在高中时不是跟罗兰·富恩特斯都是音乐迷吗？”安布尔把这个名字念成了“芬一替斯”，“是不是他，高中时就有点与众不同，一头绿毛的那个？他还画眼线。”

“我以前玩吉他，那会儿我们组了一支乐队。”

安布尔浅金色的头发在阳光中几乎是透明的。“我们这波人应该去看看开放麦之夜怎么样。”

“当然，听起来不错。”丹尼尔说，其实他也没有其他想做的事。

---

① 指酒吧、咖啡馆、脱口秀俱乐部、夜店等场所，为业余或专业表演者提供现场表演的机会。

“哈利的课是引导你进入经济学世界最好的入门课程，”彼得在晚饭时说，“能给你的未来打好基础。了解经济学理论，对丰富你的人生有许多好处，无论是为你做的预算，还是到管理你的股票投资组合。它要是所有本科生的必修课程就好了。”

凯问他今天梅丽莎的课怎么样。梅丽莎就是申克曼教授，一位体格魁梧的女士，她穿上世纪八十年代印花布做的长裙，上面有交叠的亮粉色和紫色的几何花纹图案。丹尼尔记得小时候跟其他教工家庭一起去她家参加过夏季烤肉宴。

“挺好的。”丹尼尔说。申克曼教授总爱点他的名，好像是在帮凯的忙一样，确保他的学费交得值。

他们吃着西蓝花和鸡肉干酪，至少凯停止了做中餐的努力。她的这种做中餐的念头会定期高涨，一次在他们拜访过亨宁斯一家，伊莱恩给了她一本食谱后。还有一次在他参加了一个针对被收养的中国小孩的夏令营之后——那个活动为期一周，那些同样也是被收养的孩子，用那么空洞的情感夸夸其谈，他都替他们感到尴尬。那个夏天安杰尔学会了做甜得怪异的馄饨，但是他是唯一一个超过了婴儿期年龄才被收养的孩子，也记得关于他生母的所有事情。

凯围着他转，小心谨慎，过于热切了。他知道他出去喝酒让她很担心，因此他保证午夜前回家，这不难做到；他有太多时间要跟安布尔和她的朋友们在一起了。他看得出来这逐渐让他们放心了。只要他回家，去卡洛学院上学，说他准备去参加全校会议，就能让他们高兴。

晚饭后，彼得将丹尼尔叫到楼上的书房来，彼得跪在地毯上，轻轻吹着口哨，地上有一团杂乱的网线。“这要怎么弄？”彼得透过老花镜看着他。

“让我来吧。”丹尼尔拿过网线，试了几个端口，然后麦克风的绿灯亮了。

“啊哈。坐吧。”彼得将一张折叠椅上散落的几张旧钞票拿开，输入一个网址，网站的页面跳出来。“瞧瞧，你可以在网上免费获取各种音乐。有一天，我观看了一段我一九七八年时听音乐会的视频片段，是空中铁匠乐队[①]在雪城战争纪念碑馆的演出。那时我二十一岁，跟你一般大。你今天去的一场音乐会，四十年后会在网上看到，你能想象吗？”

这是几个月来彼得跟他说过的话中，最与上课学习无关的。“我们现在是准备看那个视频吗？能看到观众席上的你吗？”

“没有，你只能看到台上的表演，甚至台上都不是很清楚。那时的视频技术还很原始。”彼得按下了播放键，“但是，听听那首歌。”

这是一段现场录像片段，记录了一张正在转动着的碟，放的是吉米·亨德里克斯的《1983……我应该变成男人鱼了》[②]。丹尼尔和彼得坐在各自的椅子里听着音乐，音轨慢下来，突然卡顿，然后又接上去了。音乐迟缓又沉重。“那个倒带的地方，是一个慢热的过程。”彼得说，“那时他们不需要用电脑来做出好的音乐。”

“它是首很棒的歌，爸爸。这是最好的歌之一。”

“我小时候常听这首歌。年纪就像你刚到山脊区我们家时那么大。我有我哥去上大学后留下来的一些唱片，我跟我哥以前住在一个房间，他走后，我坐在他的床上，听他的唱片。他，你的杰克叔叔，塑造了我的音乐品味。人们说你总会对你听过的第一张唱片保持喜爱，就像你爱听亨德里克斯一样。”

---

① Aerosmith，空中铁匠乐队，又被译为史密斯飞船，1970年成立，活跃至今。

② 歌曲英文名为 *1983... A Merman I Should Turn to Be*。

“在亨德里克斯之前我已经开始听音乐了。”纽约城有非常多好听的音乐，现在即便是亨德里克斯，对他来说都显得幼稚了。

歌曲过渡到红热的活力、反馈噪声和叮当作响的铃铛声，音调的变化就像太阳从云层中露出来。“我在写一些新的音乐，”丹尼尔说，“至少是尝试在写。你会喜欢的，只有声乐和吉他，没有电脑。跟罗兰和我之前做的那些完全不一样。”

彼得在丹尼尔的肩膀上轻轻拍了拍：“我很高兴你回来上学了，很高兴你回家了。”

让彼得为自己骄傲是多么容易啊，他又是多么渴求着彼得的认可啊。“我知道。”

在雄狮食品超市，他正在为凯买杂货时，听见一个声音叫道：“嘿！威尔金森！”他抬头看到科迪·坎贝尔穿着收银员的制服，从另外一个收银台向他挥着手。科迪比他高中时看起来更胖了，那时他还踢足球。他仍然是个大块头，但是浑身肌肉已经变成了肥肉。

丹尼尔走到科迪的收银台前：“嘿，科迪。”

“我听安布尔和凯尔西说你回来了，想着我可能会碰见你。”

“你怎么样？”

“老样子，老样子。”科迪扫了一袋冷冻豆子，“希望能快点去科罗拉多州，我有些哥们儿在那边。布赖恩·米切尔和迈克·埃文斯，他们也准备去。迈克的哥哥住在那儿，说他们那里已经批准大麻合法化了，你可以随便走进一家店买上十块钱半盎司的一袋，就像在杂货店购物一样。你还可以用信用卡买，抽个嗨。”

“哇噻。科罗拉多州，不错啊？”

“是啊。你明天去黑猫吗？”

“我想我有事走不开。”丹尼尔说。

第二天晚上，电话铃响了，凯向楼上喊道：“丹尼尔，找你的。”他正盯着申克曼教授的课堂笔记看，他们最后的作业是三篇小论文，明天交，他还没开始动笔。每当他尝试下笔时，总是以在谷歌上搜索通灵之心而终，也正是因为这样，他知道了八月底通灵之心要在朱庇特演出。

他接起书房里的分机。

“嘿，是我，科迪。你想不想来喝杯啤酒？”

“我很乐意，但是，改日吧。”

丹尼尔正要挂电话时，科迪说：“嘿，你还抽烟吗？出来吧！”

他们开车到雪松街尽头的池塘边，那是他们高中时夏天晚上厮混的地方。科迪将他的吉普车倒进树林边缘的一块空地，停好车。

“你还跟你家人住在一起？”他们将一烟斗大麻递来递去，丹尼尔问。他看不见外面的任何事物，只有这巨大的黑暗和可怕的寂静。他打开收音机，调到经典摇滚乐台。珍珠果酱乐队[①]的歌飘荡出来。

“是啊，但是，”科迪点了一下打火机，“我就要走了，得省着点用。”

丹尼尔也点了一下打火机，过了几秒钟，那种熟悉的、让人充满感激之情的迷糊感袭来。他靠在副驾驶座上，想着他应该从科迪那买大麻，抽嗨了去上课。“为了科罗拉多州。”

“对。我不得不准备好现金，知道吗？我有一些不得不还的债，但是我正在想办法解决这个问题。”

“我也有一些债。”

---

① 美国摇滚乐队，1990年成立，活跃至今。音乐风格是华丽高雅的垃圾摇滚和硬摇滚风格。

“糟透了，老兄，去他妈的债。”科迪又装满了一烟斗的大麻。车里呛满了烟。“我在吉普车前猛烈的拳击，”他跟着音乐唱起来，“美国的派对。”他的声音还不错。

“唱得不错啊，你应该录张专辑。几周前罗兰跟我录了一张，跟纽约城里的这张合辑一起。‘忧郁症记录榜’，你知道它吗？我们的乐队，通灵之心，八月十八号要在朱庇特演出，就是在那个纽约城里的俱乐部……”

“在科罗拉多州，”科迪说，“到处都是山。你可以住在山上，滑雪橇去工作，我就打算那么干。我不知道你怎么能忍受屎一般地住在纽约的，不管怎么说，我忍受不了住在那种巴掌大的公寓里，一个月还要九千美元。我想在山里住个大房子，在他妈的大山里住个大房子。”

“花不到九千美元，那么你打算在哪儿生活呢？”

“我说过了啊，科罗拉多州。”

“我指的是，在科罗拉多州，在科罗拉多你准备在哪儿生活？”

“山里！我说过了，你没有在听。在迈克尔的哥哥生活的地方，那个叫什么来着，我忘了那个城镇的名字了，但他哥哥的名字叫克里斯。”

“你什么时候去见过他？”这真是太荒谬了。丹尼尔想告诉罗兰，他和科迪·坎贝尔跑到雪松街尽头的池塘边抽大麻，每天早上跟安布尔·比特博格一起去上经济学的课。但自从他被从排练场地踢出来后，他就再没跟罗兰说过话了，罗兰也没联系过他。但是他想念罗兰，该死的，坐地铁时，在屋顶上时，在唱歌时，无时无刻不想念他，甚至回到山脊区都只是意想不到地暂时缓解痛苦而已。他将自己放逐到无人相处之地，这样他就不觉得自己格格不入了。他在卧室里度过一个个清心寡欲的夜晚，或跟彼得和凯一起翻看新闻杂志。

“我还没去过那儿，威尔金森，我看过图片。我告诉过你，我得备好现金，还掉那笔债，但是我正在努力，在想办法。像你一样，准备实现我们的梦想，对不对？”科迪递过烟斗，“再来点？”

“好。”

科迪的手机响了一声，提示一条新短信进来。“是安布尔。她问我们想不想去黑猫那里的开放麦之夜。”

“走吧。”丹尼尔想跟其他人待在一起，即便她们是安布尔和凯尔西。他摇下车窗，听见蟋蟀声和蛙声盖过了广播声，但是树林似乎险恶又不祥。有一次在高中时，迈克·埃文斯开着他哥哥的电动车扎进了池塘。

“真去？”

“好啦，我们去喝杯啤酒，放松放松。”

科迪考虑了一下：“我是有点口渴。”

黑猫是这一片儿店面中唯一一家还在营业的，其他店铺都已经用栅木板闭门了。在黑猫的里屋，四个中年人正在演奏枪炮与玫瑰乐队[①]的《天堂城市》。安布尔和凯尔西在一张靠近舞台的桌子边，向他俩挥手。

“你们终于碰面了，”安布尔说，“你们闻起来像大烟枪一样。”

“像科罗拉多州。”丹尼尔说。

“你明天的考试准备得怎么样了，威尔金森？”

“什么考试？”丹尼尔从桌上的大酒罐里给自己倒了一杯啤酒。乐队进入了吉他独奏阶段，领唱是一个矮壮的秃头男人，开始了有节奏的疯狂摆头。丹尼尔笑起来：“这些家伙真烂。”

“他们也没那么差。”凯尔西说。

---

① 枪炮与玫瑰乐队，又称枪花，美国硬摇滚乐队，1985年成立，活跃至今。

“他们在纽约城里最多唱半首歌，就会被喝倒彩的嘘声赶下台。”

“枪炮与玫瑰乐队还好啦。”科迪皱起脸来，假装弹着一把空气吉他，他的手指甚至都没有弹对想象中的琴格和琴弦。“你在丛林里！[1] 我不在乎他们是不是烂。我不在乎。”

凯尔西耸耸肩：“我的天啊，你们两个简直是双胞胎！”

丹尼尔低头看了看，即便是在大夏天，自己还穿着登山鞋，因为他没有其他鞋可穿。科迪也穿着一双登山鞋。他俩都穿着蓝色牛仔裤和黑色T恤。

“你像是科迪的亚洲人版。”安布尔说，在场的每个人都笑了。

凯尔西用她的手机拍了张照片，科迪假装口齿不清地说：“我们事先计划好了穿什么衣服出来。”

歌手发出尖叫，那支乐队至少看起来玩得很尽兴。

他午夜才回家。快感早就消失了，他躺在同一床被子上——当他来到这里，第一次变成丹尼尔时，那床被子就在那儿了。在山脊区的头几个月，他多疑，心怀不满。但是在某些时候它也让虚情假意地低头合作变得容易起来，这变成了他的第二天性。怀疑藏得更深，直到他几乎感觉不到它们的存在了。等他进入高中的最后一年，想起德明或妈妈就像想起一支他曾经喜欢过、现在让他觉得丢脸的糟糕乐队一样。只有一次，在高中时，他在商场看到那个中国女人后，他让往事溜了出来。当凯和彼得告诉他，他必须待在家里，准备SAT[2]，而不是跟罗兰一起出去看乐队表演时，德明说，

---

① 枪炮与玫瑰乐队有一首歌叫《欢迎来到丛林》(*Welcome to the jungle*)，里面有句歌词是“You're in the jungle”，跟科迪唱的歌词有所出入。

② SAT，由美国大学委员会主办的一场考试，其成绩是世界各国高中生申请美国大学入学资格及奖学金的重要参考，被称为美国高考。

他真正的母亲会让他去。这句话突然冒出来，属于不请自来，真正的母亲已是一个抽象概念，他真正的妈妈很可能也会让他待在家里好好学习。他并非有意要深深地伤害凯和彼得，但是他愤怒于那种不公正——如果他错过了这场演出，他可能就再也见不到这支乐队了！凯的脸上滑过一丝痛苦的表情，告诉他这不是世界末日。“我们就是你真正的家人啊。”彼得说。

那时，他真正的家人到底发生了什么，还是一个巨大的未解之谜。现在他找到他们了，但是什么也没变。

他不得不通宵写论文。申克曼在他的上一篇论文上用红笔做了批注，还给了他。他将自己的名字和日期输入一个空白的word文档里。他又读了一遍第一道题，鼠标指针对他眨着眼。

> 探讨两种阐述美国政治中利益集团作用的主要理论。描述在立法程序方面这些理论所提供的见解。

他叹了口气。在经济学课上他再也没见到过那个打扑克的男生，安布尔说他可能退学了。丹尼尔关上笔记本电脑，决定拿出他的吉他，他正在酝酿一件新事，不是他该写的论文，而是在他离开纽约前在写的歌。

两个小时后，当他回归写论文时，他看到了安杰尔发来的邮件。他时不时会给她发些信息，但这是她第一次回复。

> 丹尼尔，请别再给我发信息了。祝你万事顺利。
>
> 安

他又读了一遍，她祝他万事顺利，这证明了她仍然在乎她，否则她都没必要打这几个字来回复。他记起她清脆的、低沉的嗓音，声音里没有令人厌恶的刺耳感，也没有强加进去的感情。他渴望自己像她一样果断，像她一样有能力。他会继续给她写信，直到她理解他。因为他就是这样被改变的：他已经失去了他的母亲和好朋友罗兰，失去了那些本该让他觉得自己有价值的东西，但是这一切没有摧毁他。

那么，他也会为安杰尔这么做——学校、成绩、职业，向她展示他能振作起来，她会原谅他的。他怀着一线希望回复道：

我会为你做得更好。

14

贺卡的正面是浅蓝色的格子图案。“亲爱的爸爸，”他写道，“父亲节快乐！爱你的，丹尼尔。”

“因为是父亲节了嘛，”凯边说边在厨房餐桌边的丹尼尔身旁坐下，“我在想……”

他将贺卡折叠起来，放进信封里，舔了一下封口封好。他在信封正面写上：“爸爸”。

“我在想，母亲节总是让我有一点不舒服。我很感激你每次都给我们送贺卡。但是我猜也许这些节日对你来说也不是很舒服的节日，是吧？”

“我不介意。”

“我是说，在你小时候，我觉得自己不值得庆祝这些节日，怎么说呢，就是觉得我作为一个‘继母’，庆祝这种节日不是真心诚意的。伊莱恩告诉我说，只是去取悦附和它们。不过，有一个怀疑自己能力的母亲，对你来说也没什么好处。你需要一位母亲，如果我当不好母亲，那么谁行呢？”凯的指尖抚过桌子边缘，“你刚来跟我们一起生活时，我曾有过这些疑问。”

丹尼尔将他空空的三明治盘子转了半圈。彼得在楼上的书房里，丹尼尔想他应该多花点时间跟彼得待在一起，毕竟这是父亲节啊。

凯的视线从丹尼尔脸上挪开，望向墙壁，然后是厨房窗户。“我们太害怕做错什么，我们想也许你改个名字更好，这样你会觉得自己属于我们，属于我们家，会觉得你有个家了。”

丹尼尔不知道凯是想让他道歉，还是想让他给她宽宽心。不管是哪种，他总觉得自己负有责任，好像他没有达到养父母的某些期待。

“妈妈。”他可不想看到她哭，特别是为了他哭，“没关系的。”

凯站起身，他听见她打开了餐厅橱柜的抽屉。她走回来，将一个扁扁的牛皮纸信封放在桌子上。

“这是什么？”

“是我们关于收养你的所有记录，包括与家庭寄养机构的通信，我们填的表。我一直想把它们交给你。”

丹尼尔打开信封，翻翻那堆文件，看到十年前那个下午他看过的表格和邮件。“谢谢。”这堆文件里没有他之前没看过的东西。

“你爸爸不同意我这么做，他说这只会勾起不愉快的回忆，但是我坚持要这么做。”

丹尼尔来回扳着信封的金属扣。“其实，我知道了一些事情，我应该告诉你。最近我找到我妈了，我是说，我的生母，她在中国。”

他告诉凯，他的妈妈那天去上班了就再也没有回来，利昂六个月后也走了。薇薇安安排他被收养，他的妈妈可能是被驱逐出境了。

凯看起来十分震惊。

“我跟她通过电话，”他最终说，“两次。”

“她说了什么？联系上了怎么样？”凯微笑的嘴角在颤抖，看起来很紧张，好像很痛苦。

“还不错，尽管有点怪怪的。我的中文也生疏了，不过我们还是能理解对方的意思。她现在生活在中国，已经结婚了，在做英语老师。”

“你准备再跟她联系吗？”

“也许吧。”

凯拿起信封，让它的底部立在桌子上，把里面的文件理整齐。“对了，”她说，“有天我接到了一个奇怪的电话，是查尔斯，安杰尔的男朋友打来的。”

“哦？”

“他说你向安杰尔借了钱，一直没还。我问他为什么打给我，他说我应该问你。所以，我想问问清楚。”

丹尼尔试图从凯的话里揣测出她是否含有指责之意，她是否仍然对他做了最坏的假设，他到底是那个搞砸了人生的丹尼尔，还是那个需要被关心的丹尼尔。“她一定是说我有次去剑桥看她的这件事情，那天我正好没带现金，借了点钱付了晚饭钱。”

“似乎不止如此，查尔斯的口气听起来很严肃，安杰尔不是也在吉姆的生日派对上说过小偷的事吗？”

“不是什么大事，查尔斯瞎编的。”

“但是为什么她的男朋友要给我打电话，编造那么一番话呢？请解释一下。”

“没什么好解释的，我所知道的就是，他可能有点吃醋，对我跟安杰尔是好朋友吃醋，有些男孩就是容易吃醋。”

丹尼尔看到，在凯的表情中，混合着痛苦和怀疑，就像那时她发现他被波茨坦分校开除时的表情一样。他站起来，拿过信封：“但是你提醒我了，我忘记还安杰尔的钱了，我现在就开电脑给她转账。”

夏季学期的第一部分，他的功课都及格了。比较政治学得了 C+，微观经济学得了 B。第二部分同样枯燥无味地过去了，早上是宏观经济学，下午是美国历史。七月下旬，罗兰给他发了一条信息，问他最近怎么样。丹尼尔回复道，祝贺他在朱庇特的表演，祝他万事顺利——跟安杰尔在她的邮件里祝福他的话相呼应。安杰尔的祝福并不是真诚的，因为她让查尔斯攻击了他。

那晚，他借了彼得的沃尔沃汽车，开车出去兜了个风。在纽约城的时候他想念开车的感觉：方向盘坚实地握在手里，腾出一只手伸到车窗外，感觉厚重的气流穿过他的指间，在曲折的双车道上轻易地滑行而下。他记起高三时跟罗兰开了一夜的车，一路开到波士顿，喝着加油站的咖啡，跟着混刻 CD 唱歌。他们开到了一个朋友家，然后决定上高速公路，一路向东，无法忍受再在山脊区度过一个周六夜晚了。等他们开到波士顿时，那是一个飘着小雪的清新的冬日早晨，他们在一个路边摊吃了早饭——华夫饼干、煎饼和三丁煎蛋饼。丹尼尔看着慢跑者穿着保暖外套经过查尔斯河上的大桥，穿着毛衣、戴着围巾的大学生手里端着大杯的咖啡。他梦想着离开家，独自一人生活，梦想着离开山脊区后的新生活。当他能够获得自由时，像迈克尔以为他已经过上自由的生活那样。

现在，他漫无目的地在镇上兜着圈。他的手机接着汽车的麦克风，从一首歌跳到另一首歌，一张专辑换到另一张专辑，他听不了几秒钟就对每一段音乐都感到乏味——他对他所有的音乐都感到恶心，他的手机里有五千首歌，该死的却没有一首他想听的歌——然后音乐停止了。

他靠路边停下了车。要不就是他手机没电了，要不就是数据线需要重新插一下。他摇下车窗，听见一片片蟋蟀的叫声，打开车门，走到街上。远处有一些房子，间或有些灯光，角落里还有一丛丛高高的野草，他用脚把它们移开。过去，他和罗兰常常在这附近用他们脏脏的自行车练习平衡特技。他静静站着，感受着这个一个人的夜晚。

这么久以来，他认为音乐是他唯一可以相信的东西：和声、棱形旋律[①]、起伏的鼓声，一个既不是现在也不是过去的世界，一个被歌曲长度占据的空间。每首歌都有自身的灵魂：一首歌可以让人快速振奋或安抚人心。只有音乐能够比大麻或酒精更彻底地让他陶醉。和罗兰在一起时，他想要填满其他人的沉默，淹没他们的想法，以音乐代替之。它不太擅长沟通交流，而更多是攻击和掠夺。这可以让他站在黑暗的街把他内心的压力释放出来，蟋蟀的叫声安慰了他对离开纽约城的懊悔心情——在他的妈妈还没告诉他真相前，他已经将她推开。

大部分晚上时间丹尼尔都待在家里。他写家庭作业，写歌，用一个旧电容话筒在彼得的电脑上录一些音轨，因为彼得的电脑上装了一个盗版的Pro Tools，比他的笔记本电脑处理得快。他正在创作的歌与他跟罗兰演奏的那些音乐不同，他认为罗兰的音乐缺乏结构，不会以一种可预见的方式保持连贯，它们过于赤诚，过于脆弱，它们因为在乎了太多东西而无法酷炫。他不想做那种将自身因素强加到他人身上的音乐，或执意成为并非其本体的音乐。他现在创作的难点并不是让音乐显得夸张做作，反而是让其诚实本真、不设防。

在课堂上，当尼克尔斯教授沉闷地讲着X和Y变量时，他在写歌词。感觉就像他在给一面挡风玻璃除霜，雾气最终会消退，透明的玻璃终会露出来。

在柜子的深处，他找到了一堆磁带，其中一盘磁带上用马克笔写着一个标签：恋尸癖：尖刺上的脑袋！！！！他记起有天下午，在罗兰爸爸的

① 现代派作曲家在音乐创作中，对某些滑音乐器的记谱，往往不用通常的音符，而用线条标出音的走向及其高低变化。高低音交替进行时，谱线常显出棱形，这种曲调称为棱形旋律。

旧录音机上录了这盘磁带，那是他到山脊区的第一年，他们俩和着一个从网上下载的三和弦背景音轨纵情歌唱。他将磁带装进一个厚垫信封，还放了张字条，上面写着："还记得我们过去常常即兴演奏的时候吗？"然后将它寄到罗兰的公寓。

八月的一个周五晚上，他在科迪家，在坎贝尔家的地下室里，喝着啤酒看着电视里的综合格斗实况转播。这些天来，科迪是除了彼得和凯之外，他唯一能聊天的人了，安布尔都不来上课了，她在剩下的夏天假期里去康涅狄格州探亲去了。

比赛结束了，穿黑短裤的拳击手俯卧在地，穿红短裤的对手站在他身上，血从两人的脸上流下来。

丹尼尔把他在彼得电脑上做好的音轨导入了手机里。"你想不想听我最近一直在写的歌？"

科迪看了他一眼。

"你能把音量调小一点吗？"

"等等。"科迪等着想看主持人是否要说什么重要的话。当比赛切换到电视广告时，他调了静音。

丹尼尔拿出他的手机，他听见了熟悉的开头音符、吉他声、他自己的声音，通过微型扬声器传出来显得声音又小又单调。音质太差，无法让歌词的意思充分表达出来。

"那是你？"科迪说。

"对。"他无须再修改或重写这首歌了，只要他不演出，就无所谓。它就是想写他要的那种歌。

"你变了，威尔金森。"歌曲结束后，科迪说。

“这话怎么说？”

“在高中时，你整个人就像，”科迪弯着腰，缩起肩膀，低头看着地毯，“移（离）我卵（远）点，”他说，“你几乎都不说英语！现在你是个十足的美国仔了。”

“你到底在说什么啊？我是说英语的。”

“你把那个也叫作英语？”

“滚开，科迪。去你妈的。”

“你需要一个鼓手，”在丹尼尔朝门口走去时，科迪说，“像黑猫开放麦之夜的那些家伙们那样，他们能摇滚得起来。”

他睡不着，决定坐在门廊里。在找手机的时候，他发现了凯给他的牛皮纸信封，于是一把抓住它，走了出去。

在门廊的灯下，他细读着永久性听证报告的资料。寄养父母计划基于该孩子生母抛弃孩子的理由，请求终止孩子生母的养护权利。他将信封倒过来，狠狠抖了抖，直到里面的所有东西都掉在他的大腿上。

有一张弃权书，上面签着薇薇安的名字。安置：无限期。她签字的另一张表格，授权他被寄养。文件之间还夹着一个更小的信封，里面装着他在第三十三小学的成绩单。他在五年级得了一堆C和D。一张他的老师，一位叫托雷利的女士写的字条，说他应该上补习班。另一张字条写道他于二月十二日被留校察看。他在指定的签字栏伪造了他妈妈的签名，一定是在她失踪后忘了交回学校。

这堆材料中还有一张他们母子的黑白照片，用回形针别在其中的一张表格上，照片的下半部分印着帝国大厦的导览、自由女神像、一只瞪着眼睛的“长颈鹿”开的黄色出租车，还有南街海港的图片说明。照片上的他是个小婴儿，胖乎乎的脸蛋，一小簇黑黑的卷毛，他的妈妈看起来也像个孩子，比他印象中的她年轻许多。这是唯一一张他见过的、自己幼儿时期的照片，也是他仅有的一张关于她的照片。彼得和凯之前干嘛不把它给他？

他将照片凑到眼前，想到薇薇安为他收拾衣服，找到留校察看的表格，给学校打电话要了他的成绩单，翻找过他妈妈的东西，翻出来这张照片。她把这张照片——唯一一样关于他妈妈的纪念物——夹在一堆东西里一股脑扔进一个信封里，交给了社会服务机构。但是，是薇薇安做了这一切，还是他的妈妈做的？她有没有也参与这事呢？他思考着所有的可能性。他的妈妈在监狱里，她被驱逐出境了。她爱他？她不在乎他？你可以这么想，也可以那么想，好比同一个音符听起来可以有不同的声音，取决于你决定怎么去听它。你可以试着去做所有正确的事情，但是内心仍然觉得大错特错。

他找到了她的手机号码，还存在他的手机里，最后一次打了电话过去。她没有接。

第二天，他注册了彼得和凯建议的秋季学期课程，当凯问：“你已经把钱还给安杰尔了，是吧？”他说他还过了。

为了庆祝丹尼尔夏季学期所有科目及格，彼得和凯带他去山脊区餐馆吃了晚饭。在这家店里，他们庆祝过他的高中毕业、凯的书出版、彼得在瓦莱丽·麦克莱伦退休后升为系主任。山脊区餐馆是个灯光昏暗的洞穴式餐馆，木梁结构，穿着褐红色及金色制服的老年侍者非常善于奉承。菜单与餐馆的风格很般配，用华丽的手写体字列有牛排、排骨和法式洋葱汤。

这是山脊区唯一一家你西装革履出现而不显得突兀与不合时宜的餐馆。

彼得点了一瓶马尔贝克葡萄酒，侍者替他们斟好酒，彼得举起了酒杯。“祝丹尼尔，为你回到正途干杯，为你接下来的人生干杯。”

丹尼尔借了彼得的领带，穿上了他仅有的一件西装外套，袖子有点短，但是肩膀有点松。他不断调整领带，将袖口往下拉，甚至他的裤子也比几个月前穿时紧了点，因为现在他开车多，步行少了。

正途就是悬崖勒马。彼得和凯容光焕发。“我们很为你骄傲。”凯说。

他吹了吹汤让它凉一些，用勺子打碎上面的面包。一缕蒸汽漏出来，但仍然太烫，无法入口。他将勺子放在桌子上，圆形的勺面照着他，好像一个问号。

侍者在他们身边走来走去，为他们的沙拉撒胡椒。桌上两支小小的白蜡烛燃烧着，但是红棕色的壁纸和厚厚的窗帘让房间又冷又黑。墙上挂着裱着巴洛克式黄铜框的油画，画着穿着军装的男人和穿着长裙的女人，他们的表情紧绷又严肃。背景是起伏的小山、低垂的柳树和远处一些白色的农舍。

“那是著名的山脊区U形弯。”彼得眯起眼睛看了看一幅画，画上的一侧描绘着一条河流穿过一片草地。

“我没看到什么牛。”丹尼尔说。

“U形弯[①]。河流在那儿转了个U形弯。看到没，它弯曲了自己的流向。画里的这个地方，一定是以前威尔金森的土地。我的祖父在他去世前写的家族史里提到过它。”彼得的声音提高了，“你的祖父曾经拥有那片土地。他种菜、养马。他是个有进取心的人，叫雅各布·威尔金森。”

---

① 这里是丹尼尔把彼得说的“oxbow”（U形弯）听成了“oxen”（公牛）。

丹尼尔将勺子又一次舀进汤中。这些重重的银质餐具，这些过去的人们和生活的地方，有一种安静的悲哀之情在里面。他是最后一个威尔金森家的人，唯一的孙子。他唯一的表亲是凯这边家庭的，他们用了他的叔叔盖里的姓。彼得提起这件事，让他觉得作为这一血脉的最后一个人，他有着极大的责任在身，他不得不做一些特别的事情以不负雅各布·威尔金森的遗赠。他跟这位先辈长得一点也不像。即使像的话，这个人很可能也永远不会接纳丹尼尔，永远不会认为他是一个真正的威尔金森家人。

勺子凝视着他，他俯视着这块金属，希望从中看到自己的倒影，但是太黑了，除了滴落的汤，什么都看不见。

在秋季学期开始的前一晚，丹尼尔在彼得的电脑上编辑一个音轨，这声音听起来很奇怪，又高又尖，对这段旋律来说过于用力了。

彼得的书房书架上放着许多书，严肃的封面上印着关于民主和开放市场的长标题。彼得和凯写的书占据了一半的书架。之前他翻看过，看过作者简介和照片。彼得的书献给丹尼尔和凯，凯的书献给丹尼尔和彼得。电脑上方的墙壁上陈列着他们的学位证书：从学士学位、硕士学位，一直到博士学位。还有其他相框展示着他们其他方面的成就，奖项、文章、学术期刊上的书评等。他摘下耳机，这首歌行不通。

他经过彼得和凯的房间，确认他们已经熟睡，然后回到书房，关上门。他告诉自己这首歌不行，仍然努力尝试的原因仅仅是他想确认它不行，他一边这么想着一边在浏览器中输入“大扑克”。他的呼吸加快了，他输入“.com”，按下回车键。他记起一个旧账号，一个他极少使用，也没有告诉过彼得和凯的旧账号。主页加载出来，看到绿色的背景和数字牌，就像奔向一个熟悉的女朋友。这个几乎被遗忘的账号里还有五十美元，他就玩一局，然后就退出，删除一切。

他挑了一张牌桌开始了游戏，这张牌桌上尽是傻瓜，像经济学课上的那个家伙一样。一个名叫“食蚁兽得克萨斯”的玩家有一对王后，将自己的筹码全部下注。丹尼尔有一对红桃A，他跟注——但是之后他遥遥领先，舍不得退出了。一局变成了两局，又变成了即时锦标赛，他账户里的钱也翻倍到一百美元，然后是三百美元，五百美元。他听着筹码和牌叮当作响的声音，在椅子上手舞足蹈，因兴奋而觉得眩晕，直到他感到一只手放在了他的肩膀上。

“我敲过门。”彼得说。

“爸爸？”他的心止不住地狂跳。他转向屏幕，确认他的胜牌。他的账号里记上了账。在彼得的注视下，丹尼尔向空中挥舞了一下拳头。

这次，彼得很平静，好像他料到这些一定会发生一样。“好了，适可而止吧。”

早上七点，丹尼尔收拾好背包，还是之前他带到纽约城去的那个背包，但是把吉他丢在了房间里。不管他去哪里，他再让他们把吉他寄给他。

凯独自坐在厨房餐桌边，喝着一杯茶。她的眼睛因为哭过肿肿的，下面还有半月形的黑眼圈。

“你不打算叫我留下来？”

她摇摇头：“我收到了伊莱恩的邮件。”

他将背包背起来：“那我走了。”

15

对于从纽约飞回国的旅程他什么都不记得了，只记得黑暗、颠簸，阳光从舷窗的遮光板透进来，他十九个小时都没睡。他走下飞机，走进一个潮湿的下午，一整天消失了。单行道被坑坑洼洼的道路包围着，长长的一路都是尘土和石块，好像机场被丢进了沙盒里一样。他耳边的语言语速都非常快，比他在纽约听到的口音更刺耳、更低沉。

摩托车骑手像秃鹰一样兜着圈。“福州！”他们叫道，“福州！”他往前迈了一步，三个摩托车骑手围上来叫嚷着。第一个骑手说：“上车，快！”丹尼尔刚在后座上坐稳，正在扣上背包的皮带时，骑手加速发车了，他的身子向前倒去。“抓紧。”骑手说。他伸出胳膊抱住骑手的腰，在他们飞快穿过街道时咳得筋疲力尽。他看到其他摩托骑手和乘客们戴着防雾霾口罩。

“你要去哪里？”骑手问。

“福州。”丹尼尔喊道。

“福州哪里？”

“市中心？”

“武夷广场。”

“对。”丹尼尔说。

他们斜斜地驶下一条长长的路，除了偶尔有几辆卡车经过，路上空荡荡的。丹尼尔嘴里吐出砂砾和灰尘，一阵风又将一团唾沫刮回他的牛仔裤上。他无法松开骑手的腰，所以那团唾沫就落在他的大腿上，嘲弄着他，在裤子面料上渗开来。绿色的田野和小山之间时不时有一些建筑群。那些树树干多瘤，枝繁叶茂，看起来比纽约上州的松树、橡树更老，更亲切友好。

“你从哪里来？”随着田野渐渐变成高楼大厦，骑手问。

“美国。”

“哈！”

“纽约。”

“中国人？”骑车问。

“对。”

“广东人？”

“福州人。”

骑手发出了轻蔑的一声：“不是吧。”

“是的。我妈妈是闽江人。”

“唔。”

四车道的路上挤满了汽车和公交车。交通拥堵，骑手慢下来了，他们周围水泄不通，汽车喇叭声一片。骑手点了支香烟，烟气直接飘到了丹尼尔的脸上。绿灯亮了，他将烟头扔到地上，加速骑行，丹尼尔贴着他的后背颠簸得厉害。

他在一条靠近一家必胜客和商场的繁华街道下了车。

“你知道这附近有什么宾馆吗？”

“那边。”骑手指着天桥和环形交叉路口的那一头说。他长着一张满是粉刺的娃娃脸，丹尼尔发现他俩年纪差不多大。

“多少钱？”

“五十块。”

丹尼尔拿出一张一百元钞票。

“你说话很搞笑。”骑手给他找回零钱，“你有广东口音。”

丹尼尔在下车处附近的闽宾馆订了一个房间，那是一栋六层高的建筑，整个地面都铺着橙色的地毯。直到他付房费时才发现骑手只找给他二十元。

他的房间在三楼长长走廊的尽头，双人间，有两张大床，比单人间贵很多，他们只剩这一间房了。前台店员说。丹尼尔太累了，也因为他的口音而害臊，就没有讨价还价。他爬上靠近窗户的那张床，床单和枕头闻起来一股烟味，尽管他要求住的是无烟房间。他可以等自己的中文说得更顺溜时再叫她，也许那时他的发音听起来就不那么广东腔了。

三个小时后他醒了，头很疼，房间黑乎乎的。闹钟显示是傍晚，等他拉开窗帘时，太阳光几乎已经消失了。下面一排公交车悠闲地排在车流里。一群人站在必胜客门外。他不知所措地坐在床上，计算着纽约现在几点了，自己已有多长时间没有吃东西了。他打开手机，拨了他妈妈的号码，但是号码不通。他又打了一次，还是不通。宾馆没有无线网络，因此他无法上网查查他是否要先加拨什么特别的号码。他用床边的座机又打了一次，但回应他的只是一段自动语音信息，说他无法拨出电话。这一切又变得像山脊区星球一样了。

“你得先拨这个号码。”当他下楼到前台时，店员告诉他说。

“即便只是给附近的地方打个电话？”

店员的眉毛就像两道减号。“你的手机在这里用不了，”她说，“如果你用你房间里的电话，先拨这个号码，然后你就能够拨出去了。如果你能提供一下信用卡，我们就可以把电话费用挂在你的账上了。”

丹尼尔努力理解着店员飞快说完的话，想着自己怎么回答。他掏出信用卡，既然机票钱都付了，几通电话费用算不得什么了。

他回到房间，用床头的座机又一次拨了他妈妈的号码。这一次，他给她的语音信箱留了言。

“妈妈，是我，德明。我在福州，想见见你。我住在武夷广场的闽宾馆，三二三房间。请给我回电。”他留下了房间的电话号码，出去吃晚饭去了。

秋天的福州闻起来像烤肉味。有窗户的楼宇让他想起眼睛，注视着他曲折的旅程。有些楼很宽，一排窗户高高低低地排列着，像一块一块的灰色胶带。有些楼又窄又高，屋顶是尖的或圆形的。有些楼看起来像打开的贺卡，立于地面上，好像伸出胳膊要拥抱他。有些楼只盖好了一部分，顶部还是脚手架搭出来的框架，从远处看像是一堆配错的玩具。它们有一种建筑设计上的不协调，但是也说得通。相对于秩序，丹尼尔更喜欢混乱无序，喜欢楼与楼之间空地上的树，树叶碰到老房子低低的屋顶。这个城市看起来在努力往上建造着自身，但是从未完全成功。这是一个失败者的城市：充满野心，乱糟糟的，饥渴，是那么随意，无计划性，似乎一夜就能垮塌，第二天早晨又能重新组装好。

福州的声音是深蓝色、黄色和橙色。福州话和普通话在他耳边萦绕，即便是他没有听懂的词语和短句，他都感觉像是跌入了温暖的浴缸。英语一丁点都听不到了，在任何地方都没有，不在街上的招牌里，不在公交站里和公告牌里，不在他无意中听到的声音里，不在出租车播放的音乐里。在如此陌生的街道听到如此熟悉的乡音，这种感觉像离奇的幻觉一样。他从未来过福州，但却像他早就认识这里一样。他的大脑努力保持警惕，他在心里用英语跟自己说：我在中国！我在中国！

他转身避开一辆沿着人行道骑下来的电动车，一个骑自行车的人差一点儿在转弯处撞到他。当他停下脚步时，他身后一个女人叫道：“让开！”他躲进最近的商店以弄清方位。努力了一小会儿之后他想起了“地图”该怎么说，于是用他在机场货币兑换窗口换的钞票买了一张城市地图，但是当他打开地图后，他发现街道名称都是用中文写的，他看不懂。

他看见一家人向一条几乎是隐藏在高楼大厦之间弯曲的小巷走去，于是沿着石墙跟着他们。墙上粉刷着标语，告诫人们洗手的重要性。跨过中央透着油膜光泽的小水坑，他走进一个院子。武夷广场的喧嚣消失了，这里的建筑让他回想起三巷里的房子，两层楼的家，砖墙，洗过的衣服晾在外面。孩子们正在嬉戏玩耍，老妇人坐在塑料凳子上，用报纸当扇子扇，谈论着某某人的女儿嫁了某某人的儿子。他看到家家户户正在家里做晚饭和吃晚饭。他的嗓子里像堵住了一大团什么东西。

他在两栋房子之间发现了一家面摊，点了一碗蔬菜猪肉粉丝汤，欣慰于没人评论他的福州话。食物端上来了，他狼吞虎咽地吃完了，又喝了几杯茶，直到他的头痛平息下去。在回宾馆的路上，他迷路了，绕着一处可怕的半拆毁的建筑工地走了长长一大段路，等他找到武夷广场时，天都黑了。

宾馆房间里没有新的留言。丹尼尔洗了个澡，让浴室里充满了水雾。他又给他妈妈打了个电话，又留了一次言，然后躺下了。早上七点，阳光从拉开的窗帘之间洒进来，唤醒了他。她还是没给他回电话。他感到眼睛里一阵刺痛，他千辛万苦到了这里，她却不想见他，他无家可归，无人可依了。

两天前，他带着银行卡里的九百六十块钱离开了山脊区。在半夜凯和彼得让他离开的那场闹剧后，他平静地提现并退出了游戏，删除了扑克账号，买了第二天下午从雪城机场到福州的机票。早上七点，在橡树街的街角，他给科迪打了电话。

“你能帮我个大忙吗？”他说，“我需要你送我去机场。”科迪开着吉普车接上了他，他还带了告别礼物——一包他最近拔智齿时得到的维柯丁，让丹尼尔带上飞机。当他在机场提前六小时办理好了登机并过了安检后，他独自坐在空空的登机口，意识到他在发抖。最终，他还是无法做到彼得和凯希望他去做的事情。还有三个学期的课，接着是读研。留在上州。他也无法做到罗兰希望他去做的事情，演奏罗兰希望他去演奏的音乐。如果他能跟他的妈妈私下里谈谈心，也许他会明白自己到底该成为什么样的人。

现在，在宾馆里，他真希望他有她的地址。他所知道的仅仅是她在电话里告诉他的信息，她住在西湖附近，在一家学校教英语。他又打了个电话，给她留了一条信息，然后乘电梯下到大堂。“你可以帮我查一个地址吗？”他问店员，“一个叫郭波莉的人，或者叫郭佩兰，她住在西湖。”

宾馆唯一的一本电话号码簿已经是五年前的了。店员翻着号码簿：“郭……郭。”她的食指翻过一页一页的书页，“我没看到有叫波莉或佩兰的。有一个彭，潘……有姓郭的人，但是地址并不在西湖附近。”

她结婚后有可能改了姓，但他不知道她丈夫的名字，只知道他有一家纺织厂。

“你知道附近有什么英语学校吗？”

“你想学英语？”店员问。

“呃……是的。”

“我的朋友在高速公路附近的一家英语学校上学，我可以帮你问问她。”

“是在西湖边吗？”

店员拉开一个抽屉，取出一份地图。“看，我们在这里。”她指着一个地点，“西湖在上面，这里。”她划出一条线，穿过城市，手指停在一块绿色的区域，“你可以坐这路车，车站在两个街区之外。”

丹尼尔问有没有电脑可用，他想上网查一下。他可以试着找找英语学校，用在线翻译软件将中文翻译成英文，打电话问问他们有没有一个叫波莉或佩兰的人在那儿工作。店员说不远处有家网吧，但是大概还要一两小时才开门营业。“你需要吃早饭吗？”她示意大堂远远的那一角，一块屏风后面摆放着一些桌子。她说早餐是包含在房费里的。

桌边坐的是一些头发花白的老年人，穿着绿色衬衫。丹尼尔在一个留着浓密山羊胡的男人旁边坐下，他对面一对夫妇用普通话交谈着。一位宾馆员工过来问他住在哪间房，查了查笔记本，然后端来一个托盘，上面有一碗稀稀的粥，一小碟盐味花生和腌菜，以及一盒配有细吸管的豆奶。丹尼尔揭开粥上的塑料保鲜膜，喝了一勺，味道像水煮的硬纸板。

其他人都没有吃完这些食物。“你们在学校工作吗？”他问。

“我们是旅行团的，”桌子对面的女人说，“十五天游十个城市。”

山羊胡子男看了一眼丹尼尔的粥。“别吃那个屎一样难吃的粥了，路那头有个面包店，我们准备一会去那再吃一顿。”

丹尼尔笑了。“这粥吃起来一股屎味。”他很喜欢用中文骂脏话，中文的脏话比英文丰富多了。他要费力才能记住“地图”和“电脑”用中文怎么说，但是脏话，他熟记心中。

他推开盘子，站起来。之前他只关注着找到他妈妈这件事，忘记给一个人打电话了。“旅行愉快。”他说。他上楼，给他认识的，仅次于他妈妈的第二个最爱满嘴脏话的人打了电话。

“你在那个破宾馆里做什么？”利昂在电话里嚷嚷着。

丹尼尔告诉那个被他搞糊涂了的店员说他要退房，尽管他已经付了另一晚的房费。按照利昂的指点，他坐公交车到了高速公路另一侧的街区，穿过比武夷广场人少多了的街道。利昂住在一栋方块形的楼里，水泥外墙，共四层楼，每层五户，走廊边安装着金属栏杆，形成一个大大的方形网格。丹尼尔穿过碎石停车场，上了楼。走廊上堆满了自行车、塑料冷却器、水皮球和花盆。在一间公寓门口放着一只巨大的泰迪熊，亮蓝色的皮毛，塞在一把儿童尺寸的躺椅上。

他按响了九号公寓的门铃。一辆粉色的三轮车锁在门对面的栏杆上，上面贴着卡通人物贴纸。他听见了脚步声和打开门闩的声音。

“你来啦！”利昂的头发卷卷的，已经花白，他的胸膛和肩膀都更瘦削了，但是他的笑容一如既往。

“你好，利昂。”丹尼尔说，不禁露出了满脸笑容。

天花板上挂着盆栽花草，架子上、桌子上和窗台上也都有花草，它们绿色的长藤顺着墙壁垂下来。丹尼尔跟在利昂身后穿过客厅来到厨房，一个女人正在餐桌边看着报纸。

“这是我的爱人，爽。”利昂说。

“你好，德明，”爽说，“很高兴终于见到你了。”

桌边还有一个小女孩。她有着利昂那样宽宽的嘴巴和爽那样瘦长的脸。她前后荡着腿，以 2/4 拍敲打着金属的椅子腿。她弯腰伏在一本填色书上，在她握着蓝色蜡笔全神贯注画画时，她的马尾辫也在晃动着。

“丽芝，”利昂对女孩说，“跟你的表兄德明打个招呼。”

她抬起头来：“你是我的表哥？”

“你好，丽芝，”丹尼尔说，“你在画什么？”

“一个公主。”她吸了一口盒装的苹果汁，“她正在吃三明治。”

“你坐公交车过来很顺利？”爽示意他坐到她旁边的椅子上。

“很简单，没问题。”

“我跟利昂说，让他打个车去接你。我说，他大老远地一路跑来这里，你让他坐公交车？他会迷路的。”

“德明对坐公交车很熟的。”利昂靠在门框上，“他可是住在纽约。既然坐公交车更快更便宜，干吗还打车？”

爽摇摇头，但是丹尼尔看出来她笑了。“你留下来吃晚饭吧，你可以睡在丽芝的房间，她可以跟我们睡。”

“真的？”丽芝说。

“对，你跟伊妈和伊爸一起睡。”

“这对她来说可算是难得的乐事呢。”利昂说。

“我不想给你们添麻烦。”

“你开玩笑吧？难得大儿子从美国来看我们，”利昂说，“你想在这里待多久就待多久。”

丹尼尔的脸红了。“可别当这么个坏主人，”爽说，“给我们的客人拿点喝的。”

利昂打开冰箱，拿出两瓶青岛啤酒，递给丹尼尔一瓶。“来吧，我带你看看我们家其他房间。”

跟利昂一起喝酒感觉怪怪的，但是丹尼尔很感谢有这瓶啤酒喝。利昂带他走出厨房，进入一个有着三扇门的过道。“浴室在这里。”他指着左边。另外两间是卧室，小一点的是丽芝的卧室，墙上满是卡通动物贴纸，铺着印有黄色小鸭子图案的紫色床单。后面的那间卧室是利昂和爽的房间，窗户对着一个太平梯大小的小阳台。利昂掀起门帘，丹尼尔跟着他走到阳台上。从阳台望过去是一个垃圾箱，周围都是空塑料瓶子和塞得满满的垃圾袋，空气里有一点垃圾的臭味。远处可见山的轮廓。

一盆紫红色的花挂在栏杆的钩子上。“爽很爱养花，”利昂说，“她在沃尔玛园艺部工作。你喜欢我们家房子吗？”

柔和的声音从别家的窗子里飘出来。水龙头放水的声音，锅碗瓢盆的声音，婴儿的哭声，收音机播报的声音。

“很不错，”丹尼尔说，“你们在这里住了多久了？”

“两年了。这房子建得牢靠，我们地基很稳。我研究过地基。我的表亲认识一个给地产商工作的人。我那表亲开了一家公司，我在他那里上班。我们做进出口生意，我主要做海运方面的工作，这比切肉要好。”利昂放下瓶子，“跟我说实话吧，你一路跑到福州来，不是为了见我吧？”

“我本来也打算见你的。”

利昂笑起来，丹尼尔快速眨眨眼，试图盯着远山的轮廓。

那晚，他在丽之的房间，在驴、大象、奶牛、狮子等动物贴纸的影子下睡着了，等他醒来时他听见了电视机的声音。他看了看手机，早上十点了。如果他的妈妈给宾馆打了电话，他就没法接到她的电话了。

利昂正在客厅里吃吐司面包。

“我得去趟宾馆，”丹尼尔说，“我妈妈也许给那边打了电话，我要去查一下电话留言。”

“你要来片吐司吗？”利昂举起面包。

“你今天不上班？”

“今天休息。”丹尼尔穿上鞋子，“我要回宾馆了。”

“别走，我们去趟西湖。”

丹尼尔走到窗前，掀起百叶窗帘，他听见了外面的鸟鸣。“为什么？”

“我们一起去找你妈妈。怎么，难不成你想整天干坐着等她给你打电话？”

“我应该回宾馆。”丹尼尔说。

“我们可以在家打电话给宾馆问问，看看有没有找你的信息。之后，我们再去西湖。”

“但是我们不知道她的具体住址。”

“你说她告诉你她住在西湖。我觉得有这些信息就够了。”

“我们就四处走，喊她的名字，直到她从某一栋楼里出来？”

“别傻了。”

丹尼尔抚摸着爽的一盆花草的叶子。“我们也许会找到她，她也许会当着我的面摔上门。”想象着这个场景，得到多年来求索的最终答案，让他消沉。

“好啦，如果你出现在她家门口，她不会那么做的，毕竟你是她儿子。”

西湖那带没有坑坑洼洼的路面，行人更稀少，林荫道和单层的店面，让这里看起来像富裕的美国郊区。公交车经过一个公园的入口和一排高耸的公寓楼，利昂示意司机停车。“你说过她告诉你她住在西湖边一个带阳台的公寓里，”利昂说，“这些都是公寓楼，它们俯瞰着公园。”

“肯定有上百栋楼吧。”

“它们都有楼层指南的，我们过去查一下，看看你妈妈的名字在不在。或者我们问问门卫，这些有钱人，总是有门卫的。”

利昂将他的妈妈称为“有钱人”，这种感觉像背叛一样。他们看到的第一栋带阳台的楼，大门口有保安。当利昂问有没有一位名叫波莉或佩兰的人住在这里时，保安说他不能透露住户的私人信息。

他们沿着路的弯道向前走。一辆公交车按着喇叭飞驰而过。第二栋带阳台的楼有两个门卫，但是没有大门。“这里没有人叫波莉或佩兰。”年轻一点的门卫说。

他们找到的第三栋楼没有门卫，但有高高的大门，可见之处没有楼层指南。第四栋、第五栋、第六栋和第七栋楼既没有门卫也没有楼层指南。

当丹尼尔还是德明时，他以为他的妈妈是战无不胜的。她比其他成年人嗓门更大，更有趣，更麻利，更聪明。他从来无法在她面前保守秘密，比如他的成绩，他是不是按时倒垃圾，是不是他把面包屑洒到地板上了。她并不是特别严格或冷酷的人，但是她很尖利，凡事先行一步。她很有能力，勤奋工作，不管她多累，她都很关心他，对他的事情很上心。但是从某时开始，情况发生了变化。

他们的左边是围栏，下面就是公园。丹尼尔停下了脚步：“她不想跟我说话。”

利昂也停下了脚步。“你妈妈，她很难懂。”

丹尼尔真希望自己会用中文说“低估”这个词。

“你对她来说非常重要，不管是什么让她害怕与你说话，都不要忘记这一点。”

“她甚至都没对她的丈夫提过我。”

“是吗。”

他们靠在围栏上，看着车辆经过。已经过了中午了，太阳灼热。丹尼尔真希望自己戴了墨镜，他把墨镜丢在山脊区了。

他们又继续前进了，但是走得更慢了。“在她回国后，我见到她时，”利昂说，“她的内心有什么东西破碎了，她不希望任何人知道。”

“你见过她？你说你只跟她通过电话。”

“我们确实见过彼此，在丽芝还小的时候。”

“但是你告诉我——”

“别怪薇薇安或你妈妈，怪我吧，是我撒手离开了。要是我们能重新来过的话，德明，我们还会在纽约，在那张你妈妈厌恶的丑沙发上。”

“现在我们应该都买了一张新沙发了。”一辆有着隔热玻璃窗的黑色 SUV 从小山上疾驰而下。“你知不知道，你走后大概一年，我又去了一次那间公寓？一户新人家住在那里了。”

“有时，”利昂说，“当爽和我安顿好丽芝上床睡觉后，我不禁会想，事情就变成了这样。这是我的生活，有一个想嫁给我的女人，有了我们的孩子。现在我怎么能放弃这一切？”

丹尼尔想到演出时在台上听到的观众的欢呼声。“我也这么想。有时候。”

“所以，也许她也是这么想的。”利昂说。

丹尼尔看到街对面有两栋楼，被一片灌木挡住了一半。他的妈妈，过着她的新生活的妈妈——不是那么回事。他需要告诉她，她不能就这么抛弃他，假装他不存在。“我还是想找到她。”

几小时后，他们已经把西湖这一带看得见的、带阳台的楼都找遍了，天气也从酷热变成了闷热。他们喝完了在小便利店买的几瓶水。在便利店的时候丹尼尔看到一位与他妈妈年纪相仿的女人，一闪念希望是她，尽管那个女人跟她完全不像。他们回忆起了纽约，丹尼尔跟利昂讲了山脊区的事情，他又是如何休学的。

他感觉自己说中文越来越舒服，不再顾虑重重了。尽管说每一个句子都比较费力，尽管他说英文时觉得更像自己，但是听中文和说中文就像在重听一张多年没听的专辑，感激于那些声音依然坚实稳定。

“我们要不要折回那些没有门卫的楼，看看有没有办法进去？”在利昂的家里，还有啤酒等着他们回去喝。他可以改日再来西湖找寻，但是他很怀疑还有没有机会。

“试试看吧。”利昂说。

他们转上另一条街往上爬，这条街比上一条街还陡峭，底下的公园只隐约可见了。“我们回去吧。”丹尼尔说。

“这边，让我们试试这栋楼吧。”他们面前是一栋六层的楼，有一扇银色的大门，阳台伸出外面，门外有个住户名单，“有个姓高的，但不是郭。”

“我们回去吧，”丹尼尔说，“明天我去网吧试试，找找英语学校。”但是他已经丧失了搜索的精力。和利昂一起找了一整个下午，足够了。他可以告诉自己他去找过了，努力过了。

“等等。”利昂指着一个地方，“那边。”

丹尼尔顺着利昂手指的方向，看到一点点蓝色的水面，太远了，他难以辨明到底是什么。

“看啊，你能看到大海了，我们一定爬得很高了。”

“德明，你妈妈小时候喜欢去什么样的地方？在纽约城的时候她爱去哪里？”

“去水边，河边。但是现在我们在城中心，附近没有什么水域啊。”

“如果她打算住在一间有阳台的公寓里，她想从阳台上看到什么？水！这就是她生活的街道，”利昂说，“一定是。”

他们继续爬着小坡，接下来的两栋楼没有阳台，因此他们跳过了没去看。在街区的尽头剩下最后一栋楼，它带阳台。

“这就是她的住处。”利昂说。丹尼尔真希望他也能像利昂这么肯定。

保安是个有着宽下巴的老头儿，在一个狭小的岗亭里看着一本平装书。“请问有什么需要我帮忙的吗？”

“我们在找您这栋楼里一个叫佩兰或波莉的人，”利昂说，“能不能帮我们给她家打个电话？”

“这里没有叫这个名字的人。”

“您确定吗？”丹尼尔说，“她中等身高和体重，嗓门很大，脖子上有颗痣。”她现在也许更瘦了或更胖了，也许整了容。但这是最后一栋楼了，他们最后的机会。“她的姓也许不是郭，但是她的名字叫波莉或佩兰？”

“没有。”

“她嫁给了一个开纺织厂的男人，她在英语学校上班。”

门卫继续看书了：“告诉你们了，没有。”

“好吧，”利昂说，“谢谢了。”

他们沿着人行道走下去。“好吧，我们努力找过了。”丹尼尔说。

“我们尽力了。”

“现在我们回家吧。”

“你饿不饿？我知道有家馆子不错，我们可以过去吃一顿。不在这附近，这一带的食物都太讲究了。但是我说的那个地方，他们有羊肉捞化①，面条是手工做的。”

“等不及想去吃啦，”丹尼尔说，“我饿了。”他还没有订返程机票，但是他可以买张几天后的飞机票。利昂和爽对他很好，但是他不想再有更多要求。你不能随便从什么地方冒出来，然后指望自己被当成亲儿子一般

① 捞化，福州著名的小吃。捞指放到沸水里捞一下，化指兴化米粉。米粉出锅后通常加上青菜、猪血、大肠、牛肚、百叶、花蛤等配料。

对待。

与市中心相比，西湖的人行道非常干净。一路上没有口香糖或垃圾，没有像纽约街上神秘的橙色水坑或恶作剧一般的狗屎。一颗鹅卵石从人行道上滚下去，畅通无阻，丹尼尔踢了一脚，看着它滚向右边。

“停。”利昂说。

丹尼尔停下了脚步。他看到树篱中有一条间隙，一条小径通向一片开阔的地方，那边有一栋楼。当他仰起头时，他看到一栋米黄色的高楼和一层又一层的阳台。

“我们肯定是漏了那栋楼。”利昂说。

他们转上那条小径，楼前有个保安，穿着黑色裤子和深灰色衬衫，他正将烟灰弹进一只金属烟灰缸里。

他们问了一整个下午都在重复的问题，保安摇摇头。这栋楼里没有叫郭波莉的人，也没有叫佩兰的人。

“没有佩兰？”利昂重复了一遍，好像不敢相信。

“她是个英语老师，一家英语学校的主任。”

“哦！你们早说嘛。我知道你们说的那个老师。”

“波莉。”利昂说。

“林波莉。”

“你刚才不是说这栋楼里没有叫波莉的嘛。”丹尼尔说。

保安举起一个电视遥控器，在一个隐藏的键盘上按下了几个数字。“我替你们呼叫一下那户。”

利昂在小径上徘徊着，他T恤的后背都被汗湿透了。保安放下遥控器说：“他下来见你们。”

“他？”丹尼尔问。

“勇，波莉的丈夫，波莉现在不在家。”

利昂抬起了眉毛。保安点燃另一支烟。丹尼尔很想喝水，但是他们的水已经喝完了，瓶子都空了。他不知道一会该对他妈妈的丈夫说什么。

五分钟后，楼道门打开了，一个男人出现了。他穿得像个黑帮大佬一样，黑色的衬衫扣子扣得严严实实，外面套着黑色西装，戴着黑色墨镜。当他走近时，丹尼尔注意到他银色的袖扣和玉戒指。

男人冲着利昂和丹尼尔点点头：“我是林勇。”他的声音粗哑但很温柔，他的头发像刚染过一样，乌黑发亮。他脸上的皱纹让他看起来比利昂的年纪更大一些。“你们有什么事吗？”

“我叫德明，我认识你的妻子，在纽约就认识了。这是利昂。”他不确定接下来该说什么。勇身材并不高大，但是看起来像个可怕的家伙，如果你侮辱了他或说了错话的话。如果妈妈从未对她的丈夫提起过他，如果说出自己是谁，他也许不但会将她置于危险，而且自己也难逃一劫。

勇摘下墨镜，端详着丹尼尔的脸。“你刚说你的名字叫什么来着？”他的两颗门牙镶了金。

“郭……德明。”

“哦，你是她儿子呀！难怪看着那么像她。我能看出来像，鼻子、嘴巴、下巴！真是不可思议。她提到过最近跟你通过电话，你住在纽约？”

丹尼尔和利昂对视了一下，笑起来：“是的，我回来探亲。”

“等她知道错过了你，她肯定会很难过的。”

“她在哪儿？”

“北京。她工作的学校打算拓展分校，她出差去调研市场了。这周北京有个关于教育的会议，所以她也过去参会。”

“我这几天一直试图打通她的电，我留了很多言。”

“她的手机在火车上被偷了，昨天她从宾馆给我打过电话。”

“她什么时候回福州？”

“这周末。”勇将他的手机递给丹尼尔，“这个名字，英语教育者会议。在花园宾馆。”

丹尼尔把手机递给利昂让他翻译。“我不认识中文。”他说。

汤和羊肉确实像利昂说的那么鲜美，特别是配着冰啤一起喝时。当他们回到利昂家时，丽芝和其他三个孩子正在停车场骑车玩，爽和另外两个女人坐在躺椅上，喝着一听冰茶。

“猜猜谁明天要去北京？”利昂说。

丹尼尔听利昂描述了他们这一天的经历。当话题转到最近从这栋楼搬走的一户人家时，他找了个借口走开了，在停车场转了转。清风微微袭来，他胳膊上和头上的汗都被吹干了。天空变成了浅紫色，在白天的酷热下散发出的垃圾臭味也消退了。丽芝和其他小孩扔下自行车掷起了球，他听见丽芝对她的朋友说：“那是我从美国来的表哥。”

他向她的方位挥挥手。“德明！”丽芝说，“接着！”

他看到球弹到空中，变成一团飞速运动着的模糊的黄色，他举起胳膊，抱住球。“小心，丽芝！”他大喊着，将球扔回去。

16

北京是一座充满了环线的城市。六条环线，一圈比一圈更大，像一系列的水泥甜甜圈。火车站在二环。从福州始发的高铁要十二个小时，丹尼尔只短暂眯了一会儿，因为久坐而觉得腿疼。他拒绝了火车站外蜂拥而至的摩托车手，打了辆出租车去花园宾馆。随着他越靠近内环，建筑物越错综复杂，不管是闪着霓虹灯的高楼大厦，还是有着扇形屋顶的老楼。最高楼的上半层隐藏在雾霾中，人行道上的一些人戴着口罩或用围巾裹着嘴巴。狂乱的电子音乐从广播里传出来，是痉挛的红色。“麻烦把音量调高一点。”丹尼尔对司机说。车里充斥着过度加工的声乐，一个家伙用普通话唱着饶舌。“请再调高一点。”司机按照他的要求做了，颜色更深了。“再高一点。”

英语教育者大会的举办地点在花园宾馆的一楼。丹尼尔付了车费，用普通话对司机说了一句“谢谢”，取出他的背包。这条街两边都是商店，向游客卖假的玉器珠宝和佛像，他听见一个人用英文说“该死的，我需要睡一会儿”，长元音听起来十分滑稽，十分夸张，也十分难听。

他走进宾馆的旋转门，穿过大堂，经过前台，再转弯，两位别着白色工牌的女士坐在一个签到台边，台上放着书和杂志。中英文双语的会议日程表立在一个金属架上，他看到了他妈妈的名字，林波莉，是“青年教育学习者”小组座谈会中的发言人之一，发言时间上午十点三十分到十一点三十分。他看了看他的手机，现在是十一点零五分。

一个从苏州一所英语学校来的男人拦住了他。他穿着蓝色西装，名牌上显示他名叫“明”。“你有名牌吗？”

“不好意思，我肯定是丢在房间里了，我要回去拿吗？”

明转向签到台的两位女士。在他们三人商议的时候，丹尼尔已经溜进了礼堂，钻进了他看到的第一排空座位，坐在礼堂的倒数第二排。他的视线被一根柱子挡住了一部分。台上坐着一位男士和两位女士，其中一位就是他的妈妈。第三位女士，也是主持人，坐在单独的一把椅子上。他的妈妈正在对着麦克风发言。“我要说的就是这些。”她说。她的话清晰又有力。她左手拿着麦克风，用右手做着一些强调的动作，丹尼尔很高兴看到她说话时还是那么爱做手势。“你无法把教授年龄大的成年人的方法，用在年轻人身上。这不是万全之策。”场下几个人鼓起了掌，丹尼尔也加入进来，让自己的掌声异常响亮，在礼堂回荡。

主持人向那位男士问了一个关于设计一种有中文注解的英文课程的问题，他妈妈把麦克风递过去。她戴着一副金色细边框的眼镜，穿着一件修身的棕色西装，一件带有褶皱的奶白色衬衫，那些褶皱看起来充满活力；她还围着一条佩斯利花纹的丝巾。她一头波浪般的卷发，头发短而蓬松。她看起来完全不像年龄增长了十岁，他看不到她的一点皱纹或白发——至少这么远远地看去看不到，但是她看起来更整洁、更精致了。她不像卡洛学院的教授们一副嬉皮士的打扮，也不像彼得或凯穿着里昂比恩的户外服装，而更像是一个地产经纪人或银行职员。她穿着裙子，她看起来像别人的妈妈。

那位男士把麦克风递给他妈妈旁边的那位女士。在她发言后，他的妈妈又发言了，丹尼尔感到一股自豪之情腾起，为她说话时那种自信又智慧的感觉，为她流利的普通话而骄傲。那位男士发言时结巴了一下，麦克风放大了他的这次卡顿。另一位女士的句子充满了令人苦恼的停顿，但是他妈妈的发言一气呵成。

主持人问观众是否还有问题。靠近前台的一位女士喋喋不休讲着她创立的一个项目，直到主持人打断了她。丹尼尔举起了手，主持人走过来。他参加了那么多场演出，知道他妈妈从台上无法看到礼堂后排的情况，特别是还有根柱子挡在这里。他尽力模仿北方腔来说话，尽量不让自己笑场，因为他的普通话说得太不好了。“我想多了解一些中国学校的双语教育情况。你既教中文也教英文吗？那些可以说双语的学生怎么办？”

台上的那位男士回答了问题，谈到他所工作的学院里采取的一个措施，但是丹尼尔看到他的妈妈在环视礼堂，试图找到他，但是脸上尽量保持不动声色。他憋住不笑。

在小组座谈会结束后，她推开那些等着跟她说话的人，找到了他。

“德明！你吓死我了！”

她睁大了眼睛。他们注视着彼此。她化了妆——他记得她以前是不化妆的——她的脸上擦了粉，显得光滑。听到她的“咒骂”，他如释重负，知道在这个崭新的、精致的外表下，她的一部分依然没变。

“你好，妈妈。”他的脸和手都发烫起来。为什么说出这个词让他觉得不好意思？感觉就像是他声称某个不属于他的东西是他的一样。

他妈妈的嘴唇颤抖着，他的心跳得厉害，他都能听见耳朵里血脉的搏动声。人们从他们身边经过，但是丹尼尔和他的妈妈呆立在原地，看着彼此。他感受到了她热烈的目光，有种冲动想躲开藏起来。他想向她道歉自己已经长大了，已经和从前的自己大不一样了。

主持人赶过来：“我们准备跟这群上海来的团队去吃午饭了，波莉。”

“我不去了，”她妈妈目不转睛地说，“我儿子来了。”

主持人转过身：“这是你儿子？你一定是双语教育老师。”

“差不多吧。”丹尼尔说。他想对主持人吼一声让她别管闲事，难道她看不出来他们不想被打扰吗？

他妈妈挽住他的胳膊，他能感觉到她在颤抖。“走吧。”她说。他们穿过大堂，走出宾馆。她穿着黑色的高跟鞋，又长又尖，她的动作中有一种过度补偿的感觉，她的脸上小心翼翼地调节成一种中性的表情。她挽着他，带着他走上一条繁华的街道，上了一辆出租车，用语速很快的普通话告诉司机他们要去哪，然后在某一环路上，他们陷入了似乎无穷无尽的车流中。

“你一路从纽约过来。”她说。

“我几天前从纽约飞过来的。”

她的声音听起来有些尖，有些哽咽：“你跑了这么远！”

“嗯，今天我从福州坐火车过来的。”

她从手提包里拿出一块手帕，擦了擦额头，然后擦了擦眼睛：“我不喜欢像那样坐在台上被人看着。”

“但是你很棒啊。”他注意到她脸上肌肉的微动，她很费力地保持着镇定。“那你上课时呢，在整个班级的学生面前？”

“那还好，尽管这些日子我不太教课了。我现在的工作更多是行政管理。你饿了吗？勇给我发了邮件，说你去过家里。”

“我想给你一个惊喜。”

“不知道哪个浑蛋在火车上偷了我的手机，我不得不重买了一个，换了新号码，真是烦人。我希望你的手机还在。”

他摸了摸口袋：“在的。”

“你之前从没来过北京，是不是？”

“没有。”

“这是我这个月第二次来北京了，我的工作出差比较多。”

“你喜欢北京吗？”

“这里有很多变化。”

“我去福州的时候，发现到处都在开工建设。”

“这里也是。政府把那些在这里住了好多年的人的家都拆了，他们说会给这些住户合理的补偿，但是他们被安置到外环条件不那么好的公寓楼里去了。”

“听起来跟纽约一样，现在中国城都是又大又新的楼了，有门卫，住着白人。”丹尼尔看着道路畅通了一会儿，然后车子又停下。他们每十秒钟可以往前挪一点。不管他的妈妈要带他去哪里，似乎都要明年才能到了。

旁边的车道上卡车颠簸行驶着。“十年前，那个车道还是自行车道。”

“你宁可骑自行车？”

“不要。”她笑道。

“在山脊区，就是在你离开后我被收养的那个城镇，即便是去杂货店你也得需要一辆汽车。有次我跟朋友说我会跳上火车来看他，然后我意识到那里没有火车。”

“你的中文好多了，不像通电话时听起来的那么文盲了。”

他在她带有讽刺的调侃中感到舒适，回想起她最严格、最有弹性的爱。而凯喜欢直白地表达情感，她俩是多么不同啊。他的妈妈从来不要求他的宽慰。

“我在中国待了有一周了。”

“你不会失去一门语言，”她说，“你只是需要再次接触它，你的大脑记得那些词句的。”出租车向前疾驰而去，“大脑是灵活的。”

“对于你的英语来说也是这样吗？”

“你要是听到我说英语，会发笑的。但是跟其他老师比，我属于很流利的了。他们中很多人没有出过国，他们是从看电影、听磁带中学习的。这不一样。”

“如果你想我可以陪你练习。”

“没事。”

“你什么时候要回去开会？”

“明天。今天下午我都不打算去了，陪陪你。”

他感到自己的肩头一松。出租车停在一群有着精致屋顶的老建筑前。

“这是颐和园。”他的妈妈说。她带着他穿过一座桥，走下一条长长的走廊，走廊的天花板镶嵌着蓝色和金色的复杂的马赛克。突然这一切安静下来了，丹尼尔对这些颜色、图案和形状着了迷。他们穿过一片空地，一个戴蓝帽子的旅游团聚集在那里，导游用一个扩音器讲着广东话。然后他们进入一条更安静的走廊，又经过一个亭子，到达一片大湖前。丹尼尔停住了，惊讶于一下子看到这么大一片水域。

他们靠着彼此坐在一张长椅上。“这是我在北京最爱的地方。”他妈妈说，“清朝时，太后夏天在这里度假。”

他看到一个覆盖着摇摆的低树的岛屿，一队鸭子在湖上浮水，一只比一只小。疲劳感在他身上荡漾开，他有些思绪混乱。四天前，他还在山脊区。

“昆明湖，它是人造湖。他们造这个湖，是想模仿杭州著名的西湖。就像福州的西湖公园。当墙壁砌起来时，我去过这个假的湖。你在福州时去过那儿吗？”

她说的“墙壁”是什么意思？“利昂和我只在附近走了走。”

“利昂，还好吗？”

她的手指交扣在一起，像鸽子争夺被人丢弃的热狗一样。丹尼尔紧张时也会这样，一紧张就玩弄手指。他想抓过她的手，将她的手指分开，让她镇定下来。

“他很好。我见到了他的妻子和女儿，他们有了一个新家。”

“勇在给我的邮件里说，我儿子和他的爸爸来找我，有那么一分钟我都没反应过来他说的是谁。我以为他说的是海风，你的生父。”

“海风？”她从没提起过他的名字。

“我有很多年没跟他联系了，甚至在你出生前就不联系了，我听说他现在在厦门。”

“勇看起来是个好人。”

他妈妈的脸色亮起来：“是的。我告诉他我想在工作上多出差跑跑，一开始他也不喜欢我这个想法。他说他会想我的，但是最终，他理解我了。”

“你什么意思？”

“我不喜欢在家待太长时间。一样的墙壁，一样的屋顶。我感觉不好，会做噩梦。”

“所以他知道我了，在我见到他前就知道了。”

“是的，他知道。”

丹尼尔微笑了一下，他的眼皮睁开又闭上。

“你的父母在哪里工作？”他的妈妈问，“养父母。”

“他们是老师。在一所大学里工作。”

“那他们一定很聪明了。”

他不知道自己何时才会见到彼得和凯；想到再跟他们说话，他就觉得害怕；但是如果他们再也不想跟他说话，他也很害怕。他明白过来，他身边的这个女人，他的母亲，一个陌生人，是他唯一拥有的真正的家人。“他们想要我更像他们，上大学，学他们学过的课程。”他与想维护他们的冲动做着斗争，“但是我不确定这是不是我想要的。”

他们看着湖面上的游船。丹尼尔需要小睡一会，他在想他们何时才能谈谈心，真正地好好聊一次。她抓着他的手，紧紧攥着它，他差点都想把手抽出来了。但是他坚持没动，任由她握着他的手。他记起当凯亲吻他的脸颊，告诉他她爱他时，他感觉是多么束缚，好像他必须要以正确的方式回应她一样，现在他没有那种感觉了。

她松开了手。他不确定清朝是何时发端的，只知道是很久以前，他想象着皇帝坐着长长的御舟滑过湖面，亭台楼阁里满是人群。现在这些地方都空了，只有导游们的声音。这是一个悲伤的地方，一个满是鬼魂的宫殿。

“你饿吗？”他的妈妈松开了他的手，拍拍他的胳膊。他和他妈妈，确实像勇说的那样长得很像吗？“我想带你去吃饭。”

他没有那么饿，他在火车上吃了一碗饭。但是他还是由着她带他去了朝阳区的一家咖啡馆，店面装着铬金玻璃墙，人们拎着购物袋和手包。咖啡店有个法国名字。

“你先坐下，”他的妈妈说，“我过去点单。”丹尼尔在露台找了张桌子，看着她走进去，穿着高跟鞋走路有一点不稳。她揉了揉太阳穴，闭了一下眼睛，又睁开，她的身影重新变成了一个空白的客套之态。

这就像在苏荷区的星巴克。他靠在椅子上，迷迷糊糊睡去，直到他妈妈端着一盘食物过来。

“这个咖啡店以甜点出名。”她递给他一个盛有一块巧克力蛋糕的盘子，冰已经开始化了，还有一盘蛋挞。两杯咖啡，一杯是她的，一杯给他，还有一小堆糖包和一塑料壶奶精。

“谢谢。”他接过她递来的勺子，喝了一口咖啡。糖霜太甜了，让他的舌头都要缩起来了。

他的妈妈看着他：“咖啡味道还好吗？”

“很好。”

她切了一小块蛋糕，就着咖啡吃下去。他能看到她的眼线有点晕染了，她用眉笔画的眉毛上沾了一小块细屑。“吃个蛋挞吧。”她将盘子推向他。

他拿了一块咬了一口。“好吃。”他说。尽管它有一点不新鲜。

“你一直爱吃甜食。”

在她的注视下，他自觉地将蛋挞碎屑归置到勺子下。

“多吃点蛋挞。”

他又咬了一口。是真的，他的眼睛和嘴巴跟她很像，他们的嘴唇都有同样的曲线，在正中凹下去——他一直觉得他的嘴唇对于一个男孩来说有些太过精致了——他们的眼睛都有大大的瞳仁，厚厚的眼皮。过去十年，每当他看着镜子里的自己，都觉得自己不像任何人。原来他身上一直有她的影子。

她将一只手贴在他的脸颊上。停住不动。她的手很温暖，他无法动弹。仿佛如果他动弹一下，他脚下的大地就会裂开。

当她把手拿开时，他感觉她在他的皮肤上留下了烫烫的一块。他说：“我在这里，妈妈。”她发出一声长长的叹息。

他们穿过附近一条老胡同，在紫禁城漫步，这里的每一栋建筑都比另一座更非凡、更威严。随着时间流逝，他的妈妈没有表现出任何不耐烦的情绪，没有要急着回去开会的意思。但是当他说起布朗克斯区最无伤大雅的事情时——还记得汤米吗？约翰逊太太？那个杂货店？地铁4号线？——或是提到利昂、薇薇安或迈克尔时，她就会转换话题，从过去拉回到现在，谈论北京、建筑、教学。

晚饭他们在一家铺着厚厚白桌布的豪华餐厅吃了烤鸭。他尽力吃了许多，像是在取悦她。等到他们回去花园宾馆时，已经是晚上九点了。他妈妈的房间在五楼，一间像他在福州住的那种双人间，但是更干净，不那么寒碜。她在笔记本电脑上写邮件的时候他去洗了个澡，在擦干身子刷过牙后，他观察着浴室镜中自己的身影。在他离开前，他要跟妈妈拍一张合影，留作证明。

她穿着睡衣坐在床上，用棉球卸好妆。“我们各有一张大床睡。跟我们在布朗克斯区时大不一样了。我一直说我没法再回去过那样的生活了，但是我们从没把我们自己当成贫民，是不是？”

“我们不是贫民。”他拉开背包，拿出一张他俩的旧照片，“我想让你看看这个。”

他的妈妈拿住照片的一角：“你怎么找到这张照片的？”

“凯，我的养母。”

“她是怎么找到这个的？”

“薇薇安吧，我想。”

他的妈妈一直盯着照片：“你是那么小，看看那时我多年轻。”

他必须问她，这么晚了她会不会将他赶出宾馆。“你是——”他勉强说出他脑中的第一个念头，“你是不是曾打算过再也不跟我说话了？你觉得这样好吗？”

她将照片还给他：“在我做过的所有那些事后，我不知道你还想不想跟我说话。”

“我当然想。我先给你打电话的，记得吗？然后我又给你打了一次电话。两次。”

“你最后一通信息说，别再给你打电话。”

他的脸颊烧起来了：“我不是真那么想的，那时我太生气了。”

她向他挥挥手，打断了他：“你说我不能假装我没有把一切搞砸，你是对的。”

她去了趟卫生间，然后回到床上。已经很晚了。明天早上八点，她跟参会的老师们还有个小会。在那之后，她就要离开他了，她可能随时会关灯，他将永远无法知道过去到底发生了什么。

他钻进被子里，坐在床上。他的妈妈检查了一番，确定百叶窗帘已经放下来了，窗帘严丝合缝。她从包里拿出一个紫色的眼罩。

“我睡觉不能有一丝光，所以如果你要熬夜的话，我等你先睡。”

那么，只要他需要，他就可以一直不让她睡了。“我记得在纽约时你不是那样的，我们睡觉时总是把百叶窗帘开着。”

她拧开一个塑料药瓶的瓶盖。“我做噩梦，”她说，“有次，勇起夜上厕所，忘记把走廊灯关掉了，我尖叫着醒来。然后因为听到我尖叫，他也叫了起来，我俩都吓坏了。挺可笑的。”

这事听起来并不好笑，至少她又肯说话了。“你经常做噩梦？”

“只要我吃药就没事。”她倒出一颗药，伸手去拿一杯水。

“等等，”他说，“你能暂时别吃吗？等一会儿再吃，行吗？”

她迟疑了一下，然后把药放回药瓶里。“我必须要保证环境全黑。”她关掉靠近她的床的那盏灯，于是整个房间都靠他床边的那盏灯照亮了。“在安德斯列维尔，整天都亮着灯。一天二十四小时，明亮的灯光刺着你的眼睛。午夜狗会把你吵醒，让你没法睡觉。”

“安德斯列维尔。那是——”

“那个营的名字，拘留营。”

他感到毛骨悚然，他仔细看着墙上的裱框照片，拍的是他们今天去过的湖。“告诉我吧。”

她笑了笑，有点紧张：“我不能说。”

“我不会生气的，我保证。”

“我不能，德明。它太难以承受了，我不想让你知道。”

“我想知道真相，你怎么会到哪里去的？那天你去上班后发生了什么？说吧，我有权知道。”

她用双臂抱住头，他忍住了没过去安慰她。“来了辆厢式货车，他们突袭了美甲店。”他身体前倾，屏住呼吸，“那里没有电话，没法联系任何人。等我出来时，他们送我回中国了，我再也不是那个我了。”她停下来，“如果我告诉你这些，你也无法理解的。”

“请试试吧。”他靠着身后的木质床头板。这是在中国的北京，纽约、山脊区、丹尼尔·威尔金森都消失了，世界只剩他和他的妈妈，以及他们在宾馆房间的声音。他感到了德明的存在，那重重的、但令人欣慰的身体分量，在床上，她的身边。

她告诉他，她记得在那间拥挤的房间里，看着电话上的数字。

“在安德斯列维尔？”

“在纽约。”

17

把我从美甲店带走的厢式货车没有窗子，所以没法知道我们是被带到了五个街区还是五十个街区以外的地方。我没看到“你好美女”其他的女同事，只有尖叫的陌生人，以及更多穿着制服的警官。其中一个警官经过我，递给我一个手机，说我可以打个电话。

我努力回想利昂的号码，我的手指在拨号键盘上游移。六四六，这部分我是确信无疑的。453，8685。还是 435？ 8568？ 445？他的号码存在我自己的手机上，但是我的手机在包里。

“我的包呢？”我用英语问，警官没有回答。

我拨了一个号码。347，435，8685。电话响了。利昂很可能在工作，但是我可以给他留个言。

铃声继续在响，没有利昂的语音提示信息，所以我又拨了一次 347，435，8685。

铃声响了两遍后，一个男人接了电话，但他不是利昂。我说找利昂，但那个男人用其他语言回复了什么。

警官要收回手机：“只能打一个电话。”

我无视他继续拨号。347，435，8685。铃声响了几遍后是一段提示音，一个电脑声音重复了号码，然后是一段留言指南。利昂的电话通常没有那段提示音，但是我快速地留了言。“我是小星，警察把我从美甲店带走了。我不知道要被带到哪里去，但是请找到我救我出来，快。”

之后我觉得我可以肯定号码是4358586。在那个帐篷房里，墙上挂着一部电话机，但是没有拨号音。接下来的四百二十四天，每天早上，我都满怀希望拿起那个电话，希望听到拨号音。

“但是一直没有声音，”我说，“那个该死的电话是坏的。”

“你在那儿关了四百二十四天。”听起来好像都觉得难以置信。

“我数过。”

“那几乎是两年了。”

“十四个月。你看，我就说吧，听我说这些太压抑了。”

“没有。我需要知道。”

我想停止继续讲下去，但是我想告诉你一切。我说：“躺下和起床之间的时间简直是噩梦。”

飞机在黑暗和沙尘之中降落。远处，鼓鼓的帐篷房被带刺的铁丝网围住，像是在一片粗犷的无人之地延伸开来的大白盒子。得克萨斯州，尽管那时我还不知道被带到了那里。这里就是终点，是最终的外郊。冬天太冷，夏天太热。这里酷热难耐，炙烤大地，急迫需要雨水。

厚厚的白色塑料布沿着帐篷房的金属框架铺开。不平的水泥地，像是仓促把水泥灌进去做成的。食物看起来很恶心：味同嚼蜡的面包，馅饼燕麦粥，劣质的奶酪面条……而且，因为吃饭的地方就在厕所旁边，吃起来都是屎尿味。尿液强烈的味道最终褪去，只留下饥饿感，我吃下去的牛奶和奶酪让我蹲在狭小的厕所里拉肚子。

灯从来不关，我的眼球跳动着作痛。我躺在我的床铺上，听见利昂在我们的床上说梦话，你和迈克尔一起睡在我们旁边的床上，我用福州话咒骂着那些看守。操你妈，去你妈的，最糟糕的是，你会以为我抛弃了你。

睡意的袭来是交错和无声的。我因为声音醒来，不知道是过了几小时还是几分钟，然后看到一个看守站在我旁边，在一张纸上记着什么。

查铺，看守说。

我在，我用英文回答。

帐篷房有一个城市街区那么长，但是更狭窄。上下铺的床三张一排，排成八排，两百号女人睡在这里。我们穿着橡皮筋裤腰的深蓝色裤子，宽松的蓝色 T 恤。衣服粗劣缝制，褶边马虎。我们都没有钱，也无法搞到一分钱，除非我们的家人知道我们在哪。我们可以在清洁班工作，扫地、擦厕所、倒垃圾，一天给五十美分，但是这事排了个长队，我前面还有七十三个人。

厕所和淋浴在一个大大的露天马厩里，四周的矮墙只到我腰那么高。大部分日子里没有肥皂，也经常没有水。我的脸上起了荨麻疹，胳膊上也出了皮疹，我的皮肤变得又粗糙又干。在帐篷房中央是个装有特殊着色窗户的玻璃八角岗亭，看守可以在里面监视我们。他们能看到我们，但我们看不到他们。我站在岗亭的折梯下挥手。

我请求见看守，说我要找个律师，移民方面的，但是他们让我等。没人提供建议或回答。一些人不会说英语，也不会说中文，另一些人的英语语速太快了，我听不懂。我不断告诉自己，迪迪和利昂会找到我，将我带出此地。

第十二天，在排队打燕麦粥时，一个脸上有雀斑的中国女人走到我面前，用中文说："来跟我一起吃饭吧。我叫蕾。"能跟人说互相听的懂的话真是太高兴了，我简直想亲吻她。

一顿粥的工夫，我发现蕾是山东人，在这个帐篷房里已经有快十八个月了。她在芝加哥被开了一张超速罚单，被船运至移民海关执法局。

“十八个月？”我想象着自己回到家中与你团聚，尽力压下内心的恐慌，在帐篷房里的十二天原来仅仅是我们恶梦般生活的一丁点。想到这些平常的日子：和薇薇安做晚饭，乘坐地铁四号线去上班，告诉你和迈克尔关掉电视去睡觉，悄悄安慰了我，但现在，我离回家的希望越来越遥远了。“我不能在这里待那么久。我有家庭，他们甚至都不知道我在这里。”我环视桌子四周，看到女人们都用手抓结块的燕麦粥喝，从来都不给足够的叉子或勺子。

“这里还有待得更久的女人，”蕾说，“有个叫玛丽的，六个月大时就生活在美国了，出生在苏丹，在上大学，有旅游签证，在法国学习完回家时，在机场被抓了。政府说她的父母从她小时候起就未调整过她的移民身份，她需要体检之后再完成她的申请，修改她的身份。当然，体检要三百美元，在安德斯列维尔他们可不会给她这三百块，她也无法登录自己的银行账户，因为移民海关执法局冻结了她的账户。”蕾摇了摇头，“很典型。”

没人知道任何情况，在移民法庭积压的案子太多了，蕾说。我们也找不到律师或什么的，只有法官决定你的去留。我们都不知道何时才能见到这个法官，这些官员是否会把我们从监禁中释放出来，我们的结局如何，全是未知的。

我很困，一直都困意绵绵，我的腿因为没有足够活动腿脚的时间而很疼。每周一到两次，看守会让我们在院子里活动一小时，那是一个被铁丝网围起来的长方形院子，够我们站得下，但不够伸出一只胳膊。院子外有一面美国国旗，在热风中飘扬；还有一个被更多铁丝网围着的露天院子，里面有个单独的监狱，蕾将那里称为“洞”[①]。男人们被关在更远的帐篷房里，我们看不到。

那些日子我躺在床上，在床单下抓痒。我猜想太阳仍在移动，每十二个小时跟月亮交换位置，尽管我现在所知道的就是天空变成了绿色，太阳是方的，星星像拖鞋底下的蚊子一样消失又出现。德——明——，德——明——你的名字在我的眉间敲打出鼓点。之前我想要搬家，现在你肯定以为是我故意丢下你不管了。

我狠狠抓挠着胳膊，抓破了皮，变成了发炎的红色创口。你可能都忘记我什么样子了。下次我见到你的时候，你的嗓音可能更低了。利昂也许找了新女人了。至少我还有他给我的戒指，我在手指上扭动着那枚戒指，感到它勒紧了我的皮肤。

星空、草地、蟋蟀叫声、咯咯欢笑的孩子们，还有你。我努力想象着所有我爱的事物。如果我可以产生更多的唾液，我就可以假装自己不渴了。一杯水，一杯茶，利昂的笑声、湿湿的吻。我努力放松自己，希望在第一次查铺前睡上几个钟头。温暖的手、地铁、吵闹的音乐声，还有你。

我跟蕾讲起你，说你的英语有多棒，你照顾迈克尔多么细心。但是每一天我都很担忧。你在学校还好吗？薇薇安让你吃饱了吗？你的衣服干净吗？你需要一双新鞋了，你的脚长大得很快，要是鞋子太紧脚就穿不进去了。谁来帮你买鞋子？你怎么走路？

几个月过去了。我仰躺在上铺。上铺不够大，无法以不同的睡姿躺

① 指那种不见光亮的监禁室。

着，只能仰面躺着不动，这也是我来的第一周时学到的教训——我翻了个身掉了下去，摔到了地上。我将毯子盖在脸上，露出脚。然后我起床，和蕾一起去吃饭。

她跟一个名叫萨马拉，来自巴基斯坦的女人坐在一起，我们三个可以用蹩脚的英文交流。

有些女人在策划抗议活动，萨马拉说，在帐篷房外有教会的人在守夜祈祷，玛丽，那个小时候就生活在美国的玛丽，不知用什么方法跟那帮人取得了联系。

“看守才不在乎我们抗议不抗议呢。”我说。

“我见过他们是怎么对待那些在你俩进来之前的抗议者的，”蕾说，“三个看守踢打那些女人，直到她们受伤流血，然后她们被驱逐出境了。你凭什么觉得现在就能不同呢？”

第二百零三天。阳光照在帐篷房的房顶上。我坐在床铺上，将手伸到袖子里，用指甲抓挠皮肤。我知道我的胳膊已经满是发炎红肿的地方和血点，但是抓挠产生了最甜美的痛苦，最剧烈的灼痛。当我抓挠时，我可以用指甲抠出在过去没有德明和利昂的时日里都说不出口的话。

我开始恨利昂和迪迪，我想忘记他们。他们到底有没有努力去找过我？也许这样更好，假装他们不存在，想念他们更糟。

我们制订了计划。当看守让我们到院子里放风时，我们就不再进帐篷房。一个女人会将我们的投诉清单递出去，教会团体已经跟记者们取得了联系，记者们会过来拍摄我们，这样美国人就会知道这个帐篷房的存在。政府会关闭安德斯列维尔，我们就可以回家了。

我不觉得此事能如此容易，但是我们必须尝试做点什么。参与其中总比知道我们没有选择更好。

蕾拒绝参加。

午饭后，看守打开通往院子的大门，我们走出去。过了几分钟，一些女人开始行动，从一堆人变成一排排再到角落里去。我们拼出了字母，H-E-L-P（救命），这样新闻直升机就能从空中看到我们。”

我跟在萨马拉后面，因为炎热卷起了袖子。

“你的皮肤破了，”萨马拉说，“看起来很疼。”

我放下袖子。“没事的。”我说。

我们排成人形字母站了很久，等待什么事发生，等待教会的人，等待记者。但是什么也没发生，除了看守愈加气愤，吼叫着让我们进去。蕾和其他女人在院子的另一边，已经回到帐篷房里去了。萨马拉和我仍然站着不动。天空湛蓝，一点动静都没有。沙漠里没有鸟，没有车在附近的公路上行驶，没有拍打着我的脚踝的凉爽的大海，只有炎热的天空。然后我听到，一种嗡嗡声划破了天空。响声更大了，我看到云层中有一个物体在盘旋，一个蓝色的点，比鸟大不了多少，然后那只鸟变得更大了，嗡嗡声变成了雷鸣般的响声。

但是当飞机飞走后，剩下的寂静变得怪异恐怖。“我们没想好接下来做什么。”我对萨马拉说。

戴着头盔、拿着塑料盾牌的看守挤进院子。在炙热的空气中，我的眼睛要烤焦了，舌头变得更加苦涩。我只能看到云朵和戴着头盔的看守。我感到身侧挨了一棍子，一屁股坐在地上。

我的新房间只有十二步长，八步宽。在帐篷房的那么多月，我都要排队等着上厕所，现在我可以一周都独自坐在马桶上了。水泥架子上有张床垫，一个用水泥砖砌出来的椅子，一盏总是亮着的小灯。

一天三次，前方墙壁上的铁门会打开一道狭窄的口子，一个盘子通过那里被推进来，就像舌头从嘴里伸出。这是早饭，我想象着那张“嘴”说。嗨，午饭！盘子里有一片棕色的厚切片面包。早饭、午饭、厚切片面包。晚饭，还是厚切片面包。吃起来像糨糊一样。我将空盘子推回的时候，我对那张“嘴”说话：“你喜欢那个味道吗，大嘴？你喜欢它，你爱死它了。”

每周三次，看守会给我戴上脚镣，腰上也锁上锁链。一周我被允许出去活动三个小时，在一个四面高墙的院子的笼子里。我的眼睛因为需要聚焦去看远处一点的东西而疼痛，因为我已经不习惯看到比十二步长八步宽的空间更远的事物了。有时我看到其他人的身影。那是玛丽吗？萨马拉？蕾？但是从没有哪个人离得足够近，让我能看清。

尽管我不想，我还是想起我们一起坐地铁时你大大的微笑，想起波莉嘴里轻易说出的话，不用费力去想或翻译就说出来的话。我想到佩兰亲吻着海风，佩兰的身体是那么新鲜，她可以在一面橱窗上瞥见自己的身影，然后想，对，那就是我。当佩兰该洗洗刷刷时，她会花上几小时梳头，直到头发发亮、飞舞。

这些墙壁是一个谎言，一个把戏，我会用自己的双手将它们撕碎，温柔而坚决地将它们撕碎，就像将一件衬衫套在孩子的头上；我会将它们吹倒在地，直至消失，然后我又重新站在草地上，阳光照耀我全身，轻舔我的手指。太阳有一条舌头，美妙又肥硕，缓缓地、慵懒地舔着我，草地闻起来是虫子和土的味道。在我转圈的时候我的身体会带起速度，弹向天空，在山川和大海之上翱翔。那是我的家，伊爸和小鸡在院子里。我会反弓起背，踢踢腿，沿海岸飞翔。

因为我并不是真的在这里，这只是我在旁观电影里另一个人的生活，我感叹道：哦，那个可怜的女人，真可怜，哦，我真高兴那人不是我。

我用头撞那些墙，我将它们撞开了，这样我就可以回到你身边了，让你一直待在我身边。

他们给我的脑袋上绑了绷带，我的脑袋咯咯作响，胳膊上满是抓痕，好几天我都感觉我的脑子正在长出爪子。

在一间有着长排桌椅的房间里，我听着一个穿着西装的年轻男人隔着铁丝网讲话，他的衣领被汗水浸湿了，透过铁丝网他的话听不清，我辨认不出他说的是什么语言。上一次我交谈过的人是一个看守，在那之前还是一个看守，这个西装男用普通话说他是律师，他说话时用手比画着，我想象着这双手掐住我的脖子，我尖叫起来。

我不知道过了多少天之后，我被押上一辆厢式货车，它沿着公路驶去。我的眼睛因为突然看到阳光而刺痛得直掉眼泪，然后我就在一间有窗子的房间里了，那么大的空间，我感觉自己直往下坠落。穿着蓝色连体衣的男人一个接一个走到房间的前面，跟一个自称自己是法官的年长男性说话。等轮到我时，法官对我说了什么，他说得太快，我没听清他说了什么。

我身边一个身着棕色西装的白人女性等着我的回复。我回忆起一个词，转向那个女人：为什么？

法官一巴掌猛地拍在他的评审台上。你不许——说话。

“你叫什么名字？”法官用英语问。

“郭佩兰。”我说，“郭波莉。”

他又一次拍了桌子。穿西装的女人用普通话说："你得等我翻译。"

"你叫什么名字？"法官又问了一遍，我又一次在那个女人开口前就回答他了。

"你得等我翻译。"女人重复道，"我翻译过后，你才可以回答他的问题。"

"但我这是在干什么？"

"他们想要将你驱逐出境，但是首先，他们要找到合法的文件。"

"他们不能那样做，我的律师呢？我有个儿子在这里，他是美国公民。"

法官说了什么，但是我听不清。

"驳回，"女人说，"你语无伦次。他将颁布一个驱逐令，说你今天没有出庭，因为你语无伦次。"

"但是我出庭了！"

回到安德斯列维尔的路程又热又颠簸，一个穿着警官制服的男人让我在一张打印着英文的纸上签字，我在那道线上写下了我的名字。

回到我的房间，那些墙壁消解了，我走出来。我又一次变成了另外一个人。

我记得机翼的翼尖上有一盏孤灯一直在闪烁，旁边座位上的男人抖着腿，就像他想要脱掉裤子跳出来一样，是晚上了。我发着抖，直冒汗，不记得上次吃饭是什么时候了，然后我弯下腰吐在了我的鞋子上。

两个穿制服的男人将我带下飞机，给了我一张二十元的钞票和一个新办理的身份证，我身边有人说着普通话和福州话。

"我们在哪里？"我用普通话问其中一个男人。

"福州，长乐。"

“长乐没有机场。”

“现在有了。”

我找到一扇门，推开它。我站在马路边，恶心作呕，摩托车和汽车从我身边呼啸而过，那些噪声震耳欲聋，轰隆作响。我刚迈出一步，一辆摩托车飞驰而过，差点将我撞倒在地。穿着制服的人说我可以走了，但是也许仍有看守监视着。

那是十一月或一月的一个阴天的早晨，空气中充满了各种我熟悉的味道，勾起了我对村庄的回忆：燃烧的柴火和纸灰，烤肉和盐，一股微咸的气味，潮湿、黏稠，还带着一点腐烂的味道。这是河边的味道，这一切是真的吗？还只是个把戏？我需要找到你。

一辆去闽江的小巴车停下来。司机，一个烫着大波浪头的女人打开门，我盯着她，她说：“你上不上车？”

我用二十块买了张车票，坐在窗户边，载着我们的车驶离机场，我身后的路渐渐消失，没人跟着我。接下来的几星期、几个月、几年，每当我转到一个新的街角或打开门时，我都想着不要遭到看守的埋伏，即便是现在我也无法信任有一天他们不会再来抓我。

进入村庄的拱门比二十年前宽了许多，在顶上和侧面又加出了许多，也换了新的街牌和路灯，土路变成了砖铺砌的路面。我经过鸡群、卡车和自行车，杆子之间系着塑料膜，墙上的海报宣传着新的发展项目。我在目所能及的每一个人脸上寻找着，恐惧我认出什么人来的那一刻，同时也希望有人能认出我来。然而，尽管有些人我看着眼熟，却没有一个我认识的熟人。过了二十年，人人都变样了。

在一个报摊我拿起一份晨报，看到报头上的日期，是四月，但是年份不一样了。我数的日子是正确的，我被关在安德斯列维尔，十四个月过去了。

我感到头晕目眩。我搜寻着报摊小贩的脸，希望能认出点什么，但是没人出现。

在三巷，小巷被扫得干干净净，我的老家房子被重新刷过了漆。我试图打开门，但是它被锁上了。我敲了敲门，李阿姨应了声，她穿着一件印着深紫色花朵的淡紫色运动服。

“佩兰？你怎么在这里？”

“你在我家干什么？”

“我们在用啊。我的表亲他们一家住在这里，不过上周回乡下的家里过节去了。你是回来过节吗？”

“什么节？”

“清明节啊。”李阿姨慢慢说出这几个字，打量着我安德斯列维尔的制服。

“你们在用我的地？我的房子？”

“你在美国，我们联系不上你。”

“这是我的，我没有把这些给你们。”

“如果你想要的话，你可以留在这里。”

“这可不是由你说了算。”

我推开她走进去，房子内部也被重新粉刷过了。我的旧房间已经堆满了李阿姨的乡下表亲和他妻子的东西。李先生八年前过世了，海风和他的妻子有了儿子，已经五岁了，李阿姨把他们的照片拿给我看了，看到他并不像你，我松了口气。

邻居们也过来看我，尽管我不记得他们大多数人的名字了。他们看到我时都很吃惊。我变了很多吗？我告诉他们，我回家来是因为纽约没有很多工作机会，你住在亲戚那里直到完成学业。被关押了一年多是一件难以启齿的丑事，就像被人发现我的愚蠢一样，我不会让任何人知道。

李阿姨给了我一套粉色的运动服穿。我在村里游荡，不碰到任何一道篱笆或一堵墙，尽情地晃悠着我的胳膊和腿，大口呼吸着新鲜的空气。寺庙的功德碑上记录了村里为寺庙修葺捐钱的善徒名单，我看到自己的名字在伊爸的名字旁边。郭佩兰，一百五十美元。伊爸一定是用我寄回来的钱捐赠的。我吃了荤素搭配的饭菜，而不再是燕麦片；听着音乐、车声和人声，在外面走了好几个小时，再也没有看守命令我回去了。我感受着脚趾间的草叶，用大拇指抚摸着树叶和树皮。尘土闻起来是香甜的，清风是那么柔和，那么干净，像刚洗过的床单。但是那栋房子不再是我的家了。海风的亲戚有个小女孩，她的书本、衣服在楼下的房间里扔得到处都是。伊爸的电视机不见了，一个新电视机替代了它原来的位置。我发现在床下的一个角落里，还有你的一只旧鞋，那是我在纽约的第一个冬天给你买的，在送你回老家之前。我将那只小小的灰色运动鞋放在手心里，记起将它套在你小小的脚丫上，将鞋带系紧的情形，你在从纽约飞回老家的飞机上一定穿着它。灰尘沉积在鞋的折缝里，鞋底让我的手心沾了灰，弄得黑乎乎的。我找不到另一只鞋子。

那晚，我睡在了我的房间里。第二天早晨，我揣着李阿姨因为占用我的房子而补偿我的五千块钱，坐上了一辆去福州的巴士。之后，我才知道那房子至少值一万五千块，甚至两万块，但是那时候，这都无关紧要了。

福州市中心已经完全不似二十年前了。广场上喷泉涌动，周围是雕像，雕像上的男人女人们高举着胳膊，脸却是奇怪的欧式脸。穿着商务西装的人从我身边推挤而过，我走进一个电话亭，拨打了放高利贷者的电话，这个号码是我从三巷的一个邻居那里得到的，我告诉那人我是谁，出生日期，在离开纽约前我已经还掉了多少，现在我在中国，想知道还剩多少要还。

“稍等，”他说，“让我查一下。”我等待着。然后那个人回到电话前说：“你的债已经还清了，余额现在是零了。”

我咬着手指，在我被关在安德斯列维尔的时候，利昂肯定按月电汇了我的钱。

我买了一张国际电话卡，拨打了利昂的号码，我以为我记得的那个号码。电话响了两声但是没有接通，没有回音，也没有语音信箱。我试了一次又一次。我待在电话亭里，试了不同的电话号码组合，将可能是利昂号码的所有数字都排列组合了一遍，但是没有一个是对的。我甚至拨打了我的旧手机，我记得清楚的一个号码，是一个少女接的。我从没记住迪迪的号码或“你好美女”美甲店的号码。一个个打不通的电话让我的精神崩溃了，直到我趴在李阿姨给的运动服的袖子上哭起来。你丢了，我的家人也丢了，十四个月消失了，我甚至都没有一个栖身之处。

是饥饿感最终让我走出了电话亭，走进附近的一个小吃摊。我大吃了一顿，直到身上的颤抖退去，我的绝望又变回雄心壮志。李阿姨提到过一家美甲店，是武夷广场开的第一家美甲店，我找到了地址，向店主——一个在指尖做了法式美甲的女人，介绍了我自己。“我曾在纽约工作，”我说，“给我十分钟，我可以在你的大拇指上画出你的脸。”到晚上时我已经获得了一份工作，在一栋满是四川打工者的楼里租了一个床位。

18

宾馆走廊那头传来关门声，紧跟着是脚步声。我话说到一半，停下来，听见两个女人在说话，随着她们走向电梯声音渐渐小了，感觉我好像从一阵恍惚中醒来。你让我告诉你真相，现在我告诉你了，你看起来像是希望我没有告诉你这些一样。

“你没法给我打电话，因为那时我已经在山脊区了。”你说。

“现在我知道了，但是那时，我非常担心。”

“但是你找到了利昂，你甚至见过他，难道他没告诉你我被人收养了？”

我努力在想我该说什么。

“你知道，但是什么也没做？”

“我没有找到他，”我说，“是他找到了我。”

每周，在我的单休日，我都用来寻找利昂的家人了。如果我能找到他们，他们就能让我联系上他，他就能再帮我跟你联系上。我不得不保持这个信念，因此我去了利昂的村子，把电话本上所有姓郑的人家都去了一遍。想想看那花了多久，没人知道他是谁。

为了到区政府办公室，我得坐两趟城市巴士，再转小巴，然后穿过一片荒废的停车场。那么湿热的天气，我等在一栋低矮的楼外，唯一的一身衣服都被汗湿透了。门总是关着，百叶窗紧闭着。那里寂静到可怕，也没有遮阴处，只有阳光照在光秃秃的沥青路上。最终，门开了，一个官员走出来。

“打扰一下。”在他们经过我时我说，我会等到他们午休回来上班。可能是五分钟，也可能是两个小时，在他们消失在楼里前我不得不拦住他们。我学会了带一包花生当午饭，带一瓶水喝，既礼貌又强势地说话，微笑着唤起别人的紧迫感和同情心。“我在找郑利昂的家人，我是他的妻子，我们分开了。我需要找到他的家人。”

来访了几次后，官员都认识我了，只要看到我在等着，他们就避免和我有目光接触，退避三舍。“郭小姐，”一个男人说，“上周我告诉过你了，家庭登记信息是保密的，除非你找到你的结婚证……”

“我还会再来的，我明天打电话过来。”

我每周都去，每天都打电话，直到一个男人说如果我不停止问询，他们就会逮捕我。

几个月以来，我只有在不得不开口时才说话，在寄宿楼里避免和其他女人接触，她们总是对我怀有疑心，彼此之间用四川话交流。我有两套衣服，白天穿过后晚上拿到水槽去洗，挂在我用销子和橡胶带搭起来的架子上让衣服晾干。我尽可能努力工作，直到我太累了，从而不会被负罪感、愤怒和压倒一切的悲伤所压垮。有时，给一个女人做着美甲，我突然就想尖叫，休息时我会走进厕所的隔间，将我的手指塞进嘴里尖叫，这样就没人会听见了。一周周就这样过去了，休息日是最糟糕的，因为没有工作让我分神，我的思绪太活跃，总是不由自主地想起你、利昂和安德斯列维尔。在政府办公室外等候的几小时我痛骂着自己，直到我希望一辆巴士从街上突然冲过来把我碾死。我开始一周工作七天，在厕所的镜子里，看到我脸上那种悲哀的、受伤的神情，我都忍不住多看两眼——像我永远被打垮了一样——但它似乎也是该受的惩罚。

在我回到中国六个月后，一天下午，我正在给一位顾客的脚趾做美甲，注意到店里来了一个陌生男人。我继续手上的活儿，但能感觉到他走近了，当我抬起头时我看到了他的门牙之间有个缝，我手上的一滴指甲油滴到了我的膝盖上。

“小星？”他说。

我以最快速度完成了美甲，请同事帮我接待下一位顾客，带利昂走出店，走下街区。他说他老家村里一个姓郑的人——我曾把美甲店的地址留给了他，在马尾区碰巧碰到了他。

我们找到一条小巷，拥抱在一起，当我的脸贴着他的脸时，他皮肤的味道闻起来一点没变，有点霉味、香甜、美好，又熟悉。上一次有人抱着我是什么时候了？还是利昂，在我被带往安德斯列维尔之前。我紧紧抱着他，在他颈边问：“德明在哪里？他跟着你吗？”

“我得告诉你一些事情。”利昂对着墙说。他告诉我你被一对白人夫妇收养了，他们是住在纽约的美国人。薇薇安安排的，她不知道怎么联系上我，他们以为我再也不会回来了。

“我不该离开，”他说，“如果我没走，他还可以跟着我生活，我不知道怎么联系上他。”

我听见利昂抽泣的声音，然后是我自己的哭声。我冲他吼叫，责怪他，以最难听的话骂他。过去的半年里，我在坚持希望认为自己可以找到你，和试图接受已经失去你的两种状态中饱受煎熬。

利昂开车送我回了寄宿楼，我拿上了我的东西，我们去了福州最东边的一间他朋友的小公寓，我问他为什么我们不能去他的公寓，他说：“我还有一些事要告诉你。”

我们在一起的第一晚，我惊醒了。日光灯，一个拿着笔记本的看守——我感到一只手放在我的胳膊上，于是大声尖叫起来。

“小星，小星。”

我看到了利昂的脸。这是一个不断重复的噩梦，我的室友也抱怨我在睡梦中尖叫。“洞”的四面墙壁，我手腕和脚踝上镣铐的重量。

利昂亲吻了我。“现在你在我身边呢。”

我们只有吃饭时才会离开公寓，光着身子在厨房餐桌边吃外卖面条，快速冲个澡，又回到床上缠绵。利昂的手机偶尔会响起，但是他很少接听，当他接电话时，他也很体贴地去另一个房间接。第三天下午，他出去了，带了一瓶药回来，那晚我的噩梦被驱散了，我的睡眠沉入一片黑色的、空白的区域。

只有短短的五天，像一个狂热的梦幻，到头来我们已经筋疲力尽，但还是会黏到一起，就像两块疲倦的磁铁，出于习惯或因为别无选择总是彼此相吸。只要我们待在这个房间里，时间就不会继续流逝。我们可以假装自从我们上次见面，中间没有相隔两年，我们没有回避问题，你也没有失踪。

你就那样走了，像一只流浪狗一样被送给另一个家庭，这件事我需要慢慢消化，它萦绕在我心头，就像这个世界的其余部分那样让人觉得无能为力。我听说过一对农村夫妇想把女儿从收养家庭要回来，结局却是被扔进了监狱的事。我想过干脆一次把一瓶药都吞下去，我将药片都倒了出来，数了数（三十五片），然后又将它们倒回瓶子里了，也许你还是会找到我的。

只要我们待在房间里，你被收养这事就不是真的。但是利昂的朋友隔日就要回家了，我们不得不离开那间公寓。

“我可以跟你一起走。”利昂说。我们出去洗床单和毛巾，然后在一家面包店吃早饭。“我们可以重新在一起。”他从桌子那边伸过手来，用他的手盖住我的手。

一辆救护车经过，我听到警笛声一下子跳起来。过去的五天只是一个幻觉，他让我跟他在一起，因为他觉得这是我想听到的话，但是他已经有家庭了。当我说了“不”时，我看到他脸上如释重负的表情。

因为利昂让你所失去的一切变得真实。“回家，回到你老婆身边吧。”我告诉他。我们在一起的第一天我有想过我可以让他选择，但是到了第五天，我不再想了。“回到你宝贝女儿身边吧。”

你靠着墙滑下来，直到被宾馆的被单盖住。

“就是这样？”你说，“你忘记我了？”

“我没忘记，”我说，“我只是存活下来了。”

我去上了商务普通话课，这样可以盖住我的乡村口音，找到一份更好的工作。当那个教师听说我在美国生活过，他说他开了一所英语学校。我告诉他我在纽约留过学，拿着学生签证去了美国。即便我的英语不够好，也比其他一些老师强。

“为世界顶级英语学校工作无法马上让你获得城市户口，”在我搬进教师宿舍后，程老板说，“但是我们会看看以后的情况。”我决定做这份工作，多挣点钱，找到回纽约的办法，这样我就能找到你了。

我在世界顶级英语学校教书教了差不多快一年，努力工作、攒钱。这时勇来到了我的班级。他没有从我这里学到多少，但是在他最后一节课上，他用英语说："我想什么时候见见你。"

他开始每周两次约我吃饭，那几个小时里我的悲伤会消退，一个片刻的喘息之际。我喜欢他的稳重、有志向和善良；我都忘了有人关注我，有人跟我聊天是什么感觉了。我面前就是一个可以当作伴侣的人，嫁给拥有城市户口的他，是我获得永久性城市居住证的机会。没有这个，我就永远只是个外来妹，这个城市随时可以把我赶出去。跟利昂在一起的那五天，感觉脚下的地随时会塌的感觉将再也不会发生。

两个月后，我吻了勇。六个月后，我们在闽都酒店举办了婚礼，婚宴上十二道菜，八道是海鲜。

"我无能为力，"我说，"被驱逐出境后我无法再回美国。如果我老是想着你的话，我就无法活下去。"

我知道你听到这些会觉得：我没有足够努力过，我不爱你，我本该一直找寻你的。

"你忘了我。"你说。

"不，从没。"

"你甚至都没跟你的丈夫提起过我。"

"我告诉了他，你见过他，你知道的。"

"直到我给你打电话时，你才告诉了他。"

我垂下了头，我知道你是对的。

"我以为他会很生气，然后他会离开我。"但是，那也是句谎言，我只能这么跟自己说。

"我以为，因为我做了错事，你走了，那时我还是个小孩啊！"你用拳头捶打着床垫。你肯定也想打我。

“你什么也没做错。”我说，“当我回到中国，发现利昂已经还清了我的债时，我知道你好好的。尽管我不愿你对着一个白人女性喊‘妈妈’或‘妈’。”

你哼了一声：“利昂没有帮你还高利贷。薇薇安还的。”

我感觉自己深受打击。“但是跟你的养父母在一起，你是安全的，是不是？”我听得出我的问题里带着一种恳求的绝望，我是多么强烈地渴望相信你好好的没事，渴望相信我已经倾尽所能。

房间里长长的沉默。

“我从没叫我的养母‘妈妈’或‘妈’。”你最终说。

你关上灯，我们一起躺下，躺在各自的床上。你的话像一张温暖的毯子盖在我们身上，让我们不再那么孤单。

19

丹尼尔没想到自己会这么喜欢教学。今天他把他的学生们分成三人一组，进行角色扮演：在餐厅点单，用英语问路。其他的老师，甚至他的妈妈，都笑他不按课本教，自己给自己加重了工作量。但是他的学生们很精神，积极参与，他也愿意为他们的开心和好奇心留堂。当他告诉他们，他们可以问他任何想问的问题，只要是用英语提问时，他们大声喊着各种各样的问题。在纽约的人穿什么样的衣服？他们吃什么？他有女朋友了吗？程老板训斥了他，说他的课堂太吵了，但是当丹尼尔的学生跟他们的朋友讲起他时，新学生也来报名了，指明要去他带的班级，程老板就不再暗中听他的课了。“程老板是个蠢货。”他的妈妈说，还是像她以前那样咯咯笑着。他喜欢她的夸赞，总想获得更多夸赞。“你是学校里最好的老师了，你应该当主任。”那是她为他制定的新计划。他可以留在福州，接她的班，这让他觉得很骄傲，但是也不太确定。他不知道他是否想成为世界顶级英语学校的主任，但是当她看着他微笑的时候，他也对她回以微笑，心想：是的，这里本该就是属于我的地方。

他在中国待了三个月，自从八月离开彼得和凯之后就再没跟他们说过话。人们不再嘲笑他的口音了，他的普通话和福州话都回到了母语水平，翻译和说之间的差距变得越来越小，小到几乎难以察觉了，他的大脑可以自动将想说的话转换为中文了。

他的旅游签证快要到期了，他的妈妈和勇正在帮他申请真正的工作签证。申请表在他的房间放了几周了，他得填完。在那之前，他都无法合法地获得收入，不在学校的正式工资单上，但是程老板会多付他妈妈一点钱，她再把这笔钱存入他的银行账户。

在他上完早上的课后，丹尼尔和其他两位老师，埃迪和塔米一起出去吃午饭，他们通常都坚持要去吃麦当劳或必胜客——那种他原来不会主动选择去吃的地方。今天他们准备去一家据塔米说很精致的意大利面馆，尽管丹尼尔觉得去个面摊喝一碗便宜的汤也可以。他们从学校走了三个街区到达餐馆。现在丹尼尔对福州市中心的大部分街道都很熟悉了，也习惯了从四面八方冲他飞驰过来的电动车。山脊区的夏天，在此之前纽约的冬天，似乎都是上辈子的事情了。他想到自己曾踩着冰雪走过运河街，那时还不知道到年底时他不仅会再次见到他的妈妈，而且还会和她一起生活，每天都能见到她，想想就觉得惊奇。

餐馆里，音响循环播放着一首老歌，女服务员穿着红白绿相间的制服。这个店好比加强版的麦卡罗尼·格利尔餐厅。埃迪爬上他旁边的高脚凳。“这个菜单地道吗？”在课堂之外，他们说福州话。

丹尼尔翻看淋着红色和白色酱料的意大利面的图片，如果他们不去中餐馆吃饭，塔米和埃迪就总是要他点单。“地道。”他说。

塔米将刘海从眼前抚开，不像埃迪，她无论如何都尽量避免眼神接触。“女服务员穿制服的餐馆总是要地道些。德明，你帮我们都点了吧。”

丹尼尔向女服务员点了三碗意大利面、肉丸，还有一碟香蒜面包。埃迪眼睛一眨不眨地盯着他的目光，好像在盘问他一样。塔米说她听说这家餐馆有福州最棒的美式食物。

“这不是美式食物。”埃迪说。

“嗯，是意式的。”丹尼尔说，“但是盘子更多是美式风格，他们会将这种称为意大利美式。”

塔米问：“那到底是意式呢还是美式呢？”

“都是。”

“但是意大利人不是美国人。”埃迪说。

“当然，但是他们可以是意籍美国人，比如你的父母出生在意大利，但你出生在美国。”

“那么你算美国人了，”塔米说，“因为你出生在美国。”

“嗯，一个人可以是华裔美国人，我是华裔美国人，因为我出生在美国。”

“但是你有一张中国人的脸，所以你是中国人。”塔米说。

“美国人也可以有中国面孔啊，他们中不单只有白人。”

塔米和埃迪瞟了对方一眼，埃迪用福州话快速地说了一句什么，丹尼尔没有听清。

“我在这儿呢，你们懂的，”丹尼尔说，“我能听见你们在谈论我。”

“我们没有谈论你。”塔米说。

番茄酱太甜了，意大利面煮过头了，丹尼尔想念纽约恰到好处的薄片比萨饼，他可以站在一个油腻的比萨饼店吧台，折成一半，大口吞下。今晚，他会在下班回家的路上买点吃的，然后坐在电视机前吃。如果他在曼哈顿或山脊区，他的朋友们会给他买几杯酒，而如今他将回到一个空荡荡的家里。他的妈妈今晚要很晚才能到家，她这两天去厦门出差了，从厦门坐高铁回来。她不再好像害怕他会随时消失一样那么关切地看着他了。周末他们会一起在城里逛逛，悠闲地吃一点简单的饭菜，他觉得生活温暖又充实。但是当她为他做计划时，提到她希望他去见的人，或他们今后可能出的差时，他就觉得极为恐惧，好像在一个冬日睡过了头，醒来发现天已经黑了一样。

今天他不去想任何一个人。“你们俩晚上有什么安排？”

他们交换了一个眼神。“我们跟家里人吃饭。”埃迪说。

上完最后一节课后，他等着去西湖的公交车。勇今晚会加班到很晚，或去商务应酬。有天晚上他带丹尼尔去了他的工厂，丹尼尔从总裁办公室俯视下面一排排坐在缝纫机边的女工。“你妈妈不喜欢在我工作时来找我。”勇说。

每周有一两个晚上，丹尼尔和利昂一起吃饭、喝啤酒，或坐车到利昂的住处，跟他和爽一起吃饭。他陪着丽芝在公园里玩，教她如何扔飞盘，用自行车玩平衡特技，他真希望她真的是自己的妹妹，或至少，真的是自己的表妹。当他跟他的妈妈提及这些拜访时，她说：“也许什么时候我该跟你一起去看看。”但是今晚利昂也很忙，他说他要加班。

既然丹尼尔又开始赚钱了，他便开始给安杰尔还钱，一点一点地还。他剪掉了自己的信用卡，一点一点地消除余款，但是不管他剩下多少，即便不是很多，他把这些钱都汇给了她。她从未回应，只是将账上的钱提走了。

他也没收到罗兰的音讯。他上一次谷歌“通灵之心”是几周之前的事情了，读到了一篇关于他们最新演出的评论，标题是：《不要相信炒作》：

吉他手纳特·朗德斯托姆，“忧郁症”的前成员在技法上和风格上都很狡猾，通灵之心乐队更加活跃的新配置缺乏它原始搭配中的那种幽闭恐惧症式的、躁郁症般的、堪称神秘的内聚力。循环的节拍变得让人烦躁、令人苦闷地一再重复，富恩特斯的嘶吼变得陈腐，像五流的闪电乐队[①]遇到了泡泡糖流行乐[②]……那些很沉重的东西怎么能听起来那么微不足道和轻飘飘呢？是的，是很酷，但是孩子，你们那音乐还不到火候。

公交车来了。当然，所有的乘客都是中国人。他花了几周，才对自己身边所有人，包括电视里的人、最漂亮的姑娘都是中国人这件事不再惊讶。从美国回来的这一点让他变成了人们艳羡的对象，这既是恭维，也让他感觉很奇怪。当姑娘们发现他是从纽约来的，她们与他调情，甚至包括已有男朋友的塔米，在他们一起去吃午饭时，走在他身边时都有点过于贴近了。他跟学校的另一位老师，曾经是一位塑料鞋制造厂的销售经理，一起勾搭过几次异性，一次是一个上高中的女孩，还有一个姑娘是埃迪的朋友的朋友，跟她父母住在郊区，偶尔会给他发短信。

他感受到一种之前从未感受到的、舒服的归属感，但是不知怎么的，他仍然觉得自己有些格格不入。他上车买票时公交车司机未免打量他太久了一些，坐在过道对面、腿上放着一大包杂货的女人也是。勇和他的妈妈都很肯定地说，他的中文现在听起来已经很接近正常了，不像他初来乍到时那么奇怪了，但是丹尼尔认为是他的衣着、举止，或者他看起来的样子、走路的样子或自己的姿态让他异于他人，暴露出他并不来自这里。即使他鼓励师生们提问，他也常常厌倦了学生们和学校其他老师们觉得他永远那

① 美国的一支噪声摇滚乐队，成立于1994年，活跃至今。

② 特点是节奏欢快，主要面向青少年。

么吸引人。他的学生们问他为什么这么高，即便埃迪个子比他还高。当其他老师问他平时有什么娱乐消遣时，他说他喜欢散散步，戴着耳机听听歌，他们会笑起来。

他给他的妈妈打了个电话，想问她赶不赶得回来吃晚饭，她没有接电话，他也懒得去留言了。他不该让她今晚回家来，如果她忘记了今天是什么日子，他就知道该怎么做了。老天啊，他真希望她没有忘记。

他将耳机插进手机里，在音乐响起来时感到一股坚韧劲儿，这是他过去喜欢的一些乐队的合集，自杀者乐队①、亚瑟·拉塞尔②、石器时代王后③。他的手机响起来，他指望看到妈妈的名字，但不过是一个打错的电话，一个男人用普通话说："我以为是别人的号。"又这样等待她真是太愚蠢了，因为她而失望真是太愚蠢了。

他一个人在家时，彻彻底底地在家里翻找过，找过每一个抽屉，每一个柜子，甚至连床底下和皮沙发底下也没放过（最终，他的妈妈买了她一直想要的沙发），却只找到了整整齐齐叠好的衣服，一个装着与工作和公寓相关文件的文件夹。他在寻找隐藏的事实，一个能指明他下一步该怎么办的迹象。但是这个家里一张照片也没有，没有什么藏起来的装满旧信件或感伤的纪念品的盒子，没有什么藏起来的，袒露了他妈妈或勇不为他知的内心世界的日记或物品。他们只存在于现在，他们的生活就像他们的公寓

---

① 美国摇滚乐队，活跃于1970年至2016年间。他们创作的那种有侵略性的合成器摇滚乐，影响了之后一大批的音乐人。

② 亚瑟·拉塞尔（Arthur Russell，1951—1992），美国小提琴家、作曲家、歌手、音乐家，他的音乐作品风格多样。

③ 美国摇滚乐队，成立于1996年，活跃至今，音乐风格偏重摇滚乐。

一样新。他曾希望自己可以就此信任他们，但是，他仍然担心，不希望自己是那个不知情的蠢货。

车上过道对面的女人公然盯着他，他注意到自己的下巴绷得紧紧的，手也攥得紧紧的。他将音乐声调大，但是无法再获得最开始的那份冲劲了。一份不安萦绕不散，他害怕他让什么人失望了，也害怕他是那个被别人辜负的人。

在公寓楼门口，丹尼尔拎着一袋从公交站附近餐馆买的外卖，跟保安亦林打了个招呼。“祝你有个美好的夜晚。”亦林微笑着说。丹尼尔用钥匙打开了楼门，坐电梯上了十二楼。

在开灯前他停住了，他正要用一只脚踩住另一只鞋的后跟脱鞋，突然听到地板上有一些窸窸窣窣的声音。“谁？”他问。瞬间灯一下子亮了，一群人大叫着“意外惊喜”！他的妈妈站在他身边，还有勇，还有其他一些面孔。

她没有忘记他的生日，她不仅记得——她当然记得了，他怎么会以为她忘了呢——而且她还把他在福州认识的每一个人都请到了家里：埃迪和塔米，还有学校的其他老师，他的“现在说英语”班的学生，她和勇的朋友，甚至利昂、爽和丽芝也来了。客厅里满是人，椅子上拴着气球，桌上摆放着食物，一盘盘水果、烤肉和面条。音乐也打开了。有人将一瓶啤酒放到他手里。

这是一个真正的派对。“有没有给你一个大惊喜？”他的妈妈问，“当我说要开一个惊喜派对时，人们都觉得很奇怪。我记得在一部电影里看过这种派对。”

“塔米和埃迪跟我吃午饭时还对我保密呢，我的学生们也什么都没说。”

她笑了:“我说了如果他们敢透露一个字，我就炒了他们的鱿鱼。”

丹尼尔又一次环顾房间。人们坐在沙发上，吃着薯片和花生，还有一些在厨房里喝着啤酒。

“但是你并不喜欢人多的场合。”他说。

“我不介意。”

“你不喜欢派对。”

“这话可不对，我过去很喜欢派对的。”

“过去。”

“现在也喜欢。”

“你邀请了利昂。”

“我想要这里对你来说重要的每一个人都来，我知道你仍然喊他伊爸。”

“你知道？”

“他那天给我打电话了，我们聊了一会儿。我见过他的妻子、女儿……”

她听起来是真的发自内心为此高兴。“谢谢你。”德明说。

“生日快乐，德明。”她拍拍他的胳膊，“我的儿子，世界顶级英语学校未来的主任。”

“好吧，”丹尼尔说，“这倒是真的，今晚我没看到程老板。”

他在家里不断地停下来跟人们聊天。一对便携式音箱里播放着自动调谐的普通话流行音乐。爽、他妈妈的朋友宁和塔米在跳舞，两位更年长的女士学着塔米复杂的舞步。

利昂和丽芝在厨房里跟勇聊天，勇向他招招手:“过来拍张照吧。”

“给我寄一张。”他说。他搂着丽芝，利昂站在他身后，勇用手机拍了照，他咧嘴而笑，笑容灿烂。

“你有什么可以画画的东西吗？”丽芝问。

他在想他俩是不是有什么地方长得像，即便他们并非真的有血缘关系。“我没有蜡笔，但是我有纸和铅笔，让我去找找。”

在他妈妈的客房，也就是他现在的卧室里，他的笔记本电脑一直在叮咚叮咚响着。他按下一个键，屏幕亮了，来自山脊区和纽约城，甚至波茨坦分校的一大堆信息涌向他。迈克尔发了他和蒂莫西、薇薇安在日落公园他们家的厨房里一起唱生日歌的视频给他。罗兰发了邮件：生日快乐，想你。甚至科迪也发了信息：你什么时候回家？

丹尼尔逐条看完，然后又看了一遍。祝福信息太多了，让他有点眼花缭乱，心生悲伤，原来他并没有被忘记。

从客厅里传来一阵阵笑声，他才记起自己为何来这个房间。他在一堆纸页之中，推开他承诺妈妈上周就填完的签证申请表，为丽芝找到了一个笔记本和几支铅笔。就在他正要关上笔记本电脑时，一个新窗口弹了出来。

pk 威尔金森[①] 正在呼叫中，窗口显示。另一个文字信息窗口也弹出来，上面写着：丹尼尔你在吗？

窗口跳动并闪烁着。他走到房门口关上了门，派对的声音消退了，他坐在床上点了下鼠标。凯和彼得的脸出现在屏幕上，正眯着眼睛盯着他们的电脑屏幕。他们在山脊区家中书房里，他认出了书架、蓝色壁纸、裱框的证书和奖状。

---

① 威尔金森夫妇的网络账号名。pk 是 Peter 和 Kay 的首字母拼在一起。

“丹尼尔？”凯说。

“你在哪里？”彼得问。

“在中国福州。”

他们彼此窃窃私语了几句。网络传输略有一些延后，丹尼尔先看到他们嘴唇动了然后才听到声音，他们的动作有些滞后，彩色的像素点在涂抹他们的脸。他听见凯说：“中国？”然后彼得说：“生日快乐。”

丹尼尔对着屏幕大声说话。他的英语听起来断断续续的，有点奇怪。“我跟我的妈妈在一起——我的生母。我很好，我工作了，教英语，我没有赌博。我的中文现在很好了，我指的是，回到以前水平了。”

凯的脸快要皱成一团了。“我们想祝我们的儿子生日快乐。”她说。

他感到他的眼睛湿润了。

“你那边几点？”彼得问。

“晚上八点。”丹尼尔可以听见从客厅传来的音乐声。他想留下来继续聊天，但是他不想错过派对。“他们给我举办了一个派对。你们最近怎么样？”

凯说她有天在雄狮食品超市碰到了科迪，彼得说他在 YouTube 上看了汤姆·佩蒂[①]一九八〇年的演唱会，丹尼尔告诉他们他现在是世界顶级英语学校最受欢迎的老师。

“你也许找到了你内心的召唤。”彼得说。

“你还打算回家吗？回美国？”凯问。

“我不知道。”

---

① 汤姆·佩蒂（Tom Petty，1950—2017），美国摇滚巨星，老牌摇滚乐队伤心人合唱团的主唱。

“你知道家的大门一直为你敞开。”凯说。

“圣诞节要到了。”彼得说。

他咽了一口气：“我再看吧。”

他听见门外的脚步声。“德明？”他的妈妈在走廊上喊道，“你在哪里？”

“马上就来。”他用福州话回答。但是门打开了，灯光和声音涌进房间，要关掉网络电话已经太迟了。他转过身，看到他的妈妈站在门口。

“蛋糕好了。”她说。在彼得和凯的注视下，她拿起了掉在床上的签证表：“你还没把表填完？”

她俯视着他，看到他的电脑，丹尼尔可以在聊天的小窗口上看到她的脸，这个小窗口正是彼得和凯在他们的电脑上看到的画面。他的脸，他妈妈的脸，挨着彼此，一起望着摄像头。他看到彼得的表情从困惑到恍然大悟，凯的嘴唇迟疑了片刻，突然停住，微笑起来。

“凯、彼得，这是我的妈妈——波莉。”

“你们好。”他的妈妈用英语说。

“见到你很高兴，波莉，”凯说，然后抿着嘴唇。他注意到了她话语中的迟缓，她通常是不会这样的。他们三人打量着彼此，丹尼尔努力在想此时说什么话才合宜。

“你们俩长得是很像，”彼得说，“我看得出来。”

“谢谢你照顾丹尼尔，”凯说，“他肯定很享受他在中国的生活。”

他的妈妈点点头，盯着屏幕，丹尼尔注意到她咬紧了牙关。他想要保护妈妈，但是保护她免受什么？当她告诉他关于安德斯列维尔的事情时，他记起利昂说的话：她的内心有什么东西破碎了。

他不确定她是否不理解凯和彼得，抑或是她不知道怎么用英文来回应，又或是她不知道该说什么，但是他希望她说点什么，任何话都好，像她通常说话那样嗓门大、要求高、固执己见。他知道彼得和凯一定把她看成一个口音很重的、沉默寡言的中国女人，他讨厌妈妈被人那般看待。他们紧张的微笑让他很生气。

“我要回派对上去了。”他用英文说。

“好的，”凯说，“我们回头再联系，丹尼尔。”

“也许我们圣诞节见？”彼得说，“也许我们可以帮你买好飞机票……”

他的妈妈弯下身子，在屏幕上挡住他的脸，用英语说：“他的名字叫德明，不叫丹尼尔。”丹尼尔差点大声笑出来了，他咬着嘴唇憋住笑。然后凯的笑容消失了，他觉得他需要给凯和彼得道歉。还是说，他其实应该给他的另一位妈妈道歉？

他道了别，退出了程序。在客厅里，他的朋友们在蛋糕边等候着，他的妈妈点燃了蜡烛，他吹灭蜡烛，然后抬起头，看了看利昂和勇，埃迪和塔米，爽和丽芝。他们的掌声是一片闪烁的黄色，而他的妈妈喊他名字的声音——“德明！”——是最温暖的金色。

他收拾着纸盘子、塑料勺子和青岛啤酒的空瓶子，扎好垃圾袋，用吸尘器吸走地毯上的碎屑，扫干净厨房地板。他的妈妈有可能问起彼得和凯，如果他忙前忙后，就有可能避开这个话题。

他不想去卡洛学院，他不想在英语教育者大会上介绍自己的论文。彼得和凯以他们的方式支持过他，那么他为什么对他们生气？但是他也不能让他的妈妈失望，因为在他跟罗兰打电子游戏，听亨德里克斯的时候，她还被困在拘留营里。她到现在都还会做噩梦。起码，他不想让她感觉不好。

每个人都要给自己讲故事，以便让自己挨过艰难的时日，就像薇薇安坚信她帮助过他，他的妈妈坚持说她找过他，她能忘记他是因为他过得好好的。在北京的宾馆房间里，当他告诉她其实是薇薇安替她还清了债务时，他是想伤害她的，所以之后他用一个谎言补偿了她：他从未叫过凯“妈妈”。

“我在你房间看到了这个。”她穿着睡衣走进厨房，手上拿着那张签证表，“你肯定是忘记填了。”

“放在桌上吧。”他边说边擦着柜台上的一处污迹，“我一会儿再弄这事。埃迪和我的学生给我唱生日歌时，写了新的歌词，把我的名字给涵盖进去了，是不是很有趣？我都不知道埃迪有那么好的嗓音，塔米舞跳得那么好。”

“别擦了，我一会儿来收拾。”

“我们喝了那么多瓶啤酒！难怪邻居让我们安静点。”

“坐下来，让我来吧。”

“你为我办了派对。”

“因为我想这么做，你无须回报我。”

她从盘子里剩下的橘子中拿了一个出来，拿到厨房餐桌上。他将海绵放下，看着她剥橘子。她用指甲将外皮剥开，将果肉掰开放到一只盘子里，一半给她自己，一半给他。他站在她身后，个头已经超过她了，从背后抱住了她。她吃了一惊，用她的手握住他的胳膊。这么多年来，他想过，如果妈妈和利昂没有离开，如果薇薇安没有带他去家庭寄养机构，他的生活会是什么样，就像看着水洒在干干的路面上，水流朝各个方向四散开来，彼得和凯也许会收养另一个男孩。他也许会住在日落公园，或布朗克斯区，或福州，或佛罗里达州，或其他他从未听过名字的地方。他想象过另一个自己过着和他不一样的生活：在另一间公寓，另一栋房子，另一座城市，另一个城镇，有不同的父母，说不同的语言。但是今天，他只能看到自己身处于他现在所在的地方，由特别的一系列境遇导致了现在这种特别的人生，未来他的人生也还将继续奔向新的方向。

他坐下来，他的妈妈递给他签证表和一支笔。“明天我要交表了。”

他拿了一瓣橘子。一直以来，他都在等待自己真正的人生开始：等到他被罗兰的朋友接纳，等到把乐队做大，等到他找到他的妈妈。然后，事情就会发生变化。但是他的人生一直在进行中，在他的舌尖橘子汁的翻滚中，在他熟练使用双语的梦想中，在他的学生们搞懂一个新词的意思时脸上的表情中，在他吹灭生日蜡烛的那一缕青烟中，在一段完美旋律的飙升、转音和摩擦音中。

“你要去纽约过圣诞节？”他的妈妈问，“去你的养父母家？”

“不去，当然不去了。”

“他们一直有给你打电话？”

“我回国后就一直没跟他们联系过，这是第一次。”

“但是他们想要你回家。”

他像塔米一样，无法直视他妈妈的眼睛。

“这里就是我的家。”

“那么你打算留在这里了？跟我一起？”

原谅真是一种可笑的东西。你可能会对什么人气愤不已好几年，然后意识到你不再有同样的感受了，你通常的思维模式已经在你不经意间溜走了。他看到在他的妈妈等待他的回答时，她脸上一闪而过的担忧神色，一如早些时候凯和彼得对他道别，说事情变了的时候那颤抖的声音。在过去的几个月，这种担心自己不被需要的恐惧已经消散了，因为妈妈——和凯，还有彼得——都努力让他信服，他们值得他爱，而不是反过来。

他吃了一瓣橘子，接过签证申请表，脱下笔帽，扫视表格看哪里是他需要签字的地方。

第四部分

离岸人

The Leavers

20

他的第三次演出是在一个周二晚上，开场的四个演出中的一个。他带着他的木吉他和乐句循环效果器独自坐在台上，这个效果器里存着他在家中房间录好的备用音轨。外面，好像是这个季节的第二十场暴风雪，风雪呼啸；里面，只有一桌坐了客人，还是另一支乐队的人。几个人在主吧台附近晃悠找洗手间，再过十秒钟就是丹尼尔的第一首歌了。在他做简短的自我介绍时（他的名字，跟观众打招呼。他避免了巧妙调侃一下天气这种必备的开场白），他听见他们在聊天，当他们走出去时他也想跑下台跟他们一起离开。

他没有邀请任何人来看他的演出，尽管两周前，他的上一场演出时，罗兰碰巧经过酒吧，注意到丹尼尔的名字写在酒吧外面的黑板上，在他唱完最后一首歌后，他吼叫着警告他："丹尼尔·威尔金森！""你干吗要这么偷偷摸摸的？"罗兰之后说："我们两天前还在一起玩，你都没有提过演出的事情。"（他并不是要偷偷摸摸行事，而是为了自我保护。）"你要是说了这事，我就会告诉撒德，你可以录好音乐。但是别等太久，没人还做这种事了。"

酒吧的墙上悬挂着一圈蓝的、黄的、红的圣诞彩灯，丹尼尔听见下一支乐队的人彼此聊着天，瞥了一眼正在玩手机的酒吧女服务员。

前两支歌发挥不稳，他的声音仍然太跳跃，拍子太赶，但是到第三支歌时——讲述德明和另一个他时，最开始的恐惧基本已经燃尽，他的表演稳定一些了，他的声音强有力了一些，他开始能感受到他所唱歌词的震撼力了。每一首歌之间，他都停顿了足够长的时间。观众稀稀拉拉地掌声，弥补了音量中所缺乏的热情。

到底是什么样的力量促使他站上舞台完全地暴露自己，坚持去做这件让他吓破了胆儿的事情？当他弹奏别人的曲子，或跟其他人一起演出时并不觉得害怕，但这不一样，这是自己在演唱。罗兰说他的歌新鲜、带着一种疯狂的真诚，真正有分量。而在每一次现场演出之后丹尼尔都想，我再也不用演出就好了。但是几天后，他又在个人网页上发链接，努力想订上下一场演出日期。

当他终于唱到最后一段时，他抬头看了一眼几乎已经空荡荡的房间，恐惧又闯入了他的心里。他应该顺了观众的意，将演出时长缩短点。他结巴了一下，忘了下一句歌词是什么。这首歌悬在半空，摇摇欲坠。他想逃走，逃往安全感，也逃脱丢脸的感觉，但是他知道这些是好歌，值得被人们听见，他最讨厌的就是不被听见。他终于记起了歌词，歌曲自动纠正过来，恢复平衡。

当他唱完自己的一组歌曲后，没人恭喜祝贺他。这是又一个冬季的尾声了，离通灵之心在阁楼派对举办的第一场演出已经过去一年多了。罗兰和纳特录满了一张专辑。将近二月末，在安杰尔签字并提走了他第六次转入的钱几天后，她给他发了邮件，只有一行字，但让他笑起来：

物归原主。

安

这些天他很少在家，他在特雷斯·洛克斯餐馆打工，给上西区的中学生们教授私人吉他课。他一周跟罗兰见几次，周三和周五下午在中国城的一家社区中心教授课外音乐班，班上大部分学生家庭都来自福建省，不少学生小时候被送回去跟其祖父母一起生活，直到他们长到上学的年龄再回美国。当丹尼尔给上西区的孩子们讲如何握吉他时，他们很容易垂头丧气，而他们的父母都指望着他们成为第二个杰克·怀特[①]（当然，是在他们的课余时间，学习成绩还是第一位的）。于是丹尼尔盼望着去中国城上课的日子，那些孩子们叫他“伊哥”[②]，当他们用指尖拨响一首歌的旋律时，他们会兴奋不已。他们还没有学会害怕自己表现得不酷。

从酒吧到地铁不超过十个街区，但是背着吉他和设备走在雨夹雪中，登山鞋在人行道上打滑，感觉这段路途变得远了一点。地铁站对面是一家比萨饼店，他已经很饿了，但是他会等到回到曼哈顿再吃。冰箱里有食材，他也正在变成一个好厨子：他跟他的室友交换美食，改良一种汤的做法，让它比福州利昂家的汤更鲜美。

生日过后的一个月，他独自一人吃饭，他的妈妈和勇都在工作，丹尼尔在网上浏览文章时看到其中的一张图片：春日午后的下百老汇，厢式送货车和出租车，清真食品推车和太平梯。那晚，自从他来中国后，他第一次听了自己花了一整个夏天写的歌，这首歌还存在他的手机里。音乐以银色的音浪从他的耳机中传出；它有一种熟悉感——感觉完全像他自己。他想小改几行，于是改动了一些音符，真希望吉他就在手边上。

---

① 杰克·怀特（Jack White，1975— ），美国摇滚音乐家，也是白色条纹乐队（The White Stripes）的主唱和吉他手。

② 福州话的“哥哥”，发音是 yi go，但翻译依然用了“伊哥”。

在他决定要离开这里后，他告诉他的妈妈并不是彼得和凯的原因，并不是他认为他们的重要性大过她，她哭了。他的工作签证申请表已经提交上去了。“但是我们还会再见的。”他说。利昂送他们一起到了机场，当丹尼尔在票务柜台转过身时，他看着远处的他们——他的妈妈穿着套装和高跟鞋，利昂穿着运动鞋和风衣，他们像老朋友一样说着、笑着。他不知道自己是否做出了正确的决定，不知道自己要在美国待多久，也许新年后他会再回福州来。不管怎么样，他决定付诸行动，这一点简直不可思议。之前他从未允许自己去百分百相信自己的选择。

经停了三站、超过二十四小时的旅程，在圣诞节早晨他到达了雪城机场。他周围都是叽叽喳喳的英语声，没人看起来像中国人。外面等着他的是彼得和凯。天气冷极了，他都没有件冬外套。

他们停好车后下了车。“你肯定累坏了，”凯紧紧拥抱住他说，“那么长时间的飞行！”彼得也拥抱了他，在他后背拍了拍。

在去山脊区的路上，他与倒时差一路斗争，跟他们聊了聊福州和纽约的差异，以逗他们开心。他讲了讲福州的交通和雾霾，必胜客的菜单，他的“现在说英语”班的学生们。福州那边不下雪，因为是很南边的城市。讲埃迪、塔米和程老板的笑话他感觉不太好，但是这样他可以不用谈论他的妈妈或他自己，心里要轻松一些。

回到家，他没去教堂做礼拜，而是小睡了一会儿。当他醒来时，他从壁橱里取出了吉他，有几个月没弹了，琴弦的调子依然很准。他的手指变换着和弦，手指和手腕都放松下来，他弹出了他忘记了的颜色转换：棕色和浅绿色，淡紫色和粉色，绿色中最出挑的颜色。妈的，这感觉太棒了。不过，他确信无疑吉他指板上曾经一直有一些细小的裂缝，他想要去修又一直没修，但现在没有了，还是他之前就修过了，他自己不记得了？

彼得敲了敲门。“终于团聚了。”他说。

丹尼尔停止弹琴，抬起头来：“是啊，有些时日了，但是仍然能用。”

“你没注意到有什么不同吗？”彼得指了指指板，“我拿到卡洛学院的音乐系，一个教授推荐了一个他认识的修吉他的人，认为可以给它做点护理。”

他帮凯切蔬菜，削土豆，准备晚餐。“我很久没吃过土豆了。”当凯把罐头南瓜混合糊倒进馅饼面托里时，他说。她穿着一件他之前没见过的淡紫色毛衣，彼得穿着一件绿色毛衣，二人显得相称。“但是我们在那里吃米饭，许多许多的米饭。”听见英语从他自己的嘴里冒出来，他感觉还是怪怪的。

这么开口应该会比较容易：我在中国时学到了很多——让我给你讲讲她吧，她并不是不想要我的。但是每当他想讲点什么时，他都停下来了。

凯将馅饼面托递给丹尼尔，让他放进烤箱里，他蹲下来将它送进烤箱的架子上，关上烤箱门。当他站起来时，她用格外紧张的神情看着他，他很担心她又要说起回到卡洛学院或全体大会的事情。

“在中国过得怎么样？”她问，“困难吗？”

他摘下微波炉手套：“我过了好一阵子才恢复中文水平，但是一旦能说中文了，就容易多了。”

“不过，那边对你来说肯定很陌生吧。”

他不知道为什么，但是他不想告诉凯在中国时他总觉得自己有一些格格不入，尽管他会说中文。“福州是个大城市了，很现代化。”

“你爸爸和我读到一篇文章，讲在中国，女性仍然是二等公民，这么说也有道理，我想，中国的文化对女孩有偏见。”凯摇摇头，摆弄着微波炉手套，“波莉，你的生母？她做那样的工作，一定是非常勇敢的。”

“并不是那样的。”他说。她确实很勇敢，以凯不了解的方式勇往直前。的确，中国女性也许生而不易，比这里的女性更不容易。但是，在妈妈不在场时，这么谈论他的妈妈，让他很不爽。

“想想看，如果这些女性能获得公平的机会和良好的教育，她们本有可能会获得成功，人生大放异彩。这真的太可惜了，她们本应该能做得更好，好上许多许多。”

“她干得不错。很多中国女性都获得了大学学位了。”

“哦，我刚刚有了个想法，也许我该和卡洛学院的什么人谈谈，为中国女学生设立一个奖学金。”

她没有听他在说什么。他记得她和彼得当年多么坚持要他学英语，用新的名字，接受正确的教育。他们的计划深深根植于他们观念中。妈妈、中国人、布朗克斯区、德明：没完没了。他颤抖了一下，在那可怕的短短一瞬间，他认识到了他们是怎样看待他的——一个需要被拯救的人。

不，他感到反胃、恐惧。他将手握成了拳头，插进了口袋。

凯在烤箱边弯下腰，查看馅饼的计时器。“你想做一做鲜奶油吗？你一直喜欢做奶油，然后把碗舔得干干净净。”她踮起脚尖，从碗橱里取下大混料碗。“你回来了真好。我是说，我很高兴你有机会归国探祖，但是我也很高兴你回家了，你不在的时候家里感觉怪寂寞的。”

烤箱温暖了房间，让房间里充满了烘焙的香味——糖、黄油和肉桂的香味。客厅里彼得点起了壁炉的火，丹尼尔听见火焰的噼里啪啦声和古典音乐的立体声。他的吉他在楼上，重新装过弦，修理过，他的床上铺好了他最爱的被子。“回来是很好。”他边说边从冰箱里取出奶油。

他睡了十二个小时，凌晨四点醒来，下午又睡了很长时间的午觉。傍晚时他醒着躺在床上，房间慢慢地变得清晰，他想起了在福州和妈妈一起散步的时候，和丽芝在公园里骑自行车的时候，在闽宾馆笨手笨脚的头几天。所有的这一切是那么独特，那么遥远，好像是另一个人的人生一样。

接下来的一整周他都在看电视，很少换下他的运动裤出门去。新年前夜，凯和彼得十一点就睡了。丹尼尔看电视实况转播时代广场落球仪式①，在看完流行歌星向一群醉醺醺的游客们唱歌之后，丹尼尔在电视机前睡着了，再醒来时电视正放着痤疮药的广告。

他穿着羊毛袜，因此脚步声也变得更轻了，黑暗中他沿着房子走了一圈。即便是闭着眼睛，他也知道自己将手放在房间的哪一处墙壁上，一定会精确地摸到开关。他转变方向去了客厅的书架边，避免撞到凯用来放杂志的茶几的桌角，从那儿到二楼有十四级台阶。这栋房子的每一块地板，每一寸，都属于他，然而这栋房子还有许多彼得和凯永远不了解的地方。他靠在厨房墙壁上，听着冰箱的响声，以及他自己的呼吸声。如果他在中国感觉不到那种归家的轻松自在，如果他也不属于山脊区，那么他属于何处呢？

离餐厅三步，左转，墙壁。他的生长曲线表在这里，描在门框上。靠近地板的地方有个凹痕，是他有次朝着墙壁砸篮球留下的。离瓷器柜五步，最上面的抽屉里满是信封、邮票、旧的支票簿，还有一个干了的橡皮筋球。他伸出一只手，闭上了眼睛。这是家，一个家，但他知道他也要离开这里。

从他在布鲁克林演出的地方到哈莱姆区是很长的一段行程。丹尼尔和迈克尔住在上城，不仅仅是因为那里的租金他们负担得起，更是因为那儿离哥伦比亚大学更近，迈克尔在学校要待到很晚，课后要在实验室忙碌。

---

① 美国的跨年仪式，在纽约时代广场庆祝跨年时会举办落球仪式，将一枚大球缓缓落下，象征新一年的来临。

他拿到了助学金，终于能搬出日落公园了。

丹尼尔步履艰难地爬上地铁站的台阶，走下四个街区到达他住的楼前，上五楼走到公寓。当他打开门时，他很高兴看到灯亮着，房间里暖融融的，可以闻到饭菜的香气。他解开鞋带脱下鞋子，将外套挂在门后，把吉他放到床上。

这间公寓没有沙发、电视机、餐厅或餐桌。他们坐在地板上吃饭，铺了一块薇薇安的旧毯子当桌布。每个房间都只能容得下一张单人床，再放不下别的了，只剩床边的空隙供人挤进挤出。因为没有衣柜，丹尼尔将他的弹簧床垫放在混凝土砖上，将他的衣服放在塑料盒子里塞在床下。过去的三个月他都反复重奏着他的福州回忆，直到它们失去了效力，只剩一种敬畏之情：我去过那里，我做到了。

迈克尔房间的门开着，丹尼尔在墙壁上敲了敲，用福州话问："怎么了，兄弟？"

迈克尔坐在床边，吃着一大碗饭："一整天都在实验室，累死了。你工作怎么样？"

丹尼尔切换回英语："今晚我没工作，我有场演出。我是说，我进行了一场表演。"

"真的？在哪儿？"

"布鲁克林的一家酒吧。"

"演出怎么样？"

"棒极了。"

"干吗不告诉我？早说我就过去看你演出了。"

"下一场演出我会告诉你的。"

迈克尔举起碗："我做了吃的，在炉子上。"

“谢谢，我饿死了。”

厨房在公寓的另一头，有一个两眼的炉子、一个水槽和一台小冰箱。碗碟架位于微波炉上方，砧板放在炉子上，电饭锅则放在砧板上。丹尼尔揭开盖子，蒸汽漫出来，还有猪肉香肠那股香甜的大蒜味儿。迈克尔总爱把香肠放在米饭上蒸，这样香肠的味道会渗入到下面的米饭中。

他取下另一只豌，盛满米饭和香肠，在上面加上一勺辣酱。星期日晚上，他和迈克尔走去日落公园的家，在地下室洗好衣服，然后离开了满是调味品的房子。当丹尼尔帮薇薇安准备晚餐时，他想起自己的妈妈，在西湖边的家里，在她的阳台上吃饭，看着远处的一小片狭长的水面。“我会来纽约看你的。”上周视频聊天时她说。他告诉她欢迎她来，尽管他不确定她被驱逐出境之后是否还能再踏入这个国家。

暂时来说，他的生活就是这样了。在这间和迈克尔合租的公寓里，在这个城市，他最好的家。暖气叮当作响，警笛声划破这片街区。他将电饭锅盖上，让它停止工作，然后端着他的碗走进卧室，这样他就可以和迈克尔一起吃饭了。

21

春天，在你离开福州四个月后，我也离开了。不仅仅是福州，而是我的生活——勇、我的工作、我们的公寓、所有我认识的人。在你跟我在一起的时候，我假装我们从未分开过，假装安德斯列维尔的事情从没发生过。但是当你离开后，我明白我也可以离开，也许还不是太迟。

到香港的航程很短，两个小时不到，等我习惯飞机在空中航行的感觉了，乘务员们已经准备降落了。我带着一个带轮子的小行李箱，里面是我打包的全部家当，在机场我推着我的行李箱，经过入境边检，然后上了一辆带我去城中心的列车。下车后，我到了一个商场外的一条街上，汽车都靠路的左边行驶，而不是右边，我试了几次才成功过了马路。即便已经是晚上了，街上仍然到处都是人，人们说着粤语，街头巷尾的标识都是中文和英文的。我未去看房就租了一个一居室的小公寓，手上有公寓的地址；明天早上我就要去新工作——九龙的一所学校报到了。

在轮渡码头我买了一张船票，订了一个上层甲板的位子。船在海浪中颠簸着，当它航行时我看见九龙的斑斓的灯火透过雾气，我扶着栏杆，笑得喘不上气来。过去我以为这种感觉已经永远丧失了，我是多么大错特错啊。这种让人头晕眼花的不确定感，我所有的恐惧和欢喜——我能回到这里，翱翔。因为我找到了真正的她：郭波莉。不管我将要去哪里，我都绝不会再让她离开了。

我闭上了眼睛，任清风将我的头发吹到后面，又吹向前。闽江水、纽约，福州，但是最重要的，是你。我想起你和我上次去水边的时候，那是我被带到安德斯列维尔之前的夏天了。八月下旬，傍晚之时，炎热稍稍退散了一点，我们走到了哈莱姆河上横跨布朗克斯区和曼哈顿的一座桥。晚风柔和细密，每当有车辆经过时大桥的人行道都为之颤动，桥下的河水是棕黄色的，很浑浊。

我们站在桥中间，你那时十岁，快要十一岁了。你已经更愿意和大朋友们一起玩，而不是跟我待在一起了，我得拿一块糖收买你，才能让你离开电视机。

我指着曼哈顿那边的一栋高楼。“你能看见谁住在哪里吗？”我想起了我们常玩的一个老游戏，于是这么问你。

你摇摇头，翻了个白眼。

“也许是一对母子。”我说。

最终，你开口了：“不，是一支棒球队。”

“全队？还是只是其中的一些队员？”

“所有人一起住在同一间公寓里，它是间很大的公寓。”

“他们晚上比赛，”我说，“白天睡觉。”

你笑了：“他们吃炸薯条，在屋顶上传球。”

“但是他们从不会掉下来。”

在我们的脚下，远处，河水流动着，河中出现一把雨伞、一大团塑料袋。河流看起来强硬又果断，但是它总会交出它的秘密。

随着轮渡引擎声慢下来，船靠向码头。一个男人从船上抛出一根绳索。“九龙到了，”我听见一个女人说。我们挪到停船点，我提着行李箱的把手，任由自己被夹在人群中推挤着前进。很快我就要上岸，去一个新地方了。我知道，开始永远是最棒的部分。

在哈莱姆河的大桥上，一辆冰激凌车播放着清脆的音乐，BX12 路公交车发出放气声，缓缓停下。一辆汽车摇下了车窗，音乐飘出来，一个女人唱着：有些人想要钻戒，有些人想要一切……[①]

在那样一个夏日傍晚，我们站在桥上，听着音乐，然后你将双手拢在嘴边，身子探过栏杆，对着远方喊出自己的名字。我也加入了你，喊着我的名字，然后我们喊得更大声了。我们的声音跳跃着，回响着，在城市上空回荡着。我的心房被撬开了。你正在快速成长，很快你就会长得比我高。但是这个游戏，这首歌，永远存在。

夕阳斜斜洒在屋顶上，我们踏上归途。当你开始奔跑时我跟在你身后，脚步声在人行道上咚咚作响，身后须臾，片刻长留。

① 歌词出自美国女歌手艾丽西亚·凯斯（Alicia Keys）的 *If I don't Get You*。